古典文学研究

2025 年第 1 辑（总第 11 辑）

中国海洋大学出版社

·青岛·

图书在版编目(CIP)数据

古典文学研究. 2025 年. 第 1 辑：总第 11 辑 / 刘怀

荣主编. -- 青岛：中国海洋大学出版社，2025.3.

ISBN 978-7-5670-4136-3

Ⅰ. I206.2-53

中国国家版本馆 CIP 数据核字第 2025468QS7 号

GUDIAN WENXUE YANJIU

古典文学研究 2025 年第 1 辑(总第 11 辑)

出版发行	中国海洋大学出版社			
社　　址	青岛市香港东路 23 号	**邮政编码**	266071	
出 版 人	刘文菁			
网　　址	http://pub.ouc.edu.cn			
电子信箱	94260876@qq.com			
订购电话	0532-82032573(传真)			
责任编辑	孙玉苗	**电　　话**	0532-85901040	
印　　制	青岛国彩印刷股份有限公司			
版　　次	2025 年 3 月第 1 版			
印　　次	2025 年 3 月第 1 次印刷			
成品尺寸	185 mm×260 mm			
印　　张	14			
字　　数	305 千			
印　　数	1—1000			
定　　价	88.00 元			

发现印装质量问题,请致电 0532-58700166,由印刷厂负责调换。

目　录

专 题 研 究

"日出江花红胜火"取景地及"江花"所指考论 ················· 李金坤 / 2

《尊前集》定位与早期词选的交互关系 ····················· 林学阳 / 7

辛弃疾诗词中"停云""丘""壑"考 ····················· 孙之梅 / 23

元代著名高僧释明本的天目山诗文研究 ··················· 叶宪允 / 30

罗贯中叙宋江招安悲剧笔法发微 ················· 袁世硕　孙　琳 / 44

晚明文人别集手稿考录 ····························· 钱礼翔 / 51

论中国古代小说的情事理论 ························· 陶明玉 / 64

综 合 研 究

谢灵运生平谜团试解 ····················· 姜剑云　孙笑娟 / 73

醉乡、死亡及失语：杜甫《饮中八仙歌》与政治风波 ··········· 陈岸峰 / 83

杜甫《为夔府柏都督谢上表》的文体特征及相关史事考论 ··· 孙　微　张　添 / 93

仰望与追慕：唐代士人的隐逸风气及意趣探究 ··············· 孟子勋 / 101

钱澄之著作的存史意识与"后贤"期待 ··················· 郝　苗 / 118

陈维崧与龚鼎孳交谊考述 ························· 郭　超 / 130

文 学 接 受 史

明清之际韩诗接受与诗风流变 ················· 张清河　王一帆 / 139

论民国报刊中的"李杜同论"维度 ····················· 常　威 / 159

前 沿 论 题

中医典籍的文学性特征述略 ························· 刘怀荣 / 170

医疗社会史视域下古代文学研究的新进展 ············· 李　浩 / 176

名 家 学 述

董乃斌先生访谈录 ············· 受访人:董乃斌　采访人:柳卓霞 / 184

董乃斌先生古典文学研究略述 ····················· 李　翰 / 193

贯通雅俗:以"事"为桥的跨学科探索与范式创新

　　——董乃斌先生的俗文学研究 ··············· 冀运鲁 / 200

抒叙共鸣与文史分合

　　——董乃斌先生中国诗歌叙事传统研究论略 ········· 周兴泰 / 210

专题研究

"日出江花红胜火"取景地及"江花"所指考论

李金坤 *

摘　要:白居易曾于"上有天堂,下有苏杭"的杭州、苏州先后担任过刺史,对江南优美的自然山水胜景与深厚的文化底蕴及人文精神极其喜爱,因此,他以简洁优雅的文字、鲜明生动的意象、恋恋不舍的情怀,一连创作了《忆江南》三首词。这三首《忆江南》成为歌咏江南鱼米之乡的千古绝唱!然而,"日出江花红胜火"取景地及"江花"所指何物的问题,迄今尚未解决。本文经过全面深入的辨别考定、细致周密的逐层分析、合乎情感的逻辑推理,最终基本认定:"日出江花红胜火"诗句的取景地当在长江的润州(即镇江)段,且更有可能就在北固山到焦山的宽阔江面及满是花木的江岸。而"江花"即指"江岸之鲜花"。《京江晚报》以"江花"命名副刊,委实是尊贤之行、聪慧之择、高明之举,值得庆幸!

关键词:白居易;《忆江南》;北固山;焦山;江岸之花

　　唐代大诗人白居易从长庆二年(822)七月至宝历二年(826)九月四年多的时间里,先后出任享有"上有天堂,下有苏杭"美誉的杭州与苏州之刺史。他除了在杭州留下了修筑西湖堤防"白堤"的盛名、在苏州拥有开凿了七里山塘河并修建七里山塘街的赫赫政绩之外,还于六十七岁时深情创作了追忆任职苏、杭期间亲身感受江南山水美景、人杰地灵的《忆江南》三首词,可谓慧眼别具、精华凸显、独领风骚、千古流芳。其词云:"江南好,风景旧曾谙。日出江花红胜火,春来江水绿如蓝。能不忆江南?""江南忆,最忆是杭州。山寺月中寻桂子,郡亭枕上看潮头。何日更重游!""江南忆,其次忆吴宫。吴酒一杯春竹叶,吴娃双舞醉芙蓉。早晚复相逢!"第一首,是对整个江南美景的总体评价,主要选取了澄碧江水与满岸鲜花两个最典型、印象最深刻的江南意象加以描写,极其醒目。诗人抑制不住对江南美景的喜爱之情,脱口而出"江南好"三字。开头这三字感人至深,具有统领全篇的重要作用。第二首和第三首,分别描写杭州的秋夜奇景之秀与苏州的吴酒舞女之美。前者突出西湖("山寺月中寻桂子",这里的"山寺",主要指天竺寺与灵隐寺,二寺中都有桂树。因为二寺都在西湖周边,故"山寺"指代西湖)夜色之柔美与钱塘江潮怒涛之壮美,体现江南自然景物之美。后者突出姑苏吴酒的美味与吴女的美舞,彰显江南风土人情之美。此三首词,高度集中描写了江南自然景观与人文景观和谐相融之美,委实将天人合一的江南独特的美景淋漓尽致地表达了出来。不仅诗人情不自禁地发出"江南好"的赞叹,今人读了《忆江南》三首词之后,想必也会产生"心有灵犀一点通"(李商隐《无题》)的共鸣吧。可以这样说,白居易的这三首《忆江南》词,是"上有天堂,下有苏杭"赞誉

　　* 李金坤,江苏大学文学院教授、文学博士,主要从事中国古典文学、文化及美学研究。

的最佳注脚。既然《忆江南》三首词是集中体现江南之美的典型作品,写出了江南之美的风情与神韵,别具空前的艺术审美价值。那么,关于第一首中"日出江花红胜火,春来江水绿如蓝"名句的取景地究竟在何处?"江花"究竟指什么景物?这些问题,甚有必要加以考论,以还其本来之面目。如此必将有助于对《忆江南》主旨精神的深入领会,以及对其艺术境界与审美价值的进一步认知。

一、"日出江花红胜火"取景地蠡测

上面所论《忆江南》三首词,后两首标明是写杭州与苏州美景的,而且描写的都是诗人在杭州与苏州刺史任内的亲身经历。至于第一首词,虽然总写江南美景,诗人没有标明所写之地,但细细体会,其中却隐含有"千古江山"镇江之倩影。换句话说,"日出江花红胜火,春来江水绿如蓝"二句,写的就是长江镇江段江面及江岸尤其是镇江金山往东至焦山江面之碧水与江岸之鲜花的美景。何以见得?窃以为,理由有三:一是诗人与江南有着很深的渊源。早在少年时期,曾因避"二帝四王"之乱,随家迁居江南,居住达六年之久。其中,他十四岁时常旅居苏、杭二州。登进士后,又再游江南。后来又赴苏、杭二州任刺史。白居易前后留居江南有十年之久。而长江之镇江段是诗人从洛阳等北方地区由水路至江南苏州、杭州的必经之处。无论是诗人少年避藩镇治乱、登进士后游走江南及南下杭州和苏州为官时期,他都要经过镇江,对镇江其地其景其人自有深情与印象。为此,诗人写了不少歌咏镇江山水的诗篇,如:"前月发京口,今辰次淮涯""逢山辄倚棹,遇寺多题诗"(《自问行何迟》);"润州城高霜月明,吟霜思月欲发声"(《小童薛阳陶吹觱篥歌》));"汴水流,泗水流,流到瓜洲古渡头,吴山点点愁"(《长相思》)。其中的"京口""润州"即指今日之镇江。"瓜洲古渡头",即指镇江北岸的瓜洲渡,王安石《泊船瓜洲》"京口瓜洲一水间"之描写,实为所指。"吴山",即指镇江一代的山。就镇江地理形势而言,素有"吴头楚尾"之称。王昌龄《芙蓉楼送辛渐》"寒雨连江夜入吴,平明送客楚山孤",这吴楚之地,即是镇江。二是唐代诗人描写镇江的一些诗句,可以作为"日出江花红胜火,春来江水绿如蓝"描写镇江诗句的佐证,如:"江流宛转绕芳甸,月照花林皆似霰"(张若虚《春江花月夜》,笔者曾撰文多篇,考定张若虚的《春江花月夜》就是作于北固山至焦山某处江面之船上);"客路青山外,行舟绿水前。潮平两岸阔,风正一帆悬。海日生残夜,江春入旧年"(王湾《次北固山下》);"紫蒲低水槛,红叶半江船"(许浑《夜归丁卯桥村舍》);"吴门烟月昔同游,枫叶芦花并客舟"(许浑《京口闲居寄京洛友人》);"青苔寺里无马迹,绿水桥边多酒楼"(杜牧《润州》)。诸如此类的诗句,与"日出江花红胜火,春来江水绿如蓝"二句景物描写,都有异曲同工之妙。三是镇江是地道的长江南岸的滨江山林城市,亦是江南地理概念上的起始地域。《忆江南》三首词,第二首写杭州的秋景("山寺月中寻桂子"),第三首写苏州的夏景("吴娃双舞醉芙蓉",芙蓉花开放于夏日,诗人虽是比喻,但该是触景生情之喻,故推论此句之"芙蓉"乃夏日之景物),而第一首写的是镇江的春景("春来江水绿如蓝")。这样,三首词就分别写出了三个江南地理标志区域的三个不同季节的自然与人文景观。其实,春、夏、秋三季,可谓代表了一年。亦就是说,《忆江南》三首词实实在在完美地向世人展示了江南一年四季的美好景象。春，既是四季的开头，也是江南四季美景的起始。在《忆江南》三首词中，镇江则是江南春景的发端地。由以上三种论证可知，《忆江南》三首第一首写的是镇江"日出江花红胜火，春来江水绿如蓝"的美景，庶可切实而允当的。

二、"日出江花红胜火"之"江花"正诠

"日出江花红胜火，春来江水绿如蓝"，两句十四个字，其中有日、有江、有花、有火、有春、有色，意象朗朗，各呈美韵，色彩鲜明，对比强烈，可谓"诗中有画，画中有诗"①，意境清雅，认上百读不厌，好一幅尽情歌咏江南春色的"江春图"，堪称千古绝唱，深受人们喜爱。然而，关于"日出江花红胜火"之"江花"何所指的问题，迄今莫衷一是。目前说法大体有三：一说是"江岸的花，如桃花一类"；一说是"江中的浪花"；一说是"江边花木杂草在水中的倒影"。记者笪伟在《"江花"是什么？》一文中主要罗列了镇江本地几位文友的观点，大家几乎都不认同"江花"是"江岸之花"的解释，而认为就是"江中之浪花"②。面对众多的意见，记者自己查了百度词条，百度词条解释为："'日出江花红胜火'的'江花'，指的是江岸边的花朵。一说指江中的浪花。红胜火：颜色鲜红胜过火焰。整句的意思是太阳从江面升起时，江岸边的花朵比火还要红艳。"末了，记者感慨道："几日趣论，何谓'江花'，依旧未有定义……一山一水有长风，一花一木有好景。就像一千个人眼中有一千个哈姆雷特，或许，我们的一万个文友也有一万朵开在心尖上的'江花'吧。"卢宏慧的《江花之美》一文认为："江花不是指江岸边之花卉，也不是指江中之白色浪花，而是指江边的野树丛花杂草等在江面上的倒影，在日月灯火等光影交错下随风荡漾，形成各种自然美景之波纹，其形如江之花树在水中摇曳，故称'江花'。"在文末，作者特意提到了当时《京江晚报》副刊主编范德平因"刊主梦境定江花"的逸闻轶事："梦已泛舟江上，苦寻刊名。终一日，梦朝霞映北固山下江面，波光粼粼，江水漾动如锦，烘托出白居易'江花红胜火'词句意境。"③由范德平因梦得刊名观之，他当也是认可"江花"即江岸景物倒影之说的。前面所列"江岸之花""江中浪花""岸景倒影"等三种"江花"释义，笔者以为，当以第一种为妥，余者皆与诗境不合，无以成立。试论之。

首先看"江岸之鲜花"之释义。词学泰斗唐圭璋先生较早释义为"江边生长的花"，后来倾向于此解释者居多。此二句就字面意思释之，是说火红的朝阳从东方冉冉升起，辉映在江岸上含露绽放的红色鲜花上，使得此时的红花显得更加火红欲燃而鲜艳夺目，故而给人以"江花""红胜火"的艺术审美效果。而在江岸上大片"红胜火"鲜花的映衬下，一江澄净碧绿的春水显得更加青绿活泼，因而此刻的"江水"便更具有"绿如蓝"的视觉效果。"日出"一联，突出渲染了"江花""江水"红绿相映的明艳画面，给人以光彩夺目的印象。值得注意的是，此联运用了"互文见义"的艺术表现手法，"日出"与"春来"上下两句

①　(宋)苏轼《东坡题跋·书摩诘〈蓝田烟雨图〉》，丛书集成初编本，商务印书馆 1936 年版，第 94 页。

②　笪伟《"江花"是什么？》，《京江晚报》2024 年 8 月 19 日，第 16 版。

③　卢宏慧《江花之美》，《京江晚报》2024 年 9 月 1 日，第 8 版。

是相互兼容的,亦就是说,上句包含着"春",下句暗合着"日",完整表达的意思是说,在春天朝霞的映照下,江岸之花像火一样热烈明艳,澄江之水如蓝草一样碧绿诱人。这样,整个画面不仅分外美丽,而且由于"日出""春来"两个主谓词组的使用,自然就渲染了一种蓬勃向上的生命力量与审美氛围。这两句诗的主角是,在春日朝霞映照下的"红胜火"的"江花"(江岸之花)与"绿如蓝"的"江水"(澄碧之水)。"江花"是诗人远望江岸之景,"江水"是诗人舟中近睹之物,如此远近视觉的转换,江面与江岸的对照,自然构成了一幅"红胜火"江花与"绿如蓝"江水彼此呼应的"江南美春图",真是写景如画,新人耳目。霍松林先生说得好:"春来百花盛开,已极红艳,红日普照,更红得耀眼。在这里,因同色相烘染而提高了色彩的明亮度。春江水绿,红艳艳的阳光洒满了江岸,更显得绿波粼粼。在这里,因异色相映衬而加强了色彩的鲜明性。作者把'花'和'日'联系起来,为的是同色相烘染;又把'花'和'江'联系起来,为的是异色相映衬。江花红,江水绿,二者互为背景。于是红者更红,'红胜火';绿者更绿,'绿如蓝'。"①诗人这种红绿色彩烘染映衬之作法,当源自善用色彩烘衬作诗的杜甫,如"江碧鸟逾白,山青花欲燃"(《绝句》)。其余如白居易的"绿浪东西南北水,红栏三百九十桥"(《正月三日闲行》),等等。诗人"日出""春来"一联红绿色彩的映衬描写艺术,具有鲜明的守正创新的意味。而从宋人杨万里《晓出净慈寺送林子方》"接天莲叶无穷碧,映日荷花别样红"二句,可以明显看出"日出""春来"一联的影响之痕。"红胜火"的江岸春花与"绿如蓝"的春江之水,是江南水乡美丽春色的两个鲜明而重要的意象,作者深得要领,倾情描写,既彰显出江南春色的鲜明特征,又表达了诗人酷爱江南美景的一腔热情,描写之高妙,委实令人拍案叫绝。

其次看"江中浪花"之释义。由"日出江花红胜火,春来江水绿如蓝"可知,诗人描写的"江花"与"江水"是不同的事物,倘若作"浪花"讲,那么,"浪花"也是"江水",诗人是不可能在如此精练的诗句中这样来重复写江水的。浪花也好,江水也罢,它们都在诗人视野中的江面上。如此这般,问题就来了:一边是"红胜火"的浪花,一边是"绿如蓝"的江水,同一江面岂能出现如此"红""绿"变魔术般的奇异景象,岂非咄咄怪事?现实生活中是不可能出现如此自然现象的,自然也不是诗人所见之真实自然景观。诗人写过描绘阳光照耀江面的景象的诗句:"一道残阳铺水中,半江瑟瑟半江红"(《暮江吟》),其中的"残阳",即夕阳,与诗题"暮江"相照应。"瑟瑟",通常用以形容风吹草木的声音及景象。这里则是一种特殊用法。《新唐书·高仙芝传》云:"仙芝为人贪,破石,获瑟瑟十余斛。"②这里的"瑟瑟",是指碧色的玉石。诗人借用来描写碧波。这两句是说,傍晚时分一道阳光平铺于江面之上,诗人所见夕阳照及之处呈现出微红色,而夕阳未能照及之处则呈现出碧绿色,这是有夕阳斜照形成的景象。诗人之所以用"一道",而不用"一片",真是表明夕晖只是照于部分江面,而非全部。所以,才会出现"半江瑟瑟半江红"的奇美景象。它与"日出江花红胜火,春来江水绿如蓝"的场景表现,显然是不同的。前者描写的是夕照下

---

① 唐圭璋、缪钺、叶嘉莹等《唐宋词鉴赏辞典》,上海辞书出版社 1988 年版,第 30 页。
② 宋祁、欧阳修等撰《新唐书》卷 135《高仙芝传》,小四库百衲本《二十五史》(4),浙江古籍出版社 1998 年版,第 647 页。

同一江面呈现红、绿二色的景象,后者是表现朝阳照耀下江岸之花及满江之水分别呈现红、绿二色的明艳景色。场景不同,格局有异。

最后看"岸景倒影"之释义。毫无疑问,持此说者是承认江岸上有花木景物的,否则何来"倒影"之说? 既然江岸上有花木,诗人自然是触目可及的,何必要来个"岸景倒影"之说呢? 退一步说,即使是"岸景倒影",按照惯例,诗人乘坐之船一般是行在江心的,这样,诗人距离江岸就较远,他怎能看到此"岸景倒影"呢? 除非是诗人乘坐之船是靠岸航行的,而这又有多大的可能性呢? 故"岸景倒影"之说,无论是现象本身还是现实逻辑,都难与事实相吻合。

由以上分析,关于"江花"的三种释义中,"江岸之鲜花"为最佳,最切合当时情景,最切合诗人心情。其他二说,或不切景,或违人情,或悖常理,这是显而易见的。

结语

通过上文考论分析,最终可以得出结论:"日出江花红胜火,春来江水绿如蓝"诗句的取景地当在长江的镇江段,且有可能就在北固山到焦山的宽阔江面及满是花木的江岸。而"江花"即指"江岸之鲜花"。《京江晚报》以"江花"命名副刊,委实是尊贤之行、聪慧之择、高明之举,值得庆幸! 但愿"江花"开不败,朝霞染天红。诗文映现实,四海遍春风!

《尊前集》定位与早期词选的交互关系

林学阳*

摘　要:作为一部编次混杂的词选,《尊前集》与多部早期词选存在交互关系。由于宫调散注、诸体兼收与词类多元的内部特征,《尊前集》具有包括唱本与读本在内的多重性质,具有贯通《花间集》与《金奁集》的可能。从外部来看,由《尊前集》与《花间集》《金奁集》的词作重出以及异文情况,可知《尊前集》与《花间集》存在不同的文献来源,《尊前集》在读本一途续补《花间集》,《金奁集》又在唱本一途对照"尊前"。若进一步延伸,《南唐二主词》也一定程度上遵循了《尊前集》的文本传统,《尊前集》也成为唐五代时期西蜀与南唐两大词人群及其词作的交汇点。早期词籍并不是孤立的,词选本身的层累现象,以及"词选群"之间动态互补的关系亦值得重视。

关键词:《尊前集》;《花间集》;《金奁集》;文献来源;编次特征

　　《花间集》是最经典的早期文人填词范本,历来关注者多;而同为流传至今的唐五代词选,《尊前集》与《金奁集》被《花间集》遮蔽,长时间处于唐宋词研究的边缘位置。随着唐宋词本体研究的推进渐趋减缓,词体接受史如词选研究顺势成为新的学术增长点,词选编撰时的定位亟须正本清源。即使是历来关注甚多的《花间集》,其供歌伎演唱的唱本定位也逐渐被打破,"诗客曲子词"的读本属性进入学术视野。[①] 在《花间集》之外,二十世纪八九十年代,肖鹏《群体的选择:唐宋人词选与词人群通论》,蒋哲伦《〈尊前集〉和早期文人词》等已为冷门词选研究之先声[②];近年来,周海燕、马里扬《〈尊前集〉编撰时代考论》,智凯聪《从〈尊前集〉〈金奁集〉宫调信息看晚唐五代词乐之风格》等文亦将视野集中在《花间集》之外的词选遗珠[③]。已有的研究成果对《尊前集》的编者、时代、版本、选系及宫调特征进行了初步考辨,为本文提供了相对丰富的立论基础。

　　然而,尽管《花间集》《尊前集》《金奁集》的版本流变线索经梳理已较为清晰,相关词

---

　　* 林学阳,中国人民大学国学院硕士研究生,主要从事唐宋词学研究。

　　① 见李飞跃《〈花间集〉的编辑传播与新词体的建构》,《中州学刊》2012 年第 3 期,第 169 页。尽管《花间集》的体例更偏向读本,但并不能否定《花间集》中词作的可歌性,《花间集》与"花间词"的概念需要区分。

　　② 肖鹏对《尊前集》版本、编者、选系进行了初步考察;蒋哲伦依据《尊前集》,提出早期词作题材广阔、形式短小且尚未定型的特征。[肖鹏《群体的选择:唐宋人词选与词人群通论》,凤凰出版社 2009 年版,第 183~188 页。蒋哲伦《〈尊前集〉和早期文人词》,《上海师范大学学报》(哲学社会科学版)1983 年第 4 期,第 39 页]

　　③ 周海燕、马里扬梳理考辨了有关《尊前集》编者与编撰时代的诸多说法,认为《尊前集》较可能成书于宋真宗大中祥符五年(1012)至宋仁宗康定年间(1040—1041),编者为"南唐遗老人宋者"。智凯聪依据《尊前集》的宫调信息,认为晚唐五代时期词乐处于文人词体形成的开端阶段,形成以"柔婉"为美的特质。(周海燕、马里扬《〈尊前集〉编撰时代考论》,《中国诗学研究》2022 年第 1 期,第 109 页。智凯聪《从〈尊前集〉〈金奁集〉宫调信息看晚唐五代词乐之风格》,《南京艺术学院学报》(音乐与表演版)2022 年第 1 期,第 107 页)

学价值早有发微，三者间的复杂关系依然是研究者们不得不面对的问题。词学界的主流观点是，《尊前集》成书于《花间集》之后，与《花间集》所录唐五代词作仅有 11 首重合，故"尊前"系就"花间"补人补词。《金奁集》以《花间集》为选源，而《金奁集》《菩萨蛮》下注云"五首已见《尊前集》"，故其"欲为《尊前》之续"。① 但这样一来，就会形成一个看似矛盾的"循环"：《尊前集》补遗《花间集》，《金奁集》又以《花间集》中的词作补遗《尊前集》。若仅停留于此，得出的结论显然不合情理。要解释唐五代词选间的关系，需要更加细致的梳理考证，而作为《花间集》《金奁集》中间环节的《尊前集》无疑是最佳贯通点。本篇的目的，是清理《尊前集》现存版本中的编次信息及文本线索，厘清这部词选在唐宋词史中的定位，并重新评估几部重要早期词选的不同功能与词学意义。

一、《尊前集》编次的混杂面貌

早期词选的性质与词选间的互动情况，是一个递进的问题，故明乎《尊前集》之定位无疑是考察《金奁集》《尊前集》《花间集》三者复杂关系的必经之路。"尊前"之名，意指"酒尊（樽）之前"。由于宋初"人间万事何须问，且向尊前听艳歌"② 之宴乐环境以及《花间集序》中"莫不争高门下，三千玳瑁之簪；竞富樽前，数十珊瑚之树"③ 的语词引导，学人多将《尊前集》定位为唱本④，并以此推断《尊前集》的体例："《尊前》就词以注调，《金奁》依调以类词，义例正相比附"⑤。然而，事实上《尊前集》注宫调者少，不注者多，且不注于首见之阙，宫调总体上较为零散。其分家词选性质，也更接近作为读本的《花间集》而非以宫调列词的《金奁集》。⑥ 故综合来看，将《尊前集》定性为唱本的简单判断，似缺乏足够的证据。但若我们否定这个结论，又会面临一个更加棘手的问题，既非纯粹的唱本，《尊前集》之性质为何？ 若为案头读本，此书选阵过于散乱，并无规范的体例，显然会影响读者的阅读体验。遗憾的是，《尊前集》的编者以及成书时间依然存在争议。⑦ 经周海燕、马里扬考证，《尊前集》较可能成书于宋真宗大中祥符五年（1012）至宋仁宗康定（1040—1041）年

---

① 肖鹏据词选收录情况，认为《尊前集》为《花间集》之续补，《金奁集》选词来源为《花间集》；朱祖谋《书金奁集鲍跋后》云："盖宋人杂取《花间集》中温韦诸家词，各分宫调，以供歌唱。其意欲为《尊前》之续"，认为《金奁集》为《尊前集》之续补。（肖鹏《群体的选择：唐宋人词选与词人群通论》，凤凰出版社 2009 年版，第 186 页。朱祖谋《书金奁集鲍跋后》，（后蜀）赵崇祚编，杨景龙校注《花间集校注》，中华书局 2017 年版，第 150 页）

② （明）蒋一葵著，吕景琳点校《尧山堂外纪》卷 44，中华书局 2019 年版，第 691 页。

③ （后蜀）欧阳炯《花间集序》，（后蜀）赵崇祚编，杨景龙校注《花间集校注》，中华书局 2014 年版，序第 1 页。

④ 如叶晔认为《尊前集》就词标示宫商调，是为了应对客人点唱特定的词调。胡元翎认为《尊前集》为"妓歌"。曹明升认为《尊前集》《金奁集》或就词以注调，或依调以类词，都是供歌妓使用的歌本。吴熊和认为《尊前集》实为坊间唱本，编选目的在于应歌。（叶晔《明人分编次观与唐宋词的分调经典化》，《文学评论》2016 年第 1 期，第 194 页。胡元翎"词之曲化"辨》，《文学遗产》2009 年第 2 期，第 70 页。曹明升《宋代歌妓与宋词之创作及传播》，《云南社会科学》2004 年第 3 期，第 125 页。吴熊和《唐宋词调的演变》，《杭州大学学报》（哲学社会科学版）1980 年第 3 期，第 37 页）

⑤ （清）朱祖谋《书金奁集鲍跋后》引吴伯宛语，（后蜀）赵崇祚编，杨景龙校注《花间集校注》，中华书局 2017 年版，第 150 页。

⑥ 《花间集》不注宫调，其标示词人官衔以及规整的文本形态，表明《花间集》更可能是一部"献上"的案头读物。《金奁集》以《花间集》为选源，择取其中词作以宫调编次，便于择曲演唱。

⑦ 关于今本《尊前集》编者，主要有吕鹏、欧阳炯、宋初人、顾梧芳四说。《尊前集》成书时代，则有"唐五代说""南唐说""宋初说"与"明代说"。

间,编者为"南唐遗老入宋者"①。现有成果虽已将编者与成书年代缩小至一个较为精确的区间,但序跋的缺失与编撰背景的模糊,使其无法像《花间集》那样留下可资判断编集目的的信息。早期词作归属的流动性,也无疑加大了定性《尊前集》的难度。有鉴于此,词籍本身的文本内容以及编次体例就是我们尤需留意的破局关键点。

现存《尊前集》的版本,可分为两个系统。一是《尊前集》一卷本系统:今存一卷本有明吴讷辑《唐宋名贤百家词》本,梅鼎祚藏明抄本以及黄丕烈藏明抄本。二是《尊前集》二卷本系统:始于明顾梧芳序刻本,明末汲古阁《词苑英华》本重刻,清四库全书抄本亦属此版本系统。大多数情况下,即使最早的宋刻本已佚,只要我们能确认一部词籍前后不同版本之间的传承关系,那么,尽管只有更晚的明清刻本(抄本),也无碍我们信任其中文字与早期版本的一致性②。今本《尊前集》中除一些个案外(如未收罗泌校语中的《长相思》(深画眉)一词)③,悉与宋人记述相合,黄丕烈藏明抄本中亦存有宋讳字,可知今本即宋人所见之旧本,但不可避免经过了一定程度的删易或增补。另外,《尊前集》两个系统的编次体例大致相同,唯"李王八首"的收录存在差异,其余主要区别在题下注与某些异文。一、二卷本大部分词文本保持了高度一致,我们也就有理由相信现存版本大体上还是保留了最初版本的原貌。

今本《尊前集》收录情况颇为复杂,凡录唐五代词人三十六家二百八十九首词。所录词人并无绝对次序④,大致身份由帝王至一般文人,时代由盛唐至南唐⑤。从编次情况可以发现某些线索,在后蜀词人李珣之后,此选又录李王、冯延巳词(在一卷本中,"冯延巳七首"后又录李王词一首),也即李煜、冯延巳词两见(三见)于《尊前集》。黄丕烈藏本"李王《望江南》二首"前可见"续集"二字,可知李珣之后部分为《尊前集》之补集,而补集编者

---

① 周海燕、马里扬《〈尊前集〉编撰时代考论》,《中国诗学研究》2022年第1期,第109页。
② 叶晔《何止碑与画:〈鱼游春水〉词的异文形态及其源流》,《南京师范大学文学院学报》2024年第3期,第44页。
③ 景吉州本《欧阳文忠公近体乐府》卷1《长相思》(深画眉)之罗泌校语云:"《尊前集》作唐无名氏词。"此首为今本《尊前集》所无。(吴昌绶辑《景刊宋金元明本词四十种·景宋吉州本欧阳文忠公近体乐府》卷1,清宣统三年至民国六年仁和吴氏双照楼刊本,第48页上)
④ 《尊前集》中收词序列如下:明皇《好时光》;昭宗《巫山一段云》;庄宗《一叶落》《阳台梦》《歌头》(大石调)、《忆仙姿》;李王《一斛珠》(商调)、《子夜》、《更漏子》(大石调)、《浣溪沙》、《虞美人》(中吕调);李白《连理枝》(黄钟宫)、《清平乐》、《菩萨蛮》(中吕宫)、《清平调》;韦应物《调笑》《三台》;王建《宫中三台》《江南三台》《宫中调笑》;杜牧《八六子》;刘禹锡《杨柳枝》《纥那曲》《忆江南》《浪淘沙》《抛球乐》;白居易《杨柳枝》《竹枝》《浪淘沙》《忆江南》《宴桃源》;卢贞《杨柳枝》;张志和《渔父》;司空图《酒泉子》;韩偓《浣溪沙》;薛能《杨柳枝》;成文干《杨柳枝》;冯延巳《捣练子》《谒金门》《玉楼春》;温庭筠《菩萨蛮》;皇甫松《怨回纥》《竹枝》《抛球乐》;韦庄《怨王孙》《定西蕃》《清平乐》;张泌《江城子》;毛文锡《巫山一段云》;欧阳炯《南歌子》《渔父》《巫山一段云》《春光好》《西江月》《赤枣子》《女冠子》《玉楼春》《更漏子》《木兰花》《清平乐》《菩萨蛮》;和凝《江城子》《喜迁莺》《麦秀两岐》;孙光宪《浣溪沙》《定风波》《南歌子》《应天长》《生查子》《遐方怨》《更漏子》;魏承班《生查子》《满宫花》《菩萨蛮》《谒金门》;阎选《谒金门》《定风波》;尹鹗《江城子》《河满子》《女冠子》《菩萨蛮》《拔绰子》《金浮图》《秋夜月》《清平乐》;李珣《中兴乐》《渔父》《南乡子》《定风波》《西溪子》;李王《望江南》、《更漏子》(大石调)、《蝶恋花》、《清平乐》、《采桑子》(羽调)、《喜迁莺》、《浣溪沙》;冯延巳《罗敷艳歌》、《更漏子》(商调)、《临江仙》、《虞美人》;李王《子夜啼》;庾传素《木兰花》;刘侍读《生查子》(双调);欧阳彬《生查子》;许岷《木兰花》(大石调);林楚翘《菩萨蛮》(中吕宫);薛昭蕴《谒金门》;徐昌图《木兰花》(双调)、《临江仙》、《河传》。
⑤ 所列次序为《尊前集》一卷本之次序。一卷本"续集"中,录"李王八首""冯延巳七首"后,又录李王一首《子夜啼》。二卷本"续集"中,"李王八首"下多"子夜啼(花明月暗笼轻雾)一首,实为"李王九首",而"冯延巳七首"下不另录李王词。换言之,一卷本《尊前集》李煜词凡三见,二卷本中李煜词则出现两次。

是否为原书编者尚未可知①。

还可留意的是《尊前集》的宫调信息。正集中标注宫调于庄宗、李王以及李白词下，集中出现在盛唐与南唐词人词作。续集中宫调见于李王、冯延巳、刘侍读、许岷、林楚翘、徐昌图下。标注宫调之词调为《歌头》、《一斛珠》、《更漏子》（大石调）、《虞美人》、《连理枝》、《菩萨蛮》、《采桑子》、《更漏子》（商调）、《生查子》、《木兰花》（大石调）、《木兰花》（双调）。若将正集与续集分而论之，则"就词以注调"之词调并不重复。续集中《更漏子》《木兰花》注调两见，而同名异调；《木兰花》（双调）与《木兰花》（大石调），《更漏子》（大石调）与《更漏子》（商调），实皆属"商调"大类下。同名的不同词调，如果乐曲的调性相同，可以通过移宫实现相互转调，即改变调高，而旋律特征有所保留，可见《尊前集》中同一词牌即使异调也存在内在的音乐共性。

二、《尊前集》的编撰特征与选本性质

（一）编撰特征之一：宫调散注

若进一步关注词选的内部特征，会发现在《尊前集》混杂的面貌之下，其实存在很多问题。现在尤为可疑的，是词籍中宫调信息的隐显。何以注调者少，不注者多？即使在宫调集中标注的正集盛唐部分与补集部分，宫调出现也并无显著规律。当我们试图追溯编集时的情境，会发现《尊前集》中宫调信息的来源存在两种可能性：一是编者采录自某部已经失传的歌女唱本，二是所注宫调在《尊前集》中首次出现。在更充分的证据出现前，可能性应两存。

考刘尊明、王兆鹏《唐宋词定量分析》，《更漏子》《菩萨蛮》《木兰花》《生查子》在宋初并非僻调，甚至可以说相当流行。② 可知倘若《尊前集》编者自注宫调，则词集中散见宫调，且注者少而不注者多，并非为了注明僻调便于演奏。而上述四个词调都存在配合不止一种宫调的情况，当是编者明乎某一首词确有演唱实践后，才于词调名下附以确切宫调的。结合学界推论编者"南唐遗老入宋者"之身份，《尊前集》中宫调信息出现无序且李煜、冯延巳词下标注宫调相对较多，也在情理之中。

（二）编撰特征之二：诸体兼收

明乎体式层面的编次信息，可讨论内容层面的编次特征。通检《尊前集》选录词题及词作文本，我们发现《尊前集》并不完全是一部"词集"。如韦应物、王建之《调笑》《三台》"本蜕自唐绝，与诗同科"③，从应用情境看，又与"转踏"这一歌舞戏形式相关，属于诗、词、

---

① 正、续集的差异说明《尊前集》并非一次编成，也暗示《尊前集》不止一位编者的可能性。如果《尊前集》存在多位编者，或许会导致《尊前集》的定位、编撰思路变得模糊不清，一定程度上造成了混杂。

② "更漏子""菩萨蛮""木兰花""生查子"在唐五代词调创作数量排行中分别位于第 10 位、第 3 位、第 37 位、第 20 位［唐五代词调凡 176 调（含异名）］。（刘尊明、王兆鹏《唐宋词的定量分析》，北京大学出版社 2012 年版，第 52～54 页）

③ 夏承焘《唐宋词字声之演变》，《夏承焘集》第 2 册，浙江教育出版社、浙江古籍出版社 1997 年版，第 53 页。

曲的"中间态",严格意义上并非"词体"①。

另有李白《清平调》一例可资讨论。《清平调》历来与作为词调的"清平乐"存在文类争议。若我们相信"李白醉赋沉香亭"的故事为真,则南宋人王灼的辨析可资参考:"明皇宣白进清平调词,乃是令白于清平调中制词。盖古乐取声律高下合为三,曰清调、平调、侧调,此之谓三调。明皇止令就择上两调,偶不乐侧调故也。况白词七字绝句,与今曲不类。而《尊前集》亦载此三绝句,止目曰《清平词》。然唐人不深考,妄指此三绝句耳。"②由此,《清平调》乃凭清、平二调而作的七言绝句,其所属文体应是"声诗"一类。宋蜀本与咸淳本李白集皆将《清平调词》三首归入歌诗大类下的"乐府"部分,而未录《清平乐》。郭茂倩《乐府诗集》亦录《清平调》入"近代曲辞",与五律《宫中行乐词》同类,故在宋敏求、郭茂倩等人眼中,《清平调》与《清平乐》当存诗词之别。《尊前集》收《调笑》《三台》及《清平调》与《清平乐》,恐怕编者观念中所录诸调是否"词体"已在其次。编者即使有意辑录一部纯粹的"词集",在宋初词体边界尚不明晰的时代背景下,也很难做到标准统一。欧阳炯《花间集序》以"诗客"作为集中选录十八家词人的统称,一个重要原因是其长短句多用唐代近体诗句法,句式多合诗律。③ 因此可以认为,《花间集》所收词作在体式上接近诗体,《尊前集》则以兼收多种文类的方式,呈现出另一种诗词融汇的面貌,客观上与《花间集》接近。

(三)编撰特征之三:词类多元

《尊前集》选域广阔,且词类多样,在娱宾樽前的歌女之歌外,还包含风土词、民间曲词、宫廷应制词与寿词多种词类,表现为娱宾、颂赞、采风等功能的复合。"竹枝"作为广义风土诗的经典体裁,在学界主流观点中也并非词体。④《尊前集》收"竹枝"凡20首,刘禹锡、白居易《竹枝》写巴蜀风土,皇甫松《竹枝》则写岭南风物。另有李珣《南乡子》七首,亦为风土一类,内容格调与《花间集》中所录同题作品相似。《尊前集》中还有一类寿词值得留意,今本《尊前集》录刘禹锡《纥那曲》云:"杨柳郁青青,竹枝无限情。周郎一回顾,听唱纥情声。"又"踏曲兴无穷,调同辞不同。愿郎千万寿,长作主人翁。"⑤末两句应为拟女子口吻的祝寿之辞⑥,可以推测《纥那曲》具有私人化的日用倾向。值得注意的是,《尊前集》刘禹锡《杨柳枝》词凡两见,第二次出现为"《杨柳枝》二首",次首云"巫峡巫山杨柳多。

---

① 李飞跃认为,声诗、联章、缠令、缠达、唱赚、诸宫调以及变曲、大曲、戏弄等诗词曲的中间与过渡形态,可互相凿通,是一体多面,异态共生的关系。(李飞跃《诗词曲辨体的文艺融通与史论重构》,《中国社会科学》2019 年第 1 期,第 172 页)

② (宋)王灼著,彭东焕等笺证《碧鸡漫志笺证》,巴蜀书社 2019 年版,第 206 页。

③ 李飞跃《诗词曲辨体的文艺融通与史论重构》,《中国社会科学》2019 年第 1 期,第 171 页。

④ 叶晔、马大勇等人对竹枝词的概念做过细致梳理。叶晔认为竹枝词是包含风土诗、景咏诗、纪行诗等诸多大类以及可细分的数十个子目的一个集群性诗歌概念。马大勇倾向于认为竹枝词是"泛咏风土"的七言绝句。(叶晔《竹枝词的名、实问题与中国风土诗歌演进》,《中国社会科学》2014 年第 11 期,第 144 页。马大勇《竹枝词的"诗体汇流"现象与"广竹枝"概念的生成——兼谈"历代竹枝词全编"之构想》,《浙江社会科学》2024 年第 6 期,第 139 页)

⑤ (清)朱祖谋校,蒋哲伦增校《尊前集(附《金奁集》)》,江西人民出版社 1984 年版,第 20~21 页。

⑥ "愿郎千万寿,长作主人翁"诸句为乐府"赞颂语"。《刘禹锡全集编年校注》引张正见《前有一樽酒行》"前有一樽酒,主人行寿。今日合来坐者,当令皆富且寿,欲令主人三万岁。""千万寿"乃祝寿套语。〔(唐)刘禹锡撰,陶敏、陶红雨校注《刘禹锡全集编年校注》,中华书局 2019 年版,第 1371 页〕

朝云暮雨远相和。因想阳台无限事,为君回唱竹枝歌"①。而首见"《杨柳枝》十首"下录《竹枝》十首,第十首云"楚水巴山江雨多。巴人能唱本乡歌。今朝北客思归去,回入纥那披绿萝"②。其下接《纥那曲》"杨柳郁青青,竹枝无限情。同郎一回顾,听唱纥那声"。故三者实自成序列,次序为"杨柳枝—竹枝—纥那曲",最后引出"愿郎千万寿,长作主人翁"之意。寿词作为日用词类一支,在与音乐完全分离后依然有市场需求,却只能以非独立文本的面向(小说、戏曲、类书中词)得以保存。③《尊前集》则在宋初就以选集形式采录寿词,使其以独立文本的面貌出现。另有征戍词、献上词、言志词等类,共同构成了《尊前集》词类的多元面向。《尊前集》中不同词类的聚合,也意味着宋初词体多种功能(如娱宾、颂赞、采风)的复合。④

有鉴于此,我们可以归纳出《尊前集》编次的内部特征,可将《尊前集》中词作的混杂现象大致分为三个层面。第一个层面是"宫调散注"。宫调信息多出现在盛唐与南唐词作下,且呈现"注调者少,不注者多"的无序性(宫调名在黄丕烈藏明抄本正、续集中的形态有区别,正集中是一种"以宫调名为词调名"的形态,非于词调名下附注宫调。如"大石调歌头""商调一斛珠""羽调")。第二个层面是"文体兼收"。《尊前集》实为狭义"诗""词""曲子"等文类的汇编,即使所录多数为配乐之词,以研究者的眼光考察,也存在体性上的细部差异。第三个层面是"功能复合"。《尊前集》收录多种词类,如以"竹枝"为代表的风土词(诗)与刘禹锡《纥那曲》等日用化的寿词,虽然被冠以"尊前"之曲的共同名义,但其功能显然不同。

(四)《尊前集》的选本性质

在词体尚处于发展阶段的五代与宋初,《尊前集》收录多元词类似乎过于超前。与《金奁集》《花间集》相参看,《金奁集》作为唱本,其中作者仅录 4 人,相对集中固定,词调风格等也更为统一,多为歌筵酒席之作,且少长调,可知《金奁集》重视实践性与娱乐性,性质极为明确。《花间集》的编撰旨趣为"清"⑤,其中不同词调的篇幅字数多在 23～60字。集内不选 90 字以上的慢词长调。60 字以上的中调共选六首,仅占五百首词总数的 1.2%。⑥ 而在同一词调内部,无论作者是否相同,各曲的篇幅相差不大。虽仍有"同调异体"的现象,但相对于中晚唐民间词而言,已算较为规整。与二者相较,《尊前集》的面貌

---

①　(清)朱祖谋校,蒋哲伦增校《尊前集(附《金奁集》)》,江西人民出版社 1984 年版,第 24 页。

②　(清)朱祖谋校,蒋哲伦增校《尊前集(附《金奁集》)》,江西人民出版社 1984 年版,第 20 页。

③　叶晔《第三条道路:词乐式微与格律词的日用之道》,《苏州大学学报》(哲学社会科学版)2018 年第 1 期,第131 页。

④　词选如此,对于《尊前集》中某一首具体的词作而言,其可能也具有"唱词"与案头读物的双重身份。

⑤　"清"指格调气韵上的"清雅"或"清逸",与"浮薄而轻艳"相对。如今已有很多学者认为《花间集》有"尚清"的趣向。彭国忠《〈花间集序〉:一篇被深度误解的词论》(2001)提出了《花间集序》扬"清"贬"艳"的审美标准。彭玉平《〈花间集序〉与词体清艳观念之确立》(2009),指出序文在审美倾向上具有两重性或折中性,带有"清艳"的审美价值取向。另外,郭锋《从〈花间集〉编纂标准看〈花间集〉"清雅"的词学思想》(2006)也认同"清绝"说。李博昊《论后蜀的文治政策与〈花间集〉的编纂原则》(2018),认为在《花间集》词牌的选择上,赵崇祚所录多为"乐府相传"与"豪家自制",对于词体内部音律也颇为重视。

⑥　李飞跃《〈花间集〉的编辑传播与新词体的建构》,《中州学刊》2012 年第 3 期,第 172 页。

不可谓不混杂,唯一的解释是,《尊前集》并非一部单纯的"唱本""读本"或"工具书"。客观上《尊前集》只是呈现出"唐五代歌词选"的文献样态,而难以判断其真正的性质,以至《金奁集》将之视作同类歌本。笔者认为,将之看作多种文献类型的缩合应是一种较为审慎的选择。

书中散见之宫调及多元的词作内容,表明《尊前集》既可作为"唱本",又可作为"读本",具有贯通《花间集》与《金奁集》的可能。但换句话说,《尊前集》在哪一方面都没有做到极致,零乱如碎玉的收录情况,使其既非完善的读本,也非便利的唱本。早期词选的关系不只是互补,还有竞争。然而,性质驳杂也意味着灵活,《尊前集》既可作《花间集》之续集,又可为《金奁集》之先声,虽无规整的体例和便歌的曲调,但多元化的功能可以让《尊前集》面向广泛的受众,其能在竞争激烈的宋初词坛留存,当在情理之中。

三、早期词选重出现象与多元文献背景

我们还须适当跳出《尊前集》的内部因素,考察更广泛的外部环境,将《花间集》《金奁集》的内容信息置于视野之中。《尊前集》之性质为功能意义上兼具读本与唱本的"复合型词选"。《花间集》《尊前集》《金奁集》三者定位的不同,意味着我们不能简单以"《尊前集》补《花间集》,《金奁集》补《尊前集》"的平行眼光审视它们之间的复杂关系。一个必须要留意的点是早期词选的"选源"。《花间集》作为选本,选词固然须符合一定标准,然检《尊前集》所录李珣《南乡子》"携笼去,采菱归"至"新月上,远烟开"七首,同写岭南风物,内容格调皆与《花间集》相合,若《花间集》与《尊前集》的选源相同,何以《尊前集》录而《花间集》不录? 此外,《尊前集》昭宗《巫山一段云》题下注:"上幸蜀宫人留题宝鸡驿壁",对"题词于壁"现象的记录,暗示《尊前集》中词作来源可能不只是歌本,还包括碑刻在内的多种物质载体。如此一来,不禁会产生疑惑:《尊前集》与《花间集》(《金奁集》)收词极少重出,是否为一种巧合? 早期词选是否拥有不同的文献来源?

虽然《尊前集》已无原编者序跋可供推理,但其目录编次隐含了一些线索:肖鹏据今一卷本《尊前集》将此选选阵拆分为三部分,第一部分(原选)录明皇至冯延巳词,为"续花间补人";第二部分(原选)录温庭筠至李珣词,为"续花间补词";第三部分(后补)录李王至许昌图词,为"续《尊前》"。[①] 若夷考"续花间补词"的部分,不难发现《花间集》与《尊前集》选词的关联:《花间集》十八家为温庭筠、皇甫松、韦庄、薛昭蕴、牛峤、张泌、毛文锡、牛希济、欧阳炯、和凝、顾敻、孙光宪、魏承班、鹿虔扆、阎选、尹鹗、毛熙震、李珣。《尊前集》十二家为温庭筠、皇甫松、韦庄、张泌、毛文锡、欧阳炯、和凝、孙光宪、魏承班、阎选、尹鹗、李珣,即《尊前集》"续花间补词"部分选录"花间"十二家词人次序与《花间集》十八家完全相同,《尊前集》编者显然以《花间集》作为参照。

另外,可进一步考察词作文本层面《尊前集》与《花间集》的关系。统计得到,《尊前集》与《花间集》互见者十一首:题李王《更漏子》(金雀钗)、《更漏子》(柳丝长),《花间集》作

---

① 肖鹏《群体的选择:唐宋人词选与词人群通论》,凤凰出版社 2009 年版,第 186 页。

温庭筠词;题李白《菩萨蛮》（游人尽道江南好），《花间集》作韦庄词;题冯延巳《更漏子》（玉炉烟），《花间集》作温庭筠词;题欧阳炯《春光好》（蘋叶嫩），《花间集》作和凝词;李珣《西溪子》（金缕翠钿浮动）;薛昭蕴《谒金门》（春满院）;温庭筠《菩萨蛮（其二）》至《菩萨蛮（其五）》。

（一）重出情况之一：异文较少而词作归属不同

十一首重出词作中，有两个现象值得注意，一是异文较少而词作归属不同。李王《更漏子》二首、李白《菩萨蛮》、欧阳炯《春光好》、冯延巳《更漏子》属于此类。[①] 首先，一方面，早期词作具有流动性。大多数情况下，唐五代词作只是一首歌，而歌女们并不会在意歌词的真正作者是谁。另一方面，歌词文本化的过程中，伴随着人们搜求著名词人作品兴趣的渐浓，出现了词作与词人捆绑的现象，将词作系名于某位大家，无疑可以给这首词带来更大的生存机会。[②] 在文献来源不同的情况下，词作归属的差异，当属正常现象。其次，我们须尝试还原中古时代的阅读环境。以李王词与温庭筠词的重出现象为例：《尊前集》编者有意避开花间词作，其既已见过《花间集》，知道《花间集》未收李王词，故在选录李王词时不严加筛选也在情理之中。若编者所见文献中，与温庭筠词重出的词作已题为李王作，《尊前集》就有可能出现错误。进一步说，即使编者意识到归属不同的词作重出，也会根据词作的具体异文进行取舍，以求更佳的表达效果。

《更漏子》（柳丝长）一首的异文情况可为例。《尊前集》中此词题"李王"作，词云："柳丝长，春雨细，花外漏声迢递。惊寒雁，起寒乌，画屏金鹧鸪。　　香雾薄，透重幕，惆怅谢家池阁。红烛背，绣帷垂，梦长君不知。"通检《金奁集》《花间集》《尊前集》得到表 1 所示的异文信息。[③]

表 1　《金奁集》《花间集》《尊前集》中《更漏子》（柳丝长）一词的异文情况

	《金奁集》	《花间集》	《尊前集》
异文 1	塞雁	塞雁	寒雁
异文 2	城乌	城乌	寒乌
异文 3	帘幕	帘幕	重幕
异文 4	绣帘	绣帘	绣帷
作者	温庭筠	温庭筠	李王

① 李白《菩萨蛮》的情况特殊，词云："游人尽道江南好，游人只合江南老。未老莫还乡，还乡空断肠。绣屏金屈曲，醉入花丛宿。春水碧于天，画船听雨眠。"韦庄《菩萨蛮》词云"人人尽说江南好，游人只合江南老。春水碧于天，画船听雨眠。垆边人似月，皓腕凝霜雪。未老莫还乡，还乡须断肠。""如今却忆江南乐。当时年少春衫薄。骑马倚斜桥。满楼红袖招。　　翠屏金屈曲。醉入花丛宿。此度见花枝，白头誓不归。"词句次序不同，可认为是在不同词选中出现的一首词的两个不同版本。李白词似将韦庄二首词各取一部分合成。

② 〔美〕宇文所安著，麦慧君、杜斐然、刘晨译《只是一首歌：中国 11 世纪至 12 世纪初的词》，生活·读书·新知三联书店 2022 年版，第 33 页。

③ （清）朱祖谋校，蒋哲伦增校《尊前集（附《金奁集》）》，江西人民出版社 1984 年版，第 79、119 页。（后蜀）赵崇祚集，杨景龙校注《花间集校注》，中华书局 2017 年版，第 56 页。不同版本的《尊前集》《花间集》《金奁集》异文稍有差异；如民国十一年（1922）归安朱氏三次补校刻村丛书本《尊前集》"寒雁"作"塞雁"，不排除为字形讹误。

比对发现，《金奁集》与《花间集》相似度极高，这首词《金奁集》与《花间集》的文本来源显然一致。《尊前集》则有四处文本不同于《花间集》《金奁集》，应是词作在传唱过程中发生了文本变貌及归属改易。"寒雁""寒乌""重幕"相较"塞雁""城乌""帘幕"，更加冷寂凄清，更为契合"梦长君不知"的惆怅情调，效果更佳，故被编者择取，收入《尊前集》。黄昇《唐宋诸贤绝妙词选》录此《更漏子》词，题温庭筠作，并采录《花间集》《金奁集》中的词作文本①，可以说明由后蜀至南宋淳祐年间，《更漏子》（柳丝长）一词存在两条主要传播路径：《花间集》《金奁集》中的词作文本在《花间集》成书之后相对稳定；而《尊前集》编者所见《更漏子》题为李王作，这一支流在《尊前集》之后罕被采纳。另有冯延巳《更漏子》（玉炉烟）的重出情况同此，不再赘述。温庭筠词与两位南唐词人的词重出，而不与地域更为接近的"花间"词人的词重出，似可进一步确证《尊前集》编者"南唐遗老入宋者"的身份，其已与《花间集》编次的地理位置拉开了较大的距离，"同时而异域"②，所见词作自然和赵崇祚所见不同。要之，作者归属和文本差异可说明早期词选多元的文献来源。

（二）互见情况之二：词作归属相同而文本差异程度较大

另一种重出情况是词作归属相同，而文本差异程度较大，如李珣《西溪子》（金缕翠钿浮动）的异文情况：《尊前集》中为"日高时，春已老，人未到"，《花间集》作"日高时，春已老，人来到"③；《尊前集》中为"离思正难缄，燕喃喃"，《花间集》作"无语倚屏风，泣残红"。作为功能意义上的口头文学，一部分唐五代词作具有流动性④，个别字词的异文可以用传抄过程中发生的文本变异来解释，然而此处"离思正难缄，燕喃喃"与"无语倚屏风，泣残红"异文在于词句，差异过大，以致影响到整首词的词意。上述两处异文相互对应：《尊前集》中《西溪子》因"人未到"而生"离思"，《花间集》虽"人来到"却"无语"，词作内部意脉各自贯通。故二者的文本差异并非由传抄而发生的变异，两部词选应有不同的文献来源，《尊前集》和《花间集》所录李珣《西溪子》实属于一首词的两个不同版本。《尊前集》编者在选词时，或许关注到了词句的不同，故将此首《西溪子》收录。有鉴于此，严格意义上《尊前集》与《花间集》重出之词只有薛昭蕴《谒金门》（春满院）以及温庭筠《菩萨蛮（其二）》至《菩萨蛮（其五）》。

《金奁集》"中吕宫""菩萨蛮"下收温庭筠词十首，韦庄词五首。词调"菩萨蛮"下注云："二十首　五首已见《尊前集》"。换言之，在《金奁集》编者眼中，所选十首温庭筠词加

---

① （宋）黄昇选《唐宋诸贤绝妙词选》，中华书局1958年版，第16页。

② 《尊前集》"续花间补词"部分但录十二位花间词人，而此十二家之词未必胜于未见载之五家词，故其人其词入选，当为"同时异域，有得见、不得见之故。"（周海燕、马里扬《〈尊前集〉编撰时代考论》，《中国诗学研究》2022年第1期，第127页）"同时"者，即编者曾生活于五代。据陈尚君先生《"花间"词人事辑》，《尊前集》未录之五位花间词人亦皆与蜀地相关。（陈尚君《"花间"词人事辑》，收录于中国社会科学院《俞平伯先生从事文学活动六十五周年纪念文集》，巴蜀书社1992年版，第241页）"异域"者，即编者未入西蜀。

③ 从文学层面来说，"人未到"显然更加符合词作的语境，作"人来到"则不知何意，应是《花间集》之误。

④ 吴真认为，说唱文学文献的文本无定本。异文说明了俗文学文献的流动性，每一种异文都是对传播过程中口头演述的记录。词体应具有类似特征（"作为方法的文献学"系列论坛，第六讲"流动的文本——俗文学文献学漫谈"）。

上五首韦庄词,再加上《尊前集》中收录的五首温庭筠词,凡二十首。然而细考《尊前集》《花间集》《金奁集》收录温庭筠《菩萨蛮》的情况,会发现其中的纠葛:《尊前集》录温庭筠《菩萨蛮》五首,为"玉纤弹处珍珠落""南国满地堆轻絮""夜来皓月才当午""雨晴夜合玲珑月""竹风轻动庭除冷";《花间集》录温庭筠《菩萨蛮》十四首,自"小山重叠金明灭"始,第十一首开始为"南国满地堆轻絮""夜来皓月才当午""雨晴夜合玲珑月""竹风轻动庭除冷";《金奁集》收温庭筠《菩萨蛮》十首,为"小山重叠金明灭"至"宝函钿雀金鸂鶒"(其下若按《花间集》次序则为"南国满地堆轻絮")。① 三者收词顺序都相同,《尊前集》所录除"玉纤弹处珍珠落"一首,其二至其五皆见于《花间集》。根据词作异文情况来看,《金奁集》显然选自《花间集》②,既以《花间》为选源,完全可以尽录十四首《菩萨蛮》,为何言"五首已见尊前集"将其拆分?笔者认为,一是《尊前集》多出"玉纤弹处珍珠落"一首,《金奁集》编者有补遗求全之意;二是《金奁集》在《花间集》中选词,若与《花间集》性质相同,最多只是缩编而并无太大意义。故在功能层面,《金奁集》对照的是《尊前集》,即编者眼中《金奁集》《尊前集》皆属"唱本"系统,《尊前集》已收此五首,则不必再录。

温庭筠《菩萨蛮》的重出现象以及"玉纤弹处真珠落"一首的出现,说明《尊前集》中词作应与《花间集》的文献来源不同。清嘉庆刻本《词苑萃编》云:"唐宣宗爱唱《菩萨蛮》,令狐丞相托温飞卿撰进,宣宗使宫嫔歌之。词云:'玉纤弹处真珠落,流多暗湿铅华薄。春露涴朝花,秋波浸晚霞。风流心上物,本为风流出。看取薄情人,罗衣无此痕。'又云'南园满地堆轻絮,愁闻一霎清明雨。雨后却斜阳,杏花零落香。无言弹睡脸,枕上屏山掩。时节欲黄昏,无慘独倚门。'又云'夜来皓月才当午,重帘悄悄无人语。深处麝烟长,卧时留薄妆。当年还自惜,往事那堪忆。花露月明残,锦衾知晓寒'。又云'雨晴夜合玲珑月,万枝香袅红丝拂。闲梦忆金堂,满庭萱草长。绣帘垂麗蔌,眉黛远山绿。春水渡溪桥,凭栏魂欲消。'"③其下小字注"古今词话",然考清沈雄《古今词话》并无具体词作记载,故《词苑萃编》所引文字应来源于宋代杨湜的《古今词话》。从异文以及收录诗序判断,这五首词的文本来源是《尊前集》。虽然杨湜此书多出于传闻,记述并不一定属实④,但为我们提供了《尊前集》中温庭筠五首《菩萨蛮》的一种可能来源——"献上"⑤。若我们考虑这则故

---

① 有学者指出,重出诗歌的位置表明,它们可能是其中一个选集编辑过程中文本补充的证据。温庭筠的四首《菩萨蛮》词不仅在《花间集》《尊前集》中出现的位置相同,而且在两个选集中都出现在《菩萨蛮》词的结尾,仿佛是"粘"在结尾的。又因为《花间集》有明确的篇幅限制(诗客曲子五百首),故《尊前集》可能是被用来"修复"受损的《花间集》的。(李信隆《〈尊前集〉研究》,庆祝瑞安林景伊先生六秩诞辰论文集编辑委员会辑《庆祝瑞安林景伊先生六秩诞辰论文集》,政治大学国文研究所 1969 年版,第 2261~2388 页)若最初《花间集》的面貌并无"南园满地堆轻絮"以下几首,而是宋人由《尊前集》中补录,则《金奁集》仅录《菩萨蛮》十首也在情理之中。

② 以一卷本《尊前集》为例,《尊前集》所录温庭筠五首《菩萨蛮》的异文:①"无言弹睡脸",《花间集》《金奁集》作"无言匀睡脸";②"重门悄悄无人语",《花间集》《金奁集》作"重帘悄悄无人语";③"花露月明残",《花间集》《金奁集》作"花落月明残";④"雨晴夜合玲珑月",《花间集》《金奁集》作"雨晴夜合玲珑日";⑤"万枝香袅红丝拂",《花间集》《金奁集》作"万枝香里红丝拂"。

③ (清)冯金伯辑《词苑萃编》,卷 23《余编一》,清嘉庆刻本,第 1 页上。

④ 唐圭璋编《词话丛编》,中华书局 2005 年版,第 17 页。

⑤ 倘若《尊前集》确为"献上"读本,则《花间集》不录此五首《菩萨蛮》,可作《花间集》《尊前集》文献来源不同的另一佐证。

事的生成机制,即使不相信杨湜的记载为真,《古今词话》的引述也可说明宋人已有意区别唐五代词作的文本来源。南宋杨湜时《花间集》地位无疑高于《尊前集》,五首《菩萨蛮》中也有四首重出,《词话》录《尊前集》中四首而不采录《花间集》,无论这四首词是否为"献上"之作,都说明杨湜关注到《尊前集》词作来源的独特性。

　　这也就意味着,《花间集》不录李珣《南乡子》"携笼去,采菱归"至"新月上,远烟开"七首,而《尊前集》录之,很有可能是因为这几首词仅为《尊前集》编者所见。《尊前集》与《花间集》的选词来源不同,其中词作存在重复现象(类似两个集合中的交集),故从某种程度上说,《尊前集》并非只辑录未被《花间集》选入的"遗珠",《尊前集》的"补遗"实为"重选"。

　　综合内部因素与外部因素,可以解释《花间集》《尊前集》《金奁集》的复杂关系。在曾存世的众多北宋词选中,此三部词选脱颖而出。《尊前集》明确以《花间集》为对照,考虑到其选域远大于《花间集》,且编者有兼收多种文体及词类的编辑意图,《尊前集》实是在"读本"一途续补《花间集》。但《尊前集》与《花间集》选源不同,大部分词作已经过较大程度的文本变异,造成了两部词选中 11 首词作"重出"的现象。鉴于《尊前集》散注宫调、散见和声(如皇甫松《竹枝》六首和李珣《渔父》三首),可以推测此集具备歌本功能,但受于诸种原因(客观条件或水平有限),未能尽注宫调,编次亦不完善,故造成混杂的面貌。《金奁集》以《花间集》为选源,"杂取《花间集》中温、韦诸家词,各分宫调,以供歌唱"[①],同时也明确以《尊前集》为对照,《菩萨蛮》下注五首已见《尊前集》而非《花间集》,也表明了态度:此选和《尊前集》同属唱本系统。虽然主观上并不一定是为了补遗《尊前集》,只是《尊前集》所录之词《金奁集》不再重录,但客观上,《金奁集》确实在唱本一途补充了《尊前集》未尽之意。这也意味着,混杂如碎玉的《尊前集》在北宋其实一定程度上起到了唱本的作用,甚至曾与《金奁集》配合使用过。换言之,"以为尊前之续"的真正含义,是《金奁集》从《花间集》中选词,以歌词形式补充《尊前集》。

四、《尊前集》文献意义与后世命运

(一)动态互补与《南唐二主词》的文本传统

　　词选的面貌是随着词学思潮、社会风气、竞争关系等因素而不断改易的。虽已确定今本《尊前集》和宋人所见《尊前集》相差不大,但依然存在少数词作的增删现象。如影宋宁宗庆元二年(1196)吉州本《欧阳文忠公近体乐府》卷一所录《长相思》(深画眉),罗泌校语云"《尊前集》作唐无名氏词"[②]。然此词为今本《尊前集》所无,应是脱漏或经过删汰。

　　在《尊前集》同一组词作内部,也能见出收录的层累关系。李白《清平乐》五首始见于《尊前集》。《花间集序》云:"在明皇朝,则有李太白应制《清平乐》词四首。"[③]《唐宋诸贤绝

---

　　①　(清)朱祖谋《书金奁集鲍跋后》,(后蜀)赵崇祚集,杨景龙校注《花间集校注》,中华书局 2014 年版,第 150 页。
　　②　此条不排除为罗泌误记。罗泌误记者如卷 3《应天长》(绿槐阴里黄莺语)校曰:"《花间集》作皇甫松词,《金奁集》作温飞卿词。"(吴昌绶辑《景刊宋金元明本词四十种·景宋吉州本欧阳文忠公近体乐府》卷 1,清宣统三年至民国六年(1911—1917)仁和吴氏双照楼刊本,第 56 页上)实则《花间集》卷 2 作韦庄词。
　　③　(后蜀)赵崇祚集,杨景龙校注《花间集校注》,中华书局 2014 年版,第 1 页。

妙词选》录二首,下注云"翰林应制,按唐吕鹏《遏云集》载应制词四首,以后二首无清逸气韵,疑非太白所作。"①是唐人所见李白《清平乐令》应为四首。何以《尊前集》多出一首?细考所录五首《清平乐令》,依其格调主题实可拆分为三组:其一"禁庭春昼"与其二"禁闱清夜"为第一组:写宫中环境及宫女活动,显然是应制作品;其三"烟深水阔"与其四"鸾清凤褥"为第二组:书写对象转为一般思妇,词中无人物身份的明确指向,为泛化的闺情词;其五"画堂晨起"为第三组:脱离闺情,转向宏大的环境描写,格调又变为清逸。第一组词为李白作并无争议。第二组词与前作格调相异,风格颇类五代之词,若混杂于"花间"诸作,实难分辨,其并无李白特征,确有可能是后人附会李白之名,黄昇所疑不无道理。以上为唐人所见之四首。如此一来,第三组词为李白作品的可能性更低,词中"应是天仙狂醉,乱把白云揉碎",有意模拟太白笔调,但似用力过猛。殆可推断此首为《遏云集》后羼入,是入宋后的作品②。是为《尊前集》内部隐性的层累特征。

同时,我们也应避免词选间动态的交互关系被相对静态的词选定位所遮蔽。《尊前集》之定位以及三部重要唐五代词选之间的关系已相对明晰。不过,若我们把《金奁集》成书视为三部词选关系的终结,则会忽略一些隐藏的信息。如国家图书馆藏明刻本《尊前集》续集李王《更漏子》(柳丝长)下注"大石调《金奁集》作温飞卿"③。"金奁集作温飞卿"和"大石调"宫调并注,应是原书编者所为。换言之,《尊前集》在选录此词时,面对的是《花间集》和已经成书的《金奁集》。

这也意味着,《尊前集》正集与续集非同时编撰,《尊前集》应续成于《金奁集》之后。有学人认为,除李王、冯延巳两位重出词人外,所补各词人大多只有一两首作品。后蜀词人刘保乂题作"刘侍读",是拾遗访阙的痕迹。原编部分的选域以唐代和西蜀为主,而续集部分所录的都是十国词人。薛昭蕴系"花间"词人,原应列于第二部分韦庄之下、张泌之上(依《花间集》原序列),正编未及而置于此部分,也是后来增补的一个明证。④ 因此,《花间集》《尊前集》《金奁集》才会呈现出相互重复的状态。

若将时代继续延伸,《尊前集》也是《南唐二主词》的重要文献来源⑤,《尊前集》对南唐词人词作(尤其是李煜词)的收录,以及南唐词与温庭筠词的重出现象,为唐五代不同地域两大词人群的贯通,提供了一种可能。宋尤袤《遂初堂书目》记载,宋时已有《李后主词》一书,今已不可得见。李璟、李煜词合刊本,见于著录者最早是南宋末年陈振孙的《直

① (宋)黄昇选《唐宋诸贤绝妙词选》,中华书局 1958 年版,第 11 页。
② 曾慥《乐府雅词》录入宋后作品,"拾遗"收录此词,"清平乐"调名下未属作者。〔(宋)曾慥辑《乐府雅词》,清道光二十九年至光绪十一年南海伍氏刻粤雅堂丛书印本,拾遗上,第 6 页下〕
③ 国家图书馆藏明刻本《尊前集》卷下,第 25 页下。此处清四库全书本《尊前集》卷下第 21 页上,注为"金荃集作温飞卿","金荃集"应是"金奁集"之误。另需留意的是,补集部分冯延巳词《更漏子》(玉炉烟)与《金奁集》重出,《金奁集》题温庭筠作,此处未注明,或因此词未列于"更漏子"调下第一首。
④ 肖鹏《群体的选择:唐宋人词选与词人群通论》,凤凰出版社 2009 年版,第 187 页。
⑤ 王仲闻认为,《南唐二主词》所附词话若干则,无一不见于《苕溪渔隐丛话》。《南唐二主词》之编辑年代,必在胡仔《苕溪渔隐丛话》之后。《苕溪渔隐丛话》前集序于高宗绍兴戊辰,后集序于孝宗乾道丁亥。《南唐二主词》可能辑于乾道三年(1167)以后。〔(南唐)李璟、(南唐)李煜著,王仲闻校订,陈书良、刘娟笺注《南唐二主词笺注》,中华书局 2013 年版,第 224 页〕

斋书录解题》所载《南唐二主词》，共一卷。据白润德（Daniel Bryant）考证，相较于《尊前集》编者，《南唐二主词》的编者更为谨慎。今存最早面貌的《南唐二主词》中，第五首至第十四首词继承自《尊前集》的文本传统，收录李煜词的次序亦与《尊前集》相同。① 此外，《南唐二主词》中《虞美人》（春花秋月何时了）一首题下注云"《尊前集》共八首，后主煜重光词也"②。此词至《喜迁莺》共十首，《乌夜啼》《临江仙》二首不见于《尊前集》，余八首《尊前集》俱载之，与注相合。

上述《尊前集》与《花间集》重出词作中，《更漏子》（金雀钗）一首的情况较为特殊。此词在《花间集》被题为温庭筠作；在《南唐二主词》中被认定为李煜作品，归入"正集"。同为互见词作，《更漏子》（柳丝长）则被归入《南唐二主词》的"补遗"部分，题下注"大石调 花间集花庵词选均作温庭筠"③，词尾注"见尊前集"，说明此词在编者眼中应非李煜之作。《南唐二主词》编者对两首互见词的选择不同，意味着《尊前集》《花间集》皆在其可见范围之内，而在《尊前集》之外，有一更可信的文献来源将《更漏子》（金雀钗）题于李煜名下④。

这一现象也在暗示，唐五代至北宋这一时段的早期"词选群"中，构成交互或承袭关系的不止《花间集》《金奁集》《尊前集》《南唐二主词》，《遏云集》《家宴集》《兰畹曲会》等早已失传的词选或曾在北宋与它们共生、竞争。因此，《南唐二主词》的文本来源是多元的，也非只有《花间集》《金奁集》可能成为《尊前集》的参照对象，三者的交互关系并不是一个完整的闭环。但是，早期词选存留的副文本材料如序跋、编者信息缺失严重，多有"文献不足征"之憾。我们依靠收录情况、词作文本以及散见注文，仅能确定《花间集》《尊前集》《金奁集》《南唐二主词》这一组词选的关系链条。若总结一条早期词选交互关系的时间线，则如图1所示。

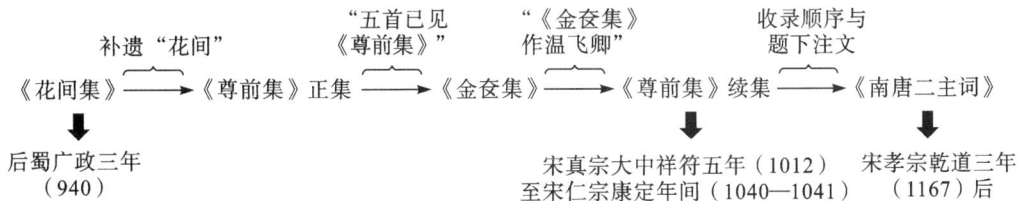

图1　唐五代至北宋时期词选交互时间线

---

① BRYANT D "Messages of Uncertain Origin：The Textual Tradition of the Nan-T'ang erh chu tz'u", YU P ed.，*Voices of the Song Lyric in China*，University of California Press，1994：314-316.

② 《南唐二主词》中《蝶恋花》（遥夜亭皋闲信步）词题下注"见尊前集，本事曲以为山东李冠作"。《菩萨蛮》（花明月暗笼轻雾）下亦有注云"见尊前集，杜寿域词亦有此篇而文稍异"，可为佐证。

③ 作为李璟与李煜的词别集，《南唐二主词》既不以宫调编次，也不以内容类分，于词调下多不注宫调。"大石调"的宫调信息显然继承自《尊前集》。

④ 如果从文本内容的层面考察词作的异文，《花间集》中《更漏子》（金雀钗）与《更漏子》（柳丝长）更像是同一组词。"觉来更漏残"与"梦长君不知"点明写梦，都是从梦中醒来。"花里暂时相见"与"花外漏声迢递"中，"花里"与"花外"的对应也很明确。相较而言，"夜来更漏残"的对应关系就并不那么明显。

(二)《尊前集》的后世命运

词学界的主流观点是,词体由唱词逐渐雅化为案头之作,词集性质由唱本向读本转化,实现文本的充分稳定。但从《花间集》《尊前集》《金奁集》三部词选的性质来看,三者的关系特征表现为唱本系统的逐渐完善,从规整的读本经由混杂的"复合型词选"至相对成熟的唱本。① 不可否认,《花间集》生不逢时,其作为"官员献礼"的读本性质太过超前。在南宋文人们开始雅化词体时,会发现后蜀的《花间集》早已进行过类似的尝试。如果说在后蜀宫廷的推动下,《花间集》有得到刊刻的可能②,那么在北宋词为"艳科""小道"的社会风气,以及刊刻条件尚不成熟的情况下,《尊前集》和《金奁集》很难获得刊印的机会,二者更有可能以抄本的形式流传。换言之,北宋人所见《尊前集》只是一个"截面",可以反映唐五代词作在北宋的接受情况,但很难说对宋代词学的发展有何重要意义。此时,无论词选的面貌还是词作本身都并不稳定,处于流动状态,词选之间也存在交叠互补的现象,直到南宋甚至明代一些重要印本的出现,才相对稳定下来。

宋真宗大中祥符五年至宋仁宗康定年间,沉寂的北宋词坛逐渐复兴,晏殊、欧阳修等词人迎来了创作的高潮期,词选编集也渐趋成为普遍现象,《尊前集》应运而生。不过和《花间集》一样,"尊前"作为词集之名直到宋神宗"元丰中"才首见文献著录。崔公度《阳春录跋》为两宋最早提及《尊前集》处。原跋文已佚,《新安志》《直斋书录解题》有载。罗泌《欧阳文忠公近体乐府跋》亦引述云:"元丰中崔公度跋冯延巳《阳春录》,谓皆延巳亲笔。其间有误入六一词者,近世《桐汭志》《新安志》亦记其事。今观延巳之词,往往自与唐《花间集》《尊前集》相混。"③如著录情况属实,则可知《花间集》《尊前集》并称北宋已然,此处二者虽只是冯延巳词的"参照物",但跋文可一定程度上说明,它们在与《金奁集》《遏云集》《家宴集》等唐五代词选的竞争中脱颖而出,是宋人阅读前代词作的必经之路。南宋末张炎《词源》云"古之乐章、乐府、乐歌、乐曲皆出于雅正。粤自隋唐以来,声诗间为长短句,自唐人则有尊前、花间集"④。可知二者并称无所谓高低之分。两宋期间,《尊前集》与《花间集》共同作为早期词作的重要载体,逐渐确立起经典地位,也成为宋人词选的必要选源:如黄昇《唐宋诸贤绝妙词选》后蜀词作部分依《花间集》原序选词,所录欧阳炯《玉楼春》(日照玉楼)、《菩萨蛮》(红炉暖阁佳人睡)、和凝《喜迁莺》(晓月坠)三首,系补自《尊前集》;唐及十国部分中李白《菩萨蛮》(平林漠漠烟如织)、《忆秦娥》(箫声咽)、《清平乐令》二首(禁庭春昼、禁闱秋夜)和《清平调辞》三首,徐昌图《木兰花令》(沉檀烟起),薛昭

---

① 虽不可否认《花间集》在宋代存在作为歌本的可能性,但从其编撰目的、编次体例及所选词作来看,读本性质应是大于唱本性质的。当然《金奁集》也不是绝对完善的唱本型词选,仅收九种宫调,且编排无序,存在重复。

② 李冬红与梅国宏皆持《花间集》在北宋已有刻本之论。李冬红《〈花间集〉接受史论稿》,华东师范大学 2004 年博士论文,第 12 页。梅国宏《从版本体例的发展流变看后世对〈花间集〉的接受》,《唐山学院学报》2008 年第 1 期,第50 页。

③ 吴昌绶辑《景刊宋金元明本词四十种·景宋吉州本欧阳文忠公近体乐府》卷 1,清宣统三年至民国六年(1911—1917)仁和吴氏双照楼刊本,第 62 页下。

④ (宋)张炎《词源》,唐圭璋编《词话丛编》,中华书局 2005 年版,第 255 页。

蕴《谒金门》(春满院),此前唯见《尊前集》。① 同时,黄昇也承《尊前集》之误,将南唐李璟《浣溪沙》(菡萏香消翠叶残)、《浣溪沙》(手卷珠帘上玉钩)二词误题为"李王"所作。② 可知在南宋时,《尊前集》已在词学意义上真正成了"花间之补"。

明代,是唐宋词选命运转关的另一个关键节点。顾氏《尊前集》序云:"先是唐有《花间集》,及宋人《草堂诗余》行,而《尊前集》鲜有闻者久之。"③正德嘉靖年间,另一部典型词选《草堂诗余》流行,嘉靖后《花间集》始与之并行词坛。唐宋词乐走向衰落,脱离了音乐载体,歌词唱本的演唱实践无由落实,《草堂诗余》也向笺注、类编的形态衍生,转化为案头读物④。《尊前集》本就不完善的应歌功能,在明代愈发难以为继;而其虽具有读本以及日用工具书的性质,但也无法与专门化的《古今词统》《花草粹编》《词学筌蹄》《啸余谱》等词选竞争。可以说,明代《花间集》如日中天之时,《尊前集》销声匿迹,掩于尘埃。故有顾梧芳自言辑录《尊前集》,厘为二卷之举。乃至明末毛晋《词苑英华》重刊此本时,已完全相信宋本不传。⑤ "尊前"之名,毫无疑问落于"花间"下位。零星几次现身,也不过是作为一部曾有著录的唐五代词选与《花间集》连带。

结语

客观来说,若谈论词选的词学地位和选词特色,《尊前集》远不能与《花间集》《草堂诗余》相比。任半塘认为《花间集》是"精选之本",《尊前集》是"普通选本"。⑥《尊前集》为《花间集》之续补,并无内在"选心"。故其虽选域广阔,而所取芜杂,未能形成某种个性特征,亦无确定的选择标准和判断尺度。但《尊前集》存录了盛唐至五代稀见的词人词作,是探赜词体早期形态的经典案例,不可不谓有筚路蓝缕之功。早期词选的性质与词选间的交互,属于书籍史与词学史的交界问题。若定位到具体书籍,今能反映唐五代词面貌的选集与专集,不过寥寥几部。幸运的是,这些词籍并不是孤立的,词作互见、宋人记述等线索将它们以某种形式串联起来。《尊前集》作为多条线索的交点,不仅仅与《花间集》《金奁集》密切相关,在与《南唐二主词》《阳春集》这一组南唐词籍的关系中,《尊前集》也是不可或缺的一环。《更漏子》(金雀钗)等词作在诸词集中的定位,也会一定程度上影响我们对"花间"与南唐词风的认知。换言之,《尊前集》广博的选源,无意间造成了所录词作"同时异域"的现象,也成为南唐与西蜀两大词人群的最佳贯通点。

---

① 《绝妙词选》李太白七首下录白乐天《长相思》二首(深画眉、汴水流),若《欧阳文忠公近体乐府》中《长相思》(深画眉)下罗泌校语"尊前集》作唐无名氏词"为真,则《绝妙词选》《长相思》词的文本来源很有可能也是《尊前集》。

② 肖鹏《群体的选择:唐宋人词选与词人群通论》,凤凰出版社2009年版,第285页。

③ (清)朱祖谋,蒋哲伦增校《尊前集(附〈金奁集〉)》,江西人民出版社1984年版,第140页。

④ 词乐未广时,宋版分题《草堂诗余》自可资应歌;宋末书坊《增修笺注妙选群英草堂诗余》基于文人阅读的考虑,在增加笺注之外,亦增附词话、附加按语;明末《类选笺释草堂诗余》先列词调,再列词题,便于检索,进一步脱离音乐属性,完全成为文人的案头读物。(谢桃坊《〈草堂诗余〉考辨》,《西华师范大学学报》(哲学社会科学版)2023年第1期,第29页)

⑤ (明)毛晋编《词苑英华九种》,国家图书馆藏明汲古阁刻本,第17册,第62页下。

⑥ 任中敏《敦煌曲研究》,凤凰出版社2015年版,第418页。

　　综上所论,《花间集》《金奁集》《尊前集》三者的关系历来存在纠葛:《尊前集》补遗《花间集》,《金奁集》又以《花间集》中的词作补遗《尊前集》,形成了一个矛盾的"循环"。然而,当我们选择以《尊前集》这样一部身份不明、编次混杂的唐五代词选作为切入点,可推理出被表层关系遮蔽的线索。从内部因素来看,《尊前集》混杂的编次特征大致可分为宫调散注、文体兼收与功能复合三个层面。这也意味着,《尊前集》实现了多种词类的聚合,具有包括唱本与读本在内的多重性质,具有贯通《花间集》与《金奁集》的可能。从外部因素来看,《尊前集》与《花间集》重出的词作,有"异文较少而词作归属不同"和"词作归属相同而文本差异程度较大"两类,可知《尊前集》与《花间集》的词作来源不同。考虑到《尊前集》选域远大于《花间集》,且编者有兼收多种文体及词类的编辑意图,《尊前集》实在读本一途续补《花间集》。《金奁集》则明确以《尊前集》为对照,《菩萨蛮》下注五首已见《尊前集》而非《花间集》,也表明《金奁集》和《尊前集》同属唱本系统。至此,三部词选的复杂关系得到解释。不过,应避免词选间动态的交互关系被相对静态的词选定位所遮蔽,仍需留意词选本身的层累情况,在同一组"词选群"之间,也可能会出现交叠互补的现象。早期词籍并不是孤立的,《尊前集》也成为《南唐二主词》的文本来源之一,是西蜀与南唐"词人群"及词作的交汇点。经由编次特征及散见注文,虽可一定程度上还原唐五代词选的编辑目的及交互关系,但北宋时应有更庞杂、多元的词作文献被纳入进"《花间集》—《金奁集》—《尊前集》"的关系网中。《遏云集》《家宴集》等词选的失传,难免带来"文献不足征"之憾。若将来有更为充分、完整的证据出现,早期词选的交互亦需重新审视。

辛弃疾诗词中"停云""丘""壑"考

孙之梅[*]

摘　要：辛弃疾诗词中"停云""丘""壑"经常闪烁其间，读者会在关注其追陶慕庄的思想意蕴时忽视其现实所指。本文认为，"停云""一丘""一壑"是辛弃疾别墅瓢泉中的景观名称。停云是瓢泉的核心区域，应该是类似于中堂地位的堂，相应的也有一个壁；"一丘""一壑"则是瓢泉中与苍壁相映成趣的两个景观。此外瓢泉还有鹤鸣亭、松菊堂、秋水观等景观。以如此思路阅读、体察辛诗词，会更细致入微地理解陶渊明、庄子如何成为辛弃疾精神世界的组成部分以及层次结构，更具体地认识辛弃疾仕途受阻后的修身齐家之道。

关键词：辛弃疾诗词；停云；一丘；一壑

辛弃疾一代奇人，投归南宋后，满腹经纶、文韬武略，报国无门，英雄失路，但是他并非容易潦倒自废之人，虽不能驰骋于南宋的政坛与抗金的沙场，赋闲同样能把修身与齐家做到极致。辛弃疾南下后娶妻生子，需要一处住所。他在宦游中相中了上饶城北的一块地方。其地有一块狭长的湖泊，土地平坦，滨湖面山，景色优美。他便买下这块地皮，将湖泊取名为"带湖"，开始为自己营造退身之区。其居名为"集山楼"，后更名为"雪楼"。其中一处房屋面临稻田，辛弃疾命此房屋为"稼轩"，从此自称稼轩居士。十几年后，他从福建安抚使任上被劾落职，又在期思营建第二处住所，即瓢泉。后带湖的住所失火，辛弃疾一家徙居瓢泉八年。杜甫当年流转成都与夔州，后人感慨其居"暇整"[①]。辛弃疾处于南宋之昏庸懦弱之世，屡起屡踬，每一次蹉跌无不令人沮丧绝望，其居所不仅是他为家庭营建的"安乐窝"[②]，也是他灵魂的栖息之地，带湖、瓢泉两处住宅寄寓了他闲处时的情感世界。关于两处住宅的样貌，我们难于做出具体考索，但是仍能从他的诗词中略窥一二，其中的"停云""一丘""一壑"就不简单是诗词的用典表意，正是他住所瓢泉某区的命名。

一、"停云"——瓢泉之堂与壁

辛弃疾诗词中多次出现"停云"：

---

* 孙之梅，山东大学文学院教授、博士生导师。本文为国家社科基金重大项目"南社文献集成与研究"（16ZDA183）的阶段性成果。

① 锺惺《浣花溪记》："杜老二居，浣花清远，东屯险奥，各不相袭。严公不死，浣溪可老。患难之于友朋大矣哉！然天遣此翁增夔门一段奇耳。穷愁奔走，犹能择胜；胸中暇整，可以应世。"（明）锺惺著，李先耕、崔重庆标校《隐秀轩集》，上海古籍出版社1992年版，第328页。

② 辛弃疾《题鹤鸣亭》："疏帘竹簟山茶碗，此是幽人安乐窝。"谢永芳编著《辛弃疾诗词全集》，崇文书局2016年版，第61页。后文所举诗词均出于此书，不再出注。

相思几欲扣停云,抱疾还嗟老不文。(《和前人观梅雪有怀见寄》)

检校停云,新种杉松,戏作。[《永遇乐》(投老空山)序]

更拟停云君去,细□陶诗。[《婆罗门引》(绿阴啼鸟)]

谁知止酒停云老,独立斜阳数过鸿。[《鹧鸪天》(万事纷纷一笑中)]

停云老子,有酒盈尊,琴书端可消忧。[《雨中花慢》(马上三年)]

"停云"一词出自陶渊明的《停云》诗,在陶诗中并无特殊之意,只是如《诗经》一样取自首句。陶诗的主旨是"思亲友"。辛弃疾"老来曾识陶渊明",陶渊明就成了其艺术世界中构成要素之一,并融入他的生活之中。"停云"不简单是抒情达意的典故,而是他瓢泉新居的组成部分。《书停云壁》诗云:

学作尧夫自在诗,何曾因物说天机。斜阳草舍迷归路,却与牛羊作伴归。

万事随缘无所为,万法皆空无所思。惟有一条生死路,古今来往更何疑。

由此看来,"停云"是瓢泉的一照壁。辛弃疾要在照壁上写上此诗,既为美观,又是言志。如此判断似乎仍然不确。《贺新郎》(甚矣吾衰矣)序云:"邑中园亭,仆皆为赋此词。一日,独坐停云,水声山色,竞来相娱,意溪山欲援例者,遂作数语,庶几仿佛渊明思亲友之意云。"堪坐之停云,当是"堂",或者是"亭"。《瑞鹧鸪》云:

胶胶扰扰几时休?一出山来不自由。秋水观中山月夜,停云堂下菊花秋。

随缘道理应须会,过分功名莫强求。先自一身愁不了,那堪愁上更添愁。

词作于知镇江府时,故有"一出山来不自由"的感慨。公事烦冗,不由自主怀念赋闲在瓢泉时的生活,首先印入忆念的是停云堂。开禧二年(1205),辛弃疾由镇江落职归瓢泉,写《临江仙》,词序云,"停云偶作",词句有"偶向停云堂上坐,晓猿夜鹤惊猜"。显然停云堂在瓢泉处于核心位置,即中堂,是主人接待重要客人与自己读书沉思之处。这样我们可以大致怀想,停云堂是辛弃疾瓢泉居所之一区,此区栽种菊圃,前面或有一壁。也有一种可能,辛弃疾《书停云壁》诗之壁就是停云堂之壁。

正因为停云堂为宅区之核心,除了菊圃外,辛弃疾在通道两侧栽种了翠竹。《蓦山溪》词序云:"停云竹径初成。"其词描绘了瓢泉之位置与立体的景观:

小桥流水,欲下前溪去。唤取故人来,伴先生、风烟杖屦。行穿窈窕,时历小崎岖,斜带水,半遮山,翠竹栽成路。

一尊遐想,剩有渊明趣。山上有停云,看山下、蒙蒙细雨。野花啼鸟,不肯入诗来,还一似,笑翁诗,句没安排处。

停云居于整个宅区的高点,从停云可以俯瞰山下。宅区有小桥流水,与山下的溪泉相通。竹径窈窕曲折,翠竹蓊郁,半山遮蔽,溪水淙淙。主人持美酒,与山水、鸟鸣、花香融为一体,似进入无我之境。这种"渊明趣"在前举《贺新郎》(甚矣吾衰矣)词中得到更加酣畅的抒发:

甚矣吾衰矣。怅平生、交游零落,只今余几?白发空垂三千丈,一笑人间万事。问何物、能令公喜?我见青山多妩媚,料青山、见我应如是。情与貌,略相似。

一尊搔首东窗里。想渊明,《停云》诗就,此时风味。江左沈酣求名者,岂识浊醪妙理。回首叫、云飞风起。不恨古人吾不见,恨古人、不见吾狂耳。知我者,二三子。

词作于嘉泰元年(1201),其时辛弃疾62岁,交游零落,"白发多时故人少",雄心壮志被岁月消弥殆尽,已经没有赋闲初的无奈与牢骚,真正达到陶渊明的境界,做到了物我合一,写出了"我见青山多妩媚,料青山见我应如是"的千古名句,他也真正理解了"渊明趣"与陶渊明写作《停云》诗时的"风味",《声声慢》词(有小序"檃括渊明停云诗")正是辛弃疾与陶渊明的会心之作:

停云霭霭,八表同昏,尽日时雨蒙蒙。搔首良朋,门前平陆成江。春醪湛湛独抚,限弥襟、闲饮东窗。空延伫,恨舟车南北,欲往何从。

叹息东园佳树,列初荣枝叶,再竞春风。日月于征,安得促席从容。翩翩何处飞鸟,息庭树、好语和同。当年事,同几人,亲友似翁。

陶诗四章,有一小序:"停云,思亲友也。樽湛新醪,园列初荣,愿言不从,叹息弥襟",交代诗的主旨与背景。首章写诗人"静寄东轩,春醪独抚"而思亲友,"良朋悠邈,搔首延伫";次章写听雨饮酒,思亲友而无舟车;三章说东园枝条再荣,日月更替,而无亲友促席述说平生;四章写飞鸟息柯,好声相和。如此美好的初春时光,诗人不能与亲朋共享,"愿言不获,抱恨如何"。也正因为如此,诗人更能体会"竞用新好,以招余情",感念大自然对自己的亲密与馈赠。辛弃疾所理解的陶渊明《停云》诗的风味,大概如此。他在亲朋凋零、自己又前途无路的情况下,与自然成为知音,互相欣赏对方的"妩媚"。

理解了停云为瓢泉一堂,或许更能理解辛弃疾的情感世界与艺术世界。他赋闲之后,有意识地把生活与诗词创作陶渊明化,不仅获得了居所、环境、自我的无间融合,也在精神层面领会了陶渊明的"趣"与"味"。

二、"一丘""一壑"——瓢泉之二景

相较于停云,辛弃疾诗词中的"一丘""一壑""丘壑"更容易被单纯地理解为字面意思,而实际上也是辛弃疾瓢泉别墅之二景。

辛弃疾带湖的居所,应该是以平坦为主,洪迈《稼轩记》云:

郡治之北可里所,故有旷土,三面附城,前枕澄湖如宝带,其纵千有二百三十尺,其衡八百有三十尺,截然砥平,可庐以居,而前乎相攸者皆莫识其处,天作地藏,择然后予。济南辛侯幼安最后至,一旦独得之,既筑室百楹,财占地什四。乃荒左偏以立圃,稻田泱泱,居然衍十弓。意他日释位得归,必躬耕于是,故凭高作屋下临之,是为稼轩。田边立亭曰植杖,若将真秉耒耨之为者。东冈西阜,北墅南麓,以青径款竹扉,锦路行海棠,集山有

楼,婆娑有堂,信步有亭,涤砚有渚。皆约略位置,规岁月绪成之。而主人初未之识也。①

带湖之居广大宏丽,室百余间,左有园圃,稻田达十弓之大,右边有植杖亭,主建筑为集山楼、婆娑堂,还有信步亭、涤砚渚,青径竹扉,锦路海棠。当时就有人赞叹唏嘘,以至于陈亮听朱熹称赞后潜入而窥之②。而瓢泉之景以崖石、瀑布为特色。《洞仙歌》:

飞流万壑,共千岩争秀。孤负平生弄泉手,叹轻衫短帽,几许红尘,还自喜,濯发沧浪依旧。人生行乐耳,身后虚名,何似生前一杯酒。便此地、结吾庐,待学渊明,更手种、门前五柳。且归去、父老约重来,问如此青山,定重来否。

词序云:"访泉于奇师村,得周氏泉,为赋。"邓广铭《稼轩词编年笺注》校云:"奇师村,广信书院本作期思,盖后来所追改。"《沁园春》词序云:"期思旧呼奇狮,或云棋师,皆非也。余考之荀卿书云:孙叔敖,期思之鄙人也。期思属弋阳郡,此地旧属弋阳县。虽古之弋阳、期思,见之图记者不同,然有弋阳则有期思也。桥坏复成,父老请余赋,作《沁园春》以证之。"辛弃疾据旧籍更名奇师为期思。同治《铅山县志》:"瓢泉,在县东二十五里,泉为辛弃疾所得,因而名之。其一规圆如臼,其一规直若瓢。周围皆石径,广四尺许,水从半山喷下,流入臼中,而后入瓢,其水澄淳可鉴。"这首词记录的是辛弃疾第一次访泉所看到的景象,"飞流万壑"描绘的正是瓢泉瀑布之景。上举《沁园春》也有描绘山崖瀑布的词句:"还惊笑,向晴波忽见,千丈虹霓。觉来西望崔嵬,更上有青枫下有溪。"瓢泉的瀑布是此地最吸引辛弃疾的景色。此后辛弃疾但凡写到瓢泉的景色,必定会提到这个瀑布,提到山。如《水龙吟》"被公惊倒瓢泉,倒流三峡词源泻"。《祝英台近》"水纵横,山远近。挂杖占千顷。老眼羞将,水底看山影。度教水动山摇,吾生堪笑,似此个、青山无定"。此行在淳熙十三年(1186),第二年,辛词中有《水龙吟》"题瓢泉",云:

稼轩何必长贫,放泉檐外琼珠泻。乐天知命,古来谁会,行藏用舍。人不堪忧,一瓢自乐,贤哉回也。料当年曾问,饭蔬饮水,何为是、栖栖者。

且对浮云山上,莫匆匆、去流山下,苍颜照影,故应流落,轻裘肥马。绕齿冰霜,满怀芳乳,先生饮罢。笑挂瓢风树,一鸣渠碎,问何如哑。

首韵仍然是描写瀑布,然后讲"瓢泉"之寓意,即《论语》中颜回箪食瓢饮和许由挂瓢风树的典故,表达自己的志向和品节。绍熙五年(1195)辛弃疾再次罢官,重到期思建宅,其《沁园春·再到期思卜筑》写的就是自己与瓢泉遇合的喜悦,词云:

一水西来,千丈晴虹,十里翠屏。喜草堂经岁,重来杜老,斜川好景,不负渊明。老鹤高飞,一枝投宿,长笑蜗牛戴屋行。平章了,待十分佳处,著个茅亭。

青山意气峥嵘。似为我归来妩媚生。解频教花鸟,前歌后舞,更催云水。暮送朝迎。酒圣诗豪,可能无势,我乃而今驾驭卿。清溪上,被山灵却笑,白发归耕。

①　转引自邓广铭《辛弃疾传·辛稼轩年谱》,生活·读书·新知三联书店 2007 年版,第 202 页。

②　邓广铭《辛弃疾传·辛稼轩年谱》,生活·读书·新知三联书店 2007 年版,第 202 页。

"千丈晴虹""十里翠屏""青山意气峥嵘",描写瓢泉大异于带湖的景色。辛弃疾此行应该还写了《水龙吟》一词,"用些语再题瓢泉","听兮清珮琼瑶些"写瀑布,"路险兮山高些"写山势崔巍,表达自己"乐箪瓢些"的志趣。

分析以上几首词,我们对瓢泉自然环境的概貌有了大致的了解。除此之外,辛词反复咏叹"丘""壑":《兰陵王》"一丘壑。老子风流占却";《蓦山溪》词序"昌父赋一丘一壑",词云:"高处看浮云,一丘壑、中间甚乐";《哨遍》"一壑自专,五柳笑人,晚乃归田里";《水调歌头》"一壑一丘吾事,一斗一石皆醉,风月几千场";《鹧鸪天》词序云"登一丘一壑";等等。

一丘一壑,语出《汉书·叙传上》:"渔钓于一壑,则万物不奸其志;栖迟于一丘,则天下不易其乐。"①说隐居于丘壑的独立与快乐。《晋书·谢鲲传》记载晋明帝与传主的一段对话:"问曰:'论者以君方庾亮,自谓何如?'答曰:'端委庙堂,使百僚准则,鲲不如亮。一丘一壑,自谓过之。'"②这两条材料里"一丘""一壑"都指远离官场世俗的隐居之地。辛弃疾《哨遍》的"一壑自专"则另有出处:《庄子·秋水》云:"且夫擅一壑之水,而跨跱埳井之乐,此亦至矣。"③此处形容一种齐物无碍的思想境界。《庄子·秋水》的思想极具思辨性,宋代的诗人领会其意。王安石《偶书》:"我亦暮年专一壑,每逢车马便惊猜"④,苏轼《儋耳》云:"残年饭饱东坡老,一壑能专万事灰"⑤,表达的都是对齐物辩证思想的认同。辛弃疾《哨遍》以文为词,诠释胜义。丘壑两字连起来,则表达另外一重意思。黄庭坚《题子瞻枯木》云:"胸中元自有丘壑,故作老木蟠风霜。"丘壑指对事物的了解以及主张,于是有"胸中丘壑无今古,笔底烟霞自卷舒"的名句。辛弃疾词中的"丘""壑"大多用的是第一种意思,但也偶然用第三种意思,如《念奴娇》云:"我爱风流,醉中颠倒,丘壑胸中物。"

但是辛弃疾词中反复使用一丘、一壑,不单纯是使用字面意与历史蕴意,"一丘""一壑"是瓢泉风景中的两个名称。从《千年调》知,一丘、一壑经过人工加工。词序云:"开山径得石壁,事出望外,意天之所赐邪,喜而赋之。"在开凿山径中无意中发现了一石壁,诗人欣喜异常。其词云:

左手把青霓,右手挟明月。吾使丰隆前导,叫开阊阖。周游上下,径入寥天一。览县圃,万斛泉,千丈石。

钧天广乐,燕我瑶之席。帝饮予觞甚乐,赐汝苍璧。嶙峋突兀,正在一丘壑。余马怀,仆夫悲,下恍惚。

词中围绕石壁展开想象,其中隐藏着的似乎是一神话世界,"青霓""丰隆""阊阖""周游""县圃""瑶席""余马""仆夫"等都是《离骚》里的典故,造成神秘美好的效果。"嶙峋突

---

① (汉)班固《汉书·叙传上》,中华书局1960年版,第4205页。
② (唐)房玄龄等撰《晋书》,中华书局1974年版,第1378页。
③ 郭庆藩辑,王孝鱼整理《庄子集释》,中华书局1981年版,第598页。
④ (宋)王安石著,秦克、巩军标点《王安石全集》,上海古籍出版社1999年版,第569页。
⑤ 樊庆彦辑著《苏轼诗文汇评》,凤凰出版社2022年版,第1054页。

兀,正在一丘壑",则是石壁与一丘、一壑互相映衬而形成的审美景观。从哲学层面考量,这种景观似乎在诠释《庄子·大宗师》所说的"寂寥而与天为一"的境界。瓢泉居第初成,辛弃疾《鹧鸪天》明言是"登一丘一壑偶成"。丘壑是两种形势,当然不是一景一地。辛弃疾登临胜地,抒发自己再无意于世事的感慨:"将扰扰,付悠悠。此生于世百无忧。新愁次第相抛舍,要伴春归天尽头",放下国事,放下功名,努力做一个超然物外的人。

一丘、一壑与苍壁有关系。瓢泉苍壁被发现和修治,辛弃疾词作反复渲染,遂引动了一些人的好奇而前往览胜。《临江仙》词序云:"苍壁初开,传闻过实。客有来观者,意其如积翠清风岩石玲珑之胜。既见之,乃独为是突兀而止也,大笑而去。主人戏下一转语,为苍壁解嘲。"参观者看过后有点失望,不以为然,认为除"突兀"以外,远不及积翠、清风岩石之胜。辛弃疾作"转语"解嘲曰:

> 莫笑吾家苍壁小,棱层势欲摩空。相知惟有主人翁。有心雄泰华,无意巧玲珑。
> 天作高山谁得料,解嘲试倩扬雄。君看当日仲尼穷。从人贤子贡,自欲学周公。

客笑苍壁之小,而辛弃疾却看到其"摩空"之势与"雄泰华"之心,将来苍壁能否如高山一般峥嵘雄伟,谁又能预料?孔子穷途时,不是也有人认为子贡贤于孔子?来观光的客人"大笑而去",所笑既是嘲笑,也是质疑,与辛弃疾对苍壁的爱赏形成鲜明的对比,因此辛弃疾感慨"相知惟有主人翁"。从自然的角度看,苍壁是小;而辛弃疾则在一丘一壑之中与苍壁成了互相理解的知音。如没有一丘一壑之陪衬,苍壁之审美意蕴不能显现。

结语

瓢泉建筑,在辛弃疾诗词中还可知有鹤鸣亭,其《书鹤鸣亭壁》诗云:"翠竹栽成占一丘,清溪映带极风流。山翁一向贪奇趣,更引飞泉在上头。""清溪映带"用的是王羲之《兰亭集序》中"此地有崇山峻岭,茂林修竹,又有清流急湍,映带左右"的典故,知鸣鹤亭在山中占地为高,上栽种翠竹。山丘上有清溪流淌,汇聚为瀑,瀑流成清流急湍,与一丘成映带之景。《鹤鸣偶作》云:"朝阳照屋小窗低,百鸟呼檐起更迟。饭饱且寻三益友,渊明康节乐天诗。"鹤鸣不只是亭,也是屋。辛弃疾还有《鹤鸣亭绝句四首》《鹤鸣亭独饮》,这两首诗创作时地不详,窃意这两首诗也是移居瓢泉后的作品。另《题鹤鸣亭》诗二首是辛弃疾开禧三年(1207)亡故年所作,知鹤鸣亭只能是瓢泉一角,也可确定凡赋鹤鸣亭之诗词均为瓢泉时期的作品,弥补辛诗系年之缺憾。

还有松菊堂。辛弃疾有《水调歌头·赋松菊堂》词。此词属于创作时地不详的作品。我们从词的内容看,松菊堂应该属于瓢泉别墅的一区,词云:

> 渊明最爱松菊,三径也栽松。何人收拾,千载风味此山中。手把《离骚》读遍,自扫落英餐罢,杖屦晓霜浓。皎皎太独立,更插万芙蓉。
> 水潺湲,云溶洞,石巃嵸。素琴浊酒唤客,端有古人风。却怪青山能巧,政尔横看成岭,转面已成峰。诗句得活法,日月有新工。

　　松菊堂名取自陶渊明《归去来辞》:"三径就荒,松菊犹存。""皎皎太独立,更插万芙蓉",横看成岭侧成峰,说明松菊堂的位置是山中,而不是带湖那样的平旷之地。"水潺潺"三句与瓢泉一丘一壑及苍壁的形势相合。

　　还有秋水观。"秋水"出自《庄子·秋水》,《哨遍·蜗牛斗争》《哨遍·一壑自专》都是作者秋水观前说《秋水》。如果说辛词中提及陶渊明只是作者赋闲后的表面状态,那么提及《庄子》则表明作者是循着陶渊明的思想进入内里,寻求赋闲隐居之"义"。时代辜负了辛弃疾的凌云志、卧龙才,同时正是宋代对文人优厚的待遇,使屡屡受挫的辛弃疾能在蹉跌中修身有方,齐家有本。

元代著名高僧释明本的天目山诗文研究

叶宪允*

　　摘　要：释明本是元代著名的禅师、诗僧和书法家，在当时的佛门内外都享有极高的声誉。释明本佛法高深，"学问渊博，文采高出道流"，所著《天目中峰和尚广录》三十卷和《天目明本禅师杂录》三卷，不仅展现了他深厚的佛学造诣，也体现了他作为一位诗僧的才华。释明本的主要道场位于杭州的天目山，这座山也成为他诗文中的重要主题。关于《西游记》第二十回中"黄风岭"的描述，有观点认为其来源于释明本的《天目山赋》。释明本对天目山的描绘，可能启发了《西游记》的作者，使得"黄风岭"这一虚构的场景也带有了天目山的影子。"有一座山，叫做八百里黄风岭"，或许就是模仿天目山。他对天目山的描写，不仅展现了山水的自然之美，也寄托了自己的禅意和情怀。

　　关键词：释明本；诗文；天目山；西游记

　　释明本是元代著名禅师，也是一位诗僧。他的诗文不仅具有文学价值，也富有佛门意蕴。他描述杭州天目山的诗文甚至影响到了古典名著《西游记》。

一、释明本《天目山赋》及其周边

　　释明本(1263—1323)，浙江杭州人，是江南禅宗一代宗匠，临济宗第十九世祖师。朝廷多次加封号。他生前被尊称为"江南古佛"，逝后又被元朝廷尊为普应国师。《中峰和尚行录》："上顾谓近臣曰：'朕闻天目山中峰和尚道行久矣，累欲招之来，卿每谓其有疾不可戒道，宜褒宠旌异之。'其赐号佛慈圆照广慧禅师，并踢金襕袈裟，仍较杭州路优礼外护，俾安心禅寂。改师子禅院为师子正宗禅寺，诏翰林学士赵公孟頫撰碑以赐。"①《有元普应国师道行碑》："吾师身栖岩谷，名闻庙朝，仁宗皇帝尝制衣降诏，一再遣使入山致礼。赐号'佛慈圆照广慧禅师'。"②明本去世以后，继续得到朝廷尊崇。天历二年(1329)，元文宗皇帝谥"智觉禅师"。元统二年(1334)，元顺帝追谥"普应国师"，敕赐《中峰和尚广录》三十卷收入大藏经。明本禅师作为临济宗的祖师，在固守天目山道场的同时，云游大江南北，或船或庵，励志苦行，在佛法上吸引了大批信众，在朝堂乡野以及辽阔的四境都产生了巨大的影响。各地官府十分尊敬中峰明本，一些重要官员对其崇敬有加。赵孟頫(1254—1322)、冯子振(1257—1348)等元代著名文人以明本禅师为师。释明本不但佛法高深，而且诗才文笔非常好，不少法语语录见于《天目中峰和尚广录》三十卷、《天目明本

---

　　* 叶宪允，中国艺术研究院艺文馆副研究馆员，主要从事元代文学历史文化以及佛教史研究。
　　① (元)释明本《天目中峰和尚广录》卷 30，北京图书馆出版社 2004 年版，《禅宗全书》第 48 册，第 283 页。
　　② (元)释明本《天目中峰和尚广录》卷 30，北京图书馆出版社 2004 年版，《禅宗全书》第 48 册，第 288 页。

禅师杂录》。其百首梅花诗以及《九字梅花诗》流传于世。冯子振才气过人,称雄元代文坛,就十分敬佩释明本。《风月堂杂志》记载:"《九字梅花歌》:'昨夜西风吹折千林梢,渡口小艇滚入沙滩坳。野桥古梅独卧寒屋角,疏影横斜暗上书窗敲。半枯半活几个撅菩萝,欲开未开数点含香苞。纵使画工奇妙也缩手,我爱清香故把新诗嘲。'此天目山释明本中峰九字梅花诗也,松雪赵文敏公子昂与之为方外交,同院学士冯海粟子振甚轻之。一日松雪强扯中峰同访海粟,海粟出暇日所为《梅花百韵》诗者示之。中峰一览,走笔亦成一百首。海粟犹未为然,复书此诗求和。海粟竦然久之,致礼而定交焉。"①

此外,释明本十五岁入西天目山,以著名高僧禅宗临济宗第十八世祖师高峰原妙(1238—1295)为师,一生主要都在西天目山,虽然期间多次下山游历大江南北,但是根本道场在西天目山狮子正宗禅寺、西天目山幻住庵,故他对风景优美的天目山是十分熟悉的,笔下诗文也有对天目山的赞颂与描摹。精深的佛法思想修为、良好的文笔、优美的风景,结合之下,形成了朗朗上口的文学作品。

《西游记》是中国古典文学四大名著之一,长篇神魔小说,主要描写的是孙悟空保唐僧西天取经,历经九九八十一难的故事。唐代玄奘西天取经是历史上一件真实的事。后来玄奘口述西行见闻,由弟子辩机辑录成《大唐西域记》十二卷。但这部书主要讲述了路上所见各国的历史、地理及交通,没有什么故事。他的弟子慧立、彦琮撰写的《大唐大慈恩寺三藏法师传》,则为玄奘的经历增添了许多神话色彩。从此,唐僧取经的故事便开始在民间广为流传。南宋有《大唐三藏取经诗话》,金代院本有《唐三藏》《蟠桃会》等,元杂剧有吴昌龄的《唐三藏西天取经》、无名氏的《二郎神锁齐大圣》等,这些都为《西游记》的创作奠定了基础。《西游记》在元末明初肯定已经完成。是无名的群众作者同文人作家集体创作的成果,写定者一般认为是明代吴承恩(约1504—1582)。明清时期以及近现代《西游记》的最早刊本是明万历二十年(1592)金陵唐氏世德堂《新刻出象官板大字西游记》,随后有万历三十一年(1603)书林杨闽斋刊本。明清时期以及近现代《西游记》又有多种版本。

金陵唐氏世德堂《新刻出象官板大字西游记》,还有万历三十一年(1603)书林杨闽斋刊本《西游记》第二十回都描写了"八百里黄风岭":

这一去,果无好路朝西域,定有邪魔降大灾。三众前来,不上半日,果逢一座高山,说起来,十分险峻。三藏马到临崖,斜挑宝镫观看,果然那:

高的是山,峻的是岭;陡的是崖,深的是壑;响的是泉,鲜的是花。那山高不高,顶上接青霄;这涧深不深,底中见地府。山前面,有骨都都白云,屹嶝嶝怪石,说不尽千丈万丈挟魂崖。崖后有弯弯曲曲藏龙洞,洞中有叮叮当当滴水岩。又见些丫丫叉叉带角鹿,泥泥蚩蚩看人獐;盘盘曲曲红鳞蟒,耍耍顽顽白面猿。至晚巴山寻穴虎,带晓翻波出水龙,登的洞门忽剌剌响。草里飞禽,扑轳轳起;林中走兽,掬律律行。猛然一阵狼虫过,吓得人心趷蹬蹬惊。正是那当倒洞当当倒洞,洞当当倒洞当山。青岱染成千丈玉,碧纱笼罩

---

①　(明)姜南纂《风月堂杂识》,清嘉庆南汇吴氏听彝堂刻艺海珠尘本。

万堆烟。

那师父缓促银骢,孙大圣停云慢步,猪悟能磨担徐行。①

而释明本有《天目山赋》。其赋曰:

南辰北斗在山头,玉兔金乌顶上游。采药仙人游阆苑,担柴樵子过瀛州。一山未尽一山登,百里全无半里平。疑是老僧遥指处,只堪图画不堪行。上去上去复上去,上到崎岖颠险处。此山山外更无山,万里江山只一觑。山头隐隐见扶桑,山脚微微映太阳。洞水势冲天上水,山塘掩映对天堂。山鸡共日鸡同唱,天河与洞水合流。采药人身靠夜摩天,收药人手攀娑罗树。东观大海一勺泉,北望齐州九点烟。山叠峰尖侵碧汉,峻嶒峻壁接青天。此山有棱棱峭峭石,嵯嵯峨峨岭,凹凹凸凸坡,层层藤藤松,斑斑点点竹,纠纠绞绞藤,幽幽雅雅洞,明明朗朗岩,青青翠翠树。只见洞门前叮叮当当滴清泉,山背后潺潺湲湲长流水。左壁厢有稀稀罕罕石,右壁厢有蹊蹊跷跷崖。山色凝青青淡淡烟,朦朦胧胧雨,暧暧犍犍云,昏昏惨惨雾。只见山坞里走出几个斑斑点点带角鹿,洞水边立着几个痴痴呆呆看人獐。逐队豺狼巡岭走,成群野兽洞边行。树上飞禽啾啾叫,石蟆虾蟆聒聒鸣。盘陀石隐金钱豹,老树椿藏黄大虫。松鼠悬空窜树顶,猢狲枝上倒翻身。老树倒搭岩前塔,石头歪斜路旁亭。猿猴树上舒头坐,鸦鹊争枝绕树鸣。萝搭搭钩钩挂搭,搭钩钩挂挂缠松。天地洞天天地洞,洞天天地洞中天。此山碧落逍遥客,山前山后水云仙。山高云险依云险,依云云险显云轩。古庙庙门门半掩,曲津湾对曲津湾。当岛洞当当岛洞,洞当当岛洞当山。好似蓝靛染成千块玉,碧纱笼罩万堆烟。②

《天目山赋》在明代徐嘉泰撰《天目山志》与清光绪五年(1879)刻本《孝丰县志》卷十也有载。有学者研究认为,吴承恩《西游记》第二十回与第四十回中描写高山就化用了明本禅师的《天目山赋》。可以看出,《天目山赋》通过种种艺术手法非常形象地描写了天目山的优美景色,这是文学艺术手段之下的写实。而《西游记》也明显化用了《天目山赋》的内容、文笔以及艺术手法,《西游记》有着不可否定的借用痕迹。比如,《天目山赋》中有"只见山坞里走出几个斑斑点点带角鹿,洞水边立着几个痴痴呆呆看人獐";《西游记》中有"又见些丫丫叉叉带角鹿,泥泥蛊蛊看人獐"。又比如,《天目山赋》中有"当岛洞当当岛洞,洞当当岛洞当山。好似蓝靛染成千块玉,碧纱笼罩万堆烟";《西游记》中有"正是那当倒洞当当倒洞,洞当当倒洞当山。青岱染成千丈玉,碧纱笼罩万堆烟。"基本上可以看出二者之间的渊源。当然,相对而言,《天目山赋》因为是实际描写天目山风景,更加真实,语言更加工整流畅优美,感情更加充沛细腻。单看境界,《天目山赋》也似乎更加空阔悠远,天目山美景更加美不胜收。

《西游记》中有关黄风岭的这段诗文也充分证明,《西游记》最后形成是在元代后期以及明朝。释明本于元至治三年(1323)圆寂,那么他的《天目山赋》最晚也只能创作于 1323

---

① (明)吴承恩《西游记》第 20 回,明万历二十年(1592)金陵唐氏世德堂刻本。

② (清)释际界修《西天目祖山志》卷 5,沈云龙主编《中国名山胜迹志丛刊》第 2 辑第 16 册,文海出版社 1971 年版,第 309～310 页。

年。《西游记》中关于"黄风岭"的描写借鉴释明本的《天目山赋》,这有助于补充考证《西游记》的成书时间。

西天目山是释明本的根本道场,狮子正宗禅寺是临济宗的主要寺院。赵孟頫作《敕建西天目山狮子正宗禅寺碑记》,记载了狮子正宗禅寺的建造,还有天目山的风物,这也是赵孟頫与释明本有很深的渊源的表现。

天目山历史悠久,是集儒、道、佛诸教于一体的三教名山和历史文化名山。南朝梁昭明太子萧统曾在这里分经编《文选》。由于原妙、明本的原因,佛教名声卓著。元至元十六年(1279),高峰禅师入西天目山狮子岩,倚松结庐,后与断崖了义、中峰明本相继住持狮子正宗禅寺、大觉正等禅寺。此后,西天目山名声渐起,与国内外交往频繁,日本、印度、朝鲜等国不断有高僧前来参禅留学。光绪丙子年(1876)刊本《西天目祖山志》(明释广宾纂辑,清释际界增订)卷一:"二峰屹立云表,一峙于临安县五十里,一峙于潜县北四十五里。峰顶各一池,左右相望,故名天目……钟王气于钱塘,奠雄藩于禹贡……原妙则宏其道,上首明本则始大其家,赐额为狮子大伽蓝。代不乏人""田汝成《西湖游览志》:钱塘、西湖诸山之脉皆宗天目。"

到了元代,天目山文化兴盛,成为江南佛教重要中心,其中禅宗临济宗两代祖师高峰原妙(1238—1295)、中峰明本以天目山为主要道场。高峰原妙,南宋临济宗僧。江苏吴江人,俗姓徐。参礼雪岩祖钦,得其心法。乃临济第十八世祖。后明本嗣其临济宗法统。《缁门世谱》卷一:"径山师范禅师。范下一曰:雪岩钦禅师、高峰原妙、中峰明本、千岩长、万峰蔚。"《续灯正统》卷三十六:"大鉴下第二十二世仰山钦禅师法嗣:天目原妙禅师、灵云持定禅师、径山希陵禅师、能仁圆至禅师、铁山琼禅师、匡山原禅师、默翁一禅师、海印如禅师、陡涯戒禅师。"《高峰原妙禅师语录》附录收录有其《行状》,记载:"师姓徐,讳原妙,苏之吴江人。受业秀之密印,雪岩钦禅师之嗣。生宋戊戌三月二十三日申时。受具癸丑。宝祐乙卯行脚。辛酉得悟。丙寅隐龙须,苦行九载。甲戌迁双髻。大元己卯上西峰。辛巳入张公洞,扁死关。不越户十五年。学徒参请无虚日,僧俗授戒几数万人。开山师子、大觉。元贞乙未腊月朔,焚香说偈告众坐亡。春秋五十八,腊四十三,度徒弟几百人。"原妙在西天目山开创狮子、大觉二刹,弟子数百人,受戒者数万。洪乔祖《高峰原妙禅师行状》:原妙从祖钦得法后,至元十六年(1279)春,登上西天目山西峰,见狮子岩"拔地千仞,崖石林立",非常喜欢,有"终焉之意"。《西天目祖山志》卷一:西天目山位于浙江省临安县北,古称"浮玉",与东天目山两峰并峙,因峰顶又各有水池,清莹如目,故称天目山。历史上西天目被道教称之为第三十四洞天;元代以后,因原妙与其弟子释明本的影响,成为禅宗祖庭。

释明本《立玉亭偈(并序)》全文:

窃闻天台有华顶石桥,匡庐有天池绣谷,清凉石之于北台,祝融峰之于南岳,撷云林泉石之胜,殆非人间世也。吾东西两天目,长冈远岫倚空入云,其舞凤飞龙势已尝见矣。先师高峰和尚至元己卯驻锡师子岩,未几而宴坐死关,两建道场,四方万里业空寂之士肩摩踵接。咸谓兹山虚旷高寒,惟未有绝胜之地。越三十七白,延祐乙卯,院门树辛堵于龙冈之巅偶，蹑空而下可数十步，忽云泉松石奇怪万状。时睹者惊相告曰，殆造物珍护而有所俟于今日耶。不然则此山与天地相为开辟，且古之搜奇览胜之士，未尝一寓目，而何因构小亭，冠于危石之上。扁曰立玉亭，盖取海粟学士赋天目，有"下视群峰之立玉"之句。犹至人之有所蕴，虽不欲闻达，而一旦时缘既至，遮掩不及，则声名腥芗、文彩发露者，差似也。或谓山无心于求遇，而至人亦何有心于待遇哉，盖理使然也。昔僧问夹山境话，答云：猿抱子归青嶂里，鸟衔花落碧岩前。又无尽居士问玑禅师翠岩境话，答云：门近洪崖千尺井，石桥流水遶松杉。其二师置丹青于三寸舌端，浓妆淡抹描写殆尽。今古之鲜有不为境所囿者，既不作境，忽有人问，立玉亭如何祇对，予素不能答话，谩以长偈似之：

八百里山花簇簇，点染乾坤真画轴。盘空师子尾咤沙，崖悬不停飞猿足。龙冈幻出翠浮图，设利晶光射林麓。转身忽发天所藏，咸池洞府皆尘俗。苍松怪石眼未见，矮亭壁立千寻玉。雷车撷下雨余瀑，压碎骊珠几千斛。巨灵鞭起铁昆仑，搓牙万丈排空谷。古窦幽潜劫外春，藤萝冉冉堆寒绿。酷暑无风冰满怀，夜禅不动鬼神哭。无边宇宙一毛端，谩将心境论生熟。未曾来此一凭拦，莫言曾到西天目。①

《立玉亭偈(并序)》说明了高峰禅师归隐西天目山的因缘，也描述了西天目山立玉亭之景，明本的诗才与文采也有充分的表现。此文的才情与气韵完全能与《天目山赋》并驾齐驱。至元十八年(1281)，原妙入张公洞闭死关，至逝的十五年时间中，足不出关，被世人尊称为"高峰古佛"。其后，中峰明本继承衣钵，成为禅宗临济宗第十九代祖师。因为高峰原妙、中峰明本两代祖师的影响，天目山在佛教界更加声名卓著。中峰明本的影响力还在高峰原妙之上，堪称元代江南佛门第一高僧。

二、释明本天目山诗文

释明本长期驻足狮子正宗禅寺，但是经常离开天目山，四处游方行脚，足迹遍及大江南北，或船居，或住草庵。草庵几十处，皆名曰幻住庵。明本禅师在天目山建幻住庵。《南宋元明禅林僧宝传》卷九："戊午，又还天目。明年九月，朝旨褒号'佛慈圆照广慧禅师'。改狮子院为正宗禅寺。驸马沈王王璋，又赍御香紫衣，即所居而修敬慕焉。宣政又以径山请师，师不就，乃结幻住庵于中佳山。中佳去西峰三十里，岩磴险绝，缁素跋涉甚难，求师归院。"②此记载表明幻住庵在中佳山，但是《中峰和尚行录》还有记载："至治壬戌，行宣政院虚径山席，强师主之。师贻书院官，卒不就，结茅中佳山，将终焉。山北距西峰三十里，重溪复涧，穿径崖险，扪萝薜、冒豺虎，缁白随礼无虚日。师愍其跋涉，寻归草庐。"此记载与《南宋元明禅林僧宝传》所记有大不同，虽然都说明本结茅中佳山，在天目山西峰三十里外，但后者说明本从中佳山回来，归草庐，则此草庐才是幻住庵。天目山幻住庵应该不在中佳山。《西天目山祖山志》没有中佳山的记载，有可能中佳山不在西天目山的范围内，而幻住庵在狮子正宗禅寺旁边不远。因此，《南宋元明禅林僧宝传》之误载，

① (元)释明本《天目中峰和尚杂录》卷上，新文丰出版公司1983年版，《卍续藏经》第122册，第745～746页。
② (清)释自融《南宋元明禅林僧宝传》卷9，日本大正新纂卍续藏经本，第153页。

可能是至治二年(1322)"行宣政院虚径山席,强师主之"之事,但其忽略了时间"至治壬戌(1322)",而误记为戊午年(1318)的事。当然,天目山上的幻住庵,不一定在1318年才建立,按明本禅师在江南各地建立几十处幻住庵的情形,他在西天目山上建立幻住庵的时间可能更早一些,毕竟他虽然幻游各地,但西天目山一直是根本道场,他的行迹都是围绕西天目山而展开的。

西天目山幻住庵可能早早就存在。明本禅师开始在各地构筑幻住庵之前,西天目山幻住庵就存在,是有证据的。比如《示正闻禅人》"西天目山幻住老头陀书"标注时间"时延祐甲寅八月二十八日",即1314年10月7日。明本早早地在西天目山建幻住庵比较合理,此应该是他创建的几十所幻住庵中的一所。

明本有《师子岩东冈幻住庵中秋示众》,就能说明天目山幻住庵在狮子岩之东冈。《武林梵志》卷六:"西天目山狮子正宗禅寺,今称狮子林……正宗禅寺榜曰狮子林,旁为幻住庵、中云庵。"①也就是说,幻住庵是在狮子正宗禅寺旁边,在狮子岩东冈。据《天目山志》卷二,"幻住庵,按,中师本慧开后身也。挂锡山中,一衲一屦,皆名幻住。今在西方庵上。"《天目山志》卷二:"幻住庵,在西方庵上,中峰和尚宴坐草庐也。师自称幻子,凡所止处,名'幻住',此其一也。"此又明确了幻住庵的位置。此西天目山幻住庵应该是明本禅师驻足修行的最后一处幻住庵。上文《南宋元明禅林僧宝传》卷九说西天目山幻住庵之构建在1318年之后,其他明本禅师的传记文献没有提及西天目山幻住庵。

明本禅师此次在西天目山幻住庵驻足之后,基本上不再幻游各地,至治三年(1323)圆寂于西天目山。应该说,西天目山的幻住庵应该是他最后的归宿之地,也是他幻住精神的最后体现之地。

释明本见沈王王璋是在天目山幻住庵。明本在天目山的幻住庵乃一草庐。《中峰和尚行录》:"己未秋九月,王奉御香,入山谒师草庐。"②"延祐六年(1319)九月初六日,驸马、太尉、沈王王璋奏奉圣旨御香,入山谒师于幻住庵。"③"幻住庵:在西方庵上。中峰和尚宴坐草庐也。师自称'幻子',凡所止处名'幻住',此其一也。"④《图书编》卷六十四:"东往正殿,入幻住庵。又南望立玉亭,乃中峰修真处也。""昔日中峰迷昧不通,自誓独立七日,不悟当坠崖而死。越七日,明心见性,因名其亭以'立玉'。后中峰乃东入幻住庵。"释明本有《狮子岩东岗幻住庵中秋示众》,其曰:"天上月,水中月,光漾漾,与谁说。今宵幸遇中秋节。记得灵山话、曹溪指、南泉玩、寒山比,将谓广寒殿里别无人。元来总是弄巧翻成拙,竹影筛金,瑶阶积雪,尽谓一轮光皎洁,那知今夜圆后夜缺。有个譬喻试听说,三十夜止有一夜圆。此圆时如诸禅德之精勤勇猛也。三百六十夜止有一夜是中秋,此中秋之月

① (明)吴之鲸《武林梵志》卷6,明文书局1980年版,《中国佛寺史志汇刊》第1辑第7册,第577~579页。
② (元)释明本《天目中峰和尚广录》卷30,北京图书馆出版社2004年版,《禅宗全书》第48册,第283页。
③ (元)释明本《天目中峰和尚广录》卷1之上,北京图书馆出版社2004年版,《禅宗全书》第48册,第6页。
④ (明)释广宾撰,(清)释际界增订《西天目祖山志》卷2,明文书局1980年版,《中国佛寺史志汇刊》第1辑第33册,第85页。

如诸禅德于精勤勇猛中打成一片之时也。奈何精勤时少,懈怠时多。"①明本禅师长久在天目山中参禅悟道,有真参实悟,领略了天目山的优美景色,笔下才有了优美动人的诗赋。

释明本有高深的佛法思想,又有很高的才学,还长期在风景优美的西天目山上,故此在《天目山赋》之外,他还留下了不少描述天目山的诗文。

延祐元年(1314)前后,释明本作《旅泊室记》。《旅泊室记》:"昔直翁居士洪君证不二法门于吾先师,笑谈之顷,尝嘱后用二上人,构山舟一区于师子岩之景疏庵。舟成则君逝矣。实至大戊申九月十一日也。越二年上人徙山舟于谷川之西来庵,又五年尽撒舟庐之旧,广而新之,更山舟曰'旅泊'。"②直翁居士洪君,就是里人洪乔祖,他参访高峰原妙,"密扣元义,伸弟子礼,且输材力,为斧斤倡",建狮子正宗禅寺。日本五岛美术馆收藏《中峰明本写悼偈十首》,中峰明本为追忆直翁居士所作的十首悼偈。纸本墨书,高 41.7 厘米,宽 32.0 厘米。此外,与《旅泊室记》收录在一起的还有《圆照庵记》:"无法不备之谓圆,无时不在之谓照,是心也,曾何法之可离,又何时之能昧。离此,心不可以圆;舍此,心莫之能照。圆也、照也,即心之谓乎。空谷道人少负丛林之杰,结庵于天目山之墺坞,乃生缘之所也。扁其庵曰圆照,丐余记之。余曰圆照之体不可以目睹,不可以耳闻,不可以意知,不可以识解,拟涉毫芒,则圆不得为圆,照不得为照矣。道人深掩六窗,密扃八户,经行坐卧,屏绝尘缘,万虑不遗而自忘,一念不澄而自莹。于斯时也,圆照之体,与苍松翠竹蒲团禅板觌体交参,了无回互,庶其近矣。不,则圆照一庵名徒具耳,于实奚取焉。"③此圆照庵也在天目山,空谷道人隐修于此。

明本还作《山舟》十首:

古云用拙存吾道,吾道何缘用拙存。三万劫中唯扣己,二千年外不称尊。雪埋古路谁亲到,雷动玄关我独昏。岂爱对人夸懵懂,惺惺多堕是非门。

巧拙何须苦自夸,古今天地莫能遮。举心旋长无明草,绝念频开般若花。剑阱日长浑在我,藕池风细岂由佗。灵山四十九年说,一字如今不可加。

手足班班是几人,幻踪无似拙为亲。塔灯两夏思同哲,岩事三秋肯共陈。芳树雨余新气象。寒梅雪后古精神。道人久已忘憎爱。话到依然入梦频。

远归著我住山舟,日与毗耶话旧游。夜掩六窗明似昼,夏横一榻冷如秋。松涛辊地辊非动,云浪翻空底不流。怪得篙师频耳语,又将移棹过沧洲。

自远归来欲罢参,道人留住景疏庵。眉毛蟀里堆青嶂,脚指头边拥翠岚。六月有霜人未委,九旬无梦我全谙。空花影子何多事,撩拨劳生日夜贪。

景疏庵里景疏人,常转金刚不住轮。有念肯求缘作对,无心只与道为邻。破蒲团以龟毛补,折竹笩将兔角伸。不把人间闲梦想,消磨十二个时辰。

尝与景疏庵作铭,谒来庵下畅幽情。两山钟在床头听,万里云从槛外生。庭柏停霜

① (元)释明本《天目中峰和尚广录》卷 1 之下,北京图书馆出版社 2004 年版,《禅宗全书》第 48 册,第 25~26 页。
② (元)释明本《天目中峰和尚广录》卷 22,北京图书馆出版社 2004 年版,《禅宗全书》第 48 册,第 236 页。
③ (元)释明本《天目中峰和尚广录》卷 22,北京图书馆出版社 2004 年版,《禅宗全书》第 48 册,第 235 页。

浮冷焰,石池含月露清明。门前客自云南至,献我军持汲水瓶。

道人住处绝安排,白昼扃门自懒开。风引竹声穿壁破,雨拖云影透山来。倚松石为谁撑挂,铺地花应自剪裁。说与景疏庵主道,得忘情处且忘怀。

自惭分薄与缘卑,缚个茅茨已强为。佛法混融无烂日,虚空消长有休时。喙长三尺徒多语,身脆一沤谁共知。尽把聪明交保社,肯思今日致扶危。

道力从来苦不全,尘埃满面卧林泉。语无灵验慵书字,见绝玄微懒说禅。烂碎破衣堆过颈,鬖松乱发养齐肩。休将世务频相伴,今日居山话始圆。①

释明本是高僧,也是诗人,此十首《山舟》诗描述了山舟以及景疏庵的风景,还有佛法的感悟。事实上,明本关于天目山以及各地风景等的诗作很多,描写天目山就有《天目四时(春夏秋冬)》:

深居天目底,道韵不寻常。祖意尘尘合,身心念念忘。杂华谁点缀,群木自芬芳。万物随时变,春多水亦香。

深居天目底,幽邃绝逢迎。一个话头破,千生梦眼醒。竹烟粘甃冷,松露滴门清。共厌人间暑,头陀想不成。

深居天目底,惟与万山邻。禅外有真趣,眼中无俗尘。新霜传气候,古篆约时辰。叶落知秋者,林间有几人。

深居天目底,道者自忘机。念尽禅心密,情逃戒体肥。冻云侵石磴,寒雪护苔衣。料想参玄者,残冬不我归。②

与《天目四时(春夏秋冬)》相似的还有《山中(春夏秋冬)》,应该也是描写天目山的风景。

春到山中也太奇,浅深红紫缀花枝。东君不管茆茨窄,逼塞阳和十二时。
夏日山居味更长,苍松翠竹绕柴床。南薰带雨来天岸,整日惟闻白雪香。
道人山舍颇宜秋,索索西风响树头。千嶂月寒清露滴,不知深夜湿缁裘。
山深茆屋畏冬寒,雪老冰枯只自看。就地掘炉浑没底,夜深谁共拨灰残。

接下来的几首诗,同样也是抒写天目山之景。

春谒龙池

林花红杂翠,雨霁政春融。万壑雪翻谷,三池水印空。锦霞迷药径,香雾锁琳宫。却笑前人误,来询通不通。

夏隐莲峰

碧莲峰世界,热恼不能侵。万衲拥苍壁,一花开少林。听松忘画箑,闻瀑认瑶琴。遥想人间暑,知谁得访临。

① (元)释明本《天目中峰和尚杂录》卷上,新文丰出版公司 1983 年版,《卍续藏经》第 122 册,第 737～738 页。
② (元)释明本《天目中峰和尚杂录》卷上,新文丰出版公司 1983 年版,《卍续藏经》第 122 册,第 738 页。

秋登绝顶

三千九百丈，路尽忽逢巅。板石笼珠箔，金飙老翠钿。群龙横大野，万马骤平川。四际闲舒目，高低总是天。

冬倚师岩

师子岩前路，崩腾压半山。老禅和雪立，孤衲带云还。冰磴悬千仞，霜钟撼两间。拥炉思佛日，曾与死为关。

春

池边细草依依绿，槛外天桃灼灼红。试向色前开两眼，个中无地着春风。

夏

万株杨柳噪风蝉。烈烈烧空火一天。当处若能忘热恼。不须重觅藕花船。

秋

天垂玉露月沉沉，一片清光照古心。最是不能遮掩处，乱蛩唧唧对寒砧。

冬

数片冻云粘断石，半空晴雪洒窗纱。倚栏独自笼双袖，认着梅梢又着花。

以上应该都是以天目山的景色为基础的。明本诗中龙池、莲峰、师岩等都在天目山，春夏秋冬之景致共同描摹了天目山的整体风貌。"龙池。有三，俱在东北峰下。大、小径口二溪，有潭如仰箕，名箕潭。中有巨石，潭水注入上池，在山东垂崖下。高五十仞，上有平地数丈，名拜斗坛。石壁如门，以限水之出。巨川泛溢则激而反趋于宁川，故山前无水患。崖间有石狮，下瞰可据而视。水流入中池，又在垂崖下喷泻如雷。飞溅崖壁，下池接焉。周回三十余丈，绀深莫测，三面皆骈石环绕。南入大溪，历紫溪，七十二滩，皆发于此。岩下有滴乳，可以疗疾。宋时旱潦，尝遣使函币精祷投之于池，溁洄溯流而上，既乃下沈，如有物挈之状，或少慢复浮而出，凡祷者皆然。上有格思亭，下有石仓潭、浮溪潭。"西天目山有仙池、丹池、洗眼池、盥池、洗钵池、龙池、弄珠池、独角龙池、高湖龙池。"莲花峰。在西麓。众峰瓣瓣，攒若芙蕖，别一天也。约二十余里皆松杉森荫，晨光隔晖。有大觉正等禅寺，即两浙运使松江瞿霆发赠田所建。旧有五凤楼、万寿宫，屡为兵燹所毁。今废为子院。其峰之东北即无门庵焉。"①在莲花峰之外，西天目山还有旭日峰、阳和峰、昭明峰、紫微峰、鼓阁峰、三才峰、攒玉峰、翠屏峰、栖云峰、翔凤峰、玉柱峰、象鼻峰、香炉峰、五岳峰、华石峰、耸壑峰、西来峰、沈王峰、瘗真峰、迎仙峰、聚仙峰、升仙峰、仙童峰、仙女峰、昂霄峰、天柱峰。"冬倚师岩"之"师岩"即狮子岩。"狮子岩，在开山殿之西。岩首崒然昂起，如狻猊状。昔记异僧尝指为西来狮子座，故名。下为千丈岩，高峰老祖遗蜕在兹。"西天目山有翠微岩、响水岩、紫微岩、观音岩、蟠龙岩、伏虎岩、千丈岩、芝岩、元通岩、龙门岩、松岩。

---

① （明）释广宾撰，（清）释际界增订《西天目祖山志》卷 1，清嘉庆九年（1804）刻本。

除释明本之外，历代以来吟咏者众多。如南宋虞稠《法妙观》："钟山畴昔愧移文，俗驾宁容更浹辰。忽有片云池上起，元来却是雨留人（原注以雨留观中一宿）。"①《二十三日被旨再往天目谢雨留数语壁间》："万山深处得重来，天目晴云未放开。尽喜山田秧穉稴，那愁石径湿莓苔。铁冠道士今安在，玉局仙翁去不回。唯有洞中龙应祷，果能因旱起风雷。"②这两首诗在其他文献中被标为元代达鲁花赤所撰写，诗名分别为"奉旨祷雨龙池""雨足后复降旨来谢"。明本有《龙池庵山房》："苍龙吟破冰池月，山翁独对寒崖雪。人间大梦忽惊觉，树头索索吹黄叶。"③不知此龙池庵是否就在西天目山龙池边，而湖州宜兴有龙池以及龙池庵。

关于莲花峰，又称莲华峰。释德祥有《送莲华峰僧昶晦元》，"一住莲峰下，看松过十年。行寻无草路，不饮出山泉。虎共空林雪，猿同静夜禅。时将新得句，歌送碧云边。"金阶升《初夏宿莲华峰》："薄暮寒云起作楼，斜阳半在岭西头。飞泉竞落千山响，空翠凉生四月秋。历寂禅林清呗歇，从容茗碗暗香浮。松关不锁求仙梦，十岛三山一夜游。"金文献《和前韵》："步履艰危过石楼，莲华开在寺前头。一山晚绿茶逢夏，四野新黄麦正秋。夜对空王尘界净，晓看陆海法云浮。凭虚极目浑无际，拟作乘槎汗漫游。"释达观《初入莲华峰》："冲开山色应千叠，踏断溪声岂万重。一到莲华如故国，此身莫是老中峰。"邵重生《莲华峰偶公立禅处》："问讯莲峰顶，西仙路不穷。哀猿八水上，清磬万山中。古殿传经少，新畲作务工。耆存西国旧，朴有上皇风。室女新生鹿，衙官正坐蜂。犬迎生客到，鸟语土人通。不见偶公立，萧搔首欲蓬。"莲华峰风景优异，有古韵禅风。

关于天目山狮子岩，刘基有《晚同方舟上人登师子岩作》，"落日下前峰，轻烟生远林。云霞媚余姿，松柏澹清阴。振策纵幽步，披榛陟层岑。槿花篱上明，莎鸡草间吟。凉风自西来，飔飔吹我襟。荣华能几时，摇落方自今。逝川无停波，急弦有哀音。顾瞻望四方，怅为愁思深。"④释费隐有《登狮子岩》："鸟道曲千寻，高头结个屋。杳然出人间，独立望天目。"释方岩《狮岩坐雨》："无数松杉暗荜萝，我来阴雨较晴多。抬头忽见西峰面，只在云开一刹那。"历代文人游记中也往往提及狮子岩。《西天目祖山志》卷一："狮子岩，在开山殿之西，岩首崭然昂起如狻猊状。昔记异僧尝指为西来狮子座，故名。下为千丈岩，高峰老祖遗蜕在兹。"《天目山志》卷一："狮子岩，在狮子寺西，崖石雄踞，状如狻猊。昔有异僧至此，掏曰，西来狮子座也，佛法自此兴矣。元至元间，僧元妙建庵，曰西来，室曰死关舫室，今有阁曰飞云。殿宇依岩而构，高低凡四级，下临千丈岩，南峙象鼻峰、高峰，遗蜕存焉。岩下为张公洞。"后来，释明本的弟子仿造狮子岩之宗风，在苏州建狮子林，就是现在苏州四大园林之一狮子园的前身。

释明本一生主要在天目山度过，他在《松花廪歌》中说："半生幻住西天目，每爱好山

---

① （宋）虞俦撰《尊白堂集》卷4，清乾隆翰林院钞本，第318页。
② （宋）虞俦撰《尊白堂集》卷3，清乾隆翰林院钞本，第212~213页。
③ （元）释明本《天目中峰和尚杂录》卷上，新文丰出版公司1983年版，《卍续藏经》第122册，第744页。
④ （明）刘基《太师诚意伯刘文成公集》卷13，商务印书馆四部丛刊初编景明隆庆刻本，1919年，第1120页。

如骨肉。"①他虽然四处游历,归根结底还是以西天目山为根基与中心。离开天目山,在别处游历之时,常驻之山很少,时间也短暂,比如在庐山可能只有一个夏天几个月的时间。他前后几十年,还是在天目山的时间最多,体会自然也深切。明本对天目山的吟咏自然很多。

延祐元年(1314)八月二十八日,明本于西天目山环山精舍作《示正闻禅人》。其文说:"本色出家儿,须得坐披衣乃可受人天供养。以教中言坐则谓诸法空,言衣则谓柔和忍辱。以禅宗言坐则谓一念不退转,言衣则谓洞悟自心不带枝叶……勉之! 西天目山幻住老头陀书。"②这里明本自称幻住老头陀,幻住以及幻,是明本佛学思想中的核心观念;而头陀就是佛教僧侣所修的苦行,后世也指行脚僧。艰苦修持,也与明本本人游历大江南北的行为吻合。明本作有《示头陀苦行》,阐释了头陀的苦修。

> 雪山苦行古头陀,夜越王城为甚么。眼里明星藏不得,二千年外定請讹。
> 头陀即是比丘名,苦行何时得暂停。坏色衣穿荷叶补,自从霜后日玲瓣。
> 头陀独让老迦叶,两眼空来彻骨穷。传得破伽梨一顶,至今枯坐在鸡峰。
> 比丘谁肯学头陀,苦行才行不较多。活业荡除空到底,世间那事奈伊何。
> 鬔松短发盖眉毛,住处惟甘守寂寥。脱却陈年乌布衲,展开双手赤条条。
> 闲忙动静苦中苦,闻见觉知穷外穷。无地卓锥锥亦尽,逢人方好展家风。
> 化机展向富豪家,笑指黄金是毒蛇。转作檀波罗蜜用,香风吹绽福田花。
> 破钵盂分没底船,头陀活计自相宣。青茆屋住千岩底,雪满柴床夜不眠。
> 甘得尽生行苦行,头陀之外百无求。束腰已辨三条篾,佛法从教烂了休。
> 世间惟有头陀好,苦行之余又若为。三界眼空忘取舍,便如斯去更由谁。③

优美诗文词句,重点是传扬释明本的佛法思想。

三、历代诗人的天目山以及幻住庵诗

天目山作为风景优美的名山,在中峰明本天目幻住庵出现之前就已经声名远扬。幻住庵的出现,毫无疑问地增加了天目山的文化价值。事实上,幻住庵在西天目山,游览西天目山的文人与僧人多到此。明初大才子高启(1336—1374)有多首有关天目山或幻住庵的诗:《幻住精舍寻梅》《石屋》《宿幻住栖云堂》《游西坞》《余客云陈山人居西山相望因有怀寄一首》《怀陈寅山人时居西峰昭明》《游幻住精舍》《西山幻住期看梅花雨雪不果三首》。从几首诗中,可见高启曾登临天目山并住宿于幻住庵中,此时应该是春寒之际,有雪中梅花,情境凄冷,僧人稀有。《西山幻住期看梅花雨雪不果》在高启文集《高太史大全集》卷十八中也有收录。另外,《游幻住精舍》等诗在苏州地方志也有载,诗句大致相同,内容实际上是描写苏州幻住庵。此外,明朝著名僧人释道衍(1334—1418)有《题幻住山

---

① (元)释明本《天目中峰和尚杂录》卷上,新文丰出版公司 1983 年版,《卍续藏经》第 122 册,第 749 页。
② (元)释明本《天目中峰和尚杂录》卷中,新文丰出版公司 1983 年版,《卍续藏经》第 122 册,第 750 页。
③ (元)释明本《天目中峰和尚杂录》卷上,新文丰出版公司 1983 年版,《卍续藏经》第 122 册,第 736～737 页。

居图》。王宠(1494—1533)有《幻住庵》。田艺衡作《宿幻住庵闻临安于潜三君子宿双清庄有怀》。陈秀民有《题幻住庵中峰和尚莲池野亭小像》。戴澳有《宿幻住庵》《赠西天目僧本可闭关》《礼高峰大师塔》。清初名僧释木陈也到过高峰塔与幻住庵,有诗《高峰塔院》《夜投东幻住》。

历代帝王与文人有不少关于天目山的诗文,游记也不少。唐枢《游天目记》、李培《游西天目山记》、卓明卿《西天目记》等都提到幻住庵,《徐霞客游记》卷八下也载有幻住庵。明代文人的一些游记中还记载有幻住庵,表明幻住庵在明代依然存在。

明万历二十五年(1597),袁宏道(1568—1610)登天目山,游览幻住庵,有游记《天目一》《天目二》。明代陶望龄(1562—1609)在《联峰上人创庵疏》中说,"万历丁酉,余与吴令袁中郎游天目,礼三祖师塔,徘徊幻住开山之间,信宿而去。"①袁宏道有诗《天目道中和陶石篑韵》《天目书所见》《浩歌登天目峰顶》《幻住晓起戏题》《宿双清庄赠印上人》《西天目山》。至清嘉庆九年(1804)序刊本《西天祖山志》的形胜图,还有幻住庵,表明此时幻住庵还存在。此外,明代伍余福、黄汝亨、王在晋、张京元、吴伯与,还有清代金之俊等,都有游记。这些文人游记充分记载了天目山的风景人文与悠久的历史文化,也都能表明了明本在天目山的行迹,这是明本行为方式的一种体现与反映。这些内容对于理解认识明本的生平、思想与情感,还有他的巨大贡献与影响力,毫无疑问地具有实质性的作用。西天目山幻住庵在东冈,释明本大弟子惟则在《答大拙首座》提及。释明本有《与大拙尺牍》,现在日本,纸本墨书,高29.7厘米,宽42.0厘米,为个人收藏。信中讲述有关建造幻住庵工程一事。释德洪有《幻住庵明师弟文》。这些诗文充分表明了天目山风景高绝,文化兴盛,登临游览的文人学士众多,也颇能印证释明本天目山诗文的艺术成就与文化内涵。

以上有关诗文,只是释明本有关天目山诗文的一部分,其他诸人的有关诗作也只是其中的一部分。这些诗作共同展示了天目山的风物世界。天目山自身风景好,高峰原妙、中峰明本两代禅宗临济宗祖师的到来,又使其成为佛教名山。故此,以上诗作意蕴隽永也就可以理解了。天目山拥有优美的风景、深厚的佛教文化,又位于江南地带,杭州境内,必然能吸引江南文人群体的关注与游览。江南风景好,文化兴盛,经济发达,读书人众多,唐宋以后几乎就是中国文化的中心。明清小说之流行自然也主要在江南一带。《西游记》的最后编撰者吴承恩字汝忠,号射阳居士、射阳山人,祖籍涟水(今属江苏省),后徙居山阳(今江苏省淮安市淮安区)。《西游记》的作者是否就是吴承恩,仍然有争议,但是作者是江南一带的文人却是肯定的。《西游记》中的诸多事物风俗必然也有江南一带的踪影。或许,《西游记》的最后编撰者吴承恩也登临过并熟悉天目山,了解释明本以及《天目山赋》,从而把释明本这首《天目山赋》引入《西游记》第二十回中,来塑造描写"八百里黄风岭",黄风岭可能就是以天目山为原型的。《西游记》讲述唐僧取经的故事,作者又必然熟悉佛教文化,而释明本正是佛门禅净双修的著名高僧,熟悉佛门的人必然熟悉释明本。中华文化博大精深,具有传承性,此应该就是一个生动传神的明证。《西游记》

---

① (明)陶望龄撰《歇庵集》卷10,明万历刻本。

虽然是虚构的神魔小说,但是这部著作之所以伟大,显然是因为继承弘扬了中华民族的优秀传统文化,其中的"八百里黄风岭"虽然也是虚构,但是肯定也参照了中华大地上壮美山川,或许参照的就是杭州天目山。

除了《天目山赋》,释明本吟咏天目山景物者众多,上文已经有充分的体现。其中与《天目山赋》风格文笔相类似的还有《遇雪示众》:

> 一片两片飞入人间寻不见,三尺五尺积向茅檐难辨的。银象三千界,灵瑞身光有空皆遍;玉龙八百万,败残鳞甲无地可埋。梅华之恨独深,渔蓑之归未晚。且道与蒲团、禅板边坐堆堆底人有何交涉。古者道,今日雪下丛林有三种僧:一种向被位头究明自己,一种向经案上吟咏雪诗,一种向火炉角说喫堂供。此三种僧那个合受人天供养,合受不合受置之勿论。诸禅德,你还知结雨为雪、凝水为冰底道理么?然结雨为雪固是造物变化,宜乎不知。如凝水为冰,遽以流注之质,顿成坚碍之形,虽金石不可与较其固,请以喻明之。佛性犹水也,以无量劫中迷妄之寒气念念凝合,由是结佛性之水为冰也……更听一偈:冻云四合雪漫漫,孰解当机作水看。只为眼中花未瞥,启窗犹看玉琅玕。①

《遇雪示众》中的一些语句是富有佛理的长句,印证了《天目山赋》的意境与诗意。此外,对雪景的描述"冻云四合雪漫漫,孰解当机作水看。只为眼中花未瞥,启窗犹看玉琅玕",也受到赞赏。张大复《梅花草堂笔谈》《闻雁斋笔谈》、正勉《古今禅藻集》、陈继儒《畲山诗话》、顾嗣立《元诗选》、钱泳《履园丛话》、陈衍《元诗纪事》都有引用品评。与之同时,开首一句"一片两片飞入人间寻不见",短短十一个字,描写了大雪纷纷的辽远境界。而清代著名文学家郑燮(1693—1766)有大名鼎鼎的《咏雪》:"一片两片三四片,五六七八九十片。千片万片无数片,飞入梅花都不见。"与"一片两片飞入人间寻不见"有异曲同工之妙,或许就是化用释明本的诗句。假如是真,那么,《西游记》中化用释明本有关西天目的诗句,也就更加可信,都表明释明本的诗才与境界影响了后世的文学艺术。中华文化博大精深,本来就具有传承性。

结语

释明本是元代著名禅师、诗僧和书法家,其诗文不仅展现了深厚的佛学造诣,还体现了他在文学艺术上的卓越才华。通过对释明本《天目山赋》及其他天目山诗文的研究,可以看出,释明本的诗文具有深厚的佛学意蕴:释明本的诗文不仅仅是文学创作,更是其佛学思想的表达。他在诗文中融入了禅宗的哲理,通过描绘自然景观来传达佛法的深意,体现了禅宗思想与佛门文化。天目山是释明本诗文的重要主题。释明本长期驻锡于天目山,天目山的自然景观成为他诗文中的重要题材。他通过对天目山的描写,不仅展现了山水的自然之美,还寄托了自己的禅意和情怀。天目山在他的笔下不仅是地理上的存在,更是精神上的归宿。释明本的诗文在艺术上具有很高的成就,其语言工整流畅,意境

---

① (元)释明本《天目中峰和尚广录》卷第一之下,北京图书馆出版社 2004 年版,《禅宗全书》第 48 册,第 26 页。

空阔悠远,感情充沛细腻。他的诗文不仅是佛学思想的表达,也是元代文学艺术的瑰宝。释明本是元代禅宗临济宗的代表人物,他的诗文不仅反映了元代禅宗文化的繁荣,也展现了禅宗与文学艺术的深度融合。他的诗文不仅是佛门内部的修行心得,也是元代文人文化的重要组成部分。由于他在禅门的地位以及他高超的文学艺术能力,他的诗文必然对后世产生影响。释明本的《天目山赋》等诗文在文学艺术上具有很高的成就,其描写手法和意境对后世文学产生了深远影响。特别是《西游记》中对"黄风岭"的描写,明显借鉴了释明本的《天目山赋》,这表明释明本的诗文在文学史上具有重要的传承意义。而《西游记》正是佛儒文化深切结合的文学名著,本身就是中华文化融会贯通的典范。总之,释明本的天目山诗文不仅具有深厚的佛学意蕴,还在文学艺术上具有重要的价值和影响。

罗贯中叙宋江招安悲剧笔法发微

袁世硕　孙　琳 *

摘　要: 经罗贯中编次的《水浒传》,对招安悲剧的叙写,具有极强的复调特色。大聚义后菊花会上的不同声音,寓示了梁山命运转折点的出现。三次招安,或因恶作剧般的倒船换御酒而中断,或因奸佞刻意破坏而夭折,经由李师师的门路方得成功,曲折历程显示了罗贯中对招安的矛盾心态。招安后宋江被迫在陈桥驿斩杀仗义而为的军校,借征辽、征方腊自残的征战方得自安。兄弟离散,生死两间,实为对招安的解构。罗贯中此种叙写,蕴含着自己的生活经验,具有特殊的历史底蕴。

关键词: 罗贯中;《水浒传》;复调叙写;悲剧笔法

有关百回本《水浒传》,现存最早记载可见明代高儒《百川书志》。《百川书志》著录为"钱塘施耐庵的本,罗贯中编次",郎瑛《七修类稿》亦称罗贯中"编",天都外臣序刻本署"施耐庵集撰,罗贯中纂修"。小说前七十回叙梁山义军的组成与后三十回叙宋江率梁山义军受招安终归于消亡,叙事意旨、笔法、风格明显不一致,显然不会是出自同一人手笔:即前七十回叙事富有宋元话本的特征,当基本由施耐庵的话本组成;后三十回则是罗贯中自行编撰的。明末金圣叹腰斩《水浒传》,截去后三十回,以梁山泊大聚义、忠义堂英雄排座次作结,还加上了一个"梁山泊英雄惊恶梦"的结局,独署施耐庵之名,就是基于这样的认识。当然整部书的形成,不会是前作后续那么简单的模式。罗贯中的"编次"必然会以某种框架来疏通小说前后,但前后叙事基调则很难调和,留下诸种痕迹。

一、对罗贯中编次的不同解读

《水浒传》刊行传世,影响深广。读者普遍喜闻乐道的是前七十回叙写的十来个英雄仗义抗恶、报仇诛奸的传奇故事。这些故事持续不断地被绘形于图画,改编为戏曲,其影响渗透到中国社会生活和文化的多个领域。小说后三十回叙宋江招安及覆亡始末,读者则有多种不同的解读,引发出有关社会价值观的持续不断的争议,褒贬差异甚大。

先是署名李卓吾的《忠义水浒传叙》,将此小说视为"发愤之作",谓宋江"身居水浒之中,心在朝廷之上;一意招安,专图报国;卒至于犯大难,成大功,服毒自缢,同死而不辞。则忠义之烈也……传其可无作欤? 传其可不读欤……一读此传,则忠义不在水浒,而皆

* 袁世硕,山东大学文学院教授,主要从事中国文学史研究。孙琳,菏泽学院人文与新闻传播学院教授,山东省哲学社会科学青年人才团队"水浒文化传播与传承研究"学术带头人,主要从事中国文学史研究。本文系山东省高校实验室体系建设项目"鲁西南区域文化传承与创新文科实验室"成果之一。

于君侧矣"①。据相关记载,曾有人直接简称小说为《忠义传》,省掉了"水浒"二字,等同于史书中的"忠义传"。"忠义"二字在明代大多数《水浒传》刊本中都明显存在,这是为传其书而妨嫌,有意投合当时的传统价值观而特意做的解说。从较早的"宋江传"至"忠义水浒传",体现了较为明显的书名改造痕迹。此类改动体现了对罗贯中编次之功的充分认可。

明末金圣叹谓藏有施耐庵《水浒传》原本,没有宋江招安、建功、服毒等事,是罗贯中妄加"狗尾",使宋江成为"犯大难,成大功,服毒自缢,同死而不辞"②的忠义烈士,"名实抵牾,是非乖错",形成"无恶不归朝廷,无美不归绿林"的倾向性,甚至导致"已为盗者读之而自豪,未为盗者读之而为盗"的恶果,所以断然截去,"削忠义而仍水浒",③成七十回贯华堂《第五才子书施耐庵水浒传》,将著作权独归施耐庵。金氏还特意修改了小说中的不少表述,以"独恶宋江"的形式表达对罗贯中编次的不满。

近世读者大都认为《水浒传》是写实叙事,真实反映出中国古代社会一支以宋江为首领的梁山义军的形成、发展壮大至最后毁灭的全过程,血脉连贯,由英雄会聚至盛而转衰乃至覆亡都是势所必然。《水浒传》摆脱了传统的忠义或诲盗等简单价值评判的武断模式,而对代表人物宋江因招安导致毁灭的结局,仍有褒贬不一的评说,关键就在于如何理解罗贯中对社会性的写实叙事,对此需要进一步细读解析。

二、宋江招安悲剧的复调叙写

罗贯中从《水浒传》第七十一回《梁山泊英雄排座次　宋公明慷慨话宿愿》开始重点叙写宋江志存招安,以实现为国立功封妻荫子的抱负,保持了全知视角的写实叙事,却混用了多种笔法,形成了走向解构的整体倾向性。

(一)菊花会上的不同声音

梁山泊英雄大聚义,一百单八将排定座次,各司其职、各安其位,呈现出如日方中的盛势,"单道梁山泊好处"的长篇韵文盛赞"真可图王伯业"④,极盛一时。小说紧接着叙写宋江牵头举行重阳赏菊花的宴会,"秋""菊"意象便有秋风萧瑟的日子已然到来的意味。宴会上宋江乘酒兴作词《满江红》,让乐和对众兄弟演唱,最后一句"望天王降诏早招安,心方足"⑤,明确表达了招安的心声。作者接着从多角度叙述梁山众人对招安的态度,展现了复调小说描写的妙处。乐和还未唱完,立刻遭到抗议。武松公开大叫:"今日也要招安,明日也要招安去,冷了弟兄们的心!"⑥前七十回中武松与宋江在柴进庄上初次相遇,

---

①　(明)施耐庵、(明)罗贯中著,凌赓、恒鹤、刁宁校点《容与堂本水浒传·忠义水浒传叙》,上海古籍出版社1988年版,第1488～1489页。

②　(明)施耐庵、(明)罗贯中著,凌赓、恒鹤、刁宁校点《容与堂本水浒传·忠义水浒传叙》,上海古籍出版社1988年版,第1488页。

③　(清)金圣叹著,陆林辑校整理《金圣叹全集·第五才子书施耐庵水浒传》,凤凰出版社2016年版,第18页。

④　(明)施耐庵、(明)罗贯中著《水浒传》,人民文学出版社1997年版,第902页。

⑤　(明)施耐庵、(明)罗贯中著《水浒传》,人民文学出版社1997年版,第903～904页。

⑥　(明)施耐庵、(明)罗贯中著《水浒传》,人民文学出版社1997年版,第904页。

便主动提出结拜兄弟,可见武松对宋江的真心认可。武松血溅鸳鸯楼逃亡江湖,只有落草二龙山一条活路,再遇同样逃亡江湖的宋江。宋江以兄长的语气谆谆叮嘱:"如得朝廷招安,你便可撺掇鲁智深、杨志投降了,日后但是去边上,一枪一刀,博得个封妻荫子,久后青史上留得一个好名,也不枉了为人一世。我自百无一能,虽有忠心,不能得进步。兄弟,你如此英雄,决定得做大官。"①此段话语,甚有可能经罗贯中"编次",既体现了宋江一以贯之的"忠义"之心,也与菊花会上武松的大叫相呼应,体现了武松所代表的某类反对意见。

小说中一直以来对宋江马首是瞻的黑旋风李逵,此时更是睁圆怪眼,发怒一脚踢起桌子,撷个粉碎,大叫:"招安,招安! 招甚鸟安!"②这也符合李逵一味粗蛮的人物性格,只是令宋江难以下台。宋江大喝其无礼,还要怒斩李逵。梁山众人齐劝,宋江顺势令人将李逵暂行监押。此时小说特意加了一句"众人皆喜"③。最直接的"喜",是李逵未被处斩;深层的"喜",则间接表达了众人不认同招安的心意。吴用劝宋江不要理会李逵的粗鲁。宋江酒醒转悲,感叹自己江州吟诗,因李逵救助而生,此次作词,却差点令李逵就死,意兴阑珊,对武松讲理:"兄弟,你也是个晓事的人。我主张招安,要改邪归正,为国家臣子,如何便冷了众人的心?"④武松在此场合下也要顾及宋江的颜面,未再开口。与武松同气连枝的鲁智深则言:"只今满朝文武,俱是奸邪,蒙蔽圣聪,就比俺的直裰染做皂了,洗杀怎得干净? 招安不济事! 便拜辞了,明日一个个各去寻趁罢。"⑤这正是被逼上梁山众人的共同心意。宋江虽极力表达君主圣明之意,但说服力不强,宴席不欢而散。宋江表达心意,与其关系甚佳的武松、李逵出口反对,直爽的鲁智深倡议散伙,这几个人物选择足见罗贯中编次的用心。这一回也就成了宋江和梁山义军命运的转折点。

(二) 曲折的招安历程

接下来,宋江积极谋求降诏招安,以看灯为由率人潜入京城。柴进凭机敏簪花得进禁院,见到屏风上御书的"四大寇",只是个铺垫,重点是随后宋江特意进入市井妓女李师师家里,意在近距离地间接接触徽宗皇帝。浪子燕青凭借遍体刺青花绣展现出的男性健美和擅弹唱俗曲的才艺,讨得李师师欢喜,找到了疏通招安的机缘,似乎十分顺乎情理,但不免有有失正经的滑稽之感和文学书写的反讽意味。不习繁华、不近女色更不解宋江本心的粗鲁人李逵,大闹京师,破坏了好事。

所谓"柳暗花明又一村",此次宋江虽未能在徽宗面前直抒胸臆,朝廷中与宋江等人没有任何瓜葛的御史大夫崔靖出于"以敌辽兵,公私两便"的考虑,向徽宗提议招安梁山众人。朝廷派出钦使陈宗善带丹诏御酒前往梁山。出京之际,蔡京、高俅提醒其要保持威仪,又派出干人、虞候,进行"干预"。宋江心中欢喜,安排合乎礼仪的接诏仪式,都是正

---

① (明)施耐庵、(明)罗贯中著《水浒传》,人民文学出版社 1997 年版,第 405 页。
② (明)施耐庵、(明)罗贯中著《水浒传》,人民文学出版社 1997 年版,第 904 页。
③ (明)施耐庵、(明)罗贯中著《水浒传》,人民文学出版社 1997 年版,第 904 页。
④ (明)施耐庵、(明)罗贯中著《水浒传》,人民文学出版社 1997 年版,第 904 页。
⑤ (明)施耐庵、(明)罗贯中著《水浒传》,人民文学出版社 1997 年版,第 904 页。

写。不料钦差在干人、虞侯的怂恿下,作威作福,诏旨辞意无礼。李逵在吴用授意下,从梁上跳下来"扯诏骂钦差",以暴力抗击上命。刚刚劝解下去,阮小七又以恶作剧的方式"倒船偷御酒"。御酒味道不佳直接诱发了众怒,鲁智深、刘唐、武松、穆弘、史进等人亮出兵器,水军头领骂声不绝。此段描写没有太多寄寓,不事渲染,基本上将众人心中的不满如实叙写,掷地有声,快人心田。首次招安以略显荒唐的形式草草结束。

朝廷派兵进剿,十路大兵、十大节度使等,足显排场。梁山排开阵势,两赢童贯、三败高俅,彰显了"无敢抗者"的雄姿。在高俅征讨期间,徽宗在蔡京的启奏下,再次下旨招安。只是高俅有意加害,故意令人读断句,梁山众人也心有疑虑,双方各自布置。第二次招安以花荣箭射诏使结束。

经过几次围剿和反围剿的战争较量,高俅甚至被擒上梁山。虽说有好酒好菜招待,但燕青借相扑收拾了高俅一番,令读者解气。朝堂上的反对者哑口无言,燕青通过李师师的路径向徽宗表达了梁山的忠义之心,宿元景、闻焕章等曾被劫至梁山的官员借机上奏,朝廷第三次降诏,招安方得成功。如此曲折的招安历程,尤其是前两次还有梁山将领的刻意破坏,一方面是文似看山不喜平的文学性表现,另一方面也表现了罗贯中对"招安"一事的某种特殊心态。

(三)招安后的悲剧意味

小说对于"招安"问题叙写委曲、意蕴深沉的是第八十三回《宋公明奉诏破大辽　陈桥驿滴泪斩小卒》。宋江初受招安,不但没有想象中的官爵相授,奸臣还欲行加害,将领心中不服,不免口吐怨愤之词,可谓两不相安。朝廷便命令梁山将领征讨侵犯边境的辽国,军次陈桥驿。作者应该不无深意。陈桥驿是宋太祖黄袍加身、代周立国的地方。小说中在这里发生的事情,则是宋江不得不违心忍痛处死部下,令亲者痛而仇者快。这名军校的"罪过"是斗杀了克扣朝廷犒赏梁山军的酒肉、辱骂梁山军为贼寇的赃官,这样的举动在未受招安之前是仗义除奸,只是时事变迁,宋江不由慨叹:"我自从上梁山泊以来,大小兄弟,不曾坏了一个。今日一身入官,事不由我,当守法律。"[①]个中意味着一旦接受招安,便失掉了仗义惩恶的自由身。罗贯中编次中的此种叙写不免引起昔日宋太祖兴王举措地点的联想与历史记忆,隐含的是深沉的惋惜。

罗贯中又假朦胧的历史影子,编造出宋江"保国安民"的事迹。宋江为国建功,征辽一役势如破竹,节节胜利,梁山兄弟无一伤亡,为后文平方腊留有广阔的叙写空间,也形成了鲜明的对比。当然,征辽为架空历史之事,李卓吾将《水浒传》视为发愤之作,称:

施、罗二公身在元,心在宋,虽生元日,实愤宋事。是故愤二帝之北狩,则称大破辽以泄真愤;愤南渡之苟安,则称灭方腊以泄其愤。[②]

以征辽表达意旨,固然有愤宋帝北狩之意,恐怕亦借指元代之事。毕竟从罗贯中编

---

① (明)施耐庵、(明)罗贯中著《水浒传》,人民文学出版社1997年版,第1041页。
② (明)施耐庵、(明)罗贯中著,凌赓、恒鹤、刁宁校点《容与堂本水浒传·忠义水浒传叙》,上海古籍出版社1988年版,第1488页。

次的角度来看,其身处元明之交,对于元代统治更为熟悉,不满之意更为强烈一些。叙梁山众人征辽之事的《宋公明排九宫八卦阵》杂剧创作于元明之间,与《水浒传》有相通之处。"施耐庵的本"中当无此类描写,想来最多如《大宋宣和遗事》般略述征方腊之事作为结局。

征辽班师,凯旋途中又无中生有地添加了"五台山宋江参禅",晓以功名不可恃的玄理。袭自元杂剧的"双林渡燕青射雁",变作寓言。公孙胜归山,金大坚、皇甫端、萧让、乐和留京,更成为梁山英雄群体行将离散的凄凉先兆。

平方腊是拟平话叙事,略有历史所本。东西路逐次战役,都有梁山兄弟再露身手,结末总是悼祭牺牲,凸显了张顺涌金门归神,最为壮烈。战斗得胜,平定了方腊,梁山一百单八将已亡三分之二。依次叙剩下的主要将领的结局:燕青归隐,李俊出海,武松伤残归佛寺,鲁智深听潮音圆寂;存活授官者或重遭迫害,或辞官回归到原初受迫害的境遇。一场轰轰烈烈抗恶诛奸的起义,最终走向消歇沉寂。

《水浒传》的主角宋江衣锦还乡,旋即被赐毒自饮受死,还无奈地逞忠义之心,赢得了庙食千古的荣光。只是作者描写的如此结局与荣名,与宋江屡次所言的"封妻荫子"的志愿,大相抵牾,流露出作者无奈的感伤。

三、罗贯中自行解构的叙事笔法

罗贯中续写宋江招安始末,是倚重封建伦理,肯定传说中的宋江"不假称王,而呼保义"(龚开《宋江三十六赞序》)的理念,依据《大宋宣和遗事》载录的九天玄女授天书的话头,表彰宋江招安"犯大难,成大功,服毒自缢,同死而不辞",为"忠义之烈"。明代早期书商为传其书,至有去"水浒"而仅题名《忠义传》者。这是依前见有意的误读。细读《水浒传》,可以看出罗贯中用的复调叙事,具有明扬隐抑的解构性。

宋江谋求招安,潜入京师李师师家,是将《大宋宣和遗事》所载宋江落草、宋徽宗私会李师师两事,糅合在了一起,也就把讽谕皇帝荒唐,转嫁给了行事不由正道的宋江,貌似客观的叙写,实则具有了反讽的意味。朝廷颁诏招安,事临大成,却毁于"偷御酒"的恶作剧和"扯旨骂徽宗"的粗暴抗拒,出脱了快意心声。宋江奉旨征辽,军次宋太祖兵变兴王的陈桥驿,而且与赵匡胤发迹变泰的结局正好相反,发生了忍屈含痛"滴泪斩小卒(实为军校)"的事件,显然不是漫不经心的情节布置。征辽的无一伤亡,正是为了映衬后文的惨烈。平方腊的逐次战役,让几位聚义前曾仗义除奸的英雄,再度大显身手,壮烈牺牲,每每都是悲情悼殇,而非慷慨悲歌。梁山英雄死伤大半,诗赞曰"煞耀罡星今已矣,谗臣贼相尚依然"[1],径直粉碎了宋江欲图"犯大难、成大功"的美梦。宋江饮御赐毒酒受死,便成了古成语"饮鸩止渴"的活样板,文学理论家称之为"性格悲剧",意谓人物的毁灭是由其性格(意志)造成的,含有否定意义。

署名李卓吾的《忠义水浒传叙》专就罗贯中叙写的情节层面,称宋江为"忠义之烈",

---

① (明)施耐庵、(明)罗贯中著《水浒传》,人民文学出版社 1997 年版,第 1266 页。

是为了迎合传统的伦理价值观,但忽视了罗贯中复调叙事蕴含的消解宋江招安为忠义的悲剧意义。金圣叹断然否定宋江招安为忠义,却只着眼于罗贯中的显形效应,认为落实"罪归朝廷,功归强盗",有悖传统伦理大义,是倡导"犯上作乱",遂截去罗贯中续写的宋江招安悲剧的故事,成一部七十回的《水浒传》传世。然其所谓的"仍'水浒'""削'忠义'",实则自相龃龉,没个理路。"去忠义",他认为宋江梁山聚义,做了强盗,"即得逃于及身之诛僇,而必不得逃于身后之放逐……所以诛前人既死之心者,所以防后人未然之心也",如果以"忠义水浒言之,则直与宋江之赚入伙、吴用之说撞筹无以异也"①。那么,没有罗贯中叙写的宋江招安平方腊死伤大半,余生者多受迫害死亡,何以看出聚义好汉的悲剧结局和宋江招安"美梦"的破灭?"水浒"依样续写众好汉仗义抗恶诛奸,"报仇雪恨上梁山"的故事,彰显"官逼反正"的正义性。金圣叹逐回做的细致入微的评点,除了"独恶宋江"外,对武松、李逵等人物大都是称扬的,且将宋江描写成了一个心机深沉、以忠义笼络人心的"枭雄",岂不是更具有激励"犯上作乱"的文学效应?从这个角度来看,金圣叹或许没有参透罗贯中复调叙事的历史底蕴。当然金圣叹也有可能刻意为之,改为表达自己的意旨之作,消解了罗贯中编次的意旨。

四、罗贯中复调叙事的历史底蕴

罗贯中编撰《水浒传》,是在经历了江淮地区张士诚霸据称王与强势扩张的朱元璋集团交手的战乱,入明后隐身市井瓦舍作通俗小说的晚年。

前七十回采入前辈说书大师施耐庵演说宋江故事的话本,叙宋江等众多英雄好汉仗义抗恶,"报仇雪恨上梁山",形成"八方共域,异姓一家","真可兴王伯业"的盛势,保持了英雄传奇的叙事风格。后三十回依前面已叙写宋江受期许其皈依朝廷、报国安民的九天玄女天书的伏笔,自行结撰宋江招安平叛立功的故事,是将天书的期许转化为现实人事的文学图像,但罗贯中的经验知识改变了天书期许的价值观,形成了复调叙事的解构性,如实的叙写便冲破了期许的语言伪装。如宋江招安后有三次应诏朝觐,着装皆有不同,第九十九回是平方腊、立大功后的朝觐,作者特意指明"此是第三番朝见",并与前两次服饰做比较:"想这宋江等初受招安时,却奉圣旨,都穿御赐的红绿锦袄子,悬挂金银牌面,入城朝见。破大辽之后回京师时,天子宣命,都是披袍挂甲,戎装入城朝见。今番太平回朝,天子特命文扮,却是幞头公服,入城朝觐。"②三次着装不同,意味着身份待遇的变化。接受招安后身穿御赐锦袄,以显朝廷的恩惠;破辽披甲,展现胜利之师的威仪;宋江军平方腊后,人数无多,特命穿着普通官吏的礼服,意味着要解除其武装,解除其再生异心的潜在威胁。

小说虽为虚构叙事,但依据的是创作者的真实生活经验。罗贯中叙宋江三次不同情况的朝觐,细致到着装佩饰差异,最后做出综合说明,表明他经历淮东张士诚起义反元,

---

① (清)金圣叹著,陆林辑校整理《金圣叹全集·第五才子书施耐庵水浒传》,凤凰出版社 2016 年版,第 18 页。
② (明)施耐庵、(明)罗贯中著《水浒传》,人民文学出版社 1997 年版,第 1245～1246 页。

在形势不利时又降元期间的种种事故，深悉这类事情的实情，相关阅历便成为他虚构宋江招安故事的主题意识。前此"陈桥驿挥泪斩小卒"已开其端，此后叙宋江平方腊，梁山英雄好汉伤亡大半，幸存立功授官者大都遭到朝廷疑忌陷害。首领卢俊义赴任，旋被朝中奸佞唆使人诬告招兵买马，意图造反，被赐下掺入水银的食物，坠水毙命。宋江赴任前依传统习俗，衣锦还乡祭扫，显示享有光宗耀祖的身份，重修玄女庙，完成赐天书时的愿心。宋江赴任后即遭赐毒自尽，旨在粉碎其执着招安的功名美梦。这明显是在君主专制时代才能发生的典型细节，完成了宋江招安的饮鸩止渴的悲剧。罗贯中虽说没有摆脱南宋遗民龚开赞宋江"不假称王，而呼保义"的忠义价值观，但经验理性的写实，就文学创作而言，可说是文学批评理论称道的现实主义的胜利。

小说第一百回虚构"宋徽宗梦游梁山泊"：宋江诉冤苦未了，宋徽宗即遭被诱迫与宋江同死的造反派李逵"抡起双斧"、誓言报仇的恫吓，隐喻余恨未消。结末借"太史"口吻所作哀挽诗，实为罗贯中代言："一心征腊摧锋日，百战擒辽破敌年……早知鸩毒埋黄壤，学取鸱夷泛钓船。"①怨悔中仍含不甘心事毁身亡之意。罗贯中曾投充张士诚幕府。《明史·张士诚传》载，张士诚反元降元，占据江淮十余年，兴文治，承平日久，户口殷实，行王霸业，唯"实无远图""怠于政事"，终毁于与之交手而谋略宏远、势力强胜的朱元璋集团。

结语

罗贯中在张士诚覆亡后被迫匿身市井中编次创作《水浒传》，并依据其经验知识叙写出宋江招安的悲剧性，使《水浒传》富有历史的真实性和认识历史的深刻性。虽说小说叙事不可以与罗贯中投充的张士诚的实况相牵合比附，但认为叙写宋江"饮鸩止渴"式的悲剧的悔恨，寄托了罗贯中对张士诚不得图王霸业而殒身的悲剧的哀思，应当是无可置疑的。

---

① （明）施耐庵、（明）罗贯中著《水浒传》，人民文学出版社 1997 年版，第 1266 页。

晚明文人别集手稿考录

钱礼翔*

摘　要:晚明文人别集手稿,是晚明文人亲笔书写的文学文本,具有校勘辑佚价值、文学研究价值和书法艺术价值,但缺乏系统深入关照。经全面调查,晚明文人别集手稿现存至少有 17 种。为推进明集整理和明代诗文研究,深度夷考并做叙录,以最大程度揭橥晚明别集手稿文献整体面貌,包括描述版本、考订生平、迻录类目、阐发价值等。按照手稿的形制类型,这 17 种综括为草稿本、校订稿、选次稿、写样稿四大系统。徐渭、高攀龙、范景文、黄道周、倪元璐等手稿兼具书法与文学价值;文震孟日记手稿具有生活史价值;王象春、张岱等手稿展现王士祯、张岱等人诗学路径;董其昌手稿高度复原文集经历写样定稿,走向上版、刊刻的历史现场。

关键词:晚明别集手稿;草稿本;校订稿;选次稿;写样稿

手稿又称原稿,是作者亲笔书写的文本,一般兼具“作者”与“亲写”两个关键要素。不过,亲写的文本是全部抑或部分,学术界存在不同看法。巡礼版本学层面关于手稿定义的学术史,观点有三:①强化两个关键要素,模糊全部与部分之争。程千帆、徐有富认为:“作者亲笔写的稿本称手稿本,稿本经他人代为缮清,又经著者校定,基本上不再更定的称为清稿本。”①②某一文本,作者亲写一部分,此文本亦属其手稿。黄永年称:“原稿:是作者的手稿,一般是亲笔。有的学术著作由助手抄录或剪贴好资料之后,再由作者亲笔加上按语、考证,这也应算作是原稿。”②③某一文本,作者需亲写全部,此文本方属其手稿。亲自誊录,也在此列。陈先行、石菲主张:“全文皆为作者亲笔写者称‘手稿本’。由他人誊录复经作者亲笔修改者称‘稿本’。全文为他人誊录者则称‘清稿本’或‘誊清稿本’(如果由作者亲自誊录,当然亦称‘手稿本’)。”③基于上述学理性抽绎,以及考虑稿本的珍稀属性,不妨采取宽泛的界定,凡具有作者亲写文本的稿本均纳入手稿考察之列。

晚明文人别集手稿,就是晚明文人亲笔书写的文学文本。经笔者系统调查,此手稿至少有 17 种。通过经眼实物印本,按照作者亲写文本的时间先后与目的,这 17 种手稿呈现四种形制类型:其一,草稿本,文本是草稿状态,皆为作者亲写;其二,校订稿,文本经

---

*　钱礼翔,文学博士,华东师范大学传播学院晨晖学者,从事明清文学与出版史研究。本文系 2023 年《苏州全书》青年学术项目“明代苏州文人别集出版与文学研究”(SZQSQN202302)、中国博士后科学基金第 74 批面上资助“美国东亚图书馆藏明清别集手稿搜集及研究”(2023M740114)、2023 年度国家资助博士后研究人员计划 C 档(GZC20230098)的阶段性成果。

①　程千帆、徐有富《校雠广义·版本编》,齐鲁书社 1991 年版,第 405 页。
②　黄永年《古籍版本学》,江苏教育出版社 2005 年版,第 217 页。
③　陈先行、石菲《明清稿抄校本鉴定》,上海古籍出版社 2009 年版,第 8 页。

由作者或他人誊录,复经作者亲写校订;其三,选次稿,文本经由作者或他人誊录,复经作者亲写选次;其四,写样稿,文本经由作者或他人誊录,复经作者写样定稿。这四种手稿类型,既是寓目晚明文人别集手稿后做出的合适分类,又是对照版本学中"稿本变成刻本"所经历工序进行的概念位移。这种形制类型划分,并非一家之言,江庆柏先生在《稿本》中也将手稿区分出"手稿本""清稿本"和"修改稿本"的类别①,惜未深入。更进一步来说,以往研究并未稽考手稿暗含的四种类型,仅将手稿置于稿本体系匆忙带过。

叙录体式承绪张舜徽《清人文集别录》、万曼《唐集叙录》、祝尚书《宋人别集叙录》等前辈传统,揭示版式、作者生平、手稿类目内容与价值等。晚明文人别集手稿,学界尚未系统研究。笔者虽系统发掘,但留存者依然可期。今按手稿的四种形制即草稿本、校订稿、选次稿、写样稿,对此 17 种论述如次。

一、草稿本系统

手稿中的草稿本,即手稿中最初作者书写的本子,其样貌特征表现为:分卷意识并未出现,字体笔迹率性自如,文本多有舛误,或有涂改但无系统修订,纸张并非完整。晚明文人别集的草稿本至少有 4 种,分别是徐渭《天池杂稿》、高攀龙《高攀龙诗文残稿》、范景文《范文忠公文稿》和来集之《倘湖樵书》,除来集之草稿外,余者手稿的文本篇幅并不长。

(一)徐渭《天池杂稿》不分卷

《天池杂稿》版式,余晓栋曾有厘定。为避冗余,笔者迻录其对版式的论断,并大胆指出可商榷之处:《天池杂稿》(不分卷),共两册:第一册为蓝格稿本,9 行,行草,字数不等,四周双边,单黑鱼尾,所收以诗文著述为主;第二册为方格稿纸,收录《酒牌引》全文,前附有《狐裘》诗及《此潘承天祭陈封君文》,纸张又不相同,系事后糊裱,故《天池杂稿》诗文主要集中在第一册中。②

根据实物印本,有几点值得商榷:①行款,第一册行款数并不一致,既有 9 行,又有 10 行。②纸张,除蓝格和方格外,还有无栏格。三种纸张,杂乱其间。③第二册的方格稿纸,行款基本为半叶 12 行,行 25 字。现藏天津图书馆,今有影印,见《天津图书馆孤本秘籍丛书》第十册。

徐渭(1521—1593),字文长,号天池,晚号青藤,浙江山阴(今属浙江绍兴)人。久困场屋,后入胡宗宪幕,因严嵩案虑祸发狂。命途多舛,潦倒一生,但天姿卓越,书画诗文,迥异超绝。著有《徐文长文集》等。余晓栋虽对《天池杂稿》内容价值有揭示,但该书具有复原文集草创现场的形式价值:第一,蓝格、方格、无栏格等三种稿纸,具有明显的拼接和糊裱痕迹;第二,作品有时紧密相连,有时空格很多,表明文稿并非一时之作,而是积累而成的;第三,字体大小不一,涂抹钩乙处很多,显示创作现场的真实复杂性。

---

① 江庆柏《稿本》,江苏古籍出版社 2002 年版,第 3~9 页。
② 余晓栋《徐渭〈天池杂稿〉考略及诗文辑佚》,《文献》2017 年第 4 期,第 35~36 页。

（二）高攀龙《高攀龙诗文残稿》不分卷

《高攀龙诗文残稿》版式内容,沈津已有勘定。为避冗余,笔者稍作迻录:《高攀龙诗文残稿》,一册,不分卷。胡汉民、冒广生、孙保圻、叶恭绰、汪兆镛等跋并题诗。现藏上海图书馆。

高攀龙(1562—1626)字存之,号景逸,南直无锡(今属江苏)人。万历十七年(1589)进士,起行人,因疏谪揭阳典史,居乡二十余年,天启间复起,后官至左都御史。平生尚理学,取朱、陆之长,操履笃实为明代大儒。归家间与顾宪成修复东林书院,聚士讲学,时称"高顾",著有《高子全书》等。

是集内容有七篇诗文:《春平同集虚顾丈、元□许丈、鸣阳伯兄续去岁观梅之约,仍用旧韵》《陈赍闻墓志铭》《柬赵师》《柬朱平涵阁老》《和叶参之年兄过东林废院十首》《柬刘念台太仆》《水居饮酒诗》。[①] 是集具有重要校勘价值,叶恭绰等在题跋中均有披露,其云:"此明高忠宪公手稿,余于今春得之吴门,别无题识,然以笔墨及涂乙处观之,其为公之真迹无疑。以刊本《高子遗书》及中华书局出版之公诗手稿(此实非手稿,详见高君汝琳书札),与此互勘,字句颇有详略异同处"[②],指出此手稿可与崇祯五年刻本《高子遗书》等相互校勘,增定文集。

（三）范景文《范文忠公文稿》不分卷

《范文忠公文稿》,不分卷,一册,无栏格。半叶行数不定且行无定字,无鱼尾,版心无题识。卷前题"明吴桥范文忠公手书十三通",署"范氏裔孙宝藏,张之洞书检"。其后有左宗棠题签"吴桥范文忠公墨迹",后接左宗棠跋文,后为范景文十三通文稿,再其后为张之洞、李鸿藻、陈宝琛、张佩纶、黄国瑾、张之万、兀鲁特锡缜、吴寻源、鹿传霖、陆润庠、王懿荣、傅增湘、陈夔龙、章梫等跋文、题诗与题识。此稿又称《吴桥范文忠公墨迹》,是书法家范景文的手写诗卷草稿本。现藏中国国家图书馆。

范景文(1587—1644),字梦章,号质公,河间吴桥(今属河北)人。万历四十一年(1613)进士,除东昌府推官。崇祯间,官至兵部、刑部、工部尚书,崇祯十七年(1644)兼东阁大学士,入参机务。京城陷落,投井而死。终其一生,"持大议,抗大节,风采屹然"[③],为明廷著名死节之臣,"其诗发扬而不厉,新警而不佻"[④],以振明末纤弱诗风,著有《范文忠集》等。

是集内容有十三篇文稿。清末张佩纶厘定称:第一篇"系衔兵部参赞机务";第二篇是《与李性参书》;第三篇似是《致德州谢相书》;第四篇《与米仲诏》;第五篇是《与支部曹仲参书》;第六篇是《贺陈益翁新操台》;第七篇似是与孙鲁山书信;第八篇"与陈岵月书令郎"数字阙文,此篇难以辨认;第九篇是《与友书》;第十篇是《致书大略》;第十一篇是录

---

① 沈津《书城挹翠录》,上海社会科学院出版社 1996 年版,第 307 页。
② 沈津《书城挹翠录》,上海社会科学院出版社 1996 年版,第 309 页。
③ (清)钱谦益《列朝诗集小传》"丁集中",上海古籍出版社 2008 年版,第 558 页。
④ (清)朱彝尊著,(清)姚祖恩编,黄君坦校点《静志居诗话》卷 20,人民文学出版社 1998 年版,第 611 页。

"杨仪高坡异篡诚意伯事";第十二篇是"祭祖文";第十三篇是"祭妹文"。是集具有重要的校勘辑佚价值。除小集外,范景文现存诗文集主要有三种:一是清康熙十二年刻本《范文忠公初集》十二卷;二是四库全书本《文忠集》十二卷,三是《范文忠公文集》十卷,清畿辅丛书本。《范文忠公文稿》未被三种版本收录的作品有:第一、四、六、十、十二共五篇;《范文忠公文稿》可与三种版本进行校勘的作品有:第二、三、十三共三篇。此十三篇每篇字体不一,或行或草;笔势有急有缓;着墨有轻有重;又有作者的圈点、删改、杠子等,这些特征表明此集是作者创作的草稿,且非一时所作,而是累积而成的。

(四)来集之《倘湖樵书》二卷

《倘湖樵书》二卷,十册,白口,四周单边,半叶 9 行,行 20 字,天头与栏内等注文小字,字数不等。无鱼尾,无页码,版心上镌"手录",下镌"倘湖小筑"。无卷封,卷前无序,卷末无跋,卷一有"倘湖樵书初编卷之一目录",署"萧山来集之撰",卷二无题署。现藏中国台湾"国家图书馆"。

来集之(1604—1682),字元成,号倘湖,又号樵道人,浙江萧山(今属浙江杭州)人。崇祯十三年(1640)进士,除安庆府推官。弘光元年(1644)清兵下浙江,与族人起兵守钱江,迎鲁王朱以海监国,官至太常寺少卿,兵败长期隐居。入清后被荐博学鸿儒,辞不赴。著述宏富,亦喜作词曲,今有《倘湖诗》《南行偶笔》等。

是集内容分为三部分:卷一,两册皆文;卷二,四册皆文,第六至十册收作者与往来者诗作。是集不仅具有校勘辑佚价值,且《论经》《士大夫居乡》《草木各物仰遵朝旨》《鸟之胎生人与兽之卵生》《遗像灵异》《冠世不同考》《避晦日之说》《东坡诗文》《甲申十同年图》等文章,或议论明道尊经,或研究草木虫鱼,或抒情议论,等等,对发覆明清遗民的知识世界与心理起伏具有重要参考价值。

二、校订稿系统

手稿中的校订稿是作者针对草稿本进行系统修订的本子,它和草稿本保持着很大的一致性,但最大的区别是作者开始完整地修订字、词、句。具体表现在两方面:①形制上,纸张的涂改、增添和裱糊情况较为凸显。②标记符号上,删除号、增添号、钩乙号等大量出现。晚明文人别集的校订稿至少有 10 家,分别为毕自严、徐𤊹、文震孟、归昌世、王象春、黄道周、王铎、倪元璐、归庄、林时对。

(一)毕自严《石隐园藏稿》不分卷

《石隐园藏稿》不分卷,两册,无栏格,半叶 9 行,行 18 字。版心无标记。书封题签"石隐园藏稿",卷前无序,无目录,卷末无跋。全集皆收作者文章,不收诗作。现藏中国台湾"国家图书馆"。

毕自严(1569—1638),字景曾,号白阳,山东淄川(今山东淄博南)人。万历二十年(1592)进士,除松江府推官。崇祯间,官至户部尚书,累加太子少保、太子太保,于明末东林、阉党等门户争伐之间,主持朝政颇有功绩。四库馆臣云:"自严支拄其间,前后六年。

综核敏练,为天下所推"①。著有《石隐园藏稿》《饷抚疏草》等。

是集内容分为六种,即"序跋""题辞""志铭""行状""家传""贺文",《山西武举乡试录序》《苏松武举乡试录后序》助益万历四十年山西、万历二十五年苏松等地武举研究;《畅然园诗稿序》《黄昆阳诗集序》《东皋续录序》助益晚明诗学研究。

(二)徐燔《红雨楼集》不分卷,《鳌峰文集》不分卷

《红雨楼集》不分卷,《鳌峰文集》不分卷,共十二册,蓝格,半叶 10 行,行 20 字,现藏上海图书馆。

陈庆元《徐燔著述考》系统整理多家书目对《红雨楼集》《鳌峰文集》的著录,不过并未深入考论②。此手稿被收入今《上海图书馆未刊古籍稿本》影印出版。杨光辉对手稿已有较详细叙录,兹录如下:《红雨楼集》至清中叶"已亡其半"。现存《红雨楼集》十二册,书高 28.6 厘米,宽 18.2 厘米;正文高 20.1 厘米,宽 13.9 厘米。半页 10 行,行 16 字至 21 字不等,四周单栏,单蓝鱼尾(部分稿件为黑格)。除徐燔手稿外,尚有多人抄写字迹,至道光间尚有补钞,《答张叔弢别驾》"宁"字避讳可证。天头篇目上题红字"选"或"不"。部分有朱、墨校改。钤有"溯芳居士""注韩居士"(即郑杰)等印。③

徐燔(1570—1642),字惟起,更字兴公,自号鳌峰居士、天竺山人等,福建闽县(今福建福州)人。少就童子试,目睹科考拥挤,弃之誓不赴考,肆力古文词。诗文与兄徐熥齐名,与闽人谢肇淛、曹学佺等结社,家富藏书,承其父红雨楼而广收藏书。著述颇丰,诗文集有《鳌峰集》等。

是集内容细分为:第一至十册为《红雨楼集》,不分卷;第十一、十二册为《鳌峰文集》,不分卷。第一册为序;第二册为启、谏、碑、偈、序、祭文;第三至八册为尺牍;第九册为疏、偈、论、记、雪峰志、法海寺志引、榕城三山志序、华盖山志;第十册为祭文、引、祝文、疏;第十一册为论、策、表、启;第十二册为铭、赞、颂、考、说、述、书事、议、约、卦。是集对整理徐燔文集具有重要的校勘与辑佚价值。

(三)文震孟《文文肃公日记　北征纪行》(其中《文文肃公日记》二卷,《北征纪行》一卷)

《文文肃公日记　北征纪行》,两册,蓝格,10 行,行无定字,白口,左右双边,版心镌有"竺坞藏书"。第一册卷前第一页题"己巳日记",有三枚篆字方章:"文起""文起""□□"。卷前第二页题"庚午辛未日记",有一枚篆字印章:"文起""文起""□音书□墨□"。卷前第三页有四枚篆字方章"□□""文震孟""文震孟""五湖□□"。第二册卷前第一页题"甲子日记　乙丑丙寅",有三枚篆字方章:"文震孟印""文起"。凡正文中,遇到"皇""圣""上""面""召"等字另起一行栏线上顶格写。现藏中国国家图书馆。

文震孟(1574—1636)字文启,或作文起,号湛持。南直长洲(今属江苏苏州)人,文征

---

① (清)永瑢等《四库全书总目》卷 172"集部·别集类二五",中华书局 1965 年版,第 1514 页。

② 陈庆元主编,王汉民、徐秀虹副主编《明代文学论集》,海峡文艺出版社 2009 年版,第 473 页。

③ 《上海图书馆未刊古籍稿本》编辑委员会编《上海图书馆未刊古籍稿本》第 42 册,复旦大学出版社 2008 年版,第 4~5 页。

明曾孙、文彭孙。天启二年(1622)一甲第一名,状元及第,授翰林修撰。上《勤政讲学疏》,忤魏忠贤,斥为民。崇祯间,复启用,官至礼部左侍郎兼东阁大学士,入参机务,与温体仁不合落职,旋而即世。著有《药园文集》等。

是集内容由两个部分组成:①日记两卷,记录了天启元年(1621)、天启二年(1622)、天启五年(1625)、天启六年(1626)、崇祯七年(1634)、崇祯八年(1635),这六年的部分月日之事。②《北征纪行》记录万历二十六年(1598)北行之事。其价值体现在两方面:一是文献层面,补益明代文人日记;二是史学维度,描摹天启、崇祯时期历史之侧面。

(四)归昌世《假庵诗草》不分卷

《假庵诗草》不分卷,一册,无栏格,半叶 10 行,行 20 字,版心无标记。卷封题签“明归假庵亲笔诗稿”,署“钱氏数青草堂珍藏,石园居士题签”。卷前扉页有藏书信息,“使豪杰人长吁悲□瘁怨气□□归□为叩天帝”,“假庵诗草,昆山归昌世字文休号假庵,此系假庵先生亲笔宝藏之”。卷首题“假庵诗草”,无作者署名,其后为诗作。诗题下有干支纪年,如《旅怀》“丁巳”。卷后有清光绪十四年(1888)八月郭鸣之跋。现藏中国国家图书馆。

归昌世(1574—1645),字文休,号假庵。南直昆山(今属江苏)人,归有光孙。少为诸生,与李流芳等有名于乡。崇祯末,以翰林待征招,不应。“善画墨竹,能草书”①,著有《假庵诗草》。

是集内容上收诗一百八十六首,诗题下均有干支纪年,始于万历二十九年(1601),迄于天启二年(1622)。通过《寄姚孟长》《寄黄子羽》《寄朱白民》《张元长七十》《送九畴自闽中典试还朝》《钱受之斋夜话同顾仲恭王季和□□》等,可进一步细化晚明士人关系网络。

(五)王象春《问山亭诗集选》六卷

《问山亭诗集选》非作者王象春亲写校订稿,乃明抄清王士禛手书批点校订本。王象春是王士禛从叔祖,且王士禛的手书批删体现王氏“家传诗学”,因此《问山亭诗集选》亦被纳入校订稿之列。《问山亭诗集选》由王士禛所定,又名《王季木问山亭诗集选　辛亥草　癸丑草　壬子草　甲寅草》(其中《王季木问山亭诗集选一卷》,《辛亥草》二卷,《癸丑草》一卷,《壬子草》一卷,《甲寅草》一卷)或《王季木诗酉戌草　辛亥草　癸丑草　壬子草　甲寅草》(其中《王季木诗酉戌草》一卷,《辛亥草》二卷,《癸丑草》一卷,《壬子草》一卷,《甲寅草》一卷)。

《问山亭诗集选》六卷,四册,蓝格,白口,四周双边,半叶 8 行,行 19 字。单黑鱼尾,版心上刻“漆园”,版心下刻页码,每卷页码重新编号。卷前扉页有题记,系近代藏书家莫伯骥之子莫培樾所题。扉页之后有钟惺所作《问山亭诗序》残帙,全序有赖钟惺集可察②。《问山亭诗序》后有王士禛手书跋语。每卷无目录,每卷卷首有钤印“东官莫伯骥所藏经

---

① (清)钱谦益《列朝诗集小传·丁集下》,上海古籍出版社 2008 年版,第 583 页。
② (明)钟惺著、李先耕、崔重庆标校《隐秀轩集》卷 17《问山亭诗序》,上海古籍出版社 1992 年版,第 254～255 页。

籍印"。此六卷五种小集具体为：①《酉戌草》，卷首题"酉戌草（己酉、庚戌）"，卷下署"东海王象春季木著，闽中林古度茂之校"。②《辛亥草》，卷前有万历三十九年（1611）文翔凤《季木辛亥诗序》，卷首题"辛亥草卷之×"，卷一题下署"东海王象春季木著，闽中王宇永启校"；卷二题下署"东海王象春季木著，汶上王命新坦山校"。③《壬子草》，卷前有万历四十年（1612）公鼐所作《王季木壬子稿序》，卷首题"壬子草"，题下署"东海王象春季木著，姑苏沈珣幼玉甫、云间朱国盛敬韬甫全校"。④《癸丑草》卷前有万历四十一年（1613）曾元赞所作《题王季木癸丑稿》，卷首题"癸丑草"，题下署"东海王象春季木著，黎丘李若讷季重、青丘王滢带如全校"。⑤《甲寅草》卷前有李若讷于万历四十二年（1614）所作《甲寅稿序》，卷首题"甲寅草"，题下署"东海王象春季木著，新野曹煌聚坦、青州王衮补之全校"。无卷封题签。现藏中国国家图书馆。

王象春（1578—1633），字季木，号虞求，山东新城（今属山东淄博）人。万历三十一年（1603）举人，三十八年（1610）第二人进士及第，授翰林编修，官至南京吏部考功郎中。王象春傲岸自负，刚肠疾恶，抗论士大夫之邪正，仕途塞塞，因以败归。实际上，新城王氏的望族地位也助长王象春这种傲兀的性格，钱谦益称"嘉靖以来，其门第最盛。祖、父、诸兄，皆为显官"①，仅王象春这一代就出现了王象乾、王象坤、王象恒、王象晋官位显赫者，除此之外的进士及第者数量又很可观，诸如王象蒙、王象斗、王象节、王象丰、王象云。

是集内容皆诗，《酉戌草》写作者于会试前后的乡居交游和在京酬唱；《辛亥草》写作者离京返乡感怀畅游；《壬子草》写作者乡居交游、任顺天乡试同考官和因科场受贿牵连被贬等；《癸丑草》写作者卧归闲槽，诗友交往；《甲寅草》写闲居会客，锤炼诗艺。是集价值体现在三方面：一是校勘价值。明刻本《问山亭诗》、清康熙树音堂抄本《问山亭诗》、清抄本《问山亭主人遗诗》等版本系统，在内容和流传上均与此集有紧密关联。二是揭示新城王氏的"作诗之法"，正如莫培樾云"读其（王士禛）修订批评，可悟作诗之法"②。三是从王士禛的批点，可分析其格调与意境并举的诗歌主张。

（六）黄道周《黄石斋手写诗卷》不分卷

《黄石斋手写诗卷》不分卷，一册，无栏格，半叶4行，行无定字，无鱼尾，版心无题识。卷封题签"黄石斋手写诗卷"，署"国学保存会用石影印"，卷封后书有"正声生气"，其后为黄道周手迹，末尾有光绪三十三年（1907）邓实所撰跋文。《黄石斋手写诗卷》真迹，曾经过合肥张经"庚子拜经室"（庚拜）所藏，后被邮寄至"国学保存会"。作为"国学保存会"发起人的邓实，曾据以用石影印，即中国国粹学报馆清光绪三十三年（1907）本。现藏中国国家图书馆。

黄道周（1585—1646），字幼玄，又字幼平、螭若，号石斋、大涤，福建镇海卫（治今福建漳州龙海区隆教畲族乡镇海村）人。天启二年（1622）进士，选翰林院庶吉士，授编修，参与编修《国史》，忤魏忠贤告归。崇祯间先后因疏劾周廷儒、温体仁、杨嗣昌等人，仕途浮

---

① （清）钱谦益著，钱曾笺注，钱仲联校《牧斋初学集》卷66《王季木墓表》，上海古籍出版社1985年版，第1527页。
② （明）王象春《问山亭诗集选》卷前跋文，清王士禛批点删定明末抄稿本，中国国家图书馆藏。

沉。明社亡,福王朱由崧立南京,黄道周官至礼部尚书;福王败;拥立唐王朱聿键立福州,官至吏部尚书、武英殿大学士,内阁首辅。募兵抗清被俘,次年以不降被杀。能经术、通天文历算、亦擅诗文,著有《黄漳浦集》等。

是集内容由《和赵景之登岱歌》《除夕寄景之诗四章》共五首诗与诗序组成。此集作者几无修改,是作者过录已经修订完毕的定稿。其价值主要有三:①文献辑佚价值,此手卷未被收入具有全集性质的乾隆刻本《黄漳浦集》和今人整理本《黄道周集》①中。②以诗存史价值,五首诗歌反映了崇祯十一年历史。③文学价值,增补黄道周与友人赵士春、刘同升的交游。

(七)王毓《妙远堂诗三集 闽游草》两卷

《妙远堂诗三集 闽游草》两卷,一册,有栏格,白口,四周单边,半叶 10 行,行 22 或23 字。无鱼尾,版心镌有"菌阁钞"。卷前扉页有清道光二十四年(1844)西园樵民题识,扉页题识后有作者王毓手书跋文。此集由《妙远堂诗三集》和《闽游草》各一卷组成,《妙远堂诗三集》下署"戊寅",即崇祯十五年;"闽游草"下署"乙卯",即崇祯十二年。现藏中国国家图书馆。

王毓(1587—1667),本名资治,后改毓,字予安,号石衲,浙江绍兴人。崇祯六年(1633)举人,南明时曾官兵部职方郎中,"入清以后或隐居或出家,法名、字号确实相当复杂"②。著有《匪石堂诗》等。

是集内容皆诗。《妙远堂诗三集》收崇祯十五年(1642)诗作,如《入法华山坊梅同胡行素三首》《送章格非给谏》。《闽游草》收崇祯十二年(1639)游历闽中诗作,如《投赠曹能始先生》《赠林守一》。是集对整理王毓文集具有重要的校勘与辑佚价值。

(八)倪元璐《倪文贞公诗文稿》不分卷

《倪文贞公诗文稿》(又称《倪文贞公诗文集》或《明倪元璐真迹》)不分卷,一册,有栏格,白口,四周单边,半叶 8 行,行 18 字。无鱼尾,无版心题识,无页码。原集卷封脱落不存,今藏本卷封由收藏者于省吾所做,并于卷封之左,以行草题签"倪元璐真迹",下小字双行署"双剑誃主人珍藏并题,己丑季冬",并钤有篆字方印一枚。扉页有民国十五年(1926)于省吾题识。扉页之后,有清代藏书家石韫玉题识"明倪文贞公墨迹",署"吴人石韫玉题,时年七十有八"。诗文集之末有陈宝琛、温肃、朱汝珍、沈曾植和爱新觉罗·宝熙题识。现藏中国国家图书馆。

倪元璐(1593—1644),字玉汝,号鸿宝,又号园客,浙江绍兴人。天启二年(1622)进士,选翰林院庶吉士,授编修。崇祯元年(1628)上"戊辰三疏",拉开清算魏党序幕。《明

① (明)黄道周撰,翟奎凤、郑晨寅、蔡杰整理《黄道周集》"整理说明"和"附录",中华书局 2017 年版,第 79~81、2657~2699 页。

② 朱则杰《读〈清人别集总目〉零札——以万瑜等十位作家为中心》,杜桂萍、陈才训主编《明清文学与文献》(第9 辑),社会科学文献出版社 2020 年版,第 292 页。

史》称："自元璐疏出，清议渐明，而善类亦稍登进矣。"[①]历任南京国子司业，历左谕德、充日讲官、詹事府右庶子兼国子祭酒等，虽为温体仁所忌落职，再起官至户部尚书兼翰林院学士。崇祯十七年(1644)京师陷，自缢殉国。著有《倪文贞集》等。

是集内容由七十首诗与两篇文组成。贺志红对七十篇诗作已有过录，但并未对两篇文章进行整理。[②] 这两篇文章是《题元祐党碑》《周太史巢轩褒册恭跋》。是集价值有三：①校勘辑佚价值，是集是清顺治八年(1651)唐九经刻本《倪文正公遗稿》二卷(皆诗)的依据底本，为整理倪元璐诗文集提供重要参考。②文学研究价值，《送陈天甫督学岭西》《送吴朗公给谏》《题画石送姚孟长前辈》等细化明清之际士人交际网络；《题元祐党碑》借咏史讽喻晚明政治；《戊辰春》臧否魏忠贤等党羽。③窥见作者修改诗文的现场，手稿涂改的背后可以忖度作者文心匠意、离愁情绪和文人之志。

（九）归庄《归庄手写诗稿》不分卷

《归庄手写诗稿》不分卷，六册，无栏格。底本为私人收藏，今上海图书馆藏有中华书局1959年影印本。

归庄(1613—1673)，又名祚明，字玄恭，号恒轩，南直昆山(今属江苏)人，归有光曾孙，归昌世四子。十四岁入县学为附生，崇祯时参加复社活动，与同里同学顾炎武交善。明社亡，清军南下，归庄与兄长等抗清起义。家人相继即世，归庄亡命，逃禅为遗民，游荡江湖，穷困潦倒。

诗稿收归庄自崇祯庚辰(1640)迄顺治壬辰(1652)十三年的作品，但仅存其中六年之作，这六年分别是庚辰、辛巳、甲申、乙酉、己丑、壬辰[③]。收录有《辛巳稿》《乙酉稿》《隆武集》。手稿不仅有重要的文献辑佚价值，其内容对归庄的强烈遗民倾向也有着生动的著录，如《辛巳稿·豫章篇赠顾宗伯》诗序云"甲申五月，新天子即位南京"，指的是南明福王朱由崧在南京即位；再如《隆武集》卷首署"明昆山归祚明天兴父著"，祚明即明亡后归庄所改之名，有意继承国祚。[④]

（十）林时对《留补堂文集　自订诗选》(其中《留补堂文集》四卷，《自订诗选》六卷)

《留补堂文集　自订诗选》(其中《留补堂文集》四卷，《自订诗选》六卷)，六册，红格，细红口，四周双边，半叶10行，行22字。双黑鱼尾，版心下写页码。卷封题签"御史公文集"，署"五世孙葆涛珍藏"。《留补堂文集》卷前有"留补堂文集目录"，分别是卷一：序；卷二：序、记、考、论、述、行述、议；卷三：引、跋、启、书、谏、疏；卷四：文、传、墓志、行状、杂著。《留补堂自订诗选》卷前有十二篇序文，分别是黎元宽《南浦游草原序》、葛世振《客吟原序》、姜垓《蠡城杂咏原叙》、万曰吉《清豫堂谶集诗原序》、梁以樟《冬青集原序》、王玉藻《冬青集原序》、徐凤垣《冬青集原序》、李文胤《冬青集原序》、林日光《闽游草原序》、陈轼

①　(清)张廷玉等撰《明史》卷265《倪元璐传》，中华书局1974年版，第6839页。
②　贺志红《倪元璐诗集整理与研究》，河北大学2019年硕士学位论文，第36～120页。
③　(明)归庄《归庄手写诗稿》(上)，中华书局1959年版，前言第1页。
④　江庆柏等《稿本》，江苏古籍出版社2002年版，第87、89页。

《闽游草原序》、林日光《碎筑集原序》、徐凤垣《碎筑集原序》。其后是"留补堂自订诗选目次"，分别是卷一：五言古体共四十六首；卷二：七言歌行共二十五首；卷三：五言近体共一百首、五言排律共四首；卷四卷五：七言近体共二百三十六首、七言排律；卷六：五七言绝句共一百二十首、杂体、诗余。现藏中国国家图书馆。

林时对(1623—1713)，字殿飓，号茧庵，浙江鄞县（今属浙江宁波）人。崇祯十三年(1640)进士，授行人。明社亡，福王立于南京，以御史召，后罢归。鲁王监国于绍兴，官至右副都御史。逾年绍兴陷，辗转山海间。清初征召，以病力辞，称遗老，著有《留补堂集》等。

是集包含文四卷、诗六卷，体量丰富，价值富瞻，值得深入发覆。主要体现为：①文献价值，可进一步为整理林时对别集提供校勘辑佚价值。②文学价值，《李杲堂先生诗钞序》《雪窦逸庵师和陶诗引》等诗集序文，补益晚明诗学多重面相。③史学价值，《邑乘闻见述》《郡城水利述》对考索明末县邑、水利等制度具有重要作用。

三、选次稿系统

手稿中的选次稿，是作者针对校订稿，择选作品及编次作品的手稿本。一般情况下，选次往往和校订同时发生，时间先后比较模糊。在形制特征上，选次稿与校订稿并无太大区别。在符号特征上，部分作品标题的天头处，出现圈点号与三角号等，甚至作者还会书写"选"字等，表明作者对这些作品比较青睐，有意择选以待编入付梓。除了"选"之外，"次"也很重要，选次稿之编次，侧重按体类编，即作者在作品标题的天头处书写文体的简称，诸如"古""律""绝""柬""联""偈"。

（一）张岱《琅嬛文集》五卷

黄裳《黄裳书话》和《来燕榭书跋》以及夏咸淳整理的《张岱诗文集》，讨论较为详备。今将版式等迻录如下。

原书竹纸黑格，半叶 8 行，行 18 字。白口单边。以诗体分卷，每卷前有大题，不书卷数。次行署"古剑陶庵张岱著"。卷中校改甚多。有圈点，有评语，出别一人手。[1] 此集在清代中叶为钱塘丁氏八千卷楼所藏，后流入常熟翁同龢家，二十世纪五十年代初散落于市肆，为黄裳先生购得。[2] 现为黄裳私人所藏。

张岱(1597—1689)，又名维城，字宗子，号陶庵等，浙江山阴（今属浙江绍兴）人。困顿场屋，厌习举业，潜心于史，悠游于艺，家富藏书，累世通显，高祖张天复、曾祖张元忭、祖父张汝霖，以科考、治学、诗文传家。张岱曾以"徐渭后身"[3]自命，平生好交友，足迹遍海内。明社亡，鲁王征召，辞不赴。入清乡居著书。个人修明之史事《石匮书》，著有《琅嬛诗文集》等。

① 姜德明主编，黄裳选编《黄裳书话》，北京出版社 1997 年版，第 138 页。
② （明）张岱著，夏咸淳辑校《张岱诗文集》，上海古籍出版社 2014 年版，前言第 28 页。
③ （明）张岱著，云告点校《琅嬛文集》卷 1《琅嬛诗集序》，岳麓书社 2016 年版，第 40 页。

就内容而言,五卷皆诗,收"'古乐府''四言古''五言古''七言古''五言律'诸体诗,可能是个残本,以下应该还有'七言律'、'五言绝'、'七言绝'诸体"。① 是集有利于发覆作者的诗歌技艺与修改心境。如《和挽歌辞(其三)》原句为"身虽死泉下,心犹念本朝。目睹两京失,中兴事若何? 匈奴尚未灭,魂亦不归家。"思明反清情绪表现得太露骨。为避文字狱,改成:"身既死泉下,千岁如一朝。目睹岁月除,中心竟若何? 平生不得志,魂亦不归家。"文本修改可窥见诗人坚贞不屈的志节,强烈的反清情绪,以及锤炼推敲的诗心匠意。

(二)薛寀《薛寀诗文稿》不分卷

《薛寀诗文稿》不分卷,两册,红格,白口,四周双边,半叶 13 行,行 28 字。无鱼尾,无版心题识,无页码。卷前无题封,无序跋,无藏家题识。现藏中国国家图书馆。

薛寀(1598—1664),字谐孟,号岁星。南直隶武进(今属江苏常州)人,薛应旂玄孙。崇祯四年辛未(1631)进士,除武学教授,升国子助教,再转南刑部主事,历郎中。出为开封知府,值民变,与大吏议剿抚不合,投劾归。明廷鼎革,剃发居山,以僧自命,自更其名曰薛采,又号米玄和尚、米堆和尚、米前和尚②等。著有《堆山先生前集钞》。

是集诗文不分卷,文有序、墓志铭、诔、柬等;诗分古排、偈、律、绝、联等。其价值体现两个方面:一是校勘辑佚价值,此集可与道光年间抄本《堆山先生前集钞》校勘,如《张树伯诔》前者序文与正文俱存,道光本序文不存。二是文学价值,《开悟真篇再咏》《闲忆禅宗剩语》等诗偈,助益明遗民僧诗研究。

四、写样稿系统

一般来说,写样稿有三种工序:①发写,即写手写样。②校勘,校者进行初校和复校。③割补,遵循校勘意见,改正写样时,裁割粘补原样。换言之,作者的文本,经过写手专门抄写,字体多用楷体、宋体,文稿臻至圆熟。若复核后无问题,则可上版,准备下一步雕版刊刻。当然,若复核发现问题,可在写样本运用裁割粘补的方式进行修补。

手稿中的写样稿,即作者在印好的花格稿纸上,工整抄写校订和编次完毕的稿本。相比前三种类型,其具有完整卷次、整饬编次、厘定之篇目等。若写样稿并无讹误,即可贴于木版,以便雕版刷印。从形制特征来看,写样稿与前三种类型的最大区别在于,写样稿是重新誊录的本子,纸张是特殊的方格稿纸,字体往往是工整的宋体或楷体。由于作者亲写的写样稿笔者尚未寓目,今之代替者为董其昌《容台文集　容台诗集　容台别集》(其中《容台文集》九卷,《容台诗集》四卷,《容台别集》四卷),此集系写手抄写、校者校勘的写样稿。

《容台文集　容台诗集　容台别集》,十一册,有写样本独有的花格,双栏,半叶 10

---

① 姜德明主编,黄裳选编《黄裳书话》,北京出版社 1997 年版,第 139 页。

② 关于薛寀的释家名,米玄、米堆有较多记载,而米前很少被钩稽。薛寀在其所撰《华严坛碑记》署名为"天山座下两世听法弟子米前,赐进士出身河南开封知府武进薛寀拜手撰",参见周永年编《邓尉圣恩寺志》卷 8《华严坛碑记》,故宫博物院编《故宫珍本丛刊》第 270 册,海南出版社 2000 年版,第 164 页。

行,行 21 字,黑口,单黑鱼尾,版心上写"容台文(诗、别)集卷×",下写页码,其下又写"阁楼丛书"。首先是《容台文集》九卷,卷前有陈继儒《叙》,叙后有目录,目录后署"孙男延编次",每卷卷首写"容台文集卷×",下署"华亭董其昌著,冢孙庭辑",每卷卷尾署"门人徐士竑、许经阅"。其次是《容台诗集》四卷,卷前有目录,目录后无序,每卷卷首写"容台诗集卷×",下署"华亭董其昌著,冢孙庭辑",每卷卷尾署"门人徐士竑、许经阅"。最后是《容台别集》四卷,卷前有目录,目录后无序,每卷卷首写"容台别集卷×",下署"华亭董其昌著,冢孙庭辑",每卷卷尾署"门人徐士竑阅"。现藏中国台湾"国家图书馆"。

董其昌(1555—1636),字玄宰,号思白,又号思翁、香光、香光居士,华亭(今上海松江)人。万历十七年(1589)进士,选庶吉士,授编修,官至南京礼部尚书。阉竖用事,请告归。董其昌书画擅场,实开清代风气之先,清人梁穆敬赞曰"有明一代书画之学,董宗伯实集其大成"①。著有《容台诗文集》等。

此集具有写样稿的前两道工序,即发写和校勘。其中校勘标识尤为值得注意,是逼近写样稿现场的关键信息。试举一例:如《容台文集》,其第一册卷封,题写两条校勘标识:其一,"初校,附稿一册,(卅二年)十月七日呈";其二,"原本均检发,即逐一补写鱼尾下字,送覆。每页版心鱼尾下所标序记等字,须照原本逐一补写,每卷皆为此,毋漏为要。初校迄,(卅)三(年)廿八(日)"。②

是集内容细究而言,即《容台文集》九卷,卷一、卷二序;卷三序与题词;卷四记、碑铭、引;卷五论、评、说、议、奏疏、表、颂、赞、箴、露布、考;卷六传、赞传;卷七策、募缘疏、铭、诰、像赞;卷八墓志铭;卷九墓表、神道碑、诔、行状、祭文。《容台诗集》四卷,卷一五言古风、七言古风、五言排律;卷二五言律诗、五言绝句;卷三七言律诗;卷四七言律诗、七言绝句。《容台别集》四卷,卷一"随笔""禅悦""杂纪";卷二"书品";卷三"书品";卷四"画旨"。

其价值主要有二:①提供新的对校本。董其昌的诗文著述,今存三种版本:一是崇祯三年(1630)董庭刻十七卷本;二是崇祯八年(1635)叶有声闽南刻二十卷本;三即此写样本,系民国 33 年福建陈氏阁楼写样待刊本。学界两种关于董其昌文集整理本,注重刻本而均未关注写样本。如邵海清整理《容台集》,称以北大本③为底本,以浙大本为参校本④。⑤ 再如李善强整理《董其昌全集》,称:"本次整理,以存目本⑥为底本,以禁毁本⑦及闽本(二十卷本)为对校本,同时参校《画禅室随笔》等著作。"⑧②展现文集经历"写样"的典型样板。此集是还原文集编纂之写样工序的典型代表,它完整地记录着别集上版刊刻

---

① (明)董其昌著,屠友祥校注《画禅室随笔》,上海远东出版社 1999 年版,第 210 页。
② (明)董其昌《容台诗文集》,民国 33 年福建陈氏阁楼写样待刊本,台湾"国家图书馆"藏,第 1 页。
③ 即十七卷本,今之存目本。
④ 十七卷本,后印本。
⑤ (明)董其昌,邵海清点校《容台集》"前言",西泠印社出版社 2012 年版,第 14 页。
⑥ 十七卷本,清华藏,属于先印本,错误少。
⑦ 十七卷本,北大藏,有改动,属于后印本,质量差。
⑧ (明)董其昌著,严文儒、尹军主编,李善强点校《董其昌全集》第 1 册"校点说明",上海书画出版社 2013 年版,第 5 页。

前的准备工作：写手依据校订和选次后的定稿，在特定的"花格"写样纸上抄写，复经校者复核校勘，写手再对照校勘意见进行割补，自此上版准备即告完成。

结语

综上所述，从手稿形制系统来看，草稿本至少有 4 种，校订稿至少有 10 种，选次稿至少有 2 种，写样稿至少有 1 种。就体量而言，这 17 种晚明文人的别集手稿以不分卷的小集居多，共 11 种；体量较大的是董其昌的《容台诗文集》十七卷和林时对的《留补堂文集》十卷。从文体来说，侧重于文与诗，词极少，而文章又以序、疏、书信、墓志为多。质言之，手稿有别于他者的特殊之处在于，其为作者与亲写两种关键因素的集合，是集文献价值、研究价值和艺术价值三位一体的客观存在。

目前明代文人别集手稿研究面临几个关键问题。一是数量多寡，这需要全面考察古今中外古籍书目与图书馆藏，并借助数字化技术联合发掘。二是文字识别。手稿依托手写体文字存世，手写的率意任性和勾画涂抹随处可见，识别文字依然是重要一环。三是符号识别。如前文所论，手稿的符号涵盖删除号、增添号、钩乙号等多种，明晰符号所指是一大挑战。值得一提的是，学科交叉和视域融合是手稿研究的基础前提，至少关涉版本校勘学、书法史、书籍史与文学史等，甚至与西方手稿学关联互动。这些话题需要进一步析论。要之，期待全面起底明代文人别集手稿，进一步助益明代文学与文献研究。

论中国古代小说的情事理论

陶明玉 *

摘　要: 在中国古代情事理论和诗骚传统、史传传统相互融合的历史背景中,中国古代小说形成了一套情事互联的理论。中国古代小说的情事理论体现在三个层面:第一,小说创作阶段的缘事而作,即作者因客观之事起主观之感,形成小说创作的心理动力。第二,小说文本中的叙事寄情,即通过情事融合并进的叙事方式来表达作者的情感。第三,小说阅读的感事移情,即读者感于故事而产生移情。这三个层次中的情、事关系勾勒出了中国古代小说的情事理论的基本内容。情、事关联共生对中国古代小说的审美品格和文体特征产生了重要的影响。

关键词: 古代小说;情事;创作;文本;阅读

"诗言志"是中国诗论"开山的纲领"①,也是中国诗歌源远流长的诗学传统。"诗言志"之志包括了思想与情感,即情志,代表人的主观部分。但在中国诗歌的世界中,作为客观部分的"事"自始至终未被排除在外,总是与主观的情志联结在一起,形成相辅相成的关系。这种关系具体体现为诗歌创作时的缘事而发,诗歌文本中的叙事以抒情。缘事而发是指诗人有感于客观之事而起诗兴,是"兴"的一种具体形式。《诗经》中的许多篇章都是缘事而发。汉乐府诗被认为是"感于哀乐,缘事而发"②。清人甚至提出"两汉之诗,缘事抒情而已"③。南朝钟嵘《诗品序》罗列了楚臣去境、汉妾辞宫等数种典型事件,认为:"凡斯种种,感荡心灵,非陈诗何以展其义,非长歌何以释其情?"④这些例子说明,"事"是诗情生发的重要缘起。至于中国诗歌的叙事以抒情,不仅在叙事诗如《孔雀东南飞》、"三吏三别"《长恨歌》《圆圆曲》等作品中显而易见,在抒情诗中也是一种常用的表现方式。葛晓音教授指出"汉魏古诗叙事言情往往藉单个场景或事件的一个片段来表现"⑤。董乃斌教授认为即使是纯以抒情方式表现的古典诗词也与事不可分割,且一般都"借对某些

---

　*　陶明玉,浙江师范大学人文学院讲师,主要从事中国古代小说、近代文学研究。本文为教育部人文社会科学研究青年项目"明清通俗小说对诗词的大众化传播研究"(23YJC751039)的阶段性成果。

　①　朱自清《诗言志辨》序,华东师范大学出版社 1996 年版,第 4 页。
　②　(汉)班固《汉书》卷 30《艺文志》,中华书局 2000 年版,第 1384 页。
　③　(清)纪昀《田侯松岩诗序》,《纪文达公遗集》卷 9,《清代诗文集汇编》编纂委员会编《清代诗文集汇编》(354),上海古籍出版社 2010 年版,第 321 页。
　④　(南朝梁)钟嵘著,曹旭集注《诗品集注(增订本)》,上海古籍出版社 2011 年版,第 56 页。
　⑤　葛晓音《论汉魏五言的"古意"》,《北京大学学报》(哲学社会科学版)2009 年第 2 期,第 14 页。

事与物的描述咏叹以表情达志"①。唐代白居易"直歌其事"②的写作策略和宋人魏泰提出的"述事以寄情"③明确肯定了通过叙事来表达诗情的可能性。④ 可以说,"事"不仅是引发诗情的契机,也是表现诗情的途径和方式。有学者指出中国诗学中存在一套"以'事'为手段、为前提,'情'为目的、为旨归"⑤的情、事互济理论。事实上,中国文学中的情、事理论并不局限于诗歌领域。从一般意义上来说,情、事分属于主观与客观的两个范畴,它们不仅与人的存在密不可分,也是所有文学作品不可或缺的构成要素。无论是在小说、戏剧中,还是在诗歌、散文中,情与事总是或隐或显地存在于文本之中,在相互融合中实现文学的艺术化。

在中国文学传统中,情与事分别代表了诗骚传统和史传传统的核心要素。小说不仅作为叙事文类的一脉而受到史传传统的影响,也深受诗骚传统的浸润。在诗骚传统和史传传统影响下生长起来的小说,自然而然地具备了叙事性和抒情性,只是到具体文本中各有侧重、或隐或显而已。可以说,中国小说文体的成熟是中国文学的叙事传统与抒情传统相互渗透融合的结果。正如罗书华先生指出的,"小说发展史上的几次关键性转折,更与叙事的诗性追求有关"⑥。

自 20 世纪 80 年代以来,学界对中国古代小说及理论的研究一般依据西方叙事学理论,因而不免偏重于阐释中国古代小说的叙事因素。应该注意的是,在中国情、事诗学和文学传统相互融合的历史背景之下,中国古代小说在叙事之外也有强调抒情的一面。随着中国小说的历史发展,情与事作为小说的两大质素得以凸显,因此在晚清小说批评家那里,我们既能看到"演事者,则小说家之能事"⑦的说法,也能听到"小说之能事,不外道情"⑧的声音。中国古代小说中的情与事相依相存、交融并进,构成了中国小说的情事理论。这一情事理论体现在三个层面:第一层面是小说创作的缘事而作;第二层面是小说文本的叙事寄情;第三是小说阅读的感事移情。

一、缘事而作:古代小说的创作缘起

叙事可以说是小说的本体,也是小说的本性。因其如此,小说家的创作总是离不开客观的事件。正是小说的叙事特性决定了缘事而作是中国古代小说生成的重要缘起。缘事而作不仅包含客观之事,也蕴含主观之感,"凡目之所见,耳之所闻,心有感触,皆笔

---

① 董乃斌《古典诗词研究的叙事视角》,《文学评论》2010 年第 1 期,第 27 页。

② (唐)白居易《秦中吟十首》,顾学颉校点《白居易集》,中华书局 1979 年版,第 30 页。

③ (宋)魏泰《临汉隐居诗话》,(清)何文焕辑《历代诗话》(上),中华书局 1981 年版,第 322 页。

④ 陶明玉《小说何以抒情:从古代到当下》,《中国社会科学报》2022 年 7 月 11 日,第 4 版。

⑤ 李桂奎《中国传统诗论中的"情""事"互济观念》,《文艺理论研究》2018 年第 6 期,第 149 页。

⑥ 罗书华《中国叙事之学:结构、历史与比较的维度》,中国社会科学出版社 2008 年版,第 265 页。

⑦ 章炳麟《〈洪秀全演义〉序》,陈平原、夏晓虹编《二十世纪中国小说理论资料(第一卷)》,北京大学出版社 1997 年版,第 362 页。

⑧ 亚荛《小说之功用比报纸之影响为更普及》,陈平原、夏晓虹编《二十世纪中国小说理论资料(第一卷)》,北京大学出版社 1997 年版,第 237 页。

之于书"①(怡轩主人《娱目醒心编序》)，也就是由客观事件触发主观感受，形成作者发而为文的心理动力。因此，这类客观事件必然与主观心理存在特定的契合，即触动人心的性质。清代烟水散人《珍珠舶序》曰："小说家搜罗闾巷异闻，一切可惊可愕可欣可怖之事，罔不曲描细叙，点缀成帙"②，不仅指出小说缘事而作，还表明其故事的感人性质。③ 澹园主人《后三国石珠演义序》也提出"古今传奇乐府，未有不从死生荣辱悲欢离合中脱出者也。或为忠孝所感，或为风月所牵，或为炎凉所发，或为声气所生，皆翰墨游戏，随兴所之"④。这些"死生荣辱悲欢离合"实际上就是那些能够感动人的故事。中国古代小说的"缘事而发"，既可以是作者感于历史、社会之事，也可以是作者感于自己人生、生活之事，或者二者兼而有之。总之，由客观之事引起主观之感。

六朝志怪小说大多为记述异事异闻而作，这种缘事而作的创作心态多带有某种宗教情感。干宝因亲人死而复生的经历而"有所感起，是用发愤焉"⑤，著成《搜神记》。王琰作《冥祥记》就是因为梦境显灵，故"循复其事，有感深怀；沿此征觌，缀成斯记"⑥。只是笔记体要求记事客观，作者的主观情感不能显露其中。不同于六朝志怪小说的"明神道之不诬"，唐人传奇具有鲜明的"作意好奇"⑦的意味。唐传奇的创作缘起多为因奇事而感发，如沈既济《任氏传》："众君子闻任氏之事，共深叹骇，因请既济传之，以志异云。"⑧又如白行简《李娃传》："予与陇西公佐话妇人操烈之品格，因遂述汧国之事。公佐拊掌竦听，命予为传。"⑨明清章回小说家有不少是感于世风变迁或历史兴亡而创作的，如吕熊有感于明史而作《女仙外史》："尝读《明史》，至逊国靖难之际，不禁泫然流涕，故夫忠臣义士与孝子烈媛，湮灭无闻者，思所以表彰之，其奸邪叛逆者，思所以黜罚之，以自释其胸怀之哽噎。"⑩(刘廷玑《在园品题》)而晚明以后越来越多的文人小说家开始有感于自己的人生遭际而著小说，如清代佩蘅子所言："英雄失志，狂歌当泣，嬉笑怒骂，不过借来舒写自己这一腔块磊不平之气。"⑪其中，《红楼梦》的创作颇具有代表性，"作者自云：曾历一番梦幻之后，故将真事隐去，而借'通灵'之说，撰此《石头记》一书也"⑫，作者梦幻的人生经历是《红楼梦》的缘起。又如《绘芳录》的作者"欲作小说以自述生平抑郁之志"，"实事实情，毫无假借"⑬，这种"自述"既缘于实情，也缘于实事。

①　黄霖、韩同文选注《中国历代小说论著选》，江西人民出版社 2000 年版，第 524 页。
②　黄霖、韩同文选注《中国历代小说论著选》，江西人民出版社 2000 年版，第 329 页。
③　陶明玉《小说何以抒情：从古代到当下》，《中国社会科学报》2022 年 7 月 11 日，第 4 版。
④　黄霖、韩同文选注《中国历代小说论著选》，江西人民出版社 2000 年版，第 375 页。
⑤　(晋)干宝撰，李剑国辑校《新辑搜神记》，中华书局 2007 年版，第 19 页。
⑥　鲁迅校录《古小说钩沉》，齐鲁书社 1997 年版，第 277 页。
⑦　(明)胡应麟《少室山房笔丛》卷 36《二酉缀遗中》，上海书店出版社 2022 年版，第 371 页。
⑧　李时人编校，河满子审订，詹绪左覆校《全唐五代小说》，中华书局 2014 年版，第 673 页。
⑨　李时人编校，河满子审订，詹绪左覆校《全唐五代小说》，中华书局 2014 年版，第 780 页。
⑩　黄霖编著《历代小说话》，凤凰出版社 2018 年版，第 156 页。
⑪　(清)佩蘅子《吴江雪》，《古本小说集成》编委会编《古本小说集成》(第 4 辑)，上海古籍出版社 1994 年版，第 128 页。
⑫　(清)曹雪芹著，(清)无名氏续《红楼梦》，人民文学出版社 2022 年版，第 1 页。
⑬　(清)西泠野樵《绘芳录序》，(清)西泠野樵《绘芳录》(上)，江西人民出版社 1989 年版，第 1 页。

强调古代小说的缘事而作,并非否定古代小说的其他生成缘由①,而是意在说明在古代小说文本生成之前,作家就已经具备了鲜明的情感意志,因感于事而作小说。感事而作成为小说家创作的心理动力和灵感来源,"情生则文附焉"②,如近代吕思勉《小说丛话》所言:"无悲天悯人之衷,决不能作《红楼梦》;无愤世嫉俗之心,决不能作《水浒传》。"③虽然感事而作并不必然导致小说的抒情性,但实际情况经常是作家不可避免地将个人情感倾泻或隐含其中,"凡纸上之可喜可惊,皆胸中之欲歌欲哭"(天花藏主人《天花藏合刻七才子书序》)④。正是中国小说缘事而作的创作特点,才使得中国古代小说伴随着作家主体因素的凸显,而产生了抒情性。

二、叙事寄情:古代小说的文本呈现

缘事而作是古代小说情、事关系在文本生成之前的体现,叙事寄情则是古代小说情、事关系在文本之中的体现。小说的文体特性要求小说抒情方式不能像诗词那样以"意象"的营构为主,而是以叙事寄情为中心。⑤ 因此,古代小说家往往将自己的情思寄托在故事上。清代二知道人曰:"蒲聊斋之孤愤,假鬼狐以发之;施耐庵之孤愤,假盗贼以发之;曹雪芹之孤愤,假儿女以发之:同是一把酸辛泪也。"⑥(《红楼梦说梦》)二知道人的论述或许并不完全与具体事实相符,但揭示了古代小说的一条普遍规律:小说家的情感需要假借具体的小说事件抒发出来。

按照叙述学的理论,叙述一般可以分为故事和话语两个层面。⑦ 中国古代小说的叙事寄情,也是在故事和话语两个层面实现的。第一是故事的选择上,首先要求故事具备感人性质。古代小说家尤其是明清时期的小说家在故事选择上强调故事的动人性,而对事实的真实性持宽容的态度,"令阅者惊风云之变态而已耳"⑧(黄越《第九才子书平鬼传序》),"事事皆实则失于平庸,而无以动一时之听"⑨(金丰《新镌精忠演义说本岳王全传序》)。因此小说家总是搜罗"一切可惊可愕可欣可怖之事",如瞿佑写《剪灯新话》在故事选择上就强调"可喜可悲,可惊可怪"⑩,为的就是触动读者心灵,形成情感冲击力。其次是选择不同的故事,表现不同的情感。例如明清才子佳人小说有情人终成眷属的俗套故事,表现的是下层文人欢喜团圆的愿望,而《金瓶梅》《红楼梦》等人情小说则叙写人生、生

---

① 例如那些专为补史之阙的笔记小说、专为书商牟利的书坊小说、专为炫才而作的才学小说等自不少见。
② (清)西湖钓叟《续金瓶梅集序》,(清)紫阳道人编《续金瓶梅》,《古本小说集成》编委会编《古本小说集成》,上海古籍出版社1994年版,第1页。
③ 成之《小说丛话》,陈平原、夏晓虹编《二十世纪中国小说理论资料(第一卷)》,北京大学出版社1997年版,第478页。
④ 黄霖、韩同文选注《中国历代小说论著选》,江西人民出版社2000年版,第323页。
⑤ 陶明玉《小说何以抒情:从古代到当下》,《中国社会科学报》2022年7月11日,第4版。
⑥ 黄霖编著《历代小说话》,凤凰出版社2018年版,第263页。
⑦ 申丹《叙述学与小说文体学研究》,北京大学出版社1998年版,第13页。
⑧ 黄霖、韩同文选注《中国历代小说论著选》,江西人民出版社2000年版,第412页。
⑨ 黄霖、韩同文选注《中国历代小说论著选》,江西人民出版社2000年版,第378页。
⑩ 黄霖、韩同文选注《中国历代小说论著选》,江西人民出版社2000年版,第103页。

命的盛衰之事,表现的则是作者乐极而悲之情。第二是话语即叙事方式上,强调情与事的融合并进。清末亚荛的说法最为典型:"其言事也,无一不以情传之;其言情也,无一不以事附之。写儿女之艳丽,着以浓情;写英雄之事业,着以豪情。"①以情传事意味着叙述者在叙事中带有鲜明的感情色彩,而以事附情则注重在抒情的主旨下进行叙事。如《石头记》第八回写宝玉路上偶遇账房的买办钱华,被索要斗方,脂砚斋批曰:"随事生情,因情得文"②,指出小说以情事融合并进的方式来展开叙事。又如明斋主人分析《红楼梦》作者"凡值宝、黛相逢之际,其万种柔肠,千端苦绪,一一剖心呕血以出之"③,作者在叙事中倾注了强烈的情感。当情事融合并进的叙事方法到达一定程度时,就会实现小说整体的抒情模式与叙事结构的合一。明斋主人《红楼评梦总评》如是总结:"小说家结构,大抵由悲而欢,由离而合",即指抒情模式与叙事结构融合为一且具备同构性质,这一结构是中国古代小说的一种情事融合的范式,而《红楼梦》则是"由欢而悲,由合而离",④代表了另一种情事融合的范式。

　　情与事的紧密联系是中国古代小说的特色,同时也符合艺术表现的一般规律。文学情感不同于生活情感,它不是日常生活中自由表达的喜怒哀乐,而是艺术化的情感。这种艺术情感的一个重要特征就是对意象和事象的凭借。情是主观的,而事则是客观的。情感只有经过对象化才能被感知,主观的情感只有借助客观的事、物才能表现出来。⑤ 诗学上的这一法则,为小说以事抒情提供了可能性。小说家并不直白地倾泻内心的情感,而是寄托于事,叙事以寄情。

三、感事移情:古代小说的阅读审美

　　中国古代小说长期处于文类的底层,更多地承担娱乐功能,与言志、载道的上层文类诗文有天壤之别。魏晋南北朝时期的笔记小说作为史传的补充,主要被视为增进读者历史、博物知识的"小道",虽然"有可观",但是不会强调读者的感情介入,像陶渊明读《山海经》时寄托诗人生命情怀的只是少数现象。唐代以后文言小说的娱乐性质得到凸显,关于小说"助谈笑"⑥(李肇《唐国史补自序》)、"供谈笑"⑦(曾慥《类说序》)的大量记录,即是对文言小说娱乐功能的肯定。宋代以后,在勾栏瓦肆流行的说话艺术更是面向普通大众以娱乐为宗旨,"是一种商品化、表演性、娱乐性的文学活动"⑧。白话小说的这种娱乐性质即使是在案头化后仍然得以延续。小说被一些批评家视为"不费心力,可娱目适情"⑨

---

　　① 亚荛《小说之功用比报纸之影响为更普及》,陈平原、夏晓虹编《二十世纪中国小说理论资料(第一卷)》,北京大学出版社 1997 年版,第 237 页。
　　② (清)曹雪芹《脂砚斋重评石头记甲戌本》,人民文学出版社 2010 年版,第 228 页。
　　③ 黄霖编著《历代小说话》,凤凰出版社 2018 年版,第 359 页。
　　④ 黄霖编著《历代小说话》,凤凰出版社 2018 年版,第 363 页。
　　⑤ 参见〔德〕黑格尔《美学(第一卷)》,朱光潜译,商务印书馆 2018 年版,第 366～369 页。
　　⑥ 黄霖、韩同文选注《中国历代小说论著选》,江西人民出版社 2000 年版,第 56 页。
　　⑦ 黄霖、韩同文选注《中国历代小说论著选》,江西人民出版社 2000 年版,第 63 页。
　　⑧ 刘勇强《话本小说叙论:文本诠释与历史构建》,北京大学出版社 2015 年版,第 11 页。
　　⑨ 黄霖、韩同文选注《中国历代小说论著选》,江西人民出版社 2000 年版,第 485 页。

(陶家鹤《绿野仙踪序》)与"消遣于长夜永昼,或解闷于烦剧忧态"①(酉阳野史《新刻续编三国志引》)的小道。但类似的娱乐消闲的定位多用于通俗演义小说。随着文人的参与和小说文类地位的逐渐提高,越来越多的小说家和评论家开始强调小说阅读的文学审美效果,像金圣叹这样的专业读者,还将个人的主观情愫宣泄在批点中,"一肚皮不合时宜,而独《水浒传》足以发抒其愤懑,故评之为尤详"②,而那种"仅粗记前后事迹,是否成败,以助其酒前茶后雄谭快笑之旗鼓"③的娱乐式粗泛阅读,常常遭到小说批评家的轻蔑。

明清小说读者对小说审美的追求,也使得中国古代小说的情、事理论在阅读层面得以充分展开。与中国古代小说的创作缘起和文本生成一致,中国古代小说阅读理论也强调情、事的重要性和关联性。这一情、事相关的阅读理论可以概括为"感事移情":读者阅读小说"所传之事,可使人移情悦目"④(剩斋氏《英云梦传弁言》),并进而释放自己的情感。它具体体现在如下方面。第一,读者对故事动人性质的期待。烟水散人提出"小说家搜罗闾巷异闻,一切可惊可愕可欣可怖之事,罔不曲描细叙,点缀成帙,俾观者娱目,闻者快心"⑤(《珍珠舶序》),虽然是从作者出发,但也折射出读者在娱目快心的审美期待下对各类有触感的故事的渴求。第二,阅读故事时的移情效果。故事是激发读者感情的基础,而读者的高度参与是实现文学审美的必要条件。《文心雕龙·知音》所言"观文者披文以入情"⑥是对理想读者提出的要求,读者通过沉浸在故事中,体味小说中的情感,而产生移情效果,沉浸在情事融合的小说境界中"心开神释,骨飞眉舞"⑦(汤显祖《点校虞初新志序》),乃至伴随强烈的生理反应,"喜而手舞足蹈,悲而掩卷堕泪"⑧(凌云翰《剪灯新话序》)。由移情状态进而进入具有道德净化意义的自省状态,"不平者见之色怒,自愧者见之汗颜,岂独解颐起舞已哉?"⑨(天花才子《快心编凡例》)第三,审美接受的悲感。娱乐性长期作为古代小说审美的标准,但是明清尤其是清代小说评论家开始强调小说审美的悲感,认为"文章之妙,令人喜而击节,怒而发指者为难,能令人悲而堕泪者,尤为更难"⑩。晚清小说家吴趼人亦提出"作小说令人喜易,令人悲难;令人笑易,令人哭难"⑪。梁启超在《论小说与群治之关系》中说:"小说之以赏心乐事为目的者固多,然此等顾不甚为世所重;其最受欢迎者,则必其可惊可愕可悲可感,读之而生出无量噩梦、抹出无量眼泪

① 黄霖、韩同文选注《中国历代小说论著选》,江西人民出版社 2000 年版,第 179 页。
② (明)怀林《批评水浒传述语》,朱一玄编,朱天吉校《明清小说资料选编》,南开大学出版社 2006 年版,第277 页。
③ 黄霖、韩同文选注《中国历代小说论著选》,江西人民出版社 2000 年版,第 297 页。
④ 黄霖、韩同文选注《中国历代小说论著选》,江西人民出版社 2000 年版,第 517 页。
⑤ 黄霖、韩同文选注《中国历代小说论著选》,江西人民出版社 2000 年版,第 329 页。
⑥ (南朝梁)刘勰著,范文澜注《文心雕龙注》,人民文学出版社 1958 年版,第 715 页。
⑦ 黄霖、韩同文选注《中国历代小说论著选》,江西人民出版社 2000 年版,第 187 页。
⑧ 黄霖、韩同文选注《中国历代小说论著选》,江西人民出版社 2000 年版,第 106 页。
⑨ 黄霖、韩同文选注《中国历代小说论著选》,江西人民出版社 2000 年版,第 327 页。
⑩ 黄霖、韩同文选注《中国历代小说论著选》,江西人民出版社 2000 年版,第 406 页。
⑪ (清)吴趼人《说小说·杂说》,(清)吴趼人著,刘敬圻主编《吴趼人全集:诗·戏曲·杂文》,北方文艺出版社2019 年版,194 页。

者也。"①在小说阅读中，相较于"赏心乐事"，"可悲可感"之事更受欢迎。可见在中国小说接受理论中，悲感比乐感更具艺术魅力。悲感不仅是中国古代小说家一种自觉的审美追求，也是小说读者的一种阅读期待，强调审美悲感代表小说阅读理论走向了成熟。第四，审美情感的道德升华。随着中国古代小说阅读审美社会实践和理论发展，小说批评家不仅看到由事到情的规律，还发现由情入理的可能性，并由此生成了一套从事到情、由情入理的文学接受逻辑。自怡轩主人《娱目醒心编序》曰："无一迂拘尘腐之辞，而无不处处引人于忠孝节义之途。即可娱目，即以醒心。而因果报应之理，隐寓于惊魂眩魄之内。俾阅者渐入于圣贤之域而不自知。"②"娱目"为情感的层面，"醒心"为道理的层面，读者感事而"惊魂眩魄"，最终走向"圣贤之域"即道理的世界。闲斋老人谈《儒林外史》也强调"俾读者有所观感戒惧，而风俗人心，庶以维持不坏也"③，仍然是以从事到情、由情入理的文学接受逻辑作为支撑。

　　以情、事关联为核心的中国小说阅读理论，在清末被梁启超用来作为其发动"小说界革命"的理论基础，以实现其改良社会的理想。在《论小说与改良群治之关系》一文中，梁启超提出小说具有不可思议之支配人道的力量，于改良群治大有作用，而支配人道的依据有二：第一是小说能够"导人游于他境界"，对读者产生强烈吸引力；第二是小说能够表现读者的情感，读者"无论为哀为乐、为怨为怒、为恋为骇、为忧为惭，常若知其然而不知其所以然"，而小说能"发露之"，故"感人之深，莫此为甚"。④ 可以看出，梁启超是在小说的故事和情感两个层面来立论，总结出小说"为体易入人"，"为用之易感人"的特点。虽然梁启超对小说作用于现实的效果分析得过于理想化，但不可否认的是，他对小说阅读理论的理解无疑是深刻的，特别是认识到小说阅读中的情、事关系在沟通现实世界与文学世界的重要意义。

　　中国古代小说的阅读理论历来不受学界关注，但事实上，小说阅读与小说文本生成是如影随形的关系，离开了读者，小说的意义就不复存在。甚至在一定程度上，读者先于小说文本而存在并给小说家施加压力，例如李渔的《十二楼》"以入情啼笑，接引顽痴"（钟离睿水《十二楼序》）⑤，《水浒后传》的作者"作美满大团圆以大快人心"（蔡元放《水浒后传读法》）⑥，即是考虑读者的"期待视野"⑦的结果。因此可以说，小说读者的阅读期待尤其是对情、事的审美期待在一定程度上也规定着中国古代小说的审美风格。

　　①　饮冰《论小说与群治之关系》，陈平原、夏晓虹编《二十世纪中国小说理论资料（第一卷）》，北京大学出版社 1997 年版，第 50 页。

　　②　黄霖、韩同文选注《中国历代小说论著选》，江西人民出版社 2000 年版，第 524 页。

　　③　黄霖、韩同文选注《中国历代小说论著选》，江西人民出版社 2000 年版，第 467 页。

　　④　饮冰《论小说与群治之关系》，陈平原、夏晓虹编《二十世纪中国小说理论资料（第一卷）》，北京大学出版社 1997 年版，第 50～51 页。

　　⑤　黄霖、韩同文选注《中国历代小说论著选》，江西人民出版社 2000 年版，363 页。

　　⑥　黄霖、韩同文选注《中国历代小说论著选》，江西人民出版社 2000 年版，425 页。

　　⑦　〔德〕H. R・姚斯、〔美〕R. C・霍拉勃《接受美学与接受理论》，周宁、金元浦译，辽宁人民出版社 1989 年版，第 29 页。

结语

与中国小说相比,西方小说更加强调小说的叙事艺术。西方小说虽然流派纷呈,也曾出现过抒情意味浓厚的浪漫主义小说,但是总体而言,基本上以叙事艺术为中心,主要关注的是小说的叙事性,对小说的情感因素有所忽略,这一现象正是西方文学叙事传统主导的结果。而在中国古代小说中,情与事紧密相连,事不仅可以唤起作者的情感,成为小说创作的心理动力和灵感源泉,也可以成为表达情感的手段,实现情感的艺术化,小说阅读也是一个由事到情的审美过程。创作时的缘事而作,文本中的叙事寄情,阅读中的感事移情,构成了中国古代小说情事理论的基本内容。情、事因素的交融共生不仅塑造了中国古代小说的文体特征和审美品格,而且也为中国现当代小说注入了抒情的基因,"抒情性不仅是中国古代小说演变的重要趋向和内动力,也是近现代小说转型的重要因素"①。有鉴于此,笔者认为研究者应该加强对中国古代小说的抒情研究②,尤其是在跨文类(叙事的与抒情的)视野下分析中国古代小说中情、事的形态和关系,及其对中国小说文体演变的影响。

---

① 陶明玉《小说何以抒情:从古代到当下》,《中国社会科学报》2022 年 7 月 11 日,第 4 版。
② 笔者有《古代小说抒情研究的可能性、历程与方法》[《澳门理工学报》(人文社会科学版)2023 年第 1 期]一文,对中国古代小说抒情研究进行了初步的探索,可参考。

综合研究

谢灵运生平谜团试解

姜剑云　孙笑娟*

摘　要:谢灵运生平云绕雾缭,例如到底名甚字甚,是美髯形貌吗,"求湖为田"究竟是什么目的,说法种种,令人困惑。破译解读相关文献,可还原历史真相。谢灵运,字道玄,小名客儿。"发缤鬓美","须垂至地","多毛发","状类野人",貌近西域胡僧、伽蓝罗汉、印度菩萨。两上"求湖为田"提案,实乃忧国忧民、为民请愿之举。

关键词:谢灵运;"名"与"字";美髯公;求湖为田

谢灵运生平中有许多令人困惑不解之处,本文重点探讨三个方面的问题:其一,"名"与"字"的问题;其二,"美髯公"形貌问题;其三,"求湖为田"问题。

一、名字之谜

纵观古今,为谢灵运立传者,基本上不专门提其"名"与"字"。例如,古人沈约《宋书·谢灵运传》:"谢灵运,陈郡阳夏人也。祖玄,晋车骑将军。父瑍,生而不慧,为秘书郎,蚤亡。"①又例如,今人李运富《谢灵运集·前言》:"谢灵运,生于东晋孝武帝(司马曜)太元十年(公元 385 年),死于南朝宋文帝(刘义隆)元嘉十年(公元 433 年)。祖籍陈郡阳夏(今河南太康县一带),出生地在会稽郡始宁县(今浙江上虞县南及嵊县西北)。"②这就是说,古代官修史书、现代学者著作,或者是忽略了,或者是回避了名与字的问题。

但是,有一类文献又基本上是关于名和字的,且名和字往往分开说,这就是各种"谢氏宗谱"或"谢氏族谱"。例如,咸丰辛酉(1861)重修《万载谢氏族谱》"康乐谢氏分派世系第一图":"第三世。元(玄)公长子瑍,字林玉……子四:公仁、公孝、公信、公义。第四世。瑍公长子公仁,字开运,侨居广西。瑍公次子公孝,迁居云南。瑍公三子公信,字承运,迁居安福。瑍公幼子公义,字灵运,少好学,灵心秀质,吐吸山川,与颜延之齐名。"③

然而,在更多的谢氏宗谱、族谱中,"灵运"是"名",而不是"字",更没有名讳"公义"一说。兹录数例如下。《东山谢氏族谱》:"六世,瑍子,灵运。字客儿,袭封康乐公。"④《盖东谢氏族谱·前谱》:"灵运,字道元。"有按语曰《宋书》《南史》"俱不载字,此云'道

---

* 姜剑云,文学博士,珠海科技学院文学院教授,主要从事魏晋南北朝文学研究。孙笑娟,文学博十,邯郸学院文史学院讲师,主要从事魏晋南北朝文学研究。

① （南朝梁）沈约《宋书》卷 67《谢灵运传》,中华书局 1974 年版,第 1743 页。
② 李运富编注《谢灵运集》,岳麓书社 1999 年版,第 1 页。
③ 《万载谢氏族谱》卷 2《世系一图》,咸丰辛酉(1861)重修本,上海图书馆藏本。
④ 《东山谢氏族谱》,上海图书馆藏重修本。

元’,恐无据。史云:小名客儿”[①]。《谢氏族谱·诸贤列传》:“灵运公,公讳灵运,字道元,玄之孙也。”[②]

但是,宝树堂《谢氏宗谱》卷二“实录摘记”:“第六世:讳瑍,字景瑍,幼度子也。任秘书郎,封都督。配范氏。子一,灵运……第七世:讳道运,字道元,璘长子也,以明经为教授;讳泰运,字道亨,道运弟也。任余姚判,为世大儒。”[③]

又,《毗陵谢氏宗谱》卷七载:“灵运,瑍子,号稽山,小字客儿。”[④]

需注意的是,据《盖东谢氏族谱·前谱》表二:“第五世,肃,字景严,无子,继兄虔之子,名灵祐。”[⑤]而其兄谢虔之另一子名谢灵昭。

综合上述多种谢氏宗谱、族谱来看,谢客,谢康乐,“灵运”是其名讳;“客儿”只是“小名”,昵称而已,显然并非其“字”。而其“字”,究竟是“道元”呢,还是“道玄”呢?这也不难判断。首先,谢灵运的堂兄弟谢道运是谢璘的长子,字“道元”,而堂兄弟之间命名取字不可能犯重。其次,“玄”的避讳方式,要么缺笔,要么径改为“元”,这很常见,而宝树堂《谢氏宗谱》的《灵运公传》的记载直截了当:“公讳灵运,字道玄,瑍子也。”

至于《万载谢氏族谱》,显然与上述多种谢氏宗谱、族谱有很大的不同。

其一,谢瑍的“字”是“林玉”,而不是“景瑍”。

其二,谢灵运不是谢瑍的独子,也不是长子,而是四个儿子中的幼子。据钟嵘《诗品》卷上:“其家以子孙难得,送灵运于杜治养之,十五方还都,故名‘客儿’。”[⑥]如果谢瑍有四个儿子,并且都已长成,还能迁居、侨居他乡,这“子孙难得”一说,那实在是说不通的。再一个费解之处是,谢灵运有三个兄长,袭封“康乐公”的怎么竟然是幼子呢?长幼有序,这明显地与嗣法不合。

其三,《万载谢氏族谱》曰:“瑍公幼子公义,字灵运。”[⑦]我们知道,古人称呼自己时是有讲究的,或者说是有规矩的,那就是称“名”不称“字”。自称时称“字”的话,那就是托大,就是倨傲自尊,是对他人的不尊重。从谢灵运仅存的几封书信看,其末尾“署名”时都是“灵运”或“谢灵运”。例如:《答王卫军书》署曰“灵运再拜”;《答范光禄书》署曰“谢灵运白答”;《答纲琳二法师书》署曰“谢灵运和南”。这也就是说,并且可以明确地讲,“灵运”是其“名”,而绝非其“字”。

其四,兄弟四人分别名曰公仁、公孝、公信、公义,这是“独此一家”的记载。更特别的是,万载发现了谢灵运的墓,可是,墓之碑,无论新与旧,上面一律刻写的是:“始祖谢公讳灵运字公义墓”。对比一下可见,族谱与墓碑,“名”与“字”,又竟然莫名其妙地自相矛盾了。

---

① 《盖东谢氏族谱·前谱》表二,上海图书馆藏本。

② 《谢氏族谱》,民国十四年(1925)仲冬重修本,上海图书馆藏本。

③ 宝树堂《谢氏宗谱》,上海图书馆藏本。

④ 《毗陵谢氏宗谱》,上海图书馆藏本。

⑤ 《盖东谢氏族谱》《前谱》表二,上海图书馆藏本。

⑥ (南朝梁)钟嵘著,古直笺,许文雨讲疏,杨焄辑校《诗品》(卷上),上海古籍出版社2020年版,第68页。

⑦ 《万载谢氏族谱》卷2世系一图,咸丰辛酉岁重修本,上海图书馆藏本。

目前来看，关于名与字的问题，可以做如下结论：谢灵运，字道玄，小名客儿。

二、形貌之谜

谢灵运究竟长什么模样，这在他自己的作品中，几乎找不见影像。但是他的诗文，更多的是令人想象他是一位病人，是病情很重的患者诗人。不妨读一读以下诗句文句。

拙疾相倚薄，还得静者便。（《过始宁墅》）[1]
卧疴云高心，爱闲宜静处。（《初至都》）[2]
久痗昏垫苦，旅馆眺郊歧。（《游南亭》）[3]
不同非一事，养疴亦园中。（《田南树园激流植援》）[4]

"疾""痗""疴"都指的是"病"。谢灵运完全一副病态。在他的诗、文中，有关"病"的字眼，俯拾皆是。难怪他总是请病假，因为患病而倾诉，甚至由于患病而辞官。看来，谢灵运绝对不是没病而装病。他在读者的感觉里，实质上是一位悲剧人物；他在读者的想象中，就是一位"患者诗人"。

那么，谢灵运到底患上了什么样的疾病呢？看以下引文。

无庸方周任，有疾像长卿。（《初去郡》）[5]
寝瘵谢人徒，灭迹入云峰。（《酬从弟惠连》）[6]
灵运脚诸疾，此春更甚忧虑。（《答范光禄书》）[7]

谢灵运说自己身患疾病，是司马相如那样的"病"。这句诗的典故出自《史记·司马相如传》："（司马相如）常有消渴疾。"[8]司马相如本来就有消渴之疾，现在相思病又触发了消渴疾，真是文人事儿多。不过，这倒也是个趣闻。于是，消渴症还有了"相如""长卿"之类挺雅的代名词。所谓的"消渴疾"，就是今天人们熟知的糖尿病。这病自古以来就是顽疾，更可恶的是，会导致多种并发症，比如上引谢灵运诗、文中的"瘵""脚疾"。瘵，一般指痨病，也就是常说的肺结核，尤其多指慢性肺结核。"脚诸疾"，意思是说，腿病、脚病很多。由此我们推想，谢灵运之所以发明"谢公屐"，恐怕主要是因为自己腿脚毛病很多，但是又那么钟情于山水游赏。谢灵运不得已特制了这么一种"脚疾病号登山鞋"。可以肯定地讲，"谢公屐"没有量产，不是什么流行的"登山旅游鞋"。李白曾经高唱"脚著谢公

[1]　李运富编注《谢灵运集》上编《诗集》诗一《行事诗》，岳麓书社 1999 年版，第 30 页。
[2]　李运富编注《谢灵运集》上编《诗集》诗一《行事诗》，岳麓书社 1999 年版，第 84 页。
[3]　李运富编注《谢灵运集》上编《诗集》诗一《行事诗》，岳麓书社 1999 年版，第 56 页。
[4]　李运富编注《谢灵运集》上编《诗集》诗一《行事诗》，岳麓书社 1999 年版，第 72 页。
[5]　李运富编注《谢灵运集》上编《诗集》诗一《行事诗》，岳麓书社 1999 年版，第 67 页。
[6]　李运富编注《谢灵运集》上编《诗集》诗一《行事诗》，岳麓书社 1999 年版，第 91 页。
[7]　李运富编注《谢灵运集》下编《文集》文二《书·笺》，岳麓书社 1999 年版，第 299 页。
[8]　（汉）司马迁撰，（南朝宋）裴骃集解，（唐）司马贞索隐，（唐）张守节正义，中华书局编辑部点校《史记》卷 117《司马相如列传》，中华书局 1982 年版，第 3053 页。

展"①(《梦游天姥吟留别》),但我们都知道,这首诗写的是梦境,李白没有到过天姥山;腿脚行走正常的话,他也不会穿"谢公屐"。

显然,谢灵运身患多种疾病。那么,他的病情程度又是怎样呢?

> 积疴谢生虑,寡欲罕所阙。(《邻里相送至方山》)②
> 徇禄反穷海,卧疴对空林。(《登池上楼》)③
> 卧疾丰暇豫,翰墨时间作。(《斋中读书》)④
> 卧病同淮阳,宰邑旷武城。(《命学士讲书》)⑤
> 翘乃卧沉疴,针石苦微身。(《北亭与吏民别》)⑥
> 辞满岂多秩,谢病不待年。(《还旧园作,见颜范二中书》)⑦
> 消渴十年,常虑朝露。(《劝伐河北表》)⑧

就以上引文,可提取以下关键词:积疴、卧疴、卧疾、卧病、卧沉疴、谢病、谢生虑、消渴十年、常虑朝露。

这些词儿告诉我们,谢灵运长期患病,常常卧床不起。严重的慢性病,让他感觉朝不保夕,于是辞官。久病似灾,人生无趣,想死的念头都有了。

以上我们的解析说明,谢灵运长期疾病缠身,常常被折磨得卧床不起。他的健康状况很差,精神面貌不佳。难怪他的山水诗文中经常记写各种草药。

然而,一些笔记传奇中的描述,又会令人遐想谢灵运的潇洒风采。谢灵运是有名的"美髯公",这在历史上是有案可稽的。我们来看以下材料。

唐代李亢笔记《独异志》曰:"谢灵运临刑,剪其须施广州佛寺。须长三尺,今存焉。"⑨这是说,谢灵运被杀于广州前,特意将胡须剪下,施舍给了广州的佛寺。从刘宋到李唐,时过数百年,其须仍然保存于佛寺之中。

唐代刘餗笔记《隋唐嘉话》曰:"晋谢灵运须美,临刑,施为南海祇洹寺维摩诘须。寺人宝惜,初不亏损。中宗朝,安乐公主斗百草,欲广其物色,令驰驿取之。又恐为他人所得,因剪弃其余,遂绝。"⑩对照两位唐代人的记录来看,《独异志》所记之事在前,"须长三尺,今存焉";《隋唐嘉话》所记之事在后,"剪弃其余,遂绝"。美好之物,从此毁灭。

以上两则文献资料合一处看的话,告诉我们这样一个信息,即"美髯公"谢灵运,名不

① (唐)李白著,(清)王琦注《李太白全集》卷之 15《古近体诗共三十五首》,中华书局 1997 年版,第 706 页。
② 李运富编注《谢灵运集》上编《诗集》诗一《行事诗》,岳麓书社 1999 年版,第 29 页。
③ 李运富编注《谢灵运集》上编《诗集》诗一《行事诗》,岳麓书社 1999 年版,第 43 页。
④ 李运富编注《谢灵运集》上编《诗集》诗一《行事诗》,岳麓书社 1999 年版,第 42 页。
⑤ 李运富编注《谢灵运集》上编《诗集》诗一《行事诗》,岳麓书社 1999 年版,第 63 页。
⑥ 李运富编注《谢灵运集》上编《诗集》诗一《行事诗》,岳麓书社 1999 年版,第 65 页。
⑦ 李运富编注《谢灵运集》上编《诗集》诗一《行事诗》,岳麓书社 1999 年版,第 79 页。
⑧ 李运富编注《谢灵运集》下编《文集》文六《表》,岳麓书社 1999 年版,第 387 页。
⑨ (唐)李亢《独异志》(卷上),国家图书馆藏本,第 18 页。
⑩ (唐)刘餗撰《隋唐嘉话》,明末刊本,第 32 页。

虚传,“须长”,“须美”。但是,关于其长度,明代谢肇淛《五杂俎》所说“谢灵运须垂至地”[①],更令人遐想。

谢肇淛专门关注、研究过历史名人的胡须,他的《五杂俎》中有这样的记录:“崔琰须长四尺。王育、刘渊,皆三尺。渊子曜长至五尺。谢灵运须垂至地。关羽、胡天渊须皆数尺。国朝石亨、张敬修,须皆过膝。”[②]谢肇淛(1567—1624),字在杭,号武林,晚号山水劳人,生于钱塘,明代著名收藏家、博物学家,其《五杂俎》是历史上很有影响的博物学著作。查正史《三国志·崔琰传》《晋书·刘元海传》,可见谢肇淛对崔琰、刘渊(字元海)记载无误。“淛”,与“浙”,读音和字义,是一样的。看得出来,这位谢肇淛,对浙江,对杭州,对谢灵运,那种深厚而特别的情结,恐怕是解不开了。作为谢氏宗亲,他对先人远祖谢灵运的记载应该是有来历的,非虚构的。“须长三尺”与“须垂至地”说法不同,可能因为“三尺”只是被剪下用于施舍的那一部分的胡须长度。

“患者诗人”为病所困,痛苦溢出了字里行间;“美髯公”潇洒多情,大爱无限,令人倍觉可爱。但假如我们有幸阅读更多的尘封文献,那么,关于谢灵运的形貌与气质,我们还会有更惊人的发现。

宝树堂《谢氏宗谱》卷二《灵运公传》载:“公讳灵运,字道玄,瑍子也……按,公美髯多毛发,状类野人,心通灵异……初,公欲入远公社,远公拒之曰:‘子发缜鬓美而与身戾,非令终相也。’公怒曰:‘学道在心,安以貌耶?’远公笑而不答。公没后,江南边镐初生,忽梦公来谒,曰:‘愿托君父子。’镐生,须类梦中,因小字康乐。及冠,颖悟异常。后平建州,克湘潭,号边罗汉。”[③]

这一段文字,历史文献价值极高。梳理、破译其中的丰富信息后,我们就应该为谢灵运重新塑像了。其具体内涵可离析为以下几个方面。

其一,“多毛发”。综合起来看,谢灵运“发缜鬓美”,头发浓密,鬓发漂亮,美髯络腮,“须垂至地”。

其二,“状类野人”。从中原人的眼光来看,如此“多毛发”状貌之人,似乎并非生于本土的往往眉清目秀的儒生学子,倒好像生长于野外原始丛林,更像来自异域,尤其令人联想到西域胡僧、伽蓝罗汉、印度菩萨。

其三,“在家菩萨”。苏辙有诗描写维摩诘塑像,并借此评价谢灵运:“金粟如来瘦如腊……形如病鹤竦两肩。骨节支离体疏缓,两目视物犹炯然。长嗟灵运不知道,强翦美须插两颧。”(《和子瞻凤翔八观八首其四杨惠之塑维摩像》)[④]据印度佛教传说,金粟如来乃维摩前身,维摩形象的特点是干瘦如腊,眉目夸张,高竦两肩,骨节支离,形如病鹤。又据中国佛教传说,谢灵运转世为边镐,边镐小字康乐。更有中国佛典记录唐代禅师对话

---

① (明)谢肇淛《五杂俎》,中华书局1959年版,第130页。

② (明)谢肇淛《五杂俎》,中华书局1959年版,第130页。

③ 宝树堂《谢氏宗谱》,上海图书馆藏本。

④ (宋)苏辙著,曾枣庄、马德富校点《栾城集》卷2《诗六十九首》,上海古籍出版社1987年版,第30页。

曰:"汝当为在家菩萨,戒施俱修,如谢灵运之俦也。"(《景德传灯录》卷四)维摩诘与谢灵运都是不存梵仪而修佛道的"在家菩萨"。苏辙认为,谢灵运不懂佛教真谛,施须维摩实属多此一举。显然,苏辙对谢灵运多有"不知",无论是精神,还是形貌。

自古至今,可以看到,关于谢灵运的画像有很多,塑像也不少。但是,"状类野人"之形貌,又会让读者从更多维度去更新对谢灵运的认知。

三、求湖之谜

谢灵运求湖为田事,见于《宋书·谢灵运传》的记载:"会稽东郭有回踵湖,灵运求决以为田,太祖令州郡履行。此湖去郭近,水物所出,百姓惜之,颙坚执不与。灵运既不得回踵,又求始宁岯崲湖为田,颙又固执。"①始宁乃会稽下辖县,所以两湖应均属于会稽郡。其中,回踵湖又名洄涌湖,其位置应该比较明确,"会稽东郭有回踵湖","此湖去郭近",这表明回踵湖在郡治城东。《嘉泰会稽志》载:"回涌湖在县东四里,一作回踵。旧经云:汉马臻所筑,以防若耶溪溪水暴至,以塘湾回,故曰回涌。"②具体位置,绍兴水利局地理专家张明祥认为在绍兴市委党校附近。岯崲湖的位置,张明祥的观点与 2016 年 10 月 8 日嵊州新闻网沈国本《沧桑之路——范洋江流域治理简述》的考述结果基本一致,都认为在今天的范洋村附近范洋江下游的万亩湖田之处。而谢灵运的始宁山庄,当地专家基本认为在嵊州的三界镇。

前不久,我建了一个谢灵运研究志愿者微信群,目前五十多人,半数为浙江当地谢灵运研究专家,其中有很多同时也是谢氏宗亲会成员。我在该群提出了一个探讨话题:回踵湖、岯崲湖、始宁山庄,这三者位置关系是怎样的,相互之间的距离是多少?缙云学者谢云山、嵊州学者黄孝伟、绍兴学者张明祥等积极回应,互动交流。张明祥在该群通过图、文方式,标记出量化的数据:岯崲湖距始宁山庄约 16 千米,洄涌湖距岯崲湖约 50 千米。

所谓"求决(湖)以为田",意思就是:请求将湖水排出,变湖为田。一直有论者认为,谢灵运"贪得无厌",求湖为田就是要占为己有,是"封山占泽的违法行为"③。这样的评判,于谢灵运而言,是多么致命的污评!

我们应该换换角度,来思考这样几个问题。第一,如果谢灵运为一己私利而求湖为田,那显然国法不容,谢灵运不至于冒这样的政治风险,何况他树敌不少。第二,退一步说,谢灵运实际因为不容于朝廷而被打发回老家始宁,就算他有此私欲,他此时又哪来的底气向朝廷求湖为田?第三,宋文帝是历史上有韬略、有作为的帝王,如果他丧失原则去满足谢灵运私欲,那么,州郡拒不执行皇命,皇上自取其辱也就活该了。然而,宋文帝能蠢到如此程度吗?第四,谢灵运求湖为田,为什么起初不去求始宁山庄附近的岯崲湖,却

① (南朝梁)沈约《宋书》卷 67《谢灵运传》,中华书局 1974 年版,第 1776 页。

② (宋)施宿等撰《嘉泰会稽志》,浙江省地方志编纂委员会编《宋元浙江方志集成》第 4 册,杭州出版社 2009 年版,第 1856～1857 页。

③ 刘志庆《谢灵运的被杀与刘宋的国策》,《中华读书报》2011 年 4 月 6 日,第 15 版。

舍近求远，隔山跨水，求那远在百里之遥的、根本不属于家乡始宁本县的回踵湖？谢灵运会傻到这样不可理喻的地步吗？以上这些问题都告诉我们，谢灵运贪得无厌，"求湖为田"就是要占为己有的认知，实在大错特错，因为于情于理都讲不通。

那么，这就需要我们进一步地转换角度来思考问题。

谢灵运"求湖为田"发生在元嘉八年（431），我们查《宋书》《南史》，发现以下历史事件值得注意。

其一，国家储备匮乏，诏令中央与地方咸思节俭。"（元嘉八年三月）戊申，诏曰："自顷军役殷兴，国用增广，资储不给，百度尚繁。宜存简约，以应事实。内外可通共详思，务令节俭。"①

其二，大地生烟，旱灾严重。"（元嘉八年）夏六月乙丑，大赦，旱故。又大雩。闰六月乙巳，遣使省行狱讼，简息徭役。"②

其三，颁行《垦田诏》。"（元嘉八年）闰月庚子，诏曰：'自顷农桑惰业，游食者众，荒莱不辟，督课无闻。一时水旱，便有罄匮，苟不深存务本，丰给靡因。郡守赋政方畿，县宰亲民之主，宜思奖训，导以良规。咸使肆力，地无遗利，耕蚕树艺，各尽其力。若有力田殊众，岁竟条名列上。'扬州旱。乙巳，遣侍御史省狱讼，申调役。"③

灾情与战事归结于一处，那就是社稷民生，说白了那就要鼓励种田，多打粮食，共渡难关。然而，天下大旱，焦土生烟，如果没有救旱良策，那么粮食危机之后果将不堪设想。千万记住，谢灵运不只是山水诗人，他更是忧国忧民之人。他胜任地方，是良吏；他供奉朝廷，是谋臣。还记得他写有《上书劝伐河北》吗？那是在元嘉五年（428）宋文帝"讽旨令自解"，将谢灵运"赐假"赶走，放归始宁的时候。临行前，谢灵运特意上书宋文帝，劝伐北魏，收复中原，表达了渴求"区宇一统"的爱国情怀。这是不在其位而谋其政啊！元嘉八年，谢灵运应该是禀性不移，再度出手了。

我们先来捋一下时间次第。

旱情发生在盛夏炎暑，《垦田诏》是夏秋之际。起初"求决湖"回踵，后来"求决湖"岯崲。先后"两求"于朝廷，这是需要时间的。从始宁到建康，千里之遥，每一个往返算来得费时一月之久。于是，我们推想以下故事情节：六月，谢灵运上书文帝，建议旱情严重的州郡，将淤塞已久的湖泊沼泽径直改为水田，从而达到增收粮食以救旱情的目的。谢灵运的六月上书，应该附带了"决湖回踵以为田"之提案。闰六月，扬州又旱。文帝认可谢灵运"决湖回踵"的提案，同时颁发《垦田诏》，令"州郡履行"。七月，会稽太守孟颢支吾搪塞，"坚执不与"。八月，谢灵运再次上书"决湖岯崲以为田"之提案。九月，文帝御批实施"决湖岯崲"的提案，孟颢"又固执"，且诬告谢灵运"有异志"。谢灵运急驰京都，诣阙向文帝上《自理表》以申辩。文帝知灵运被诬，将其留任京师。十二月，谢灵运赴临川内史任。

---

① （南朝梁）沈约著《宋书》卷5《文帝纪》，中华书局1974年版，第80页。
② （唐）李延寿《南史》卷2《宋本纪中·文帝》，中华书局2018年版，第42页。
③ （南朝梁）沈约《宋书》卷5《文帝纪》，中华书局1974年版，第80页。

　　我们再来考察一下谢灵运两上决湖为田提案是否具有主客观条件或基础。

　　元兴元年(402),慧远于庐山率众一百二十三人建斋立誓,共期西方,"(谢灵运)为凿东西二池种白莲,因名白莲社"①,"东林之寺,(慧)远自创般若、佛影二台,谢灵运穿凿流池三所"②。为庐山慧远白莲社凿池植莲,一方面表现了谢灵运檀越净土信仰的虔诚,另一方面可见谢灵运早在十八岁的时候,就有了设计、开挖水渠荷池的水务基建工程经历。

　　永初三年(422)至景平元年(423)谢灵运任永嘉太守期间,写有"行田"诗两首,学界几乎一致认为"行田"就是"巡视农田"的意思。但我们认为,"行田",在这里指的是这样的情形:组织移民围海造田,并将新垦之田授予移民耕种经营。《汉书·沟洫志》曰:"魏氏之行田也以百亩,邺独二百亩,是田恶也。"颜师古注曰:"赋田之法,一夫百亩也。"③赋田,即授田,给予田地。日本埼玉县北部的行田市正是利根川和荒川间的冲积洼地,也许历史上由滩涂围垦而成。如果我们这样推想没错的话,那么日本"行田市"之命名由来便一清二楚了。有关两首"行田"诗的详细解读可参阅拙文《诗人太守谢灵运永嘉政务论衡》④,此不赘述。"千顷带远堤,万里泻长汀",谢灵运主持规划并组织实施的永嘉围海造田,是历史上空前浩大的民生工程。

　　景平元年(423)冬至元嘉三年(426)春,谢灵运第一次归隐故乡始宁;元嘉五年(428)春至元嘉八年(431)秋,谢灵运第二次归隐故乡始宁。"灵运因父祖之资,生业甚厚。奴僮既众,义故门生数百,凿山浚湖,功役无已。寻山陟岭,必造幽峻,岩嶂千重,莫不备尽。……尝自始宁南山,伐木开径,直至临海,从者数百人。"⑤就这一段话,可提取出两层主要意思。一是"凿山浚湖",经营始宁山庄。二是"伐木开径",共为山泽之游。换个角度来看,这六年里,谢灵运其实就没有怎么闲过。"随山疏浚潭,傍岩艺枌梓。"⑥始宁墅的进一步园林建设规划,自然包括山庄里南山、北山的绿化美化,以及太康湖即大巫湖、小巫湖的疏浚。不仅如此,谢灵运还不惜人力、物力,大兴文旅服务事业。尤其从始宁南山率领数百人之众,披荆斩棘,伐木开径,直至临海,完全自费从事大规模公益性路桥工程,打通会稽与临海的"跨郡百里步道"。这一默默无闻的壮举,甚至惊动了临海太守。其所取得的重大成果,现实意义重大,历史影响深远。这就是当年的"谢公道",后来的"新昌古驿道",而今的 104 国道几乎与其蜿蜒平行。此正所谓功在当代,利在千秋啊。他既游赏山水,又改造山水。凿山浚湖,伐木修路,显然在水利与土建方面,既投入了大量的精力,也积累了丰富的经验。

　　由上述情形,我们又可以从一个特别的角度,进一步更新对谢灵运的认知,对其刮目

　　①　(宋)释志磐《佛祖统纪》卷 36,明万历甲寅游士仕刊本,国家图书馆藏本,第 18 页。

　　②　(隋)智者大师《述匡山寺书》,(唐)释灌顶撰《国清百录》卷 2,明万历庚寅刊嘉兴方册藏本,国家图书馆藏本,第 20 页。

　　③　(汉)班固撰《汉书》卷 29《沟洫志》,中华书局 1962 年版,第 1677～1678 页。

　　④　姜剑云、孙笑娟《诗人太守谢灵运永嘉政务论衡》,《南开学报》(哲学社会科学版)2022 年第 6 期,第 66 页。

　　⑤　(南朝梁)沈约《宋书》卷 67《谢灵运传》,中华书局 1974 年版,第 1775 页。

　　⑥　谢灵运《述祖德诗》,李运富编注《谢灵运集》上编《诗集》诗二《闲杂诗》,岳麓书社 1999 年版,第 118 页。

相看。应该赞叹，应该惊叹，这位山水诗人，还是一位敢想并且能干的农林、水利暨交通建设领域的设计师、实干家。谢灵运上书朝廷，建议"决湖为田"，实乃为民请愿，惠民利民。然而其结果呢，令人唏嘘，更令人悲愤。我们接着解读史料文献。《宋书·谢灵运传》曰：

太守孟顗事佛精恳，而为灵运所轻。尝谓顗曰："得道应须慧业文人，生天当在灵运前，成佛必在灵运后。"顗深恨此言。会稽东郭有回踵湖，灵运求决以为田，太祖令州郡履行。此湖去郭近，水物所出，百姓惜之，顗坚执不与。灵运既不得回踵，又求始宁岯崲湖为田，顗又固执。灵运谓顗非存利民，正虑决湖多害生命，言论毁伤之，与顗遂构仇隙。因灵运横恣，百姓惊扰，乃表其异志，发兵自防，露板上言。灵运驰出京都，诣阙上表……①

"令州郡履行"，让州郡依照"决湖为田"方案实施。"百姓惜之"，湖周边的渔民舍不得。孟顗两次顶着不办，真正原因是什么？谢灵运一针见血的揭露：孟太守"坚执""固执"，并非心存利民之心，其实孟顗琢磨的是，一旦放了湖水，那就会大量杀生的。孟顗、灵运其实都是事佛之人，但是向佛之路不同，孟顗渐悟，灵运顿悟，差异就在于有无"慧业"。所以灵运嘲讽孟顗："你徒有事佛之心，却无习佛智慧，竟然还想成佛。你一直到死，都不能够得道成佛。"谢灵运此言刺伤了孟顗，伤了他的自尊，伤了他的信仰。也就从此时起，孟顗与谢灵运结下了不共戴天之仇，所以"坚执"，所以"固执"。孟顗不愿意善罢甘休，于是来了更狠的：你谢灵运恃才傲物本来就出了名的，现在你的"决湖提案"又惹起民怨，我给你奏上一本，告你个"图谋不轨"。孟太守还有更绝的：你"决湖提案"不就是出风头让我难堪呗，我要让你弄巧成拙。你谢灵运"提案风波"搞得怨声载道，满城风雨，我来个全城戒严，让朝廷知道我这也是戒备渔民造反，皇上也会明白我太守这么做就是"维稳"的需要。孟太守还有更刺激的，他不仅那样想这样做了，还"露版上言"，把告状的奏书文本也送给谢灵运过过目。一句话，这次我孟太守跟你谢康乐，挑明了干，打出组合拳，一干到底！

文帝《垦田诏》批评"荒莱不辟，督课无闻"的州郡，一再敦促朝野百官尽心尽力的体恤国难民困，并鼓励将"力田殊众"的"垦田"劳模，于年底"条名列上"。但孟顗不仅不作为，还忌恨谢灵运"垦湖提案"抢功出风头，让他孟太守被动尴尬。所以，孟顗要转被动为主动，一招制胜。他于是对谢灵运采用最卑鄙、最恶毒的诬陷手段，直至最后置谢灵运于死地而后快。

结语

毫无疑问，谢灵运是一位良吏，即使不在其位亦谋其政，忧国忧民是一以贯之的。当然，会稽郡历任太守中也不乏良吏。刘宋孝武帝的时候，会稽太守孔灵符（？—465）考虑

---

①　（南朝梁）沈约著《宋书》卷67《谢灵运传》，中华书局1974年版，第1775～1776页。

到"山阴县人多田少",上书朝廷,建议将没有土地的贫民集中移民到余姚、鄞、鄮三县,"垦起湖田",也就是"决湖为田"的意思。孝武帝让大家讨论孔灵符的"垦湖"提案,朝中公卿各打小算盘,群起而反对,结果"帝违众议,徙人并成良业"。孝武帝力排众议,采纳了孔灵符"决湖为田"提案,诏令会稽郡移民垦湖,湖泊沼泽变成了良田。^① 如果说,谢灵运的"决湖为田"提案在宋文帝时未能顺利实施的话,那么,大约三十年后,会稽太守孔灵符再次上书,为民请愿,宋孝武帝强制推行,帮助谢灵运实现了利国利民的"决湖为田"的宏愿。我们推想,这次所决之湖,应该包括谢灵运"垦湖"提案中的回踵湖、岠嵎湖。

---

① （唐）杜佑撰,王文锦等点校《通典》卷 1《食货》,中华书局 1992 年版,第 16 页。

醉乡、死亡及失语：杜甫《饮中八仙歌》与政治风波

陈岸峰*

摘　要：杜甫在长安度过了近十年"卖药都市，寄食友朋"的贫困生活。正因如此经历，他才写下《饮中八仙歌》这首狂欢式作品。在有着不同肆饮形态及醉后表现的八位长安饮者中，特别设置了在酒后唯一能畅所欲言且雄辩滔滔的一介布衣焦遂，巧妙地揭示了天宝年间一幕幕的政治风波。

关键词：杜甫；《饮中八仙歌》；长安天宝政治风波

杜甫在开元二十三年（735）应进士试不第，天宝六载（747）应制举又因李林甫"野无遗贤"的政治阴谋而心愿难遂。此时，其作为县令的父亲杜闲已经去世，杜甫失去了经济支柱，于是他在长安度过了近十年"卖药都市，寄食友朋"[1]的贫困生活。此际所创作的《饮中八仙歌》[2]，追忆长安的美好时光，更为关键的是借着"八仙"之醉，特别是通过在酒后唯一能畅所欲言且雄辩滔滔的一介布衣焦遂，巧妙地揭示了天宝年间长安层出不穷的政治风波。

一、八仙的身份

杜甫现存的 1 400 多首诗歌中，涉及饮酒的约有 300 首，占总数的 21%。[3]　此中，《饮中八仙歌》绝对是杜甫饮酒诗中的名篇，诗曰：

知章骑马似乘船，眼花落井水底眠。汝阳三斗始朝天，道逢麹车口流涎，恨不移封向酒泉。左相日兴费万钱，饮如长鲸吸百川，衔杯乐圣称避贤。宗之潇洒美少年，举觞白眼望青天，皎如玉树临风前。苏晋长斋绣佛前，醉中往往爱逃禅。李白一斗诗百篇，长安市上酒家眠。天子呼来不上船，自称臣是酒中仙。张旭三杯草圣传，脱帽露顶王公前，挥毫落纸如云烟。焦遂五斗方卓然，高谈雄辩惊四筵。[4]

---

*　陈岸峰，澳门城市大学人文社会学院教授、博士生导师，主要从事中国文学及跨学科研究。本文系国家社科基金后期资助一般项目"盛世危言：杜甫与政治"（21FZWB004）的阶段性成果。

① （唐）杜甫著，（清）仇兆鳌注《杜诗详注》卷 24，中华书局 1979 年版，第 2104 页。据研究，"从天宝十一载到天宝十五载，短短五年间，杜甫竟然至少已经生过五个孩子，平均每年一个。"见孙微《杜甫四十一岁结婚考——兼论杜甫的思想性格》，《杜甫研究学刊》2011 年第 3 期，第 13 页。

② 各个时期均有有关杜甫《饮中八仙歌》的研究，例如程千帆《一个醒的和八个醉的——杜甫〈饮中八仙歌〉札记》，《中国社会科学》1984 年第 5 期，第 145 页。孙少华《诗与酒——〈饮中八仙歌〉与杜甫在长安的"快意"生活》，《杜甫研究学刊》2017 年第 4 期，第 10 页；仲瑶《盛唐文士与魏晋风度——以杜甫及其〈饮中八仙歌〉为中心》，《文史哲》2017 年第 2 期，第 55 页。

③ 郭沫若《李白与杜甫》，人民文学出版社 1971 年版，第 306 页。

④ （唐）杜甫著，（清）仇兆鳌注《杜诗详注》卷 2，中华书局 1979 年版，第 81～84 页。

此诗作于天宝五载(746)以后的数年间,也即杜甫生活于长安的前几年。所谓"饮中八仙",亦称"酒中八仙"。杜甫在诗中以当时流传最广的"酒中八仙"中最重要的四人为主,又选择开元以来另外四位风格相近的著名饮者集而成诗。关于"饮中八仙",《唐才子传》有如此记载:

> 天宝初,自蜀至长安,道未振,以所业投贺知章,读至《蜀道难》,叹曰:"子谪仙人也。"乃解金龟换酒,终日相乐,遂荐于玄宗。召见金銮殿,论时事,因奏颂一篇,帝喜,赐食,亲为调羹,诏供奉翰林。尝大醉上前,草诏,使高力士脱靴,力士耻之,摘其《清平调》中飞燕事,以激怒贵妃,帝每欲与官,妃辄沮之。白益傲放,与贺知章、李适之、汝阳王琎、崔宗之、苏晋、张旭、焦遂为饮酒八仙人。①

饮中八仙中,除了李白与贺知章之外,其他六位——李琎、李适之、崔宗之、苏晋、张旭、焦遂并非诗人。

王琦《李太白年谱》曰:

> 八仙之名,李《序》举其二,曰贺知章、崔宗之,与太白而三。范范《碑》举其四,曰贺知章、汝阳王、崔宗之、裴周南,与太白而五。《新唐书》本传云:白与知章、李适之、汝阳王琎、崔宗之、苏晋、张旭、焦遂为酒中八仙人。盖据杜子美《饮中八仙歌》而记之耳。②

黄鹤曰:

> 蔡兴宗《年谱》云天宝五载,而梁权道编在天宝十三载。按史,汝阳王天宝九载已薨,贺知章天宝三载、李适之天宝五载、苏晋开元二十二年并已死,此诗当是天宝间追旧事而赋之,未详何年。盖李白自知不为亲近所容,与知章、李适之、汝阳王琎、崔宗之、苏晋、张旭、焦遂为"酒八仙人",公所以有此作也。③

联系《饮中八仙歌》的主旨来看,此歌不在"豪饮",不在"八仙"本身,而是借慨叹诸子之不得志而自遣,即如清人何焯所云,八仙歌"通章皆叹诸子之不得志,有托而逃言外,亦自寓己之沉饮,聊自遣也"④。"酒中八仙"的身份地位差异很大,有王公贵族,有宰相、侍郎,亦有布衣、山人。⑤ "八人中焦遂独无官位,诗亦以是终,犹之杜陵有布衣也。"⑥

整首诗 22 句,共描写八位"仙人",多者汝阳王独占 6 句;李白位居其次,占 4 句;李适之、崔宗之与张旭各 3 句;少者如贺知章、苏晋、焦燧各得 2 句。

八仙,一般认为是汉、晋以来神仙家所幻设的一组仙人。此八仙,最早来自汉淮南王刘安的八位才高的谋士或弄臣,一般认为是苏非、李尚、左吴、陈由、伍被、毛周、雷被、晋

---

① (元)辛文房撰,傅璇琮主编《唐才子传校笺》卷 2,中华书局 1987 年版,第 385～388 页。

② (唐)李白著,(清)王琦注《李太白全集》卷 35(附录),中华书局 1977 年版,第 1587 页。

③ (唐)杜甫著、(宋)黄鹤原注、(宋)黄希补注《补注杜诗》卷 2,《景印文渊阁本四库全书》第 1069 册,台湾商务印书馆 1986 年版,第 68 页。

④ (清)何焯撰《义门读书记》卷 51,上海古籍出版社 1992 年版,第 745 页。

⑤ 相关论述可参阅邓魁英《关于杜甫的〈酒中八仙歌〉》,《北京师范大学学报》1986 年第 3 期,第 14 页。

⑥ (清)何焯撰《义门读书记》卷 51,上海古籍出版社 1992 年版,第 745 页。

昌等八人，称"八公"。魏晋以后，道教徒将之附会为神仙，称作"八仙"。武则天《升仙太子碑》便提到"淮南八仙"。在道教空前发达的唐代，可能是受了"淮南八仙"的影响，盛唐时期便出现了"饮中八仙"。

范传正《唐左拾遗翰林学士李白新墓碑》："晋有七贤，唐称八仙。"[①]可见时人将"酒中八仙"与竹林七贤并置，将其视作高逸之士。范传正又曰："时人又以公及贺监、汝阳王、崔宗之、裴周南等八人为酒中八仙"[②]。范传正的八仙中有裴周南，杜甫的八仙中无裴周南而有苏晋。

孙少华先生指出所谓的"八仙"形象，未必是作者亲眼所见的，而是诗人据传闻而撰的，其中不乏回忆、虚构的成分。杜甫对他们的思考，即在此"回忆性"书写中得以体现。[③]

二、《饮中八仙歌》中的政治风波

"八仙"虽都醉酒，而醉态不一。杜甫此诗善于捕抓住彼等各自最突出的特点。

（1）贺知章乃吴越人，惯于乘船，故将其醉后骑马摇摇晃晃的样子喻为乘船。关于"眼花落井"句，仇兆鳌评曰："摹贺公狂态。骑马若船，言醉中自得。眼花落井，言醉后忘躯。"[④]仇注引钱笺："胡夏客谓落井水眠，当是贺监实事，或偶然失足所致。"[⑤]

饮中八仙中，贺知章的际遇最好，结果亦相当完满。有关贺知章之狂及其与擅草书的张旭的片段，《旧唐书》记载：

> 知章晚年尤加纵诞，无复规检，自号四明狂客，又称"秘书外监"，遂游里巷。醉后属词，动成卷轴，文不加点，咸有可观。又善草隶书，好事者供其笺翰，每纸不过数十字，共传宝之。

> 时有吴郡张旭，亦与知章相善。旭善草书，而好酒，每醉后号呼狂走，索笔挥洒，变化无穷，若有神助，时人号为张颠。

> 天宝三载，知章因病恍惚，乃上疏请度为道士，求还乡里，仍舍本乡宅为观。上许之，仍拜其子典设郎曾为会稽郡司马，仍令侍养。御制诗以赠行，皇太子已下咸就执别。至乡无几寿终，年八十六。[⑥]

《太平广记》记载：

> 贺知章性放旷，美谈笑，当时贤达咸倾慕。陆象先即知章姑子也，知章特相亲善。象先谓人曰："贺兄言论调态，真可谓风流之士。"晚年纵诞，无复规检。自号四明狂客，醉后属词，动成篇卷，文不加点，咸有可观。又善草隶书，好事者共传宝之。请为道士归乡，舍

---

① （唐）范传正《唐左拾遗翰林学士李公新墓碑》，（唐）李白著，（清）王琦注《李太白全集》卷31（附录），中华书局1977年版，第1468页。

② （唐）李白著，（清）王琦注《李太白全集》卷31（附录），中华书局1977年版，第1465页。

③ 孙少华《诗与酒—〈饮中八仙歌〉与杜甫在长安的"快意"生活》，《杜甫研究学刊》2017年第4期，第11页。

④ （唐）杜甫著，（清）仇兆鳌注《杜诗详注》卷2，中华书局1979年版，第81页。

⑤ （唐）杜甫著，（清）仇兆鳌注《杜诗详注》卷2，中华书局1979年版，第81页注释2。

⑥ （后晋）刘昫等撰《旧唐书》卷190，中华书局1975年版，第5034～5035页。

宅为观,上许之。仍拜子为会稽郡司马。御制诗以赠行。(出《谭宾录》)①

　　这段原文再次重现贺知章之"醉",而其"醉后属词""善草隶书"更突显其醉后的可贵之处。另一关键在于对"八仙"中的张旭的描述:其醉态"号呼狂走",其醉后的书法"变化无穷,若有神助"。以上文字,进一步地丰富了杜甫《饮中八仙歌》中贺知章与张旭的形象并揭示了二人能"位列仙班"的原因。贺知章辞职,归乡时,杜甫又《遣兴五首》(其四)中追忆贺知章曰:

　　贺公雅吴语,在位常清狂。上疏乞骸骨,黄冠归故乡。爽气不可致,斯人今则亡。山阴一茅宇,江海日凄凉。

　　玄宗《送贺知章归四明》曰:

　　遗荣期入道,辞老竟抽簪。岂不惜贤达,其如高尚心。寰中得秘要,方外散幽襟。独有青门饯,群僚怅别深。②

　　(2)汝阳王李琎乃"让皇帝"李宪之子,自称"酿王",喝酒三斗才上朝,路上见了酿酒的过程亦馋得流涎,恨不得将自己的封地移到酒泉。③ 李琎的结局还是比较好的,其人俊美,且谦逊,其父让帝位与玄宗,玄宗自然对他也十分爱护。

　　杜甫有《赠特进汝阳王二十二韵》,其中"仙醴来浮蚁"④,亦写其饮酒事,与杜甫酒后观"仰蜂黏落絮,行蚁上枯梨"(《独酌》)⑤有异曲同工之妙。《赠特进汝阳王二十二韵》又写"瓢饮唯三径,岩栖在百层。且持蠡测海,况挹酒如渑"⑥,亦与《饮中八仙歌》相合。由杜甫赠诗与李琎而言,二人应有诗酒之交。杜甫在《八哀诗》中对李琎有进一步的书写。

　　(3)左相李适之乃李世民的太子李承乾的后代,其特点则为嗜酒好客,不惜日费万钱。《李适之墓志》近年也已经出土,全题为《唐故光禄大夫行宜春郡太守渭源县开国公李府君墓志铭并序》,有如下记载:

　　天宝初,迁左相,兼兵部尚书、弘文馆学士、光禄大夫、上柱国、渭源县开国公。制曰:"自左相虚位,中朝选贤,求于列辟之中,尔副苍生之望。自拜相已来,朝野胥悦,未有若公之盛者也。时李林甫久居右弼,威福由己,便辟巧险,意阻谋深。凡所爱憎,未尝口议,同恶相济,密为奏论。及至君前,顺之而已。由是恶迹难露,众莫知之。不利青宫,天下震惧。公意深社稷,彼难措心,转公为太子少保。又谋陷妃族,构以飞语,出为宜春太守。"⑦

――――――――――

　　① (宋)李昉等编《太平广记》卷 202,中华书局 1961 年版,第 1527 页。
　　② (清)彭定求等编《全唐诗》卷 3,中华书局 1960 年版,第 31 页。
　　③ 《三秦记》:"酒泉郡城下有金泉,泉味如酒,故名酒泉。"(唐)杜甫著,(清)仇兆鳌注《杜诗详注》卷 1 注引,中华书局 1979 年版,第 82 页。
　　④ 萧涤非主编《杜甫全集校注》卷 1,人民文学出版社 2014 年版,第 126 页。
　　⑤ 萧涤非主编《杜甫全集校注》卷 8,人民文学出版社 2014 年版,第 2203 页。
　　⑥ 萧涤非主编《杜甫全集校注》卷 1,人民文学出版社 2014 年版,第 127 页。
　　⑦ 赵君平、赵文成《河洛墓刻拾零》,北京图书馆出版社 2007 年版,第 406 页。

《旧唐书》记载："适之雅好宾客，饮酒一斗不乱，夜则宴赏，昼决公务，庭无留事。"①《资治通鉴》记载："适之喜宾客，饮酒至斗余不乱。夜宴娱，昼决事，案无留辞。"②"衔杯"句化自李适之因李林甫构陷韦坚而受牵连被罢相后作的诗句："避贤初罢相，乐圣且衔杯。为问门前客，今朝几个来。"③反讽的是，他之前还有《朝退》一诗曰："朱门长不闭，亲友恣相过。年今将半百，不乐复如何。"④世态炎凉，就连皇孙与宰相的李适之也感慨万千。

天宝五载(746)四月，"韦坚等既贬，左相李适之惧，自求散地。庚寅，以适之为太子少保，罢政事。其子卫尉少卿霅尝盛馔召客，客畏李林甫，竟日无一人敢往者"⑤。

"避贤"即让位下台；古人称清酒为"中圣人"，所以将饮酒说成"乐圣"。李适之原诗本意是刺世态炎凉，杜甫则将其豪饮与此诗联结，称赞其在醉中无视宦海浮沉与人情冷暖。而其结局，便是因韦坚被李林甫构陷的事件而被牵连，刚至宜春太守任上，即仰药自杀，在饮中八仙中结局最为悲惨。

天宝五载(746)起，长安政坛愈加动荡不安，《旧唐书》如此描述李林甫以诡计铲除政敌：

宰相用事之盛，开元已来，未有其比。然每事过慎，条理众务，增修纲纪，中外迁除，皆有恒度。而耽宠固权，己自封植，朝望稍著，必阴计中伤之。初，韦坚登朝，以坚皇太子妃兄，引居要职，示结恩信，实图倾之，乃潜令御史中丞杨慎矜阴伺坚隙。会正月望夜，皇太子出游，与坚相见，慎矜知之，奏上。上大怒，以为不轨，黜坚，免太子妃韦氏。林甫因是奏李适之与坚昵狎，及裴宽、韩朝宗并曲附适之，上以为然，赐坚自尽，裴、韩皆坐之斥逐。后杨慎矜权位渐盛，林甫又忌之，乃引王鉷为御史中丞，托以心腹。鉷希林甫意，遂诬罔密奏慎矜左道不法，遂族其家。杨国忠以椒房之亲，出入中禁，奏请多允，乃擢在台省，令按刑狱。会皇太子良娣杜氏父有邻与子婿柳勣不叶，勣飞书告有邻不法，引李邕为证，诏王鉷与国忠按问。鉷与国忠附会林甫奏之，于是赐有邻自尽，出良娣为庶人，李邕、裴敦复枝党数人并坐极法。林甫之苞藏安忍，皆此类也。⑥

以上对李林甫的评价应该说是相当客观，即是说他熟悉政务，自如地维持朝廷的日常运作，而同时攫取利益，而打击威胁其权位者更是不遗余力。此中，他便以铲除甚得玄宗欢心的韦坚为目标，连带拔除一批政敌。韦坚之妻其实乃李林甫舅父之女，其姐嫁予玄宗的同父异母弟李业(李隆业)为妻，其妹则嫁予玄宗的太子李亨为正妃。韦坚长期任转运使，经营租税，甚得玄宗欢心，复与左相李适之交好。由此，李林甫担心其相位受韦坚威胁，故与心腹构陷韦坚，先是授之以刑部尚书，夺去其转运使职位。二人遂交恶。韦

① (后晋)刘昫等撰《旧唐书》卷99，中华书局1975年版，第3101页。
② (宋)欧阳修、(宋)宋祁撰《新唐书》卷231，中华书局1975年版，第4503页。
③ (清)彭定求等编《全唐诗》卷109，中华书局1960年版，第1125页。
④ (清)彭定求等编《全唐诗》卷109，中华书局1960年版，第1125页。
⑤ (宋)司马光编著，(元)胡三省音注，"标点资治通鉴小组"校点《资治通鉴》卷215，中华书局1956年版，第6871页。
⑥ (后晋)刘昫等撰《旧唐书》卷106，中华书局1975年版，第3238～3239页。

坚与陇右兼河西节度使皇甫惟明为好友,皇甫惟明因而常在玄宗面前数落李林甫。李林甫向玄宗构陷皇甫惟明与韦坚欲废玄宗并扶立太子李亨为帝。玄宗遂将二人贬逐出朝廷。不久二人均在途中被杀,家产籍没,子弟多被牵连而惨死。

左相李适之于天宝五载(夏四月庚寅)因牵涉韦坚一案而罢知政事,七月即在宜春贬所因畏惧而服毒自杀①。史书记载,天宝元年(742):"辛未,左相牛仙客薨。八月,丁丑,以刑部尚书李适之为左相。"②天宝四载(745)三月:"李适之性疏率。"③"李适之与林甫争权有隙。"④天宝五载(746)秋:李林甫因言坚与李适之等为朋党,后数日,坚长流临封,适之贬宜春太守。⑤

[天宝六载(747)正月]林甫又奏分遣御史即贬所赐皇甫惟明、韦坚兄弟等死。罗希奭自青州如岭南,所过杀迁谪者,郡县惶骇。排马牒至宜春,李适之忧惧,仰药自杀。至江华,王琚仰药不死,闻希奭已至,即自缢。希奭又迂路过安陆,欲怖杀裴宽,宽向希奭叩头祈生,希奭不宿而过,乃得免。李适之子霅迎父丧至东京,李林甫令人诬告霅,杖死于河南府。⑥

同年,十一月乙亥,户部侍郎杨慎矜及兄少府少监杨慎余与弟洛阳令杨慎名,并为李林甫及御史中丞王珙所构,下狱死。⑦ 以上一连串的冤狱,皆由李林甫所构陷,令满朝堕入恐怖政治的氛围之中。李林甫如此卑劣凶残,败坏朝政,如今竟还有人为他做翻案文章⑧,实不足取。

(4)崔宗之则其以潇洒年少为特征,着重刻画其把酒望天的傲岸,以及其如玉树临风的飘逸姿态。《晋书》记载阮籍"能为青白眼,见礼俗之士,以白眼对之"⑨,杜甫以此典故描摹崔宗之醉后的魏晋风度。《全唐诗》尚存崔字之诗。近年亦出土崔字之所撰写的墓

① (后晋)刘昫等撰《旧唐书》卷 8,中华书局 1975 年版,第 220 页;另可参阅(宋)欧阳修、宋祁撰《新唐书》卷 231,中华书局 1975 年版,第 4504 页。

② (宋)司马光编著,(元)胡三省音注,"标点资治通鉴小组"校点《资治通鉴》卷 215,中华书局 1956 年版,第 6854 页。

③ (宋)司马光编著,(元)胡三省音注,"标点资治通鉴小组"校点《资治通鉴》卷 215,中华书局 1956 年版,第 6870 页。

④ (宋)司马光编著,(元)胡三省音注,"标点资治通鉴小组"校点《资治通鉴》卷 215,中华书局 1956 年版,第 6864 页。

⑤ (宋)司马光编著,(元)胡三省音注,"标点资治通鉴小组"校点《资治通鉴》卷 215,中华书局 1956 年版,第 6873 页。

⑥ (宋)司马光编著,(元)胡三省音注,"标点资治通鉴小组"校点《资治通鉴》卷 215,中华书局 1956 年版,第 6875 页。

⑦ (后晋)刘昫等撰《旧唐书》卷 8,中华书局 1975 年版,第 221 页。

⑧ 有论者指出:"能够在施政理念上和玄宗保持一致,又有足够的处理实际政务的能力去履行宰相的职责,而且顺从上意,对于开元后期的玄宗而言,李林甫是最合于理想的宰相人选。"(见陈磊《李林甫与开天朝局研究》,《传统中国研究集刊》,上海人民出版社 2007 第 3 辑,第 5368 页)李成学、陈都山则认为"就其个人而言,善于察言观色,工于心计;就其施政而言,忠于皇权,遵循法度",甚至指他"大的方面是好的"[详见李成学、陈都山《为李林甫正名》,《重庆邮电大学学报》(社会科学版)2008 年增刊,第 106～108 页]。另外还有郭绍林《解读盛唐须区分李林甫的小节和大节》,《河南大学学报》(社会科学版)2005 年第 1 期,第 123～126 页。

⑨ (唐)房玄龄等《晋书》卷 49,中华书局 1974 年版,第 1361 页。

志铭,《大唐故工部尚书东都留守上柱国南皮县开国子赠扬州大都督韦公(虚心)墓志铭并序》题署:"外甥朝散大夫守礼部郎中上柱国齐国公崔宗之撰。"①

(5)苏晋本是吃长斋的虔诚佛教徒,却仍好饮,可见其超凡脱俗。《大唐故银青光禄大夫卫尉卿扶阳县开国公护军事韦公(顼)墓志铭并序》题:"前中大夫守泗州刺史上柱国野王县开国男苏晋撰。"②《唐同州河西主簿李君故夫人苏氏(兖)墓志铭并序》云:"今银青光禄大夫、左庶子、河内郡开国公晋之第五女。"③墓主为苏晋之女。《大唐故冠军大将军左卫大将军凉州都督御史大夫同紫微黄门平章兵马事安西大都护上柱国潞国公(郭湛)墓铭并序》,题署:"礼部侍郎苏晋撰,前乾定桥三陵判官前濮州鄄城县丞诸葛嗣宗书。"志云:"公讳湛,字虔瓘,其先太原人也。"墓主开元十四年九月卒,十二月葬。郭虔瓘乃玄宗开元年间的大师,战功赫赫。

(6)李白斗酒诗百篇,性豪才捷,杜甫偏偏写其醉后熟眠酒家而不应天子之召。《旧唐书》记载:

> 白既嗜酒,日与饮徒醉于酒肆。玄宗度曲,欲造乐府新词,亟召白,白已卧于酒肆矣。召入,以水洒面,即令秉笔,顷之成十余章,帝颇嘉之。④

仇兆鳌注引《新唐书》记载:

> 帝坐沉香亭子,欲得为白乐章,召入,而白已醉,左右以水喷面,稍解,援笔成文,婉丽精切。帝爱其才,数宴见。范传正《李公新墓碑序》曰:"玄宗泛舟白莲池,公不在宴。皇权既洽,召公做序。时公已被酒翰苑中,命高将军执以登舟。"⑤

醉眠酒家,不应皇命,亦乃以阮籍"宿醉扶起"⑥以敷衍司马昭之劝进表的唐代版本,乃其任诞所在。杜甫将阮籍这两件事合并而成李白的"天子呼来不上船,自称臣是酒中仙"。范传正《唐左拾遗翰林学士李白新墓碑》云:

> (玄宗)泛白莲池,公不在宴,皇欢既洽,召公作序。时公已被酒翰苑中,命高将军扶以登舟,优宠如是。⑦

本来天子召之而李白因醉上不了船,但在这里转化为天子传召而李白不肯上船,将李白塑造成不受君命的狂傲酒中仙。王仁裕《开元天宝遗事》记载:

> 李白嗜酒,不拘小节,然沉酣中所撰文章,未尝错误。而与不醉之人相对议事,皆不

① 李明、刘呆运、李举纲《长安高阳原新出土隋唐墓志》,文物出版社 2016 年版,第 177 页。
② 周绍良主编《唐代墓志汇编》,上海古籍出版社 1992 年版,第 1202 页。
③ 周绍良主编《唐代墓志汇编》,上海古籍出版社 1992 年版,第 1432~1433 页。
④ (后晋)刘昫等撰《旧唐书》卷 190,中华书局 1975 年版,第 5053 页。
⑤ (唐)杜甫著,(清)仇兆鳌注《杜诗详注》卷 2,中华书局 1995 年版,第 83~84 页。
⑥ (南朝宋)刘义庆著,(南朝梁)刘孝标注,余嘉锡笺疏《世说新语笺疏》,中华书局 1983 年版,第 290 页。
⑦ (唐)范传正《唐左拾遗翰林学士李公新墓碑》,(唐)李白著,(清)王琦注《李太白全集》附录,中华书局 1977 年版,第 1464 页。

出太白所见,时人号为"醉圣"。①

《新唐书》记载李白初至长安,玄宗召见,"赐食,亲为调羹。有诏供奉翰林。白犹与饮徒醉于市"②。李肇《唐国史补》记载:

李白在翰林多沉饮。玄宗令撰乐辞,醉不可待,以水沃之,白稍能动,索笔一挥十数章,文不加点。后对御引足令高力士脱靴,上命小阉排出之。③

在长安的"市"中,最值得重视者是特别繁华的"西市"。李白《少年行》曰:

五陵年少金市东,银鞍白马度春风。落花踏尽游何处,笑入胡姬酒肆中。④

五陵年少踏尽落花,笑入胡姬酒肆,刻画出风流豪放、倜傥潇洒、爽朗率真的少年形象,也展现出盛唐人物自尊自信的精神风貌。最终,李白因为傲诞得罪高力士而被放还:

尝沉醉殿上,引足令高力士脱靴,由是斥去。乃浪迹江湖,终日沉饮……禄山之乱,玄宗幸蜀,在途以永王璘为江淮兵马都督、扬州节度大使。白在宣州谒见,遂辟从事。永王谋乱,兵败,白坐长流夜郎。后遇赦得还,竟以饮酒过度,醉死于宣城。⑤

李阳冰《草堂集序》记李白在被玄宗疏远后:

乃浪迹纵酒,以自昏秽。咏歌之际,屡称东山。又与贺知章、崔之等自为八仙之游,谓公"谪仙人",朝列赋谪仙之歌凡数百首,多言公之不得意。⑥

李白有过荣耀,亦遭遇挫折:

禄山反,明皇在蜀,永王璘节度东南,白时卧庐山,辟为僚佐。璘起兵反,白逃还彭泽。璘败,累系浔阳狱。初,白游并州,见郭子仪,奇之,曾救其死罪;至是郭子仪请官以赎,有诏长流夜郎。白晚节好黄、老,度牛渚矶,乘酒捉月,沉水中。⑦

李白曾救郭子仪之说,前人已多驳正,在此不赘。总之,李白为玄宗放还而流落江湖,也是杨贵妃与高力士所合力离间造成的。李白始终与酒为伴,不改本色,以醉而死,亦合乎其浪漫而带悲剧色彩的生命情调。

张旭善草书而好酒,每每醉后,便号呼狂走,索笔挥洒,幻化无穷,有"如云烟"。

张旭草书得笔法,后传崔邈、颜真卿。新出土墓志中有张旭书的《严仁墓志》,全题为《唐故绛州龙门县尉严府君(仁)墓志铭并序》,末署:"前邓州内乡县令吴郡张万顷撰,吴

① （五代）王仁裕、姚汝能撰,曾贻芬点校《开元天宝遗事　安禄山事迹》卷下,2006 年版,第 56 页;（明）陈耀文《天中记》卷 44,广陵书社 2007 年版,第 1450 页。

② （宋）欧阳修、（宋）宋祁撰《新唐书》卷 202,中华书局 1975 年版,第 5763 页。

③ （唐）李肇《唐国史补》卷上,上海古籍出版社 1979 年版,第 16 页。

④ （唐）李白著,（清）王琦注《李太白全集》卷 6,中华书局 1977 年版,第 342 页。

⑤ （后晋）刘昫等撰《旧唐书》卷 190,中华书局 1975 年版,第 5053～5054 页。

⑥ （唐）李白著,（清）王琦注《李太白全集》卷 31(附录),中华书局 1977 年版,第 1446 页。

⑦ 〔元〕辛文房撰,傅璇琮主编《唐才子传校笺》卷 2,中华书局 1987 年版,第 390～392 页。

郡张旭书。"①《国史补》记载：

> 张旭草书得笔法，后传崔邈、颜真卿。旭言："始吾见公主担夫争路，而得笔法之意。后见公孙氏舞剑器，而得其神。"旭饮酒辄草书，挥笔而大叫，以头揾水墨中而书之，醒后自视，以为神异。②

可见张旭之狂，并非夸张。关于酒中八仙，浦起龙评曰：

> 此格亦从季札观乐，羊欣论书，及诗之《柏梁台》体化出。其写各人醉趣，语亦不浪下。知章必有醉而忘险之事，如公异日之醉为马坠也。以其为南人，故以"乘船"比之。"汝阳"，封号也，故以"移封酒泉"为点缀。左相有《罢政》诗，即用其语。宗之少年，故曰"玉树临风"。苏晋耽禅，故系之"绣佛"。李白，诗仙也，故寓于诗。张旭，草圣也，故寓于书。焦遂，国史无传，而"卓然""雄辩"之为实录，可以例推矣。③

即是说，杜甫在诗中抓住各仙重点，前七仙皆醉，而殿级的焦隧却在酒后"卓然""雄辩"，有何深意？

三、作为殿后的焦遂

关于焦遂在诗中的作用，最值得考究，因为他在八仙中只是一介布衣，且以其殿后，应别具深意。胡可先先生指出：

> 在新出土文献中，焦遂以外的七人，我们都可以找到一些材料进行程度不同的印证，只有焦遂只字未见。盖焦遂作为平民，不仅无出土文献，传世文献记载也较少。④

焦遂，本乃布衣（唐代袁郊的《甘泽谣·陶岘》与南宋蔡梦弼《杜工部草堂诗笺》中的《八仙歌》引《唐史拾遗》中均有焦遂的简略记载），却亦能在醉后高谈雄辩，语惊四座。仇兆鳌评"谈论惊筵，得于醉后，见遂之卓然特异，非沉湎于醉乡者"⑤。焦遂醉后高谈雄辩的原因。王应麟《困学纪闻》指出：《饮中八仙》，其名氏皆见于《唐史》，唯焦遂事迹仅见于《甘泽谣》。⑥《甘泽谣》的作者袁郊，约生于宪宗元和间（806—820年），蔡州朗山人，乃唐顺宗和宪宗朝的宰相袁滋之子。后来，在懿宗咸通时（860—874年），还曾任翰林学士、祠部郎中等职，官至虢州刺史。在两《唐书》中，袁郊传附见其父袁滋传。其事迹，在宋代陈振孙的《直斋书录解题》卷十一小说家类、清编《全唐诗》卷五百九十七等中，都有零星的记载。袁郊所著《甘泽谣》凡九篇，袁郊《甘泽谣》之记杜甫相关事，主要有两点：一为青年时代杜甫其人，二为杜甫诗歌《饮中八仙歌》及其中所涉及的焦遂之事。《甘泽谣》所涉及

---

① 樊有升、李献奇《河南偃师唐严仁墓》，《文物》1992年第10期，第36页。
② （唐）李肇《唐国史补》卷上，上海古籍出版社1979年版，第17页。
③ （清）浦起龙《读杜心解》卷2，中华书局1961年版，第227页。
④ 胡可先《〈饮中八仙歌〉与盛唐诗仙群体》，《中文学术前沿》第17辑，2021年第1期，第20页。
⑤ （唐）杜甫著，（清）仇兆鳌注《杜诗详注》卷2，中华书局1995年版，第84页。
⑥ （宋）王应麟著，（清）翁元圻等注，栾保群、田松青、吕宗力校点《困学纪闻》卷18，上海古籍出版社2008年版，第1896页。

杜甫、《饮中八仙歌》及焦遂事，集中于其中的《陶岘》一文。后来的《氏族大全》《万姓统谱》《山堂肆考》《补注杜诗》《御选唐诗》《天中记》诸书，却皆据《唐史拾遗》所载，认为焦遂有"口吃"之事。《天中记》记载："焦遂口吃，对客不出一言，醉后辄酬答如注射，时人目为酒吃。"①此后，胡震亨《唐音癸签》（卷二十二）、纪昀《四库全书总目》（卷一百四十二《甘泽谣》提要）均提出反驳，也只是针对焦遂是否口吃而已，无关宏旨。

以上关于焦遂"口吃"之传说，众说纷纭，但可以肯定的是他虽非如前面七仙那般显赫，但在社会上也有一定的名气，这是他能立足于长安社交圈子而又为杜甫所歌咏的原因所在。八仙之中，唯独焦遂酒后能畅所欲言，酒的功能赋予了其畅所欲言的快乐与自信。真正的酒中仙，不是前七仙，而是貌不惊人且毫无权位及政治枷锁的一介布衣焦遂。

此组诗的首尾均是匠心安排，叙述处处隐藏议论，前七仙身份明确而显赫，而焦遂身份不显，亦不显赫，却又被安排到"八仙"之列，非常突兀，而又突显章法之妙，即以一不知名者缀其后，而成此组诗反讽的高潮。由此可见，杜甫对长安擅饮者了如指掌，对彼等的身份与特性，均做了恰如其分的描写。

结语

杜甫书写"八仙"之率性而为，蔑视礼法清规，如此思维，实乃"魏晋风度"。李因笃评曰：

似赞似颂，只一二语可得其人生平。妙是叙述，不涉议论，而八公身分自见，风雅中司马太史也。②

以大唐盛世的壮游开始，寄望于科举与干谒，在实际的社会观察中，杜甫以"众宾皆醉我独醒"（《醉歌行》）③，暗示其预知大唐帝国山雨欲来风满楼的危机。莫砺锋先生认为：

只有杜甫是一个例外，他开始以一个清醒的旁观者的身份审视"饮中八仙"的醉态，这意味着他已有从浪漫主义诗坛上游离出来的倾向。④

确为的论。号称"盛世"的天宝长安，在李林甫的阴谋诡计中，玄宗一次次地被其所导引而残杀无辜，表面上的开、天盛世，实际上却是腥风血雨，冤魂无数。"八仙"之中，凡是政治中人均以酒自我麻醉或逃避。此中最为卑微而有语言障碍的焦遂更在酒后雄辩滔滔。唯一能畅所欲言的，便是这一介布衣。

① （明）陈耀文《天中记》卷 44，广陵书社 2007 年版，第 1453 页。
② （唐）杜甫著，杨伦笺注《杜诗镜铨》卷 1，上海古籍出版社 1998 年版，第 18 页。
③ （唐）杜甫撰，仇兆鳌注《杜诗详注》卷 3，中华书局 1995 年版，第 1 册，第 242 页。
④ 莫砺锋《杜甫评传》，南京大学出版社 1993 年版，第 80～81 页。

杜甫《为夔府柏都督谢上表》的文体特征及相关史事考论

孙　微　张　添*

摘　要:唐代的谢上表一般采用骈文形式,在结构上形成了破题、自述、颂圣、表态这一固定模式。杜甫《为夔府柏都督谢上表》应作于大历元年冬十一月至十二月,此表完全符合谢上表的基本撰写格式,采用以骈文为主、骈文与散文结合之法,不仅表达了柏茂琳对皇帝不次擢拔的感激之情,同时亦流离出对崔旰的敌视态度。将此谢表与杜甫《览柏中丞兼子侄数人除官制词,因述父子兄弟四美,载歌丝纶》等相关诗文对读,可以深入了解柏茂琳率军参与讨伐崔旰之乱的历史细节,而这些信息均不见史籍载录,正可补史书之缺。此表在表态环节特别强调对百姓的关怀,希望能够减轻下层百姓的沉重负担,这是杜甫儒家仁政思想的一贯体现,可与《说旱》《东西两川说》《为阆州王使君进论巴蜀安危表》等文的相关内容互相印证。

关键词:杜甫;《为夔府柏都督谢上表》;文体特征;文史互证

在杜甫现存文章中,表这种体式的数量较多(5 篇),仅次于赋体(6 篇),分别为《进三大礼赋表》《进封西岳赋表》《进雕赋表》《为阆州王使君进论巴蜀安危表》《为夔府柏都督谢上表》。历代注家对杜文都较为轻视,故而对杜集中表的研究一直较为薄弱,直到萧涤非《杜甫全集校注》、谢思炜《杜甫集校注》的出现才初步改变了这一面貌。以下试以《为夔府柏都督谢上表》为例,对该表的文体特征及相关史事进行梳理分析,以期加深对杜甫谢上表写作范式的认识。

一、唐代谢上表的撰写模式简述

谢上表这一文体,乃是臣下向帝王陈请之文。《文心雕龙·章表第二十二》曰:"汉定礼仪,则有四品:一曰章,二曰奏,三曰表,四曰议。章以谢恩,奏以按劾,表以陈请,议以执异。"[①]又曰:"原夫章表之为用也,所以对扬王庭,昭明心曲。既其身文,且亦国华。"[②]吴讷《文章辨体》曰:

按韵书:"表、明也,标也,标著事绪使之明白以告乎上也。"三代以前,谓之敷奏。秦改曰表,汉因之。

---

　*　孙微,山东大学儒学高等研究院教授、博士生导师;张添,山东大学儒学高等研究院 2023 级博士研究生。本文系国家社科基金后期资助项目"杜甫文赋研究论稿"(23FZWB024)的阶段性成果。
　①　(南朝梁)刘勰著,詹锳义证《文心雕龙义证》卷 5,上海古籍出版社 1989 年版,第 826 页。
　②　(南朝梁)刘勰著,詹锳义证《文心雕龙义证》卷 5,上海古籍出版社 1989 年版,第 843 页。

　　窃尝考之,汉晋皆尚散文,盖用陈达情事,若孔明前后出师、李令伯陈情之类是也。唐宋以后,多尚四六。其用则有庆贺、有辞免、有陈谢、有进书、有贡物,所用既殊,则其辞亦各异焉。

　　……大抵表文以简洁精致为先,用事忌深僻,造语忌纤巧,铺叙忌繁冗。①

　　徐师曾《文体明辨》曰:

　　至论其体,则汉晋多用散文,唐宋多用四六。而唐宋之体又自不同:唐人声律,时有出入,而不失乎雄浑之风;宋人声律,极其精切,而有得乎明畅之旨,盖各有所长也。然有唐宋人而为古体者,有宋人而为唐体者,此又不可不辨也。②

　　吴讷、徐师曾二人均指出,唐宋人之表多用骈文,而唐人在表中讲求声律,这或许是受到律诗影响的缘故。以上吴讷、徐师曾所论表之体式特征乃是概论性质,尚显笼统肤廓。以下试举数篇唐人所撰谢上表,以了解谢上表这一体式的具体文体特征。

　　李邕《为濠州刺史王弼谢上表》曰:

　　臣某言:伏奉某月日制,除臣濠州刺史,圣泽天临,宠章霞焕。身微草芥,地重丘山。臣某中谢,臣某奉诏字人,星言即路,三省不及,二过有怀,弃短之恩,竭力难负,悔非之感,沥血未申。以某月日到州上讫,臣履冰誓心,饮水铭骨,励精为政,刻意求仁。实望昭发宿诚,宣扬大化,上酬天地之德,下尽臣子之忠,臣万死足矣。③

　　独孤及《为张濠州谢上表》曰:

　　臣沐言:顷陷身凶族,待罪黄沙,戮社衅鼓,职臣之分。陛下照臣以日月之光,察其微恳,拔臣于缧绁之下,授以专城。今日余生,实圣朝所赐。宠章荣命,岂贱臣之心。碎首粉骨,未答天造。今以某月某日到濠州上讫,谨当竭力官守,正身率下,勉励苦节,绥安疲人。冀立犬马之诚,或申丝发之效。无任感惧之至,谨附表陈谢以闻。④

　　刘禹锡《夔州谢上表》曰:

　　臣某言:伏奉某月日制书,授臣使持节都督夔州诸军事、守夔州刺史。跪受天诏,神魂震惊。伏惟文武孝德皇帝陛下,垂衣穆清,睿鉴旁达。三统交泰,百神降祥。浃于华夷,尽致仁寿。臣家本儒素,业在艺文。贞元年中,三忝科第。德宗皇帝记其姓名,知无党援,擢为御史。在台三载,例迁省官。权臣奏用,分判钱谷。竟坐连累,贬在遐藩。先朝追还,方念淹滞,又遭谗嫉,出牧远州。家祸所钟,沉伏草土。礼经有制,羸疾仅存。甘于畎亩,以乐皇化。伏遇陛下大明御宇,照烛无私。念以残生,举其彝典。获居善部,伏感天慈。臣即以今月二日到任上讫。硖水千里,巴山万重。空怀向日之心,未有朝天之

　　① (明)吴讷著,于北山校点《文章辨体序说》,人民文学出版社 1962 年版,第 37～38 页。
　　② (明)徐师曾著,罗根泽校点《文体明辨序说》,人民文学出版社 1962 年版,第 122 页。
　　③ (唐)李邕《李北海集》卷 2,明崇祯十三年(1640)曹荃刻本。
　　④ (唐)独孤及《毗陵集》卷 4,《四部丛刊》景清赵氏亦有生斋本,商务印书馆民国八年(1919)版。

路。无任感恩恋阙之至。长庆二年正月五日。①

由上可见,谢上表在形式上都以"臣某言"作为开头,又都以"无任……之至""谨遣某官奉表陈谢以闻"作为结尾;表中内容都要交代"臣即以某月某日到任上讫"这一要素,当然还要对皇帝委以重任表达感谢之情和效忠之意。这表明唐代谢表作为一种成熟的应用文体已经形成固有的模式套路。段亚青将谢上表的具体内容总结为破题、自述加颂圣、述意三大部分。② 谢表中间向皇帝陈述的内容则因人而异,可长可短。既有李邕《为濠州刺史王弼谢上表》这样的短小精悍之作,也有韩愈《潮州刺史谢上表》那样的鸿篇巨制。至于谢上表是否采用骈文的形式也较为灵活,不可一概而论。以上所引三篇谢上表确有骈文的成分,但也并非全都如此,比如韩愈《潮州刺史谢上表》、元结《道州刺史谢上表》便纯用古文,并不讲求对偶和声律。杨玉锋指出,谢上表这一文体从初盛唐到中唐,再到晚唐,走过了由骈入散,又由散复骈的文体演变。③ 谢上表的体式由骈入散乃是受到唐代文坛文体文风改革思潮的影响,从其复归于骈的结果来看,骈体应是谢上表这一文体的固有特征。从《白居易集》中《答元膺授岳鄂观察使谢上表》《答李鄘授淮南节度使谢上表》可知,皇帝在收到臣子的谢上表后,还会命掌管诏诰的文臣以皇帝口吻撰写答书作为回复,如《答李鄘授淮南节度使谢上表》曰:"前劳既彰,后效何远? 载省来表,知已下车;勉副虚怀,伫观新政。所谢知。"④当然大部分这样的答书已散佚不存。

二、杜甫《为夔府柏都督谢上表》的文体特征

《为夔府柏都督谢上表》为杜甫代柏茂琳草拟之谢恩表,文曰:

臣某言:伏见月日制,授臣某官,祗拜休命,内顾隙越,策驽马之力,冒累践之宠,自数勋力,万无一称,再三怵惕,流汗至踵,谨以某月日到任上讫。臣某,诚战诚惧,顿首顿首,死罪死罪。伏以陛下,君父任使之久,掩臣子不逮之过,就其小效,复分深忧。察臣剑南区区,恐失臣节如彼;加臣频烦阶级,镇守要冲如此。勉励疲钝,伏扬陛下之圣德,爱惜陛下之百姓,先之以简易,闲之以乐业,均之以赋敛,终之以敦劝,然后毕禁将士之暴,弘洽主客之宜,示以刑典难犯之科,宽以困穷计无所出,哀今之人,庶古之道。内救茕独,外攘师寇。上报君父,曲尽庸拙之分;下循臣子,勤补失坠之目。灰粉骸骨,以备守官。伏惟恩慈,胡忍容易,愚臣之愿也,明主之望也。限以所领,未遑谒对,无任兢灼之极,谨遣某官奉表陈谢以闻。臣诚喜诚惧,死罪死罪。⑤

将杜甫此表与上面总结的唐代"谢上表"撰写模式进行对比后可以发现,此篇谢表完全符合"谢上表"撰写的基本格式,文体的诸种要素均已齐备。从篇幅来看,杜甫此表和

① (唐)刘禹锡撰《刘禹锡集》卷 14,中华书局 1990 年版,第 171～172 页。
② 段亚青《唐代贬官谢上表文体探究》,《华中学术》2023 年第 3 期,第 57 页。
③ 杨玉锋《唐代刺史谢上表文体考论》,《理论月刊》2018 年第 6 期,第 94 页。
④ (唐)白居易著,顾学颉点校《白居易集》卷 56,中华书局 1979 年版,第 1196 页。
⑤ (唐)杜甫撰,(清)仇兆鳌注《杜诗详注》卷 25,中华书局 2015 年版,第 2658 页。

其他谢上表相比可谓长短适中，要言不烦。从骈散这一角度衡量的话，此表骈散结合，其中骈文的成分较多。诸如"策驽马之力，冒累践之宠""察臣剑南区区，恐失臣节如彼；加臣频烦阶级，镇守要冲如此""先之以简易，闲之以乐业，均之以赋敛，终之以敦劝""毕禁将士之暴，弘洽主客之宜""示以刑典难犯之科，宽以困穷计无所出""上报君父曲尽庸拙之分，下循臣子勤补失坠之目"等等，这些对句都包含着明显的骈文成分。然而通篇又能以意贯通，表达流利顺畅，毫无四六文佶屈聱牙之弊。《杜甫全集校注》评曰："此文是例行公文，故满口颂词，以表白臣下对圣上之忠诚为主旨，行文力求典雅古奥，多用对偶、排比以增强气势，甚是符合柏茂琳身份。文中所述施政方略，虽为柏茂琳谢恩而发，实则也寄予了杜甫对柏茂琳的殷切期望。"①由于唐代的谢上表多采纳骈文这一形式，文体典雅深奥，这对柏茂琳等武将来说实为难事，故请文人代笔便成为其必然选择，这也是唐代"代某某谢上表"大量出现的重要原因之一。

三、《为夔府柏都督谢上表》应作于大历元年冬

此表是为柏茂琳任夔州都督所作，一般而言，此类谢表均作于官员上任之初，故考清柏茂琳任夔州都督的时间便成为确定此表作年之关键。

考史籍中关于柏茂琳之生平事迹，知其于永泰元年（765）闰十月率邛州兵讨伐崔旰，迁邛州刺史。永泰二年（766）二月，充邛南防御使。《文苑英华》载有常衮《授柏贞节夔忠等州防御使制》，文曰：

> 敕开府仪同三司、试太常卿、使持节邛州诸军事兼邛州刺史、御史中丞、南防御使及邛南招讨使、上柱国、巨鹿县开国子柏贞节，雅有器干，深于戎律。蕴三略以经武，秉一心而事君。蜀之西疆，久典戎务，惠和驭众，义勇安边。克励公忠，尤彰名节，令闻休绩，良深嘉重。山硤雄重，江关要冲，实藉兼才，俾膺兹任。仁申御遏之用，仍懋绥之术。可使持节都督夔州诸军事兼夔州刺史，依前兼御史中丞，充夔、忠、万、归、涪等州都防御使，本官勋封如故。②

常衮此制并未署时间，并不能从中直接获知柏茂琳任夔州都督的时间，但通过此制可知，其任夔州都督之前已加开府仪同三司、试太常卿、使持节邛州诸军事兼邛州刺史、御史中丞、剑南防御使及邛南招讨使，封上柱国、巨鹿县开国子。清初潘柽章《杜诗博议》对柏茂琳事迹钩稽甚详，朱鹤龄《杜工部诗集辑注》引《杜诗博议》曰：

> 《年谱》：公至夔州时，柏中丞为夔州都督，公为作《谢上表》。今考柏都督，乃柏茂林，中丞，其兼官也。黄鹤注以柏都督是贞节，中丞则茂林，又以茂林与贞节为兄弟，俱大谬。按《旧书·代宗纪》：永泰元年闰十月，剑南节度使郭英义为其兵马使崔旰所杀。邛州柏茂林、泸州杨子琳、剑州李昌巎等，皆起兵讨旰，蜀大乱。大历元年二月，邛州刺史柏茂林

---

① 萧涤非主编《杜甫全集校注》卷 22，人民文学出版社 2014 年版，第 6491 页。
② （宋）李昉等编《文苑英华》卷 409，中华书局 1966 年版，第 2073 页。

充邛南防御使,剑南西山兵马使崔旰为茂州刺史,充剑南西山防御使,从杜鸿渐请也。八月壬寅,以茂州刺史崔旰为成都尹、剑南西川节度、行军司马,邛州刺史柏茂林为邛南节度使,从杜鸿渐请也。二年七月丙寅,以崔旰为剑南西川节度观察等使。三年五月戊辰,以崔旰为检校工部尚书,改名宁。《唐历》《通鉴》亦同。初无柏贞节事,而《旧书》于《杜鸿渐传》则云:崔旰杀英乂,据成都,自称留后。邛州衙将柏贞节、泸州衙将杨子琳、剑州衙将李昌崾等,兴兵讨之。于《崔宁传》又云:旰率兵攻成都,英乂出兵于城西门,令柏茂琳为前军,郭英干为左军,郭嘉琳为后军,与旰战。茂琳等军屡败,旰令降将统兵,与英乂转战,大败之。一则记贞节兴兵而不及茂琳,一则记茂琳丧军而不及贞节。《新书·崔宁传》则兼录二传之文,上书柏茂琳等战败,下书邛州柏贞节讨宁。鸿渐表为邛州刺史,于《杜鸿渐传》则止书贞节。今以《本纪》考之,则授邛州刺史、邛南防御及节度,皆茂林一人之事。盖茂林以牙将为英乂前军,败于城西,复归邛州,兴兵讨旰耳。疑贞节乃茂林之字,或后改名,非二人也。《新书·方镇表》:大历元年置邛南防御使,治邛州,寻升为节度使,未几,废置。剑南西山防御使,治茂州,未几废。二使之置,专为旰与茂林也。邛南节度既废,茂林不闻他除,岂非即拜夔州都督乎? 鸿渐初议授柏茂林邛南、崔旰剑南,以两解之。既而旰专制西川,渐不相容,故徙茂林于夔州,盖以避旰之逼。然自节度除都督为失职,故此诗云"方当节钺用"。又《观宴》诗云"几时来翠节",盖惜之也。①

潘椁章通过爬梳对比史料指出,柏茂琳与柏贞节为同一人,其论可从。然其"自节度除都督为失职"之说应属误解。朝廷将柏茂琳由邛州节度使迁为夔州都督,从官阶来看实为升迁,当然也有使其远离崔旰以免战乱再起之考虑。陈尚君《杜甫离蜀后的行止试析》亦曰:

柏茂琳即柏贞节,两《唐书》均无传,我们只能依据史传中的零星材料,了解他的一些片段经历。他原是邛州牙将,严武死后,投在郭英乂麾下,和严武旧部崔旰作战。郭被杀后,他联合泸州、剑州牙将共攻崔旰,引起蜀中大乱。杜鸿渐入蜀理乱,受贿为诸将请官,他和崔旰抗礼,分领邛南节度使。朝廷姑息,授他夔府都督,实质是另割五州之地以分开二虎之斗(参见《旧唐书·代宗纪》《崔宁传》《郭英乂传》《杜鸿渐传》及《通鉴》)。②

柏茂琳任夔州都督的时间虽不甚明确,然必在永泰二年(766)八月加开府仪同三司之后,不晚于是年十一月至十二月,这一点还可通过杜甫至夔州的时间进行佐证。检杜集可知,《移居夔州作》云:"伏枕云安县,迁居白帝城。春知催柳别,江与放船清。"③可见其于某年春天由云安迁至夔州。而通过《云安九日郑十八携酒陪诸公宴》可知,其于永泰元年九月九日重阳节已到云安。又《十二月一日三首(其一)》曰:"今朝腊月春意动,云安

---

① (唐)杜甫著,(清)朱鹤龄辑注,韩成武、周金标、孙微等点校《杜工部诗集辑注》卷14,中华书局2024年版,第757～758页。

② 陈尚君《敬畏传统》,复旦大学出版社2011年版,第18页。

③ (唐)杜甫撰,(清)仇兆鳌注《杜诗详注》卷15,中华书局2015年版,第1529页。

县前江可怜。"①可知杜甫于永泰元年(765)十二月仍滞留云安。因此杜甫初至夔州的时间可以确定为永泰二年(766)春无疑。又《荆南兵马使太常卿赵公大食刀歌》曰:"白帝寒城驻锦袍,玄冬示我胡国刀。"此诗作于初至夔州后不久,又作于冬天,则必作于大历元年冬。这里需要说明的是,永泰二年十一月方改元为大历元年,故大历元年实际上只有十一、十二两个月。历代注本均将《为夔府柏都督谢上表》系于大历元年,这似乎预示着柏茂琳上任应在这两个月之内,谢表应作于此时。

检《旧唐书·地理志一》:"荆南节度使,治江陵府,管归、夔、峡、忠、万、沣、朗等州,使亲王领之。"②可知夔州原为荆南节度使巡属。大历元年冬柏茂琳来夔州上任后,夔州升格为都督府,据《旧唐书·地理志二》载:"(夔州)贞观十四年,为都督府,督归、夔、忠、万、涪、渝、南七州。后罢都督府。天宝元年,改为云安郡。至德元年,于云安置七州防御使。乾元元年,复为夔州。二年,刺史唐论请升为都督府,寻罢之。"③可见大历元年柏茂琳来任夔州都督,这已是夔州第三次升为都督府。其所管七州之中,归、夔、忠、万等四州与荆南节度使所管重叠,不知是否仍隶属于荆南节度使管辖,但夔州都督与荆南节度使的统辖区域无疑有所交叉,至于二者如何协调现已不可考知。

四、《为夔府柏都督谢上表》中涉及的相关史事

《为夔府柏都督谢上表》曰:"伏以陛下,君父任使之久,掩臣子不逮之过,就其小效,复分深忧。"所谓"小效",乃是指柏茂琳在崔旰之乱中所立功绩。然而史籍中对柏茂琳之功绩记载其少,故表中之"小效"不易理解。不过杜甫在《览柏中丞兼子侄数人除官制词,因述父子兄弟四美,载歌丝纶》诗中对柏茂琳及其子侄的功绩有更加明确的记载,诗云:

> 纷然丧乱际,见此忠孝门。蜀中寇亦甚,柏氏功弥存。深诚补王室,戮力自元昆。三止锦江沸,独清玉垒昏。高名入竹帛,新渥照乾坤。子弟先卒伍,芝兰叠玙璠。同心注师律,洒血在戎轩。丝纶实具载,绂冕已殊恩。奉公举骨肉,诛叛经寒温。金甲雪犹冻,朱旗尘不翻。每闻战场说,欻激懦气奔。圣主国多盗,贤臣官则尊。方当节钺用,必绝褿渗根。吾病日回首,云台谁再论。作歌挹盛事,推毂期孤骞。④

"三止锦江沸,独清玉垒昏"这样高度的评价,在整部杜集中都是少见的,似乎只有对严武的评价可与之相俪。从杜诗所载可知,在平叛的一年多时间里,柏茂琳军与崔旰军曾在成都及彭州、茂州等地交战,并取得过多次胜利,同时也付出了巨大牺牲。浦起龙曰:"柏与崔,必有三次攻杀之事。"⑤杜诗所载柏氏家族在平叛中的功绩,在史籍中无任何记录,正可补史书之缺,当然亦可作为《谢上表》"就其小效,复分深忧"之注脚。

---

① (唐)杜甫撰,(清)仇兆鳌注《杜诗详注》卷 14,中华书局 2015 年版,第 1504 页。
② (后晋)刘昫等《旧唐书·地理志一》卷 38,中华书局 2013 年版,第 1391 页。
③ (后晋)刘昫等《旧唐书·地理志二》卷 39,中华书局 2013 年版,第 1555 页。
④ (唐)杜甫撰,(清)仇兆鳌注《杜诗详注》卷 18,中华书局 2015 年版,第 1901～1904 页。
⑤ (清)浦起龙《读杜心解》卷 5 之 3,中华书局 1961 年版,第 767 页。

《为夔府柏都督谢上表》曰："加臣频烦阶级,镇守要冲如此。"永泰元年(765)闰十月崔旰之乱爆发之时,柏茂琳还只是一个邛州牙将(同时起兵讨伐崔旰的杨子琳与李昌夔亦均为牙将),官阶并不算高。然至大历元年(766)冬,柏茂琳已由邛州衙将连续升迁为邛州刺史(正四品下)、夔州都督(从三品)、夔州刺史,兼夔、忠、万、归、涪等州都防御使,这就是表中"加臣频烦阶级,镇守要冲如此"之含义,可与诗中"绂冕已殊恩""贤臣官则尊"互看。柏茂琳在短短的一年之内官阶累获升迁,与其在平息崔旰之乱中的功绩密切相关,当然这也是杜鸿渐镇蜀后均衡各方利益、平息事态的结果。朱注引《杜诗博议》曰:

　　公《为柏都督谢上表》云:"察臣剑南区区,恐失臣节如彼;加臣频烦阶级,镇守要冲如此。"此正自明讨旰之事。效忠朝廷,不以失旌节为望,而以增阶级为喜也。是诗"深诚补王室"及"诛叛经寒温"等语,皆谓讨旰。其曰:"独清玉垒昏"者,《唐志》:玉垒山,在彭州。《九域志》云:在茂州,彭州西北至茂州止,八十里。是时鸿渐以茂州授旰,故曰"玉垒昏"也。题云《览柏中丞兼子侄数人除官制词因述父子兄弟四美》,诗云"戮力自元昆",又云"子弟先卒伍",必茂林起兵时,阖门赴义,子弟俱在戎行,而其人不可考矣。公有《蜀州柏二别驾将中丞命》诗,柏二当即四美之一。①

　　表中"恐失臣节如彼"之"彼"显然是与"镇守要冲如此"的柏茂琳对应的,正如潘柽章所论,这个"彼"应就是指崔旰无疑。刘开扬《杜文窥管续篇》释"恐失臣节如彼"曰:"乃谓不失臣节于旰也。"②按,此解稍显迂曲,并不准确。"失臣节"不能解为"不失臣节",更不能将"失臣节"理解成柏茂琳之于崔旰的关系。所谓"失臣节"应是指崔旰与君主之关系,崔旰擅杀朝廷派来镇蜀的方面大臣郭英乂,于朝廷和君主而言当然是"失臣节"的叛臣贼子,因此柏茂琳等地方兵马使起兵讨伐崔旰便代表了朝廷的立场,同时也体现了对君主的忠诚,故而杜甫在诗中称"纷然丧乱际,见此忠孝门""深诚补王室,戮力自元昆"。按,大历元年冬,杜甫作此表时崔旰之乱已被平息数月,但柏茂琳的《谢上表》中仍透出对崔旰的敌意,对其"失臣节"的行为予以抨击,我们从中可以感知到柏茂琳与崔旰一年多的相互攻杀中所结下的仇怨之深,当然也可以了解杜甫对崔旰的否定态度。然而在杜鸿渐的努力调停下,此时蜀地的战乱已经平息,崔旰也已归顺朝廷,被任命为成都尹、西川节度行军司马,故而表中不便再指名道姓地予以挞伐,只能含混地说"恐失臣节如彼",相信代宗读后定能心领神会。

　　熊礼汇《杜甫散文创作倾向论——兼论杜甫以诗为文说》云:"其《为夔府柏都督谢上表》,本为例行公文,又是代人草拟,自与一般谢表无异。满纸颂词,说施政方略而不离感恩尽忠之意。文字朴素,造句则多用对偶、排比,话虽不多,但说得庄重、堂皇,很符合柏

---

　　① (唐)杜甫著,(清)朱鹤龄辑注,韩成武、周金标、孙微等点校《杜工部诗集辑注》卷14,中华书局2024年版,第758～759页。
　　② 刘开扬《柿叶楼存稿》,上海古籍出版社1983年版,第186～187页。

茂琳的身份。"①按,此说不确,未能细考。《为夔府柏都督谢上表》除了谢恩之外,在"表态"环节云"伏扬陛下之圣德,爱惜陛下之百姓,先之以简易,闲之以乐业,均之以赋敛,终之以敦劝,然后毕禁将士之暴,弘洽主客之宜,示以刑典难犯之科,宽以困穷计无所出,哀今之人,庶古之道。内救茕独,外攘师寇",其中特别强调对百姓的关怀,是此表的独特之处。除此表外,杜甫还在《说旱》《东西两川说》中反复强调"下安疲人",《为阆州王使君进论巴蜀安危表》中也向君主描述"巴蜀之人,横被烦费"的现状,希望能够减轻下层百姓的沉重负担,这些都是杜甫儒家仁政思想的一贯体现。此外,表云"毕禁将士之暴",则可以看作杜甫借撰写谢上表之机委婉向柏茂琳所进谏言。因为自崔旰之乱以来,蜀中战乱不休,无论是官军还是地方草寇均残虐人民,蜀地百姓苦兵革久矣,这在杜诗中都有表现,如《云安九日郑十八携酒陪诸公宴》曰:"万国皆戎马,酣歌泪欲垂。"②《客居》曰:"西南失大将,商旅自星奔。"③《长江二首(其一)》曰:"朝宗人共挹,盗贼尔谁尊。"④《将晓二首(其一)》曰:"巴人常小梗,蜀使动无还。"⑤《三绝句(其一)》曰:"前年渝州杀刺史,今年开州杀刺史。群盗相随剧虎狼,食人更肯留妻子。"⑥所以作为夔州都督的柏茂琳若能约束手下将士,造福一方百姓,实为杜甫当时所切望者。

结语

总之,杜甫《为夔府柏都督谢上表》从文体形式上完全符合唐代谢上表的写作范式。此表篇幅适中,采用以骈文为主、骈文与散文结合之法,行文典雅古奥,多以排比增强气势,通篇以意贯通,表达流畅,毫无佶屈聱牙之弊,不仅表达了柏茂琳对皇帝不次擢拔的感激之情,同时亦流露出对崔旰的敌视态度以及对民生艰难之哀悯体恤。此表作于永泰二年(766)八月柏茂琳加开府仪同三司之后,不晚于是年十一月至十二月。朝廷于此时任命柏茂琳为夔州都督,是杜鸿渐镇蜀后为平息崔旰之乱均衡各方利益后的结果。将此谢表与杜甫《览柏中丞兼子侄数人除官制词,因述父子兄弟四美,载歌丝纶》等相关诗文对读,解读隐藏在谢表文字背后的丰富信息,可以深入了解柏茂琳率军参与讨伐崔旰之乱的历史细节,而这些信息均不见史籍载录,故正可补史书之缺,具有重要的认识价值。

①　熊礼汇《杜甫散文创作倾向论——兼论杜甫以诗为文说》,中国杜甫研究会编,张忠纲主编,葛景春执行主编《杜甫研究论集——世纪之交杜甫国际学术研讨会论文集》,天马图书有限公司 2002 年版,第 274 页。

②　(唐)杜甫撰,(清)仇兆鳌注《杜诗详注》卷 14,中华书局 2015 年版,第 1489 页。

③　(唐)杜甫撰,(清)仇兆鳌注《杜诗详注》卷 14,中华书局 2015 年版,第 1517 页。

④　(唐)杜甫撰,(清)仇兆鳌注《杜诗详注》卷 14,中华书局 2015 年版,第 1491 页。

⑤　(唐)杜甫撰,(清)仇兆鳌注《杜诗详注》卷 14,中华书局 2015 年版,第 1496 页。

⑥　(唐)杜甫撰,(清)仇兆鳌注《杜诗详注》卷 14,中华书局 2015 年版,第 1501 页。

仰望与追慕：唐代士人的隐逸风气及意趣探究

孟子勋*

摘　要：唐代隐逸较之前代更为多样化，概分宦者朝隐、宦者山林隐、布衣山林隐、渔樵隐、市井隐、无功隐、落难隐、落第隐等八种。唐人隐逸风气的兴盛受前代隐逸人物的影响，也有唐代道学文化兴盛的现实之故。加之，唐士人以退为进的仕途策略及由隐入仕的成功转型案例，更促使唐代隐逸文学与文化的繁盛。唐士人对隐逸思想的不同看法反映了唐人的价值观念与价值取向，唐代隐逸风气彰显了社会隐逸意识的深入及一定的社会发展走向。唐代隐逸文学的发达见证了唐人当下思想观念展现与内心情感抒发，隐逸文学的繁荣折射了唐人的生活方式与人生态度，隐逸文学的丰赡体现了唐人的审美追求与自然情怀。

关键词：唐代；士人；隐逸；文化意蕴

唐前士人隐逸思想、隐逸行为屡见于诸多典籍，这些士人或因时局混乱、仕途险恶而厌恶官场，毅然辞职、绝迹体制，以躬身亲耕而隐作为人生归宿；或因仕途受挫，借山水疗心，以短暂的宁静生活暂减现实苦痛、烦乱；或因致仕、出家等归隐山林，持守饮酒、赏花、琴棋等雅趣及高尚情操；或因性情本真高洁、逸致，甘愿终老山泉而不仕，把归隐作为美好理想的生活方式予以追求。唐士人[①]在继承前代隐逸之风基础上，隐逸形式更加多样化，创作的隐逸文学不仅勾勒出唐人隐逸风貌、彰显隐逸文学实绩，还突出唐代士人的精神价值、涵括了丰富的文化意蕴。学界之于唐代隐逸文学研究多在"文化学研究、隐逸主题研究、文本研究以及创作主体研究"[②]四方面，但之于唐代士人隐逸样式的阐述、隐逸缘由的剖析、隐逸文学实绩的内涵与外延的论述尚有探求的空间。文章旨在通过对以上内容的勘察，探讨整个唐代士人隐逸意识风貌及人格精神，进而挖掘唐士人隐逸文学中所涵括的文化意蕴。

一、唐代士人隐逸样式及创作

唐人隐逸风气兴盛有其政治、经济、文化及社会背景等方面影响的原因，如李唐统治

---

*　孟子勋，文学博士，呼和浩特民族学院文学院讲师，主要从事唐代文学与文化研究。

①　"士人"不同于"士大夫"，"士大夫"多强调名望地位比较高的官员群；而"士人"一词含义较为宽泛，"士"多指读书人（儒生），可以指品阶较高的官员，也可以指待入仕（如未参加科考或科考失利的学子），是以本文用"士人"而非"士大夫"一词。在"士人"的定义和特色方面，赖瑞和先生亦有很好地阐释（赖瑞和《唐代中层文官·导言》，中华书局2011年版，第37～38页）。

②　龚艳《新时期唐代隐逸文学研究述论》，《宁夏大学学报》（人文社会科学版）2022第4期，第81页。

者对老子的认祖归宗、无为治政理国、道举制度的实行、道教上的扶持及前代隐逸先贤隐逸的影响、三教归一的大文化氛围形成。隐逸风气弥漫朝野,而社会的富足,又为唐人提供了多种隐逸方式,有朝隐、山林隐、渔樵隐、市井隐等。士人在文学中或论述自己隐逸的适情、顺心、适意、悲苦,或论述他人隐逸的高情、愉悦、情怀。无论何种方式的隐逸,都能体现未入仕、已入仕士人独特的老庄式的"山水情怀"与精神愉悦,闲暇入住山林别墅、穷困退居山林草堂,或乐意过躬耕隐士的生活,或愿意过道教徒修行的日子,或志在追慕先贤、高蹈遗迹,俨然将隐逸演变为世风、时风、士风、仕风的标向之一。

(一)宦者朝隐心态及其山林隐的诗歌创作

唐前"朝隐"的代表人物东方朔曾言:"如朔等,所谓避世于朝廷间者也。古之人,乃避世于深山中"①,又用"陆沈于俗,避世金马门。宫殿中可以避世全身,何必深山之中蒿庐之下"②阐述了其处事方式。东方朔概因其"来去不自由,既然不能避世于深山,也只好在朝政中、闹市里自保自安,这种选择是现实的,也是天下一统、没有自由的文人在'势'与'道'的双重困惑中逼出来的"③。唐文士也面临着如此的境地,既要保证物质生活基础,又要保持自己的洒脱之性,似乎唯有吏隐一路更适合他们,因此唐人在思想、行为上很好地对"朝隐"予以继承并发展。像王绩《春晚园林》④一诗就是对朝隐之路未成功而发的感叹,其开头"不道嫌朝隐,无情受陆沉",表示了自己无来由受贬谪,而今日之乐可以满足少时隐逸之心,于是"卷书藏箧笥,移榻就园林",老妻劝酒、少子弹琴、随处落花、春鸟自吟,所有的这些美景却难以掩盖"兀然成一醉,谁知怀抱深"的些许痛苦与悲伤。

王绩之后具有朝隐思想者不在少数,如张九龄《南山下旧居闲放》(603)⑤言自己重穿隐者之服,见南山美景而抒发世间争名夺利难比此幽静生活的感叹。王维《赠房卢氏琯》(1238)、韦应物《东郊》(1984)、钱起《闲居寄包何》(2642)、张籍《和左司元郎中秋居十首(其三)》(4333)都表达了自己为仕宦所累无法真正隐逸只能暂时选择朝隐的无奈。白居易是"朝隐"倡导者与实践者的代表性人物,他在《中隐》一诗中阐述了"大隐""小隐"的不足,从"致身吉安""穷通丰约"角度阐述朝隐的好处。白居易在《江州赴忠州至江陵已来舟中示舍弟五十韵》(4930～4931)中有感学剑无用、烧丹不成,加之年岁渐高,深刻意识到"无妨隐朝市,不必谢寰瀛",认为隐居朝堂少说话便是兴盛,韬光养晦便是保全自身良药。在《早朝思退居》(4951)中白居易同样流露这样的朝隐思想,此皆是其生活经历及仕宦沉浮后的领悟。

唐代宦者除了朝隐,还向往山林隐。这在诗歌中表现在两个方面:一是折射自身山林隐的情感与体悟,如王维的《酬张少府》(1268)写晚年好静,不关心尘俗琐事,喜欢"松

---

① (汉)司马迁撰《史记》卷 126《滑稽列传·东方朔》,中华书局 1959 年版,第 3205 页。
② 逯钦立辑校《先秦汉魏晋南北朝诗》(上),中华书局 1983 年版,第 101 页。
③ 许建平《山情逸魂——中国隐士心态史》,东方出版社 1999 年版,第 91 页。
④ 中华书局编辑部点校《全唐诗(增订本)·全唐诗续拾(卷 1)》,中华书局 1999 年版,第 10899 页。
⑤ 注:本文所涉及的唐人诗歌皆采用中华书局 1999 年版本《全唐诗(增订本)》,不另出注,只标明页码。如张九龄《南山下旧居闲放》(603),括号内数字指页码。

风吹带""山月照琴"的没有造作的"虚静至极"的隐士生活。刘长卿《江中晚钓寄荆南一二相识》(1536)写自己相较于前期有着仕与隐的内心矛盾与不得已而隐的愁苦,此时已能用一颗平常心看待万事万物,包括世间的功名富贵、贤达荣辱等等。余者如岑参《丘中春卧寄王子》(2071)、阎宽《晓入宜都清》(2123)、朱庆余《山居》(5912)、马戴《山中兴作》(6509)、周匡物《三桥隐居歌》(10444)等,无不是表明隐逸生活的闲适,以及逍遥避世悠游、体悟道家意蕴和修道之乐。二是反映其他宦者隐逸山林的情怀,如张九龄《故刑部李尚书荆谷山集会》(594)、钱起《酬陶六辞秩归旧居见柬》(2612)、白居易《过骆山人野居小池》(4765)、许浑《茅山题徐校书隐居》(10498),均通过描绘山林泉壑自然景象衬托致仕宦者隐居修道之高洁品质,恬淡之心志。李欣《送陈章甫》(1353)、陈润《罢官后却归旧居》(10260)写被罢官者具有孤高隐士之悠然风采。刘长卿《题大理黄主簿湖上高斋》(1522)写宦者闭门养性、忘机垂钓、与酒鸟相伴而浪迹山水之间,甘愿长作隐逸之士。①

(二)布衣山林隐的情怀与乐趣

布衣②因与宦者政治身份、地位的不同而产生不同的山林隐逸情感,表达的内容亦有差别。

1. 布衣诗文中反映自己的山林隐

写养性、吟啸于山峰,体现隐居田园的惬意生活,如王绩《山园》(10901)。写山中隐逸惬意、雅致,体现道家潇洒飘逸的自然生活,如王绩《山家夏日九首》(10903~10904)。写宿僧人之房而评佛道高低,希冀仙人度化,不再归于尘世,如孟浩然《宿立公房》(1652)。叹自己为生计飘零,中年老大无功,想要拂衣隐逸与鸥为伴,如李白《赠王判官时余归隐居庐山屏风叠》(1752)。写自己闲居环境之美及生活方式之乐,如秦系《春日闲居三首(其一)》(2888~2889)。写当下虽圣主贤臣共处一朝,但自己仕途困顿,想过渔樵生活,如秦系《会稽山居寄薛播侍郎袁高给事高参舍人》(2891)。言不乐高官招致,愿像鹤鸣沧溟,过自由自在的隐逸生活,如顾况《山中》(2957)、(《酬柳相公》③(2958)。叙自己山中隐居生活状况和生活方式,以表自己隐逸之心笃定、隐逸生活之逍遥,如丘丹《奉酬韦使君送归山之作》(3481)、司空图《山中》(7297)。言自己招而不仕,以求学古隐逸幽静,过逍遥自适的生活,批判假隐士的求爵禄,如刘驾《山中有招》(6837)。言宦者访自己寂寥之舍,谈论隐者之事,感叹隐者出仕众多,如贾岛《长孙霞李溟自紫阁白阁二峰见访》(6717)。言自己垂钓高卧三十年,却能自警自觉,如来鹄《洞庭隐》(7411)。言山中险峻、环境优美,以自然之景体现旷达之乐、隐逸闲适,无有战乱相扰、名利纷争,如杜荀鹤《山

---

　　①　余者如綦毋潜《经陆补阙隐居》(1371)、李白《送岑征君归鸣皋山》(1807~1808)、戴叔伦《送张南史》(3067)、权德舆《送崔谕德致政东归》(3637~3638)、殷尧藩《奉送刘使君王屋山隐居》(5607)、顾非熊《寄九华山费拾遗》(5825)、司空图《寄王赞学》(7322)、方干《过朱协律故山》(7492)、韩偓《卜隐》(7868)、杜荀鹤《别敬侍郎》(8007)和《送福昌周绦少府归宁兼谋隐》(8020)、吴公《绝句》(8931)、皇甫冉《和中丞奉使承恩还终南旧居》(10046)、李洞《送从叔书记司山阴隐居》(8366)等等,皆属此类作品。

　　②　所谓布衣,是指终生未取得功名及写此诗歌时未考功名者,或考上功名却未被授官者(如杜荀鹤)。

　　③　《唐诗纪事》卷28有载:"时宰曾招致,将以好官命之,况以诗答之。"[(宋)计有功著,王仲镛校点《唐诗纪事校笺》卷28,中华书局2007年版,第1册,第771页]

居寄同志》(8021)。言自己家境贫寒却恣肆安居闲处,内心愉悦,琴书不绝,如元德秀《归隐》(10620)。言高卧山云之中,无论现实还是梦中都不愿理会尘世纷扰,如蒋琬《隐居即事》(11377)。歌颂云溪生活的美好,突出自己与众不同的生活方式和隐逸夙愿,如高蟾《秋晚云溪隐者居》(11416)。写登台凭吊,感悟人生如梦,决定要过钓舟隐居修道的生活,如欧阳董《读书台》(11429)。

2. 唐人诗文中赞叹其他布衣山林隐逸

写他人在山中高洁隐居的疏放生活,如孟浩然《寻白鹤岩张子容隐居》(1653)。赞隐者富有诗文之才却隐居十几年,随心随性,不受世俗礼法束缚,具有陶渊明样高洁品格,如王维《戏赠张五弟湮三首》(1239)。写隐者居住偏远寂静、生活苦寒,但坚持隐逸数年且服药重生,如丘为《寻庐山崔征君》(1318)。写隐士饭蔬食、静高卧、任自性、心飘逸之情怀,如储光羲《吃茗粥作》(1378)。写隐者别业雅静与幽独,如《题崔山人别业》(1388)。写高士将要高蹈丘园,过着无拘无束的栖息生活,如李白《白云歌送刘十六归山》(1723)、储光羲《贻刘高士别》(1402)。借自然秀丽风景抒发无限之意,感叹隐者高洁、行迹绝踪,如李白《望终南山寄紫阁隐者》(1772)。写隐者散发幽松月下,吟云垂钓而自得其乐的隐逸操守,如王昌龄《山中别庞十》(1426)。写隐者弃儒业,隐居山林,颐养心志,追求逍遥自在仙、佛生活,如刘长卿《夜宴洛阳程九主簿宅送杨三山人往天台寻智者禅师隐居》(1552～1553)。写隐者绝迹风尘、不改隐居初心,如刘长卿《寻龙井杨老》(1566)、杜荀鹤《寄李隐居》(8055)。写隐者山林之乐,其修行已达寂静入灭之态,内心虚静微妙、物我合一,如李白《金门答苏秀才》(1819)。赞故友在昌明时代却持守黔娄之贫的隐逸之性,如方干《经周处士故居》(7495)、杜荀鹤《哭山友》(8027)。写隐者居住环境风景殊胜,过着耕耘纺绩、自给自足逍遥生活,感叹追求组珪的虚无,归去心念更为深重,如高适《宋中遇林虑杨十七山人因而有别》(2202)。写隐者承袭先祖隐逸遗风,且不坠文风,甘愿做"箕颖客"而视荣华若粪土的高隐,如杜甫《贻阮隐居》(2289)。写隐者幽居,品性高洁,过着自然无为且乐趣横生的隐逸生活,如杜甫《题张氏隐居二首》(2396)、李端《送戴征士还山》(3246)、贾岛《寄山友长孙栖峤》(6710)、李郢《钱塘青山题李隐居西斋》(6906)、储嗣宗《和顾非熊先生题茅山处士闲居》(6941)。凡此种种,据笔者统计,唐诗之中尚还有不少于 50 首诗歌涉及,且内涵体现不一。

(三)渔樵隐、市井隐、无功隐、落难隐、落第隐

1. 渔樵隐

唐人渔樵隐主要侧重于"渔",较少涉及"樵"①。唐士人诗文中出现"渔父"形象共 40 处(诗 32,文 8)。张说、孙逖、吴筠、孟浩然、王维、李白、高适、储光羲、杜甫、刘长卿、岑参、李颀、常建、元载、元结、韦建、张志龄、张志和、顾况、权德舆、李德裕、杜牧、韦庄、陆龟

---

① 崔涂的《樵者》(卷 679,7841)写出了樵者采薇、避世、独醉、晚归的隐逸生活之情状。高适在《自淇涉黄河途中作十三首(其十一)》(2212)写自己宁愿过着狎渔樵、怀隐沦、轻功名、重隐逸的生活;在《封丘作》(2220)写"我本是渔樵之人"却屈居下僚为公务所累,更因见官吏残忍鞭挞黎庶以及清醒认知神仙虚无而决心做陶渊明之类人物,躬耕于田间。

蒙、刘蜕、李九龄、李珣、何蠋、李奚、李远等 30 人皆有涉及。诗歌内容上或写渔父飘逸、自歌自乐;或写随心随性不受世俗约束的渔歌互答、沧浪吟唱;或写渔父的避世不仕、保养全真,逍遥自在、寄寓山林;或写渔父的心性宁静、不随物游、不为物累;或写渔父隐于大自然之中,与之合一;或直接对《庄子·渔父》文字内容进行演绎;或借写渔父表达自己隐逸山林之希冀;或写渔父不为外界名利所动;或借写渔父表达自己功成不受赏;或将渔父作为道士的代名词;或写自己生出沧浪怡然的情感,愿与渔父过渔樵躬耕生活;或劝诫兄弟不要学渔父放浪不返、笑傲江湖;或借渔父形象言修道方法;或言渔夫入武陵溪事;或塑造渔夫重玄虚、避世高蹈自然之形象;或借渔父叹美好事物的流逝;或直接化用《屈原·渔父》中的渔父形象。

　　至于唐人文中涉及"渔父"的,有未脱上述诗歌表现内容之范畴。如:席豫《唐故朝请大夫吏部郎中上柱国高都公杨府君碑铭(并序)》[1]赞叹墓主有渔父之隐逸之情。吴筠《逸人赋》中用"渔父乘流而濯缨"[2]典故来叹真隐先生高德。李德裕《观钓赋》[3]不出屈原《渔父》内涵,《畏途赋》化用渔夫[4]言己没有勇气走渔父之路,《元真子渔歌记》[5]赞元真子真隐。刘蜕《古渔父四篇》借渔父[6]批判儒家礼法虚伪。陆龟蒙《甫里先生传》[7]赞叹甫里先生性野逸无羁检。

　　2. 市井隐、无功隐、落(避)难隐、落第隐

　　市井隐者往往身居市井,不愿索世离居,以求心隐,较为有代表性者,如王绩《过郑处士山庄二首(其一)》(10905)描述郑处士山庄的幽静、舒适,体现处士高雅。王维《济州过赵叟家宴》(1290)写济州赵叟闲适隐居生活,闲暇锄地晒书,忙来与文士翰墨交流,宾朋相聚饮酒,更显赵叟深巷生活清静。贾岛《易州过郝逸人居》(6716)、许棠《题张乔升平里居》(7026)都是言隐者与市井相邻,却能真心隐逸,体现心远地偏的思想。

　　无功隐主要是功业未就不得已而隐,李白是这方面的代表人物,其《赠饶阳张司户燧》(1739),说自己已处垂暮之年,犹如西山落日,然而功业未就、青春已逝,不如隐逸修道,尽早脱离尘世羁绊;《酬王补阙惠翼庄庙宋丞泚赠别》(1821)自言知功名富贵宛若梦中而愿长与云松相亲,无奈发出"世迫且离别,心在期隐沦"的呼号。又如刘长卿《酬滁州李十六使君见赠》(1523)、皮日休《醉中偶作呈鲁望》(7132)、方干《忆故山》(7497)等亦复如是。

　　避难隐主要是因为战乱造成的不得已隐居,如韦庄的《将卜兰芷村居留别郡中在仕》(8097~8098)中叙述自己身如断蓬随风飘零,将要学习伯伦、平子之避世结茅隐居。岑参《过缑山王处士黑石谷隐居》(2045)写战争使得巢由隐逸之人"远逐麋鹿群"而无法隐

---

① (清)董诰等编《全唐文》卷 235,中华书局 1983 年版,第 2372~2373 页。
② (清)董诰等编《全唐文》卷 925,中华书局 1983 年版,第 9644~9646 页。
③ (清)董诰等编《全唐文》卷 696,中华书局 1983 年版,第 7150~7151 页。
④ (清)董诰等编《全唐文》卷 698,中华书局 1983 年版,第 7154 页。
⑤ (清)董诰等编《全唐文》卷 780,中华书局 1983 年版,第 7266~7267 页。
⑥ (清)董诰等编《全唐文》卷 789,中华书局 1983 年版,第 8264 页。
⑦ (清)董诰等编《全唐文》卷 810,中华书局 1983 年版,第 8420~8421 页。

逸,以说明战争的残酷性与广延性。又如杜荀鹤《乱后山中作》(8005)、曹松《乱后入洪州西山》(8318)二诗写战后隐逸之感怀,前者期待朝廷中兴,后者借道士口问县令为谁而言战争对社会的影响。

落第隐,顾名思义因科举失败而不得已的隐居,如马戴《下第别郜扶》(6485)因为落第而感叹自己"平生空志学,晚岁拙谋身",于是想过乘桴浮于海的生活;他的这种隐逸思想在《长安寓居寄赠贾岛》(6486)亦有表述。薛能《春早选寓长安二首(其二)》(6529)写其落第不久,将想建功立业的理想抛之于海,因无法报国所以选择"岩隐",最后发出"渔舟即拟去,不待晚年身"的隐逸宣言。

唐代宦者虽也"朝隐",但其背景已并非东方朔时期那样简单。单就思想方面来说,至唐,佛教般若、中观学说深入,道教"重玄学"发展。尤其是三教归一后,士大夫既想以儒为物质生活保障,又想精神上相对独立,就更容易产生朝隐思想。宦者的山林隐,遵循着"智者乐水,仁者乐山"的理念与宗旨,凸显其山林隐逸的情感与体悟。布衣,因与宦者的政治身份、地位的不同,产生的隐逸情怀自然不同,表达的情感亦有差别,特别是其中隐逸的无奈与辛酸为人所唏嘘。渔樵隐深受唐人喜爱欢迎,相关诗文作者或时代不一,或地位不同,或信仰有别,或诗风、文风迥异,但皆具"渔父"情结,为道家和光同尘、超然飘逸、自然纯正、逍遥适意、通透达观所吸引,借"渔父"形象或表达隐逸情怀,或抒发仕宦困顿,或愿做渔父笑傲江湖,或赞叹渔父高清纯真,或赞他人如渔父般智慧高远,在生活中融合道家理念、体悟道家哲学,为烦琐枯燥人生增添一缕诗意,固守人之为人的那份本真。市井隐在唐代不多,概与隐者具备一定的物质经济基础有关,诗歌反映也无外是隐者生活的优渥、内心的宁静。无功隐或朝隐,写自己隐、与他人俱隐,但都感壮志未酬、老大无功。避世隐体现了文士在战乱中的体悟与感思,为我们了解社会现实提供了一定的文史互证视角。落第隐展现了不第文人的内心苦痛及伤悲。

二、唐代士人隐逸缘由及意识风貌

唐人隐逸兴盛,有受前代隐逸人物影响的社会因素,也有唐道学文化兴盛的现实之故,亦有士人自我因素:或为仕宦做准备而隐[①],或因贬官而隐,或因政治压力过大而隐,或因个人性情所好而隐(包括避官而隐),或因避难、落第而隐。一言以蔽之,唐士人隐逸之因较前代复杂,形成了不同的隐逸样式,其缘由与风貌概与唐人隐逸观、帝王崇道、入仕途经等有关。

(一)唐士人对前代隐逸人物的接受与仰望

唐人诗文中着力较多的前代隐逸人物为"商山四皓"、严子陵、陶渊明等人,虽阐述角度不同、内涵有别,但其目的多是借古人之事而发己之种种幽思。

---

① 鲁迅认为:"登仕,是啖饭之道,归隐,也是啖饭之道。假使无法啖饭,那就连'隐'也隐不成了。"(鲁迅《鲁迅全集》第 6 卷,人民文学出版社 1973 年版,第 228 页)鲁迅将"啖饭"与隐逸作比量,概是嘲笑以隐而"登仕啖饭"的假隐士。

　　"商山四皓"广为唐士人称颂。有的单纯赞"四皓"安刘功德，如柳识的《新修四皓庙记》①。有的借"四皓"安刘功德抒发自己的情感：或感叹当下无"四皓"那样治理国家的大贤，如李华的《咏史十一首（其五）》(1589)；或艳羡其能安守隐居、与世无争、和光同尘、功成弗居，如王勃《越州永兴李明府宅送萧三还齐州序》②；或抒己之未建功业的哀愁，如杜甫在《秋峡》(2525)。有的对比其他隐逸人物，或盛赞"四皓"之圆融不滞，如白居易《答四皓庙》(4695)；或反衬"四皓"高洁，如苏颋《夷齐四皓优劣论》③；或表明用虚无、保道德，如杜光庭的《纪道德赋》④。有的表示对"四皓"的敬仰，或盛赞其在红尘中悠哉处事情怀，如贯休的《过商山》(10107)；或赞叹其懂得全己、安天下之道，如梁肃《四皓赞》⑤。有的借"四皓"而写志向之高洁、居住之幽静，如王建《题寿安南馆》(3360)。有的赞"四皓"功成弗居的飘逸与抱和全默的道法修行，如李华《四皓赞》⑥。有的借"四皓"之德衬托储君、帝君之德，如梁洽《海重润赋》⑦。有的借与"四皓"做对比，或表今人与"四皓"之不同，如吴筠的《逸人赋》⑧；或赞今人有"四皓"之德，如王棨《诏遣轩辕先生归罗浮旧山赋》⑨。

　　严子陵深受唐人称誉，涉及诗歌不少于 30 首。诗歌中或用唐人比德于严子陵以突出隐逸者之高洁，如刘长卿《对酒寄严维》(1485)；或要赞叹、学习严子陵隐逸忘忧，却认为严子陵怀有"非为钓鱼钩"的目的，如刘长卿的《泛曲阿后湖简同游诸公》(1534)；或表现过严子陵那样的白鸥相伴、竹竿垂钓的隐逸生活的愿望，如李白《独酌清溪江石上寄权昭夷》(1777)；或借赞叹严子陵隐逸之高洁而抨击当下小人当道及为名利奔走的薄情寡义的贪婪之风，如顾况《严公钓台作》(2926)；或赞严子陵逍遥垂钓、不为仕宦所动及傲视公卿的高洁品格，如权德舆《严陵钓台下作》(3653～3654)；或借古人之情思发己之幽思感慨，如李德裕《思平泉树石杂咏一十首·钓台》(5443)；或赞严子陵安天下却功成弗居的个性，如许浑《严陵钓台贻行侣》(6100)；或借严子陵之事来诫伪交与贪位者，如崔儒《严先生钓台记》⑩。

　　在唐人诗文中，陶渊明高情雅致、清高孤介、恬淡洒脱、率真质朴、淳厚善良，早已成为唐人学习的典范与精神的引领者。唐人或要躬亲效法陶渊明，如王绩《过郑处士山庄二首》(10905)；或借学习陶渊明抒发自己归隐之情，如王维《早秋山中作》(1298)；或学陶渊明消解生活点滴之事，如储光羲《同王十三维偶然作十首（其一）》(1384)；或赞陶渊明的不折腰、安贫乐道之气节，如颜真卿《咏陶渊明》(1586)；或赞陶渊明忠事明主、孝侍老

①　（清）董诰等编《全唐文》卷 377，中华书局 1983 年版，第 3826～3827 页。
②　（清）董诰等编《全唐文》卷 181，中华书局 1983 年版，第 1838～1839 页。
③　（清）董诰等编《全唐文》卷 256，中华书局 1983 年版，第 2593～2594 页。
④　（清）董诰等编《全唐文》卷 929，中华书局 1983 年版，第 9679 页。
⑤　（清）董诰等编《全唐文》卷 519，中华书局 1983 年版，第 5283 页。
⑥　（清）董诰等编《全唐文》卷 317，中华书局 1983 年版，第 3217 页。
⑦　（清）董诰等编《全唐文》卷 356，中华书局 1983 年版，第 3609 页。
⑧　（清）董诰等编《全唐文》卷 925，中华书局 1983 年版，第 9644～9646 页。
⑨　（清）董诰等编《全唐文》卷 769，中华书局 1983 年版，第 8006 页。
⑩　（清）董诰等编《全唐文》附《唐拾遗》卷 24，中华书局 1983 年版，第 10633 页。

亲,如孟浩然《仲夏归汉南园寄京邑耆旧》(1624);或劝山中隐逸者效法陶渊明行为处事方式及隐逸之神韵,如孟浩然的《赠王九》(1669);或赞隐客媲美陶渊明,如李白《赠闾丘宿松》(1753);或借陶渊明抒发道家、道教隐逸情怀或言志,如张谓的《同诸公游云公禅寺》(2026);或借言学习陶渊明隐居而意在消解内心痛苦与苦闷,如高适《送虞城刘明府谒魏郡苗太守》(2203);或赞陶渊明物象自清、野情绵连且飘逸的真隐士风范,如刘眘虚《浔阳陶氏别业》(2861);或借郊外农事之趣,体味陶渊明之乐,如李德裕《郊外即事寄侍郎大尹》(5439);或用陶渊明之通达无碍消解儒家功业之名利,体悟陶渊明之乐,如殷尧藩《闲居》(5608);或化用陶渊明的诗文以求对心中桃花源及仙境的追寻,如曹唐《题武陵洞五首》(7404)。

(二)唐帝王崇道使隐者地位显赫朝野

　　唐统治者对道家、道教予以了极大的扶持,无论是治国理政的大政方针上采取清静无为的理念,还是科举考试方面涵括道举,无不体现了统治者对道家、道教的重视。李唐诸帝为了国家、个人的福利,运用道教的斋醮、科仪来祈福,服食丹药以求长生,学习仙术希冀成仙,在客观上刺激了道教的发展,使得道教的实体力量增强。从道教宫观的建立、道士人员的增加、统治者对于道观、道教徒的赏赐等方面来看,道教实体被纳入了皇家管理之中。有的道教徒因为参与革命而被帝王授予官爵,有些是为帝王所倚重而封官,甚至在死后也被追加谥号。道教徒无论是政治上(授予散职、追赠、赐衣、赐号,作为皇帝的私人顾问,等等)还是经济上的待遇都足以显耀朝野内外。如开元六年(718)三月,放隐士卢鸿一还嵩山,敕令"宜以谏议大夫放还山。岁给米百石、绢五十匹,充其药物,仍令府县送隐居之所。若知朝廷得失,具以状闻"①。开元十四年(726),赐王希夷致仕还山,有制:"可朝散大夫,守国子博士,听致仕还山。州县春秋致束帛酒肉,仍赐衣一副、绢一百匹。"②开元十四年九月制曰:"宜令本州择精诚道士七人,于羊角庙中洁斋焚香,以崇敬奉"③。开元十五年(727),又召至都。"玄宗令承祯于王屋山自选形胜,置坛室以居焉……以承祯王屋所居为阳台观,上自题额,遣使送之。赐绢三百匹,以充药饵之用。俄又令玉真公主及光禄卿韦绪至其所居修金箓斋,复加以锡赏。"④当然,统治者也需要用隐者、道士来装点门面以示贤明,此内容不在本文赘述。

　　据两《唐书》、《册府元龟》、《资治通鉴》、《全唐文》、《唐代墓志铭汇编》、《道家金石录》(唐部分)、《历世真仙体道通鉴》、《云笈七签》、《金石萃编》、《中华道教大辞典》、《中国历史大辞典(隋唐五代卷)》等书籍统计,终唐一代,道士生前封职、死后追赠,被封爵、赐紫衣、赐号,担任供奉者共 64 人⑤。就生前授官职者而言,共 21 人:玄宗前 9 人(高祖 1 人、

---

①　(后晋)刘昫等撰《旧唐书》卷 192,中华书局 1975 年版,第 5120 页。

②　(后晋)刘昫等撰《旧唐书》卷 192,中华书局 1975 年版,第 5121 页。

③　(宋)王钦若等编纂,周勋初等校订《册府元龟》卷 53《帝王部·尚黄老》,凤凰出版社 2006 年版,第 1 册,第 558 页。

④　(后晋)刘昫等撰《旧唐书》卷 192,中华书局 1975 年版,第 5128 页。

⑤　注:64 人中,有人受到的待遇不止一项。

太宗 2 人、高宗 2 人、武后 1 人、中宗 2 人、睿宗 1 人），玄宗时期 9 人，玄宗后 3 人（敬宗 1 人、武宗 2 人）。从其受封的官职品级来看，主要集中在三品，共 13 人（正三 6 人，从三 7 人）；五品共 7 人（正五 3 人，从五 4 人），四品 4 人（正四 1 人，从四 3 人），一品 3 人（正一 1 人，从一 2 人），七品、九品各 1 人。封爵者有三人：史崇玄，河内郡开国公；叶法善，越国公；冯道力，冀国公。唐时官员章服皆依散官品秩而定，唐初官员服饰只有紫、黄二色。贞观时，始令三品以上服紫，四品、五品服绯，六品、七品服绿，八品、九品服青，不得僭越。由于紫衣属于高级官员的章服，据《礼部式》规定："亲王及三品已上，若二王后，服色用紫，饰以玉；五品已上，服色用朱，饰以金；七品已上，服色用绿，饰以银；九品已上，服色用青，饰以鍮石。"①所以，唐政府对赐紫是有严格规定的，如中央高级职事官有散官不及三品的才可以赐紫，不及五品的才可以赐绯，而有唐一代，有 18 位道士人被赐紫，政治待遇之高可见一斑。如此待遇让众多儒生为之艳羡，如：岑参的《宿关西客舍寄东山严许二山人》、李颀的《谒张果先生》、李嘉佑《送严员外》、许浑《闻释子栖玄欲奉道因寄》、刘威《赠道者》及《送元秀才入道》、刘长卿《别一作送严士元》、李嘉佑《送韦司直西行》、卢纶的《送吉中孚校书归楚州旧山》、司空曙《遇谷口道士》等内容都表明了"青袍误儒生"及"丹经相授，何恋青袍"的感叹。

（三）唐士人以退为进的仕途策略

唐士人以退为进，主要体现在"终南捷径"②方面。"终南捷径"典出卢藏用与司马承祯对话。卢藏用"初举进士选，不调，乃著《芳草赋》以见意。寻隐居终南山，学辟谷、炼气之术。长安中，征拜左拾遗③，又与陆景融、赵贞固、陈子昂、杜审言、宋之问、毕构、郭希微、司马承祯、释怀一为"方外十友"④，盖因卢藏用"晚乃徇权利，务为骄纵，素节尽矣"之故，当司马承祯被召阙下，将要还山，卢藏用指终南山言："此中大有嘉处"，司马承祯不顾"方外"之友情谊，不屑其行，才言："以仆视之，仕宦之捷径耳。"⑤

后人效仿卢藏用者众多，李白一生始终强调功成身退、功成弗居，当先建功业不成时，也是希冀走"终南捷径"。吉中孚"始为道士，后官校书郎，登宏辞，谏议大夫，翰林学士、户部侍郎，判度支"⑥。针对吉中孚弃隐为官，李端有《送吉中孚拜官归楚州》，诗中介绍了吉中孚为官的缘起，用"更闻仙士友，往往东回首。驱石不成羊，指丹空毙狗"（3231），写出了吉中孚的隐逸修仙是为了走终南捷径，对其修仙提出了怀疑与否定，但也

①　王涯《准敕详度诸司制度条件奏》，(清)董诰等编《全唐文》卷 448，中华书局 1983 年版，第 4579 页。

②　此方面，隋朝杜淹早已如是，史书记其"扬言隐逸，实欲邀求时誉"[(后晋)刘昫等撰《旧唐书》卷 66《杜如晦传》，中华书局 1975 年版，第 2470 页]。杜淹不过是"身在江湖之上，心游魏阙之下，托薜萝以射利，假岩壑以钓名"[(后晋)刘昫等撰《旧唐书》卷 192《隐逸》，中华书局 1975 年版，第 5112 页]而已，是以隋炀帝闻而恶之，贬戍江表。

③　(后晋)刘昫等撰《旧唐书》卷 94，中华书局 1975 年版，第 3000~3001 页。《新唐书》记言"藏用能属文，举进士，不得调。与兄徵明偕隐终南、少室二山，学练气，为辟谷，登衡、庐，彷徉岷、峨。与陈子昂、赵贞固友善。"[(宋)欧阳修、(宋)宋祁撰《新唐书》卷 123，中华书局 1975 年版，第 4374 页]

④　(宋)欧阳修、(宋)宋祁撰《新唐书》卷 116，中华书局 1975 年版，第 4239 页。

⑤　(宋)欧阳修、(宋)宋祁撰《新唐书》卷 123，中华书局 1975 年版，第 4375 页。

⑥　(宋)欧阳修、(宋)宋祁撰《新唐书》卷 60《艺文四》，中华书局 1975 年版，第 1610 页。

应该看到诗人对吉中孚以道士而授官的艳羡。牟融笔下的隐士亦复如是,如《送羽衣之京》中的"陪鸳鹭入清朝"(5342)的"长生林下客",就是因隐逸之声较大而达于圣听的。还有曾为官后为道士,再被帝王召唤的,如白居易在《酬赠李炼师见招》(4910)中提到的李炼师,曾经为谏官,因逆龙鳞被饶恕不死而入上清道,寻求长生之法,又被皇帝所诏见。王昌龄《巴陵别刘处士》(1428)写刘先生到岳阳隐居及隐居后的生活,如夜听猿鸣、独坐孤舟,但刘先生的归隐只是暂时的,"湘中有来雁,雨雪候音旨"表示将来其会有皇帝的征辟而得以重用。

不管是"终南捷径"还是前面帝王崇道"因隐征召",都为士人提供了一条不同于科举的快捷仕途通道。但对于这种假"假道学、伪隐士"①的行径,唐人早有否定、质疑,如高适《赠别晋三处士》(2219)、李颀《赠别高三十五》(1343~1344)、李咸用的《题陈处士山居》(7455)、方干的《题严子陵祠二首(其二)》(7559),无不是前半部分写昔日隐逸之高洁雅致,后半部分言入仕之治世之心及魅俗之态。但事实情况是,唐朝士人想通过这种方式入仕者还不在少数,如李欣的《送刘十》(1351)中的刘十、《送乔琳》(1365)中的乔琳,岑参的《宿关西客舍寄东山严、许二山人时天宝初七月初三日在内学见有高道举征》(2071)中的严、许二山人,罗隐的《寄征士魏员外》(7639)中的魏员外,皇甫冉《寄刘方平》(10046)中的刘方平,薛令之《草堂吟》(11054)中的诗人自己,无不是希冀以终南捷径迅速登仕。

(四)唐人由隐入仕的成功转型

由隐入宦即隐士入仕,如王维《过太乙观贾生房》(1253)开头回忆"昔余栖遁日,之子烟霞邻"的共同的隐居生活:采松叶泡酒、用竹叶作头巾,遍攀林壑之岩洞,不管春夏秋冬都去采药。可是自己"谬以道门子,征为骖御臣"。最后八句是说自己行为超拔却不为世俗所容,才能高超却牵制真性。过太乙观贾生房的时候看到主人已经不在,所以有感而发。物是人非,昔年的过程历历在目。想着自己当下的仕宦和生活的状况,不禁黯然伤神。昔日朋友不在,只好对双泉之水而感怀。岑参《初授官题高冠草堂》(2092)言自己三十岁授官,自言"自怜无旧业,不敢耻微官",貌似故作深沉,实掩盖不住内心喜悦,再想着"涧水吞樵路,山花醉药栏"都可能离自己遥远,不禁感叹"只缘五斗米"而折腰却"辜负一渔竿"的隐逸之情。元结《喻瀼溪乡旧游》(2699)说自己曾经"往年在瀼滨,瀼人皆忘情""我心与瀼人,岂有辱与荣",是个不涉世俗纷争、是非荣辱之士,但出仕之后为儒家一套而改变使得今来瀼乡"瀼人见我惊"。自己有感于"昔贤恶如此,所以辞公卿"和"贫穷老乡里,自休还力耕",表示自己"终当来其滨,饮啄全此生"。刘长卿《泛曲阿后湖简同游诸公》(1534)写与诸公游览曲阿后湖之所见所感,说"且习子陵隐,能忘生事忧",即学习严子陵的隐逸可以忘却生计得失的忧愁,然而他以自己之想法度严子陵,认为"此中深有

---

① 唐代道士、隐者乐走"终南捷径"。道士因修持为帝王所征辟引起士人关注,而走隐逸之路确有成功者所引起的名人效应,如鲍溶的《寄卢给事汀吴层外丹》:"姓丁黄鹤辽东去,客倩仙翁海上人。闻道姓名多改变,只今借是圣朝臣。"(《全唐诗》卷 486,第 5567 页)。有着道士服而干谒帝王为文士所嘲讽者,如韩愈的《送张道士》中"诣阙三上书,臣非黄冠师。臣有胆与气,不忍死茅茨。又不媚笑语,不能伴儿嬉。乃著道士服,众人莫知臣。臣有平贼策,狂童不难治"(《全唐诗》卷 345,第 3875~3876 页)。韩愈所述的张道士行为哪是道士之所为?

意,非为钓鱼钩"。刘长卿想用这种垂钓之隐逸形式来钓取王侯霸业。

张复、张胜之《山出云》(5662～5663)是其元和元年应试的作品,说明两人都曾隐居而攻读,最后出山应考。张乔《经隐岩旧居》(7360)发出"梦寐空前事,星霜倦此身"的功业不成而身已倦怠的感叹,怀念隐居结茅之时"来往蹑遗尘"快乐时光。但张乔对于隐居说过自己的观点,他认为"功名如不立,岂易狎汀鸥"(《岳阳即事》,7361),也即是说如果没有功名在身,他没有什么闲心去隐逸。罗隐《寄征士魏员外》(7639)写魏员外曾隐居在苏门之内过着清贫的生活,但"不矜朝命重",只是遗憾出仕之后归去的道路就难了。纵然是出仕,魏员外也过着"窗晓鸡谭倦,庭秋蝶梦阑"的潇洒逍遥生活。诗人最后说,羡慕其虽然没有回山中去,但是还有隐逸之情趣(或钓功名之利器)。李昭象《赴举出山留寄山居郑参军》(7985)说,虽然羡慕修道之生活,如"鱼须美""鹤氅轻",但内心却难耐这日复一日的孤寂生活,有"理琴寒指倦,试药黑髭生"的牢骚、困顿,因此当诏书来时"难云卧"而要"急诏行"。

唐前隐逸人物大量出现在唐人诗文中,充分体现了唐代文士对前代隐逸贤达的仰望之情。"四皓"多为中晚唐士人所怀念,概与政治世局有关。严子陵作为道家隐逸代表之一,以其功成名就、不慕富贵、不图名利的思想品格,多受初盛唐士人喜爱,此与安定的世局、富足的生活分不开。陶渊明以其人格的"本真"、诗文的"适意"为整个唐代文人筑造了精神领地,唐代文人从陶渊明及其诗文之中找到了人之所以为人的价值、找到了精神的自由、找到了艺术的天地。帝王崇道使得以退为进的"终南捷径"被士人付诸实践,加之由隐入仕已非个案的出现,唐代隐逸之风盛行,甚至形成一股潮流。

三、唐代士人隐逸内涵及文化意蕴

唐人对隐逸风气进行继承与发展,不仅关注前人及影响唐人的历史性变化,也从时代生活的角度出发,描述唐人自我的心灵世界的变化,创造出为唐以后所赞叹的多样化的艺术形象和意蕴。这在当时乃至后世,既给人以审美上的愉悦感,又令人精神境界得到提升。隐逸风气由原先的知性(有道、无道)发展到唐代的理性(大隐、中隐、小隐),不光是其内涵变化,隐逸种类、方式也随之增多,这一方面受士大夫个人经历变化及儒业作为物质生活保障的需要的影响,另一方面是唐代三教融合后士人思想发展及践行的结果。唐士人在隐逸的过程中以诗文的方式表现了自我的生存状态和价值追求。唐士人隐逸具有独特的内涵与外延,有与前人的共通之处,也有时代的独特性;有隐逸的普遍性,也有唐文人的特殊性。其隐逸文学关注已隐者、未隐者、想隐者的物质生活和精神生活的同时,不乏对人生的审美追求和文学审美价值的创造,在充满审美情思之中传达了真切的人生体验和对生命意义的思考,对诗意的且具有人文底蕴的精神家园予以了构建,更反映了特定时代的文化生态,追求的是自由自觉生命活动的绽放。

(一)唐士人对隐逸思想的不同看法反映了唐人的价值观念与价值取向

大多数唐士人对于前代隐逸人士比较崇敬,但也应该看到同时代不同的声音,"四皓"、严子陵、陶渊明也遭到部分唐人的批判与否定,如元稹在《四皓庙》(4468)中认为"四皓"安刘落入了张良的圈套,造成了戚夫人被害、惠帝成为吕后傀儡的现状。杜牧在《题商山四皓庙一绝》(6034)赤裸裸地批判"四皓"不是安刘,而是参与王权之斗争之中。徐夤在《避世金马门赋》表明自己"朝隐"的立场,嘲笑"四皓"不与王权合作,而自己要做一个"歌紫宸,诵黄阁,庶金门之马有托"①的朝隐者。曹邺在《题山居》(6927)中对严子陵的高洁隐逸予以消解,认为严子陵恋上钓鱼只是无奈选择。司空图在《狂题十八首(其四)》(7324)批判严子陵隐逸虚伪薄情,有损于皇帝的威严。方干在《暮发七里滩夜泊严光台下》中(7505)认为严子陵应该出仕,更是赤裸裸地批评后人效仿严子陵行为所带来的弊端。杜荀鹤在《经严陵钓台》(8052)认为严子陵是将道业作为芳饵进行沽名钓誉。

当然,还有借严子陵来讽刺时人的,如韩偓在《招隐》(7893)中认为当世人立意忘机是旨在钓名声;杜甫在《遣兴五首(其三)》(2294)中认为陶渊明是一俗翁,以隐居来避世,其诗集是恨世之作,其人其事不足为观;顾况《拟古三首(其三)》(2925)看不上陶渊明"空负漉酒巾,乞食形诸诗"的行为。批判者、否定者或从隐者生活时代,或从整个事件结果,或从个人生活方式而发论,不一而足,表露了同代人不同的人生价值观念与价值取向,也就有了唐人的多样化选择。但不可否认的是,无论是赞前代隐逸者还是贬者,在思想上无不受到影响。赞叹前贤隐逸者将"四皓"、严子陵、陶渊明作为精神上的榜样,将其作为学习的典范,"四皓"、严子陵、陶渊明等人的诗文也成了赞叹者的营养汲取地。贬斥者往往从不同的视角,站在儒家的立场上进行评判。批驳者或未必能够中肯、客观,但反映了唐人多样化的思维及不盲目崇古的精神,也反映了唐代社会意识领域的相对宽松。

此外,虽然唐士人隐逸人数众多,隐逸形式多样,也形成蔚为大观的隐逸风气,但也有时人对隐逸质疑与否定。如薛莹《寄旧山隐侣》(6319)、方干《赠黄处士》(7541~7542)诗中,作者认为隐者为隐逸耽误了世俗前程。质疑、否定之声没有阻碍唐士人对隐逸的追求,但也应该看到,隐逸者也会遇到困惑,偶尔发牢骚,如在韦应物《郡斋卧疾绝句》(1993)、卢纶《卧病书怀》(3181)、李端《卧病寄阎寀》(3252)、王建《雨中寄东溪韦处士》(3427)、伍唐珪《山中卧病寄卢郎中》(8407)等诗中,隐逸条件的清苦、身心的疲惫、貌衰药尽及地远山寒等缘故,致使隐者孤独寂寞之感涌上心头。也正是如此隐居的生活状况才使得很多的隐逸之士不愿意再隐居而是选择出仕,或者在仕与隐之间徘徊。可以说,唐人用诗文的形式记录了当时当地对隐逸的看法,为我们了解唐代文士从仕、归隐的心态提供了一定的视域,为探究古代隐逸文化提供了丰富的资料。

(二)唐士人隐逸风气彰显了社会隐逸意识深入及一定的社会发展走向

隐逸行为古已有之。汉光武帝刘秀以诏令②形式予以认同。隐者"不事王侯,高尚其事"的行为倍受后人推崇。唐之隐者可归纳为"重纯儒"(处士)、"重幽贞"(逸士)、"重明

---

① (清)董诰等编《全唐文》附《唐文拾遗》卷 45,中华书局 1983 年版,第 10881 页。

② "自古明王圣主,必有不宾之士。伯夷、叔齐不食周粟,太原周党不受朕禄,亦各有志焉,其赐帛四十匹。"[(南朝宋)范晔撰,(唐)李贤等注《后汉书》卷 83《逸民列传·周党》,中华书局 1965 年版,第 2762 页]

哲"(达士)、"重清修"(居士)①四类;在境界上又有"上焉者,身藏而德不晦,故自放草野,而名往从之,虽万乘之贵,犹寻轨而委聘也;其次,挈治世具弗得伸,或持峭行不可屈于俗,虽有所应,其于爵禄也,泛然受,悠然辞,使人君常有所慕企,怊然如不足,其可贵也;未焉者,资槁薄,乐山林,内审其才,终不可当世取舍,故逃丘园而不返,使人常高其风而不敢加訾焉"②三等。唐人隐逸少有何晏、嵇康、阮籍含有浓重的遁世、避害、全身的思想倾向③,"或裸体佯狂,盲暗绝世,弃礼乐以反道,忍孝慈而不恤。此全身远害,得大雅之道"④的现象也就不明显了。

唐人对于隐逸风气的继承、发展体现了人性闪光点,纵然是为官作宰者也能保持自我、顺应自然,这方面碑文中记述尤多。单就《唐代墓志汇编》(周绍良,上海古籍出版社1992年版)、《唐代墓志汇编续集》(周绍良、赵超,上海古籍出版社2001年版)、《全唐文》(董诰,中华书局1983年版)、《全唐文补遗(1~9)》(吴钢,三秦出版社1994—2007年版)、《全唐文补遗(千唐志斋新藏专辑)》(吴钢,三秦出版社2006年版)、《全唐文补编》(陈尚君,中华书局2005年版)等文献统计,唐人思想中宗老庄、道教者碑铭共1822篇,这些人或宗道家,或宗道教,或宗三教,其中不乏布衣隐逸宗道学者,亦有仕宦隐逸宗道学者。有人不为世俗名闻利养所动而坚持隐逸,有人纵然考取功名因性情所致而隐逸终生,这些都体现了唐人在与自然和谐相处的时候服从自然、顺应人性的完善发展的一面,如《大唐故苏州吴县丞杜府君墓志》中杜府君"心存恬旷。在县一年,遂挂冠醉秩……超然独往,暝心芝髓,托好松乔"⑤、《故繁昌县令马君墓志》中马君"识名禄之害性,弃而不寻;悟损益而伤悲,憎而不顾"⑥、《处士李君墓志铭并序》中的李君"情崇大隐,无汲汲于簪缨。靡居王侯,极悠游之致"⑦。唐士人的隐逸也可以反映国家兴盛衰落,如遭王难苦者所写辞官、罢官相关诗文,为避国难、战争而隐逸者所写的隐逸诗歌都能反映整体唐代的政治大体走向,如司空图《丁未岁归王官谷》(7297)写战后劫难余生,有感于时事变迁,认为莫不如过着长歌武陵的隐居生活。

(三)唐士人隐逸文学的繁盛见证唐人当下思想观念开放与内心情感抒发

唐人隐逸方式多样,以其当时身份地位、思想感情而体现其隐逸思想、心态的复杂性,这种错综之情感首先体现在仕与隐之间的徘徊:或独思虽过摒弃尘俗生活但疑惑入山归隐究竟是对是非,如王绩《山中独坐自赠》(10905);或劝他人既有济世之心就不要再

---

① (清)李西月重编《张三丰全集》卷2《隐鉴》,胡道静、陈耀庭、段文桂等编《藏外道书》第5册,巴蜀书社1992年版,第394页。

② (宋)欧阳修、(宋)宋祁撰《新唐书》卷196《隐逸传序》,中华书局1975年版,第5594页。

③ 注:唐诗中除了储光羲《山居贻裴十二迪》《酬李壶关奉使行县忆诸公》、昙翼《招隐》等少数几篇"招隐"之作外,很少有魏晋招隐情形。

④ (唐)姚思廉撰《梁书》第3册,卷51《处士传序》,中华书局1973年版,第731页。

⑤ 周绍良主编《唐代墓志汇编》,上海古籍出版社1992年版,第60页。

⑥ 周绍良主编《唐代墓志汇编》,上海古籍出版社1992年版,第68页。

⑦ 周绍良主编《唐代墓志汇编》,上海古籍出版社1992年版,第35页。吴钢编《全唐文补遗》第1辑(三秦出版社1994年版,第477页)亦有载。

隐逸山林,如储光羲《贻阎处士防卜居终南》(1404);或安慰隐者隐居生活苦寒是暂时的,将来皇帝会有征辟,如王昌龄《巴陵别刘处士》(1428);或忧虑登第后无法过着自由自在的朝隐生活,如张籍的《和左司元郎中秋居十首(其三)》(4333);或劝诫他人不要再徘徊于朝廷而回到山林过潇洒避世的生活,如韦应物《送褚校书归旧山歌》(2009);或写仕宦受阻且年老体衰、服食饵药而萌发退隐之情,如李华《云母泉诗并序》(1590~1591);或写苦学数十载生逢盛世却遭羁旅,内心愤懑要隐逸,如孟浩然《秦中苦雨思归赠袁左丞贺侍郎》(1662);或借咏叹历史、人文而发功业不成被迫隐逸的苦恼,如李白《金陵歌送别范宣》(1723~1724);或写自己志向未达,因拙于人事而被疏远,归来从事农耕,如李白《秋夜独坐怀故山》(1864);或写自己秉栖遁志且愿意共隐,但要等到海晏清平之时相携践约,如韦应物《酬卢嵩秋夜见寄五韵》(1948);或写自己虽栖息山林,能在寂寥中体悟道家的直率、天真,但却有天子不知之遗憾,如沈千运《山中作》(2880);或借景色优美寄托烟霞之志,但仕隐踟蹰不定,如顾况《华山西冈游赠隐玄叟》(2931);或写怀念曾经的隐逸生活,但现实功名未遂却又隐逸不得苦闷,如杜荀鹤《怀庐岳旧隐》(8023);或写回到隐逸之地见物是人非之状,内心还是留恋功名富贵,如薛能《早春归山中旧居》(6526)。这些在仕宦与隐逸之间徘徊、犹豫的士人的诗歌最能体现其内心复杂的情感,当时所处环境给身在山林却心恋朝阙的士人所带来的精神二重属性的痛苦一时难以抒怀、排解。

其次,也应看到唐人诗文中也毫不避讳自己授官或复官后的心态及内心波动,如高适在《初授官题高冠草堂》(2092)中言自己三十岁授官,故作深沉实掩盖不住内心喜悦("自怜无旧业,不敢耻微官"),再想着自己要远离"涧水吞樵路,山花醉药栏"的生活,不仅发出了"只缘五斗米"而折腰却辜负了"一渔竿"的感叹;李昭象在《赴举出山留寄山居郑参军》(7985)中表示虽慕修道生活,但内心却难耐孤寂,因此当诏书来时而要"急诏行"。像韦应物《始除尚书郎别善福精舍》(1941)、元结《喻瀼溪乡旧游》(2699)、权德舆《酬李二十二兄主簿马迹山见寄并序》(3624)、韩偓《病中初闻复官二首(其二)》(7858),都表面上写隐逸之乐及对隐逸不舍,却流露出授官或复官之后内心潜在的喜悦,表示自己勉强出仕,最终还是要隐居的,此或是故作姿态以示高洁的表现。唐人也毫无保留地表现了自己隐逸不得的痛苦,如綦毋潜《送储十二还庄城》通过送朋友还庄城的景物描写,最后抒"兹情不可说,长恨隐沧赊"(1369)的隐居不能的遗憾之情,也说明唐人对于隐居的这种生活态度与方式的选择。殷尧藩《寄许浑秀才》(5613)言自己因朝廷下诏征辟而不得隐的痛苦。

(四)唐士人隐逸文学的繁荣折射了唐人的生活方式与人生态度

唐多数士人同前代隐逸人士一样,"将归隐视为傲世独立的表现,以入于山林、纵情山水显示人品的高洁;进而把返归自然作为精神的慰藉和享受,寻求人与自然融为一体的纯美天地"[①]。这种隐逸思想的存在、行为上的追慕,不仅是"政统与道统"冲突的必然结果,也是畏祸保命、知足保乐的有效解决方法,更是体现高洁雅致情趣的一种方式。此

---

① 袁行霈主编《中国文学史》第 2 卷,高等教育出版社 2003 年版,第 260 页。

彰显了士人人性上的矛盾及其价值取向和价值观念，如闻一多先生所言："几千年来一直让儒道两派思想维持着均势，于是读书人便永远在一种心灵的僵局中折磨着自己，巢、由与伊、皋，江湖与魏阙，永远矛盾着，冲突着，于是生活便永远不谐调……今天是伊、皋，明天是巢、由，后天又是伊、皋，这是行为的矛盾。当巢、由时向往着伊、皋；当了伊、皋，又不能忘怀于巢、由，这是行为与感情间的矛盾。"①单就宦者隐来说，其行为历来受到指摘，陈寅恪先生就说其"处身于不夷不惠之间，托命于非驴非马之国"②（《俞曲园先生病中呓语跋》）。我们不妨说士人需要平台实现儒家的理想抱负，但又要保持个人精神的相对独立、心灵上的相对自由，以"君子儒"的方式入仕、以佛道的方式出仕，有儒家物质基础但不贪恋官爵，这种隐逸方式将不合作的精神带入了合作之中，将"有道则现，无道则隐"与"穷则独善其身，达则兼济天下"的知性精神消解，打通了单纯"仕""隐"之间的壁垒，确也是古代知识分子不得已而为的抉择方式。是以唐士人一旦得意或受挫，隐逸因素即发。志得意满后的急流勇退，深谙政治体制门道后的遁世保真，个人心境平和的自然选择，已为官者被贬谪后的被迫隐逸，未考上功名布衣的无奈选择，无不体现了个人行事方式、价值取向和价值观念。

是以很多官员在位期间，或认为因自己性情当隐，如王维《赠房卢氏琯》(1238)言自己愿过没有官吏俗物、庭有鸟雀来访的任运自然的隐居生活；或写游景感怀，抒发宗道、修道、寻道之决心，如储光羲《游茅山五首》(1378～1379)；或写游览胜景，感官场及生计艰辛而应隐，如綦毋潜《春泛若耶溪》(1368)；或写经历宦海沉浮、战乱生死后有隐逸决绝之心，如储光羲《酬李处士山中见赠》(1397)；或写观图画名胜所感，仰慕神仙，愿过孤棹沧浪的生活，如王昌龄《观江淮名胜图》(1432)；或言自己隐逸之心决绝，纵然贤君执政、征召，自己也能像陶渊明一样隐而不仕，如高适的《送虞城刘明府谒魏郡苗太守》(2203)；或写自己无心世事而发愿不为区区俸禄折腰进而隐逸山林，如钱起的《过沈氏山居》(2613)；或写自己无有心机，难以处理世俗事物，想要效法前贤隐居躬耕，如耿湋《晚夏即事临南居》(2988)；或写自己壮年日衰且沉居下僚，道友招隐而发隐逸之愿，如李端《得山中道友书寄苗钱二员外》(3270)；或写自己短暂回归曾经隐逸之地而重新唤起隐逸之情，如白居易《题别遗爱草堂兼呈李十使君》(4972)；或闲来无事要学习古人垂钓避世，体悟山林之乐，如李涉《春山三朅来（其一）》(5459)。

（五）唐士人隐逸文学的丰赡体现了唐人的审美追求与自然情怀

唐代物质生活丰富，思想上因中外交流而开放，宗教上因三教融合而归一，艺术上呈现繁荣，唐人整体文化素养较高，文学多样化发展，加之政治环境相对自由，是以臣子上朝官服，下朝宴饮、修行的情形是常态，出现了许多宴饮诗、悟道诗，此是时风、世风、仕风影响所致。唐人对于生活方式的多样化选择，体现了唐士人的精神富足。他们喜好隐逸，但隐逸的原因、目的不一。士人整体的隐逸由原先的高逸有时沦为以退为进的一种

---

① 闻一多《唐诗杂论·孟浩然》，中华书局 2009 年版，第 31～32 页。
② 陈寅恪《陈寅恪集·寒柳堂集》，生活·读书·新知三联书店 2015 年版，第 164 页。

方式,这种行为某种程度上来说拉低了隐逸精神的整体水平。"李唐奠定宇内,帝王名臣以治世为务,轻出世之法"①,隐逸人士的社会地位略低于前代,此或是时代的原因,抑或是隐逸群体发生变化之由。唐人诗文中出现的前代高洁隐逸人士如"四皓"、严子陵、陶渊明,在唐代也只是被仰望,而未被超越。唐人有着强烈的社会责任感,没有失去对物质生活的追求与热爱,这源于唐士人内心的喜悦及自我价值、社会价值认同。唐士人不管何种方式的隐逸,也不论隐逸动机为何,就其当下来说,体现了不与王权合作的傲岸形象与向往大自然的情怀,这在昌盛的唐代更显弥足珍贵。例如,宦者回忆当年隐逸的闲适与安然,喟叹曾经逍遥的日子一去不复返,越回忆越觉惆怅,甚至重申隐逸志向,以突出其向往自然之情怀,韦应物《云阳馆怀谷口》(1965)、岑参《南池夜宿思王屋青萝旧斋》(2046)、李端《奉和秘书元丞杪秋忆终南旧居》(3269)、姚合《九日忆砚山旧居》(5712)、周贺《同徐处士秋怀少室旧居》(5769)、吴融《忆钓舟》(7929)、徐夤《忆山中友人》(8226)、李涉《杪春再游庐山》(10446)等皆属此类。

隐逸文学属于隐逸文化的范畴,作为一种文化现象,产生了由衷赞美隐逸的诗歌,促进了文学多样化的发展。唐士人隐逸诗歌涉及怀古类、咏物类、写景类、送别类,无不是士人抒发当下内心情感的一种方式、载体。隐逸文学内容囊括了叙事、抒情、送别、山水田园、怀古、咏史、咏物、悼亡、讽喻、隐逸等方面。不管唐士人是"小隐隐陵薮,大隐隐朝市"②(王康琚《反招隐》),还是"不如作中隐,隐在留司官"③(白居易《中隐》),都体现了自身的价值取向、人生抉择,其目的或在于保持心境的自然平和,以期不被世俗礼法所异化,或试图摆脱礼法的束缚,保持自我人格的独立与自由。其诗歌创作也大多率真、直白、自然不做作,或体现鄙居凡俗、高蹈前哲之意,或流露寄情风月、托意烟霞之情,或表达志迫风云、无心禄仕之怀,或表现素味清虚、忘怀宠利之味,或流露性尚琴遵、志齐老庄之愿,凡此种种皆见唐士人冲寂虚玄、嘉遁闲游、丘园耿洁之品性。至于以隐逸方式退而求进及徘徊于仕隐等,流露出的情态及诗歌的表达情感符合人性的发展,符合文化多样化的选择。唐士人隐逸文学所表达的内容少有批判当世社会政治和道德风尚的腐败者,纵然是落第者、怀才不遇者、仕宦受挫者也多是诉说自我情感,更多地关注自我发展、内心喜乐,所强调的是人性的本有与真淳,他们将隐逸作为一条解脱当下痛苦之路,勇于放弃、敢于持守。唐士人隐逸诗文大多语言质朴、不加雕饰,具有纯净之美,这一方面是创作者所处环境所决定的,另一方面是唐士人对道家(道教)超然飘逸、佛家知足不辱、处士平静祥和精神的继承与发展,是以隐逸文学中充满了自然、朴素的美学风格,天人和合的情感体验。

结语

如果说初盛唐的隐逸是士人精神生命价值的追求、自由生活的热爱,那晚唐乱世的

---

① 汤用彤《隋唐佛教史稿》,江苏教育出版社 2007 年版,第 30 页。
② 逯钦立辑校《先秦汉魏晋南北朝诗·晋诗》卷 15,中华书局 1983 年版,第 953 页。
③ 中华书局编辑部点校《全唐诗(增订本)》卷 445,中华书局 1999 年版,第 5011 页。

隐逸则是士人审美精神满足的安慰剂。唐士人的隐逸文学所表现出的心理实体和功能在时代中获得了强化,其本质力量的对象化更是将立足现实的感性欲望、合理的情感需求表现得淋漓尽致,在探寻和表现人的生命意义和价值方面力求塑造完美的人格,以求精神上的归宿。隐逸文学的精神显现了唐人对于自身的现实处境和精神状态的反思,也敲响了自我终极关怀及其所联系的价值理想的心灵钟声,将生活与艺术合而为一,写出了富有生活气息且具有人情、人性的诗文篇章。

考察唐代隐逸文学就是考察唐人的心理活动和精神状态、生活方式,这对于了解唐人的性格、心理、精神方面都有积极的启示作用。唐士人隐逸文学的昌盛,恰恰体现了唐人对于"人之为人"的尊重,不仅符合人性需要的发展,也实现了自我价值的认同,同时丰富了唐代文学内涵,这对于多方位、多视域探究唐代文学与文化具有一定借鉴意义。

钱澄之著作的存史意识与"后贤"期待

郝　苗*

摘　要:明清易代之际国史缺失,钱澄之痛心于明末志士救亡事迹的流佚,遂试图以个人的著作保存历史,延续文化,钱澄之的诗文以及学术著作因此带有强烈的存史意识。钱澄之的这种存史意识一方面着意于反思明朝灭亡的原因;另一方面,还带有借信史来记录清廷夺权不义的目的,否定清朝统治的意味。钱澄之在总结历史教训的基础上,借助经学积极探求经世之策,以备"后贤"政治所用,当时诸多具有高度敏感性的历史,也借经学留存下来。就此而言,钱澄之在易代之际的存史行为,实则是他在复国无望之后,为新的汉族政权的兴起与发展所做的准备。

关键词:钱澄之;遗民;明清易代;存史意识;待后贤;文史研究

　　钱澄之(1612—1693),原名秉镫,字饮光,晚号田间,是明清之际著名的遗民学者。钱澄之见证了明末清初数十年的历史,因此在他的《江村杂述》《县门行》等诗文以及《所知录》《田间诗学》等著作中,均带有这段历史的印记。① 学界虽对钱澄之著作,尤其是《所知录》中的史学特征有所关注②,但是对于钱澄之诗文及学术著作中存史的原因、特征,以及由此产生的心理指向等问题,尚无专文探究。基于此,本文拟通过对钱澄之除《所知录》以外的著作的分析,探究钱澄之在晚年对明末清初历史的留存,及其存史的动机与意义。

---

　　* 　郝苗,山东大学文学院博士研究生,研究方向为先秦两汉文学与文化、诗经学史。本文为"《易邮》整理与研究"(22CWTJ67)的阶段性成果。

　　① 　具体而言,《所知录》是记载钱澄之所亲见南明史事的史著,在钱澄之的著作之中所保存的历史最多也最能体现钱澄之的存史意识。《藏山阁集》分为《藏山阁诗存》《藏山阁文存》《田间尺牍》。《藏山阁诗存》和《藏山阁文存》中的作品大都作于南明时期,其中保存了部分明末的史实,与《田间尺牍》(收录的多为钱澄之七十五岁之后的书信)相比,此二者存史的意识则更为明显。《田间诗集》和《田间文集》中多为钱澄之于顺治八年归里之后的作品,这些作品对当时社会的情况和钱澄之本人的经历有不同程度的反映。相较于史著与诗文集,钱澄之的学术著作对存史的作用较小,其中最突出的是《田间诗学》。钱澄之在《田间诗学》中借诗中人物、历史等影射现实,并以此保存历史与文献。

　　② 　在现有的研究中,学者从钱澄之的诗歌、文章、学术著作等多方面对钱澄之的史学特征进行探究。杨年丰的《钱澄之文学研究》(苏州大学博士论文,2010 年,第 41~100 页)的第二、三章,即通过钱澄之的《藏山阁诗存》和《田间诗集》说明钱澄之在明清之际立言以存史的重要方式就是可当文献之责、具备"诗史"特质的诗歌。张晖的《易代之悲——钱澄之及其诗》(人民文学出版社 2014 年版)在讨论钱澄之诗歌的"诗史"精神以外,还关注到钱澄之史著、文章及其诗论与钱澄之借诗存史之间的联系。此外,在钱澄之学术著作方面,钱澄之的存史意识在《田间诗学》中最为显著。周挺启《钱澄之〈田间诗学〉研究》的第六章(华东师范大学博士论文,2013 年,第 124~130 页),将钱澄之的存史行为归结为怀念故国与征存文献两种目的。于浩的《情与史的交融——钱澄之〈田间诗学〉中的情感体悟与史鉴意蕴》(《中国典籍与文化》2016 年第 1 期,第 38~45 页)则更进一步指出,钱澄之借诠释经学以保存情感与历史的做法,意在更好地发挥《诗经》在教化、治世方面的功能。

一、易代存史：遗民"后死之责"的体现

钱谦益的《金陵杂题绝句二十五首继乙未春留题之作（十四）》赞钱澄之的诗曰："闽山桂海饱炎霜，诗史酸辛钱幼光。束笋一编光怪甚，夜来山鬼守奚囊。"①钱澄之在诗中以写实的笔墨记录下明清易代之际的苦难。这些诗作即便今日读来，仍令人有触目惊心之感。然而，易代的"酸辛"史事不独被钱澄之存于诗中，其文章、史著，以及有关《诗》学、《易》学、《庄》学、《楚辞》学等学术著作也承担了存史的重任。实际上，这种存史的意识普遍地存在于明遗民群体中，是易代之际特殊历史环境中的产物。

（一）自著信史以补国史之缺

明遗民们穷尽心思地保存历史，并不是杞人忧天。宋朝末年，诸多志士仁人的事迹因史籍文献缺失而湮没不存，这样惨痛的教训在百年之后仍令明遗民为之心惊。如黄宗羲所言："尝读宋史所载二王之事，何其略也！夫其立国亦且三年，文、陆、陈、谢之外，岂遂无人物？……当时与文、陆、陈、谢同事之人，必有见其中者，今亦不闻存于人间矣。国可灭，史不可灭，后之君子能无遗憾耶？"②无论宋季还是明末，亡国的历史自然有后人评判，但是被历史所埋没的人与事迹，却不一定能为后人知。况且，明末较宋季而言情况更为复杂，明代"士习甚嚣，党同伐异，野史如鲫，各从所好恶以颠倒事实，故明史号称难理"③，如钱澄之在《偶见坊间有近刻遗闻一书悖谬特甚不胜愤惋遂成此诗》中所言："史家称实录，孔子赞阙文。所以信后世，岂不贵其真……耳目既以惑，后世何所循？安得有识者，一见辄为焚。"④到明亡之后，纲纪的松弛更加剧了野史的产出，野史所载史事更多有虚夸之处。更何况对于处于明末之人来讲，他们已经对当世有了"吾人耳目既隘，地方居官者复以此事为忌，人传者益少，则吾人之所得知者盖亦寡矣"⑤的认识，可想而知，明末之事，经历百十年必然"不闻存于人间矣"。若再有野史混淆视听，明季志士的事迹又如何传世？钱澄之愤愤于传言的荒谬，力图以诗歌、史著保存信史，以正后人视听，认为"丧乱以来，死而不传者多矣，其传者未必尽可信也"⑥。在钱澄之看来，著史务必要求真，"以不可信者而与可信者一例并载，后有识者，将并可信者疑之；即不之疑，而使烈烈而死与求生不得而死者概称忠义，杂明珠于鱼目，其光犹之幽也"⑦。所谓"烈烈而死"者，即"为贼所获，慷慨骂贼，屠割极惨而死者"⑧。所谓"求生不得而死者"，即"仓促无所逃避而

---

① （清）钱谦益著，（清）钱曾笺注，钱仲联标校《牧斋有学集》，上海古籍出版社1996年版，第419页。

② （明）黄宗羲著，吴光主编《黄宗羲全集》第20册，浙江古籍出版社2012年版，第343页。

③ 梁启超《中国近三百年学术史（新校本）》，商务印书馆2011年版，第328页。

④ （清）钱澄之撰，诸伟奇校点《田间诗集》，黄山书社2014年版，第101页。

⑤ （清）钱澄之撰，彭君华校点《田间文集》，黄山书社2014年版，第84页。

⑥ （清）钱澄之撰，彭君华校点《田间文集》，黄山书社2014年版，第214页。

⑦ （清）钱澄之撰，彭君华校点《田间文集》，黄山书社2014年版，第214～215页。

⑧ （清）钱澄之撰，彭君华校点《田间文集》，黄山书社2014年版，第84页。

死"①者。然而,这两种人"等死耳,而所以死不等如此,宁无辨乎"②? 因此,钱澄之不但追求所记历史的真实,甚至对于历史人物的品评也要根据其品性高下严格区别,以免"松柏之摧,而与众芳之芜没同嗟"③。同时,正是因为存史之事关系甚大,所以钱澄之著史存史仅敢以"所知"为限,"犹恐知之未悉也"④。

综上所述,明末动荡的社会局面,以及国史缺位、野史丛生的文化环境等因素,使钱澄之等遗民们不得不选择以自著信史的方式来保存历史。

(二)遗民生死抉择对存史的影响

遗民虽然有存史之志,但是与太平之世保存历史的行为不同,他们首先要面对的问题是生死的抉择。

清廷以少数民族政权取代汉民族政权。面对亡国的现实,不计其数的士人为保持名节、表达忠义,选择以身殉国的悲壮方式,对抗新朝的统治。然而,殉国在反抗之外,也意味着将存史的重担委以他手。明遗民们亲历那段山河破碎的历史,也目睹了无数士大夫、百姓们面对侵略者们节节困守,以举家、举族、举城的牺牲来延续民族大统的精神。他们在易代之际种种残酷、血腥的迫害和斗争中侥幸存活,可他们的亲朋故旧,如瞿式耜、张同敞、钱棅等人,"死的死,亡的亡,有志的青年,大半都为国牺牲了性命,颓废的老者,也入山当了和尚"⑤。然而,时过境迁,这段悲壮的历史、这些捐躯的英灵仅能依靠幸存者的口传笔录得以留存,余者则逐渐湮没在一片"青苔碧瓦堆"里。后死之遗民所面临的局面如此,所以,即便钱澄之常有"劫余未死是痴肠"⑥慨叹,也还是要承担身为后死者的存史之责。

也正是基于对责任的承担,遗民们对于生与死的价值选择怀着极为审慎的态度。钱澄之也有以身殉国的愿望,但是相较于"临难一死报君王"的无谓牺牲,他更加赞同保存性命以图兴复的人生选择。钱澄之认为身存即国存,因此当他面对意图死节的张同敞时,即以存身之理告诫之,称:"往时朝廷以封疆付臣子,失者必死;今封疆非朝廷有也,我存一日,即封疆一日存,死则竟失矣。"⑦从中不难看出,在意图恢复的用意之外,钱澄之还将遗民个体的保存作为明朝封疆、历史、文化的载体和象征,即以自身生命的存在作为明朝延续的证据。

同时,钱澄之提出了对遗民的评判当论其"心"而非论其"迹"的标准。身世经历决定

① (清)钱澄之撰,彭君华校点《田间文集》,黄山书社 2014 年版,第 84 页。
② (清)钱澄之撰,彭君华校点《田间文集》,黄山书社 2014 年版,第 84 页。
③ (清)钱澄之撰,彭君华校点《田间文集》,黄山书社 2014 年版,第 85 页。
④ (清)钱澄之撰,彭君华校点《田间文集》,黄山书社 2014 年版,第 85 页。
⑤ 谢国桢《明清之际党社运动考》,中华书局 1982 年版,第 9 页。
⑥ (清)钱澄之撰,诸伟奇校点《田间诗集》,黄山书社 2014 年版,第 53 页。
⑦ (清)钱扬禄撰,钱奕珠点校《钱澄之先生年谱》,安徽师范大学出版社 2018 年版,第 55 页。

了明遗民们在亡国之后自觉效法前代遗民之风的行为①,但是与仿效前代遗民行迹相比,能承继其"心"则更为可贵。因此,钱澄之认为"夫伯夷既已千古矣,后之守义者,如汉之薛方、蒋诩,东汉之管宁,晋之陶潜之类,亦惟心伯夷之心,故不必为伯夷之所为也……夫不得不然之心,即仁也;以之著于伦纪,则义也。后之希伯夷者,亦惟宁与潜等庶几近之乎"②。伯夷等前代遗民之所以备受敬仰,不是因为他们的行为有多么特立独行,而是在于他们存续王朝、济世报国的精神始终如一。如若仅仿效遗民的行迹,无疑是只做表面功夫,能表明个人的忠义却无益于复国;相反,致力于继承遗民精神,心存"仁义",那么行迹是否得体则无伤大雅。不论"行迹",并非钱澄之为了苟全性命而采取的托词。实际上,"死的艰难在一时,而且是现实忧患的解脱。而对于'杜门守死'的人来说,无论他们如何忠心于先朝,仍不免有'靦颜偷生于丧乱忧患之中'的感觉"③,选择"存身"的遗民所面临的非议与重重考验更甚殉国者。钱澄之既决定为存国存史而存身,也就意味着他选择了一条更为煎熬的反抗新朝统治方式。

明亡之时,钱澄之刚过而立之年,按照其八十二岁离世来算,钱澄之的大半人生都是在与清政权的抗争之中熬过的。作为遗民中的高寿者,漫长的岁月并没有减损钱澄之的遗民气节,即便在清朝建立已近四十年时,钱澄之仍坚持南明永历是正统之所在,称:"主上以神宗之嫡孙,称号十有六载,天命虽移,人心犹系,虽僻处天隅,实正统所在也。惮狐聚一日不迁,则正统一日在周;崖门舟一日不覆,则正统一日在宋。"④(《与汪辰初书》)这种历经磨难的坚守,在遗民群体中尤为可贵。

二、存史意识中反思与批判的特质

明末清初不过数十年的历史,但从这个"天崩地解"的时代中不难窥得王朝末年的腐朽政治与异族统治者不堪的发家史。钱澄之的存史意识也因此兼具"对明朝亡国的反思"和"对清朝统治的批判"这两种特质。

(一)对明亡的反思

钱澄之存史意识的反思特质与他本人的经历与见闻关系密切。黄宗羲《桐城方烈妇墓志铭》记钱澄之,称:"先生在前朝,党锢之祸似范孟博,从亡之节似介子推,虎口残喘,奔走南北。"⑤范孟博,即范滂,据《后汉书》所载,范滂"少厉清节"⑥,后因"严整疾恶"⑦得

---

① 因为宋遗民同样经历过外族入侵的历史,所以宋遗民们的人生经历与抉择往往成为明遗民们参照与效法的对象。但是与宋遗民们普遍"凄凉愁绝,无所作为而死"的消极处世态度相比,明遗民们"虽然也痛悼明王朝的灭亡,但他们之中的大多数人并未就此一蹶不振"。〔详参:邓乐群、孔恩阳《论宋明遗民的不同特点》,《青海师范大学学报》(社会科学版)1987 年第 1 期,第 79 页〕

② (清)钱澄之撰,彭君华校点《田间文集》,黄山书社 2014 年版,第 141 页。

③ 何冠彪《生与死——明季士大夫的抉择》,广西师范大学出版社 2022 年版,第 181～182 页。

④ (清)钱澄之撰,汤华泉校点《藏山阁集》,黄山书社 2014 年版,第 395～396 页。

⑤ (明)黄宗羲著,吴光主编《黄宗羲全集》第 20 册,浙江古籍出版社 2012 年版,第 485 页。

⑥ (南朝宋)范晔撰,(唐)李贤等注《后汉书》,中华书局 1965 年版,第 2203 页。

⑦ (南朝宋)范晔撰,(唐)李贤等注《后汉书》,中华书局 1965 年版,第 2205 页。

罪于人,"后牢修诬言钩党,滂坐系黄门北寺狱"①。钱澄之早年因与方以智等人谋划揭露阮大铖丑行而为阮大铖"恨亦甚"②。后阮大铖在南明弘光朝当权,以党锢之名构陷钱澄之,故有黄宗羲"党锢之祸似范孟博"之言。另外,钱澄之曾入仕南明三朝,至永历帝南逃,欲追随而不得,方选择返乡。钱氏此番经历与随晋文公流亡的介子推颇为相似。实际上,正是因为钱澄之历经明末动乱,所以他对于明亡的内在原因有着更为清晰且深刻的认知,这种认知也就造成了钱澄之思想中明显的反思精神。

明末的局面并非一夕而成的。"人们日新的观念和追求与难以改变的旧体制之间的矛盾"③,成为晚明的时代特征。面对这种前所未有的时代变化,长期生长在汉民族传统文化背景下的知识分子们表现出极度的无所适从,他们在变革旧制问题上畏缩,只敢采取修补旧体制的方式,尽可能地去适应新形势的变化。在此过程中,为保证自身的举措能得以实施,士大夫们纷纷选择以结党结社的手段来推行政治主张。这种结党结社的运动愈演愈烈,后来演变为党派之间的斗争。于是,各党派为巩固地位,不得不勾结内监,造成"朝廷之纪纲,贤士大夫之进退,悉颠倒于其手"④的局面。甚至连亡国之祸也未能遏制党争的习气蔓延。至南明永历朝时,党派之间的斗争已经扯去了"君子小人之争"的遮羞布,"完全变成了争夺朝廷权力的内部倾轧"⑤。

钱澄之早年饱受党争折磨,深知党锢之祸对明亡所产生的重大影响。对于发起党祸的阮大铖,他甚至有"亡南国者,一大铖而已"⑥的论断。阮大铖、马士英等人固然罪无可恕,但在批判佞臣之外,钱澄之认为所谓"清流"执着于意气之争同样激化了党祸,称:"忧深虑远凡期于国事有济,不欲其徒以名节自矜。既已自矜,而复不留余地以待小人,使甘自弃其名节,此祸之所由烈也。"⑦又叹曰:"从来国事本易挽回,以少年喜事者争之过激,遂成不可回之势,皆狂稚为之害也。"⑧君子以名节自励,不屑与小人为伍,时时强调君子与小人之分野,以图匡扶社稷;但君子又往往将名节视之过重,一旦小人当权,则思"洁身远引","国事其谁赖乎"?⑨ 党派斗争发展至这步田地,君主自然脱不了关系,如弘光帝"天下事有老马在"⑩的偏听偏信,正是党争产生的根源。君主偏信则谗害丛生,对此,钱澄之说:"小人初为不信之语,以尝试人君,君涵容之而不辨其真伪,乃始敢为谗言,以肆害于人。君复信之,则其谗亦甚。故僭者,乱之萌,而祸起于涵谗者。乱之成,而祸由于信。苟当僭之始,即怒而拒之,则谗言不兴,而乱庶几即时沮矣。当其谗之至而疑、而不

① (南朝宋)范晔撰,李贤等注《后汉书》,中华书局 2012 年版,第 2205 页。
② (清)钱执禄撰,钱奕珠点校《钱澄之先生年谱》,安徽师范大学出版社 2018 年版,第 11 页。
③ 商传《明代文化史》,东方出版中心 2007 年版,第 17 页。
④ (清)张廷玉等撰《明史·职官志序》,中华书局 1974 年版,第 1730 页。
⑤ 顾诚《南明史》,光明日报出版社 2011 年版,第 416 页。
⑥ (清)钱澄之撰,汤华泉校点《藏山阁集》,黄山书社 2014 年版,第 409 页。
⑦ (清)钱澄之撰,彭君华校点《田间文集》,黄山书社 2014 年版,第 196 页。
⑧ (清)钱澄之撰,朱一清校点《田间诗学》,黄山书社 2005 年版,第 133 页。
⑨ (清)钱澄之撰,朱一清校点《田间诗学》,黄山书社 2005 年版,第 521 页。
⑩ (清)顾炎武著《圣安本纪》,《台湾文献史料丛刊》第 3 辑,大通书局 1984 年版,第 124 页。

信,则福在国家,而乱庶几从此已矣。"①钱澄之于此阐释谗言的产生,将君主信谗视作谗言大兴的关键,而君主信谗又是国家生祸乱的肇始,因此,维持国家长治久安之法,就在于君主不信谗。

(二)对清朝统治的否定

然而,对于钱澄之等遗民来讲,在明亡之后尤其是满洲人已经入主中原之时,若再以如此口吻评判故国的是非未免太过残忍,也有附和满洲人之嫌。所以,明朝的腐朽固然是亡国的主因,但钱澄之等遗民依然不忍对故国苛责过多。况且,相对于在明朝遭受的打击,因清廷的施政而经历的迫害与苦难才更加让钱澄之难以接受。正因如此,钱澄之的存史意识在试图以明亡的教训警示后世以外,更重要的用意在于他要以信史来说明清朝绝非正统。

不可否认,钱澄之等遗民对于清廷的否定根源于明清之间的华夷之辨。长久以来,汉族士大夫们自恃汉民族文化的优越性,蔑视周边蛮夷部族,即所谓"戎狄豺狼,不可厌也;诸夏亲昵,不可弃也"②。基于这一认识,当清军入关时,汉族士大夫们震惊于先进的汉文化竟然会被落后的蛮夷所击败,亡国之痛因"夷卑夏尊"的秩序被打破而无限放大。在这种背景之下,蛮夷部族缺乏礼制教化往往被视作满洲人残酷统治的根源,如张岱所言:"余遭乱世,见夷狄之有君,较之中华更甚。如女直之芟夷宗党,诛戮功臣,十停去九,而寂不敢动。如吾明建文之稍虐宗藩,而靖难兵起,有愧于夷狄多矣!"③明初专制统治加强所制造的惨剧未必逊色于清廷多少,而张岱仍认为二者难以等量齐观,"有愧于夷狄多矣",可见其受夷夏之防影响深矣。但也应当看到,遗民们的夷夏之防并非全无缘由,清朝统治者残酷暴虐的统治才是激化遗民夷夏之防的关键。

夷夏之别不仅对明遗民来说是一个极为敏感的问题,清朝的统治者也对长期处在被汉族蔑视的地位深恶痛绝。因此,清朝统治者有意识地泯灭甚至推翻满洲人与汉人之间所谓的"华夷之别"④,如清摄政王多尔衮在给史可法的书信中强调:"今若拥号称尊,便是天有二日,俨为敌国……诸君子果识时知命,笃念故主,厚爱贤王,宜劝令削号归藩,永绥福禄。"⑤多尔衮所言俨然一副"共主"的口吻,他因此不容许"天有二日"的分裂国家主权的情况出现,甚至试图将南明弘光帝归入藩王,即便清朝统治者有"待以虞宾""位在诸王侯上"⑥的承诺,但从清廷将南明由正统而入异族诸侯的做法,仍可见清廷对汉民族的打

---

①　(清)钱澄之撰,朱一清校点《田间诗学》,黄山书社 2005 年版,第 539 页。

②　(周)左丘明传,(晋)杜预注,(唐)孔颖达正义,浦卫忠、龚抗云、于振波等整理,杨向奎审定《春秋左传正义》,《十三经注疏》整理委员会整理《十三经注疏》,北京大学出版社 1999 年版,第 303 页。

③　(明)张岱著,朱宏达点校《四书遇》,浙江古籍出版社 2017 年版,第 92 页。

④　清朝统治者泯灭华夷之别的根本,如郭成康先生所言,在于"要缔造一个不奉明朝正朔、与大明平起平坐的国家",甚至"在努尔哈赤和皇太极的脑海中,'中国'的概念是尊崇的,但'中国'之君不是万世一姓的",所以"如'中国'之君逆天妄行,失去上苍眷佑,则自有取而代之者",这一定律不应因华夷而有别。(郭成康《清代皇帝的中国观》,陈桦主编《多元视野下的清代社会》,黄山书社 2008 年版,第 4、6 页)

⑤　(清)蒋良骐撰,林树惠、傅贵九校点《东华录》,中华书局 1980 年版,第 66 页。

⑥　(清)蒋良骐撰,林树惠、傅贵九校点《东华录》,中华书局 1980 年版,第 66 页。

压。汉族君主尚且被打压至此,更遑论汉族民众在其统治下的遭遇:清军入关时,遇民众反抗则"玉石不分,尽行屠戮"①;入主中原之后,借施行"剃发""衣冠""圈地""投充""逃人"等弊政屠戮汉人,仅嘉定地区就因违抗"剃发令"惨遭三次屠城。如此暴政所造成的惨剧数不胜数。

　　士人群体更是清廷打击的重点,在清朝文化高压的统治下,那群比悍将降卒更难缠②的士人们遭难尤多,如僧函可《变纪》案、庄廷鑨《明史》案,以及张缙彦诗序案等文祸层出不穷——清初文祸"持续时间之长,文网之密,案件之多,打击面之广,罗织罪名之阴毒,手段之狠,都是超越前代的"③。身处这种社会环境,遗民们不免人人自危,甚至交游之际也不忘互相提醒"吴人好訾诃,今者交口推。乞言屡满户,愿子无滥施。常恐多假借,翻为忌者讥"④。因此,"在清初,大凡涉及明、清两个王朝的字眼是极易犯忌的,于是便'制造'了一系列有关的特殊意象来指称明和清"⑤。钱澄之在《田间诗学》中即以"周""秦"分别指代"明"与"清",借周遗民之口记述明遗民的感受:对于经历过周、秦统治的周遗民来讲,周朝的统治好比《蒹葭》中的白露,德泽于民;而秦国的统治"犹露之凝而为霜。苍苍者,其何以堪!……溯洄从之,则秦都是也,畏法令之惨礉,悲行路之艰难;溯游从之,则丰镐吾旧都焉,先王之遗泽未泯,犹宛在其地也。"⑥此外,又借《晨风》称"晨风之搏击,北林之阴幽,皆以比秦礉惨肃杀之气……睹树思周,正以见苦秦之虐也"⑦。秦人与满洲人地处偏远,世代相传的以狩猎、攻战为生的生活习性和生存环境决定了他们并不能完全适应中原的礼教秩序,所以在取得政权之后,这些统治者面对并不熟悉的文明,只能以残酷的手段震慑被统治者,因此造成了"礉惨肃杀"的社会氛围。

　　然而,在钱澄之的解读之下,秦与清虽同为出身蛮夷的统治者却又不可等量齐观,区别在于秦与清获得政权的方式是取之于"义"抑或取之"不义"。在钱澄之看来,秦王在周王室统治衰微的时候,秦国君主能作为霸主"主盟中国",使"诸侯知尊王室,奉为共主者数百年"⑧;同时秦国"自穆公以来,不与诸夏争长,闭关修政",而"六国自相残灭",秦国才"待其自毙而攘而有之"建立秦朝⑨。因此,秦国在周未亡时能尽臣之责,即便在周室衰微后,秦朝对中原也取之有道。反观清朝,虽然"对于满洲贵族来说,夺取中原是早已确定

　　①　(清)计六奇撰,任道斌、魏得良点校《明季南略》,中华书局 1984 年版,第 134 页。
　　②　关于清朝统治者对士人群体的态度,笔者赞同梁启超先生的说法:"满洲人虽仅用四十日工夫便奠定北京,却须用四十年工夫才得有全中国。他们在这四十年里头,对于统治中国人方针,积了好些经验。他们觉得用武力制服那降将悍卒没有多大困难,最难缠的是一班'念书人',——尤其是少数有学问的学者。因为他们是民众的指导人,统治前途暗礁,都在他们身上。"(梁启超《中国近三百年学术史》,商务印书馆 2011 年版,第 17 页)
　　③　胡奇光《中国文祸史》,上海人民出版社 2006 年版,第 125 页。
　　④　(清)钱澄之撰,诸伟奇校点《田间诗集》,黄山书社 2014 年版,第 380 页。
　　⑤　孔定芳《明清易代与明遗民的心理氛围》,《历史档案》2004 年第 4 期,第 51 页。
　　⑥　(清)钱澄之撰,朱一清校点《田间诗学》,黄山书社 2005 年版,第 304 页。
　　⑦　(清)钱澄之撰,朱一清校点《田间诗学》,黄山书社 2005 年版,第 312 页。
　　⑧　(清)钱澄之撰,朱一清校点《田间诗学》,黄山书社 2005 年版,第 18 页。
　　⑨　(清)钱澄之撰,彭君华校点《田间文集》,黄山书社 2014 年版,第 50 页。

的方针"①,但清朝统治者在为其取得政权的正当性进行辩护时,仍坚持"大清取天下,取之于闯贼,非取之于本朝(即明朝)"②之说,并声称"天下者非一人之天下,军民者非一人之军民,有德者主之。我今居此,为尔朝雪君父之仇,破釜沉舟,一贼不灭,誓不反辙"③。同时,清廷所谓"能削发投顺、开城纳款者,即予爵禄,世守富贵""如有失信,将何以复临天下"④的劝降之辞在当时也具有一定的迷惑性,以掩盖他们欲占领中原的真实目的,进而成为粉饰其政权合法性的工具。然而,如钱澄之所言:

> 《春秋》:狄人灭卫,齐侯驱狄而存卫;吴师灭楚,秦伯破吴而兴楚。君子义之。未闻狄遁而齐遂有卫,吴败而秦遂据楚也。惜乎贵朝以义始,不以义终也。譬如大盗入室,戕其主人,窃踞其第。有干仆力恐不敌,求救于壮士,壮士毅然许为同仇,奋臂助斗,大盗授首,仇以报矣,而主人所有尽归壮士。则是干仆有功而无功,壮士有义而无义也。⑤

钱澄之以大盗入室而义士相救之事为例否定了清廷诡辩,并且指出清廷"以义始,不以义终"的本质。也正是基于此,钱澄之认为即便清朝统治者得到了统治权,也不可将其视作正统。从这一意义上来讲,秦朝的建立并非如满洲人一般以"不义"的手段窃取政权,因此秦可入正统而清不可入正统。

值得一提的是,钱澄之对于清政权的否定,并不意味着他与新朝世事的隔绝。钱澄之于1650年(南明永历四年,清顺治七年)南明桂林兵败之后僧装返乡,以耕种自足。钱澄之此时选择隐居避世,并不意味着对遗民责任的推卸,而是在当时情境之下为坚守名节而不得不为之举。虽然对于钱澄之而言,对耕种的不熟悉无疑加剧了生计的艰难,但是相较于入幕、从商等营生而言,力田无疑是其保持气节与尊严的上策,最大限度地帮助钱澄之在物质方面摆脱了对清廷的依赖。《田园杂诗》记一农夫因怜惜钱氏之子而劝其勿因农事而荒废诗书,钱澄之则回应道:"多谢老父意,此意君未知。"⑥钱澄之告诫其子"书要读,不要考"⑦,责其子贪慕举业"不念我,独不念汝母之死乎"⑧。钱澄之的妻儿均在震泽之难中死于满洲人之手,清朝政权对于钱澄之而言,不仅有亡其国的仇,还有毁其家的恨,两方因素决定了钱澄之对清廷的不合作态度。

虽然说"不与当道合作,不介入当世政务,亦遗民自律"⑨,但是也应看到遗民们在易代之际历史环境中的种种不得已,所以不宜绝对化地将"合作"与"不合作"作为衡量遗民变节与否的根据。就钱澄之来说,他选择避世虽然能保持他的遗民气节,但他选择存身

---

① 顾诚《明末农民战争史》,光明日报出版社2012年版,第350页。
② (清)钱澄之撰,汤华泉校点《藏山阁集》,黄山书社2014年版,第392页。
③ (明)谈迁著,张宗祥校点《国榷》,中华书局1958年版,第6087页。
④ (明)谈迁著,张宗祥校点《国榷》,中华书局1958年版,第6087页。
⑤ (清)钱澄之撰,汤华泉校点《藏山阁集》,黄山书社2014年版,第392页。
⑥ (清)钱澄之撰,诸伟奇校点《田间诗集》,黄山书社2014年版,第158页。
⑦ (清)钱澄之撰,彭君华校点《田间文集》,黄山书社2014年版,第573页。
⑧ (清)钱澄之撰,彭君华校点《田间文集》,黄山书社2014年版,第573页。
⑨ 赵园《制度·言论·心态——〈明清之际士大夫研究〉续编》,北京大学出版社2015年版,第41页。

的用意毕竟不止于此,而凡存史、传道种种均需要借助多方力量才可实现。因此,他对仕清的态度根源于个人的国仇家恨,但也基本限定在与其紧密相关的狭小范围之内,他对于侄孙、生徒应试的态度则更为缓和,甚至还积极为他们引荐,如《与张梦敦》:

> 舍侄光夔,顷以廷试入都,素蒙先生奖借,顺风之吹,知所不惜。倘得一席糊口,肄业成均,造育之德,感戢何如![1]

从中不难看出,钱澄之反抗新政权的不合作态度与他为存史传道而与新朝交涉的行为,应当是并行不悖。

钱澄之纵然有以躬耕隐居回避世事的意愿,可他仍然奉行着“硕人非忘情于世”[2]的准则。他对于遗民责任的承当、对于礼法道统的执着,并没有随他处境的变化而消解。正如他对于“戮民”与“畸人”的解读,称:“但识礼意而忘礼法,是得天而忘人者也。故曰:‘畸于人而侔于天’。天者,方以外也;人者,方以内也。圣人游乎外而不离乎内,宁无事而生定,以相造于道,不敢相忘于道术也……故宁为戮民,不为畸人。”[3]所谓“畸人”,即“得天而遗人者也”[4]。反观“戮民”虽为礼义所戮,但是仍有牵挂世情一面。在钱澄之看来,“真人者,天而人也;圣人者,尽人以合天者也”[5]。他因此摒弃遗世独立以守节的生存方式而选择介入其反抗的新朝,以其“行迹”践行他作为遗民的准则。这种强烈的用世之心与遗民守节的道德标准之间的矛盾,或许恰恰是钱澄之身处异族统治之下有志难酬的必然结果。

三、存史以待“后贤”的经世意义

如前文所言,钱澄之亲身经历了明末的党争和腐朽的朝政,深知明朝早已到了不得不亡的地步。但是,满洲人又实在不是钱澄之所能接受的能继大统者。即便诸多明遗民在晚年时对清朝的态度已经逐渐缓和,但是对新的汉族政权的期待仍然是他们心中无法释怀的执念。就此而言,钱澄之存史的本质,正在于他试图通过对历史规律的总结与分析,求得汉族政权在明亡之后恢复的希望。同时,前文所言钱澄之所总结的历史教训、对清政权的否定,实则都是他为新的汉族政权能继明朝正统所做的准备。

(一)“后贤”的具体指代

从钱澄之对历史规律的总结来看,他坚信明亡之后必有“后贤”能延续大统。他以汉唐为例,指出:

> 当祖龙肆虐之秋,芒砀已有真人矣;于炀帝穷奢之日,太原已有王气矣。夫沛公与州将之晦迹于秦隋,《坤》之事也;及至受命于汉、唐之高祖,《复》之事也。不特此也,吕氏擅

---

① (清)钱澄之撰,汤华泉校点《藏山阁集》,黄山书社 2014 年版,第 458 页。

② (清)钱澄之撰,朱一清校点《田间诗学》,黄山书社 2005 年版,第 140 页。

③ (清)钱澄之撰,殷呈祥校点《庄屈合诂》,黄山书社 2014 年版,第 111 页。

④ (清)钱澄之撰,殷呈祥校点《庄屈合诂》,黄山书社 2014 年版,第 117 页。

⑤ (清)钱澄之撰,殷呈祥校点《庄屈合诂》,黄山书社 2014 年版,第 117 页。

汉,平勃韬光;武曌改唐,梁公屈节:当是时,岂知平、勃、梁公之为硕果哉? 然所以安刘、反唐者,即在于不知其为硕果之顷。惟其藏身深密,故不为阴邪所害,亦天之有以默默保全之,虽欲害之,亦不可得也。犹之阳之危于《剥》,而决不绝于《坤》也,迨至《复》,而始幸其来,见已晚矣。夫以《复》之阳,自《剥》而来,洵可为远;若知夫《坤》犹阳也,而果远乎哉?①

　　由《剥》到《坤》,再自《坤》至《复》,在钱澄之的解读下,此三卦构成了由衰世至乱世,再到治世的过程。他以此来说明"乱世之中也埋藏着恢复治世的种子"这一道理。具体而言,秦朝"祖龙肆虐之秋"与隋朝"炀帝穷奢之日",即《剥》卦"九月剥烂之余,更加以霜雪之摧折"②之意,《剥》之上九一阳受众阴相逼,只得隐入《坤》阴当中。所谓"《坤》之时",也就是使"贤人伏处在野","其亡也可立待"之世。虽然《坤》之时为乱世,但"贤人"未灭,仍有转为治世的希望,即如钱澄之注《剥》之上九"硕果不食"所言:"所谓硕果者,生理尽矣,不知外愈剥烂,则内藏愈深,而生趣愈妙。"③可见,《剥》之阳虽一时受《坤》阴遮蔽,但最终转为《复》之初九得以重生。由秦而汉,自隋至唐,乱世的终结,均得益于如汉、唐高祖等贤人的出现;一朝之中自乱返治,实现光复的关键,则有赖于如平、勃、梁公等贤臣韬光屈节。可见"贤人"可以是一举扭转乱世局面的创业之君,也可以是存身以待后王的贤臣。

　　然而,在《所知录·永历纪年》的最后,钱澄之以四首悼念曾樱之诗收束,称:"自此之后,上驾日南,音问阻隔,传闻多不实,自有从行诸臣日记。予所知者,止此矣。"④钱澄之的这种写法"意味着南明的历史是以名臣良相的死亡来终结的"⑤,明朝的现实条件已经不存在借助贤臣光复的可能。因此,结合钱澄之对华夷统治者态度的不同来看,只有能改立汉族政权的统治者才是钱澄之所期待的"后之贤人"。

(二)为"后贤"政治奠基的心理指向

　　"后贤"兴复汉族政权的日子遥遥无期,而清朝剃发易服等苛政对汉族的文化道统产生了极为恶劣的影响。在这种背景之下,对儒家经典的解读则成为凝聚民族共识、延续民族精神的不二选择。以这种借经学延续道统的信念为指向,钱澄之将个人的治世思想融入其学术著述之中,来为之后的政治服务。钱澄之从自身的经历出发,深感君臣对于王朝存续的重要性,因此尤其注重构筑君臣之间的关系。钱澄之的这一倾向,在《田间诗学》中表现得尤其明显。

　　一方面,君主要善于任用贤人,重视人才。钱澄之在解读《诗经·大雅·文王有声》"诒厥孙谋,以燕翼子"一句时指出:"国以人才为本。圣人于子孙计久远,莫大于贻以人

①　(清)钱澄之撰,彭君华校点《田间文集》,黄山书社 2014 年版,第 145 页。
②　(清)钱澄之撰,吴怀祺校点《田间易学》,黄山书社 2014 年版,第 174 页。
③　(清)钱澄之撰,吴怀祺校点《田间易学》,黄山书社 2014 年版,第 174 页。
④　(清)钱澄之撰,诸伟奇辑校《所知录》,黄山书社 2005 年版,第 131 页。
⑤　张晖《易代之悲——钱澄之及其诗》,人民文学出版社 2014 年版,第 32 页。

才……宋祖留张齐贤以贻太宗;明祖留方孝孺以贻建文,皆仿此意。"①钱澄之目睹了明末朝廷无才可用的境地,也经历了南明人才相继凋敝、独木难支的局面,因此对人才的作用极为重视。他多次在《田间诗学》中表达类似观点。如其在《诗经·小雅·鹤鸣》中所言:"王政既衰,贤人不出,老成凋谢,朝廷虚无人矣。维萚败叶也,维榖恶木也,所存只此,犹足以为国乎?'他山之石',质理粗顽,虽非贤比,然可以为错,可以攻玉焉。贤者不可得,庶几得此,犹足以励世磨钝乎!"②朝廷人才凋敝,治世良才不可多得,只剩庸才佞臣当权,即便有"他山之石",也难以为继。

另一方面,钱澄之对臣子也提出了要求。他在《诗经·小雅·六月》"饮御诸友,烹鳖脍鲤"一句的按语中指出:"忠孝一也。士君子取友,必以其类。视吉甫之友,则为吉甫者可知。世未有不孝而可以言忠,而可以勤王事、成大功者也。"③此言虽然是以吉甫之友,以见吉甫之人,但是着意点在于强调臣子的忠孝品质。在钱氏看来,文武之才尚且不论,忠孝之义却是评判人才的不二准则。忠孝不存,才高亦不为贤人;兼有忠孝之人才,方为之国良材。生逢乱世,诸多有识之士对廷争权斗气之风深恶痛绝,忧谗畏讥,不愿再次入朝为官而选择独善其身。钱澄之则认为:"士君子隐居,求志必以通天下之志为志,若独洁其身以为无悔,是丧志也。"④虽然隐者选择归隐各有苦衷,但是归隐并不能不问世事,而应当身处世外而心系世情。又在《诗经·小雅·菀柳》的按语中指出:"王虽不道,而臣子朝贡之礼不可不修。若相戒不朝,是悖慢无君之甚!"⑤即认为,无论君主昏庸与否,臣子都应当恪尽职守,尽己所能。小人之陷害固然应当批判,但是君子们自恃名节而置国事于不顾同样也是误国之因,如钱澄之所言:"小人乱国,正人争去,国事其谁赖乎?"⑥在南明政权岌岌可危的情势下,诸多有才之士因畏祸而不肯入仕,或殉国或归隐,皆坐视朝廷无才可用的局面,使明遗民复国大业举步维艰。钱澄之并未对这种"正人误国"的问题避之不谈,而是对所谓正人君子一味固守气节所带来的后果直言不讳,不难见其拳拳之心。

(三)存史与传道的统一

在以经学延续道统的用意以外,钱澄之经史结合的做法,还有借经学存史的意图。钱澄之存史,意在将他从明清之际的历史中所总结出来的教训与经世之策留待"后贤"之用。然而,身处清初的历史环境当中,钱澄之的存史之志在清初如此严苛的环境中几乎难以为继,况且记载明遗民的事迹,势必会触及清朝统治者在取得政权过程中不堪的过往。因此,钱澄之虽有心存史,但在清初只言片语就有招引杀身之祸的可能,加之文献残缺,知晓这段历史之人相继凋残,存史之事谈何容易!更有甚者,遗民们的著述也在清廷重点封禁打击的范围内。仅就钱澄之来看,他的《田间诗集》《田间文集》《所知录》均因其

①　(清)钱澄之撰,朱一清校点《田间诗学》,黄山书社 2005 年版,第 720～721 页。

②　(清)钱澄之撰,朱一清校点《田间诗学》,黄山书社 2005 年版,第 476 页。

③　(清)钱澄之撰,朱一清校点《田间诗学》,黄山书社 2005 年版,第 452 页。

④　(清)钱澄之撰,吴怀祺校点《田间易学》,黄山书社 2014 年版,第 280 页。

⑤　(清)钱澄之撰,朱一清校点《田间诗学》,黄山书社 2005 年版,第 638 页。

⑥　(清)钱澄之撰,朱一清校点《田间诗学》,黄山书社 2005 年版,第 521 页。

中有"违犯指斥之语"①而被销毁。

在此背景下,钱澄之的学术著作就成了他存史的重要载体。虽然钱澄之晚年写作《田间易学》《田间诗学》等学术著作时,或因书稿遗失而只得仓促成书②,又或因"家无藏书"③而竭力为之,但这些著作仍然最大限度地保存了当时的历史与文献。例如,时人被钱澄之在《田间诗学》中引用言论者多达 55 人,"其中属钱澄之师友亲戚者至少有 50人",钱澄之此举"是在用征引师友亲人的方法来记录和见证历史""其中既有他个人的历史,也有明清之际的大历史,同时也记录下他个人的情感"④。不仅《田间诗学》,在《田间易学》中也保留着钱澄之父亲、儿子,以及当时如黄道周、何楷、方以智等学者的学说。同时,如借周朝对商遗民的做法,暗示清朝"亡人之国,则绝人之祀,毁其先代之衣冠礼乐"⑤;再如前文以"秦"代指"清",指斥满洲人不懂礼义道德等内容,这些在清初具有高度政治敏锐性的时人对清廷的历史评价,很难通过史著、诗文以传世,却能借助钱澄之的经学所保留,这又何尝不是钱澄之的经学与其存史意识的巧妙统一?

钱澄之的学问原本是为之后的汉族政权服务的,所以,钱氏治学并非完全着意于学问本身,而是为治世而治学。本着不与新朝合作的原则,钱澄之这些治学的产物本应"藏之名山",而不是急于在新朝面世。但是,他的著作毕竟有着更重要存史的价值,若只以掩藏学问为目的,那么他所存之史何以传世则成了难以预料之事。

结语

钱澄之是从明末的腥风血雨中走出来的君子,他的志趣并不在于沽名钓誉地求得一个为国守节的名头,而是着眼于为天下与后世谋划。明朝固然已经到了非亡国不可的地步,但是明朝何以至此、明末救亡志士何以名垂千古,则是钱澄之更想让后世之人引以为鉴的内容,这也是钱澄之存史意识产生的根源。但是,钱澄之存史所要服务的对象并非清廷,而是将来兴起的汉族政权的统治者,即所谓的"后贤"。从这一层面来看,钱澄之竭力否定清政权的合法性,其实正是为"后贤"能继明朝大统所做的努力。实质上,钱澄之的存史意识就是他在复国无望以后所选择的一种保存文化、延续道统的行为。不可否认,受制于艰难的历史环境,钱澄之存史蓝图的展开并没有达到预期,即便是辛苦付梓的著作仍然难免被清朝禁毁的命运。但是,后人仍然可以从钱澄之所留存下来的著作中窥得曾经那段风雨飘摇的历史,而钱澄之在存史过程中对专制统治的反思与批判,也成为民本思想在那个时代的一次闪光。

---

① (清)姚觐元编,孙殿起辑《清代禁毁书目(补遗)》,商务印书馆 1957 年版,第 186 页。
② 钱澄之在《田间易学·易学凡例》中说:"是书集成,携至都门,为老友严颢亭所赏,留诸行笈,欲为付梓。予既归,颢亭病殁,其书遂不知所在。会昆山徐健庵昆仲要予谈《易》,既无副本,又老而善忘,乃取所存旧稿重加编辑。"(见:钱澄之《田间易学》,第 4 页)
③ (清)钱澄之撰,朱一清校点《田间诗学》,黄山书社 2005 年版,第 8 页。
④ 于浩《情与史的交融:钱澄之〈田间诗学〉中的情感体悟与史鉴意蕴》,《中国典籍与文化》2016 年第 1 期,第 43 页。
⑤ (清)钱澄之撰,朱一清校点《田间诗学》,黄山书社 2005 年版,第 670 页。

陈维崧与龚鼎孳交谊考述

郭　超*

摘　要:陈维崧是清初著名文人,才华横溢,著述颇丰。他交友广泛,与"江左三大家"之一的龚鼎孳有着近二十年的交谊。这是一份亦师亦友的情谊,为陈维崧湖海漂泊中的悲感心灵带来了知己之慰。考察陈维崧与龚鼎孳的交往,既可丰富有关陈维崧交游的研究,又可更细致地观照其生命历程中关键阶段的经历与心态,为认识清初江南知识分子的交谊提供一个范例。

关键词:清初;陈维崧;龚鼎孳;交谊;考述

陈维崧(1625—1682),字其年,号迦陵,南直隶宜兴(今属江苏)人,清初著名文学家。他的词名甚著,为清初阳羡词派宗主;诗歌创作有成,著有《湖海楼诗集》,内容博赡,风格多样;散文创作,尤其是骈文成绩斐然,被冠以"清初四六之首"。康熙十八年(1679)授翰林检讨,入史馆,参修《明史》。陈维崧一生交友广泛,与"江左三大家"①之一龚鼎孳的交往对其中年伊始之文学活动及生命历程意义重大。本文试考述之。

一、心交缔结

龚鼎孳(1615—1673),字孝升,号芝麓,庐州合肥(今属安徽)人。明崇祯七年(1634)进士。李自成进京,曾迎降。清兵入关,复降清,累官至刑部尚书。《清史稿》赞其"天才宏肆,千言立就"②,著有《定山堂集》。

据现有资料记载,陈维崧与龚鼎孳结识应是在顺治七年(1650)。早在顺治三年(1646)六月,龚鼎孳因丁父忧请赐恤典,遭到给事中孙垍龄的弹劾,遂被降级。此后五年,龚鼎孳归里居家,期间曾于顺治七年正月到过扬州。暮春时节,龚鼎孳与众人欣赏玉兰,有《同祁止祥、张稚恭、王于一、许力臣、师六、陈其年看玉兰》③。从题目来看,一同赏花者有六人,陈维崧即在其中。这应当是二人过从最早的记载。

顺治十三年(1656),龚鼎孳奉使颁诏粤东,下年夏秋之际回京途中,曾携夫人顾媚重游南京,与冒襄会面,陈维崧此刻也来南京见冒襄,这是两人的第二次见面。对此,冒襄《哭和其年十八首(其八)》注记载:

---

* 郭超,文学博士,潍坊学院文史学院(文化与旅游学院)教师,主要从事明清文学文献学研究。

① "江左三大家"是指钱谦益、吴伟业与龚鼎孳。康熙六年(1667),吴江顾有孝、赵沄合辑《江左三大家诗抄》,始有此称。

② 赵尔巽等撰,许凯等标点《清史稿·文苑传一》,吉林人民出版社 1995 年版,第 10125 页。

③ (清)龚鼎孳著,钟振振主编《龚鼎孳诗》,广陵书社 2006 年版,第 672 页。

丁酉余应沘水先生之约,始至秦淮。时其年诸子从游甚众,尚不欲出见贵人。一日沘水过访云:"床头有真英雄,忍不令余见?"大索出之。次日中秋广宴,酒半停剧,限清、溪、中、秋四韵七言律。沘水即席赌诗,八叉立就。此夕其年四律先沘水成,先生叹赏掷笔,遂缔心交。①

这段话详细记录了龚鼎孳与陈维崧二人情谊的发端。"贵人"当指龚鼎孳,而龚鼎孳口中的"真英雄",即指陈维崧诸子,包括梅磊、戴本孝、吴孟坚、周璿、陈堂谋、刘汉系、方中德、方中通等。八月初九日,诸子在冒襄寓所集会,饮酒之余,限韵赋诗竟日。冒襄《巢民诗集》卷三有《丁酉八月九日余卧病秦淮,梅杓司、陈其年、戴务旃、吴子班、沈方邺、周式玉、陈大匡、刘王孙、方田伯、位伯冲泥过访,谭饮榻前竟日,即席同禾、丹两儿限韵》。八月十三日,龚鼎孳在冒襄寓楼读诸子八月初九日所作诗,为和一首《中秋前二日过辟疆老盟翁寓楼下留饮,读八月初九日社集诗,是日于皇招饮风轩,不得久留,因用前韵纪事一首,且与其年定再过之约也》,陈维崧依韵和作《龚芝麓先生枉和前韵再成一首》②。次日的中秋宴会上,众人以"清、溪、中、秋"四字为韵作七言律诗,陈维崧先成,《湖海楼诗稿》卷八有《青溪中秋社集,同龚芝麓、许菊溪、王于一、杜于皇、苍略、纪伯紫、余澹心、冒巢民、唐祖命、梅杓司、邓孝威、丁汉公赋四首》③。这次文事中,陈维崧凭借出众的才华脱颖而出,赢得了龚鼎孳的青睐,两人由此缔结心交。

顺治十四年(1657),陈维崧在江宁与冒襄、龚鼎孳等人同游颇多,过访寓园,于姜廷干秦淮水阁、许宸紫苕山房聚饮。值得一提的是,在此期间,陈维崧曾主动向龚鼎孳问学,现存《上龚芝麓先生书》。陈维崧在信里向龚鼎孳讨论当时学风。他首先陈述自己的为学历程及所思所得:"徒以杨子幼之门第,华毂不少;王茂弘之子孙,青箱遂多。上不敢方井大春,次不至失枚少儒,一流将近,如是而已。"陈维崧当时与陆圻、彭师度、计东、宋实颖等人扬榷雅颂,欲为文坛添力,"每与骏公吴先生言及此事,未尝不抚掌于应徐也"。而他当时努力学习的榜样便是龚鼎孳的《尊拙斋集》:"过高唐而近绵驹,亦欲一效其音声也。"④接着展开时风讨论:"辞赋一道,古诗之流,远溯汉魏,近迄开天,尚矣",但是"意者干之以风骨,不如标之以兴会也。然乎? 否乎?"⑤辞赋创作自汉魏以来,源远流长,但时移事变,不同的人文风气造成了不同的书写内容。创作者应根据具体情况,采用适宜的表达方式,而不应"为赋新诗强说愁";要"为情作文",而非"为文造情"。这是他思考并首次提出关于辞赋创作的重要理论命题,涉及"风骨""兴会"两个重要的文论概念。究竟是以突出鲜明个性的风格或风度追求诗"意",还是以灵感来临时的兴趣或情致引发诗"意"呢? 陈维崧显然是偏向于后者的。情之所至,便会引发创作灵感。文字的真切,情感的真挚,是自然流露而非矫揉造作。这种"真情说"是青年陈维崧对明末流弊的一种思考与

① 周绚隆《陈维崧年谱》,人民出版社 2012 年版,第 30 页。
② (清)陈维崧著,江庆柏点校《陈维崧诗》,广陵书社 2006 年版,第 353 页。
③ (清)陈维崧著,江庆柏点校《陈维崧诗》,广陵书社 2006 年版,第 421 页。
④ (清)陈维崧著,陈振鹏标点,李学颖校补《陈维崧集》,上海古籍出版社 2010 年版,第 88 页。
⑤ (清)陈维崧著,陈振鹏标点,李学颖校补《陈维崧集》,上海古籍出版社 2010 年版,第 88 页。

反拨,且一直贯穿于其后文学创作中。书信最后,陈维崧将两首习作奉上,以期得到和作与指导。其向学之心由此可见,而龚鼎孳的前贤身份亦得彰显。

此后,陈维崧与龚鼎孳联系未断。顺治十六年(1659)末,陈维崧等人送友人赵而忭入京,念及龚鼎孳,写下了怀念之作:"龙松先生相别久,畴昔长干于我厚"①,念念不忘两年前的南京会晤事。陈维崧第二次写信给龚鼎孳:

> 仆涉笔轻华,持身狂躁。少工声律,不娴《内则》之篇;长熹诗歌,凤昧《归藏》之作。形容台殿,则思竭于灵光;体势虚无,则巧穷于景福……加以崔亭伯晏岁多忧,张平子闲居不乐。学元龙之豪气,难卧高楼;岂敬仲之后人,惯奔他国。江淹赋别,卫玠言愁,吁其悴矣,能不悲乎!阁下虎视帝京,鹰扬上国,行矣云途,勉旆天路。(《与芝麓先生书)》②

这次投书不同于上次问学,而是重在剖白心迹,无疑是让对方更加了解自己。顺治十八年(1661)十一月十一日,龚鼎孳在致冒襄的书信里关切地问及陈维崧情况,夸赞其才华:"其年天下才,频年相依,与令弟公郎可云檀树瑶林,芳华相映,并此统致拳切之怀。"③陈维崧对于龚鼎孳也时时关注。康熙三年(1663)七月,龚鼎孳夫人顾媚在京去世,陈维崧闻讣后作《顾夫人哀辞》,深表哀悼。

至此,陈维崧与龚鼎孳虽已缔结心交,但交情尚浅。而在接下来的岁月里,龚鼎孳在陈维崧生命中的亦师亦友的身份愈发凸显,且尤其重要了。

二、忘年知己

康熙五年(1666)秋,陈维崧至扬州,与宋琬诸人红桥唱和,这时他第三次遇见龚鼎孳。龚鼎孳此年因母丧南还,夏天归乡,秋后期满回京时路过扬州。陈维崧称扬龚鼎孳的忠孝大义,《赠龚芝麓先生》诗云:"我公目断九疑寒,况闻丧母催心肝。情关家国容颜换,愁极君亲去住难","国计终须老大臣,私艰未许归田里","知公最有思亲泪,并入西风洒鼎湖。"④应该说这是一次有准备的称颂,故词情深厚。因为陈维崧康熙三年(1664)曾欲北上,他在《哭故友周文夏侍御》中有所记载:"甲辰客芜城,秋寺极宽绰。萍踪复相聚,坚坐听宵柝。拔剑研巇肩,敲火制鸡臛。悯我无衣绵,念我稼少获。作书向长安,交谊比花萼。北行虽未成,此札恒在握。"⑤当时周季琬感叹于陈维崧生计窘迫,得知其欲北上,便写信给时在京城的龚鼎孳,托其照料。陈维崧因冒襄和王士禛的劝阻未能成行,但未忘此事,所以在两年后的相遇中,陈维崧心中不灭的入仕之念再次被燃起。在龚鼎孳离扬还京当日,作《送大司马合肥公还朝长歌述怀》诗送别,一吐胸怀:

---

① (清)陈维崧《送赵友沂入都,兼怀龚芝麓先生》,(清)陈维崧著,江庆柏点校《陈维崧诗》,广陵书社 2006 年版,第 151 页。

② (清)陈维崧著,陈振鹏标点,李学颖校补《陈维崧集》,上海古籍出版社 2010 年版,第 193 页。

③ (清)冒襄《同人集》,清咸丰九年(1859)水绘庵藏版,国家图书馆古籍馆藏 XD3269,第 67 页。

④ (清)陈维崧著,陈振鹏标点,李学颖校补《陈维崧集》,上海古籍出版社 2010 年版,第 633～634 页。

⑤ (清)陈维崧著,陈振鹏标点,李学颖校补《陈维崧集》,上海古籍出版社 2010 年版,第 666 页。

九秋江水平于掌,我公巨舰排空上。柂楼被酒愿一言,历历为公叙畴曩。忆昔鄙人甫束发,尔时长啸凌一往。鹘子盘空陡健举,狮儿坠地飒森爽。那知天上剩星辰,不信人间足厮养。即云口吃善谈谐,况复肠肥工跳荡。皇天涮洞运抢攘,从此诗书遂卤莽。世许轻肥让后生,天留沟壑填吾党。乍能牧豕学公孙,差许斗鸡逐袁盎。公乎念我在泥途,崧也作人本肮脏。骥老宁羞匀秣恩,鹰饥不断风云想。斯言虽狂公定赏,快若麻姑搔背痒。歌阑万马忽然嘶,醉听催船鼓挝响。①

诗题虽为送别,但落脚点在于自陈心曲。诗的前半部分"叙畴曩":陈维崧回忆了自己少年家居时肠肥脑满的"谈谐""跳荡"生活。后半部分讲现在:如今世事已变,诗书学问都已荒废,只能生活在困厄之境。以公孙弘牧豕海上和袁盎被免家居的典故,暗指自己才能被现实环境所淹没而志不得伸的无奈;又以老骥和饥鹰自比,表明自己虽年岁老大而尚有远志,希望能得到龚鼎孳的提携和帮助。最后表白心迹,"斯言虽狂公定赏,快若麻姑搔背痒"两句,为前面叙述略做回旋。面对第三次见面的龚鼎孳,陈维崧仍怀有矜持,但可看出内心汲汲于仕的诉求。

康熙七年(1668)六月,怀才不遇而又不甘落寞的陈维崧终于踏入京城。龚鼎孳不忘旧情,慨然伸出了援助之手。龚鼎孳惜才爱士,对困厄贫寒名士常倾力相助。《清史稿》本传赞其"汲引英隽如不及","自谦益卒后,在朝有文藻负士林之望者,推鼎孳云"。②"是时,士人挟诗文游京师者,首谒龚端毅公。"(《王士禛年谱》"康熙七年戊申条")③当时朱彝尊、纪映钟等人在京期间都得到过龚鼎孳的帮助,陈维崧此行也受其照拂。

但是面对陈维崧的现实处境,欲在京为其谋一职实为不易,龚鼎孳也惆怅。他后来在写给冒襄的书信里曾述及此事。《同人集》卷四记载:"其年六月抵都,良慰积渴,虽数与倡酬,未免冗夺。而名流所止,户外长者辙临恒满,至欲借一枝以栖鸾鹄,亦复不易。"④身处人事复杂的京城环境,身负高才的陈维崧又何尝不知这位前辈对自己的尽心竭力?《贺新郎·秋夜呈芝麓先生(其一)》云:

掷帽悲歌发。正倚幌、孤秋独眺,凤城双阙。一片玉河桥下水,宛转玲珑如雪。其上有、秦时明月。我在京华沦落久,恨吴盐、只点愁人发。家何在,在天末。

凭高对景心俱折。关情处、燕昭乐毅,一时人物。白雁横天如箭叫,叫尽古今豪杰。都只被、江山磨灭。明到无终山下去,拓弓弦、渴饮黄獐血。长杨赋,竟何益!⑤

词的上阕,开篇点题:"掷帽悲歌发",俨然一副古侠士的风姿,奠定了此词的悲沉基调。孤独秋夜,诗人登上城楼,斜倚帘幕,往下看,是晶莹剔透的玉河水;抬头望,是照耀千古的秦时明月。"人生代代无穷已,江月年年望相似",大自然的永恒,正衬托出人世间

①　(清)陈维崧著,陈振鹏标点,李学颖校补《陈维崧集》,上海古籍出版社 2010 年版,第 635 页。
②　赵尔巽等撰,许凯等标点《清史稿》,吉林人民出版社 1995 年版,第 10125 页。
③　转引自李婵娟《清初古文三家年谱》,世界图书出版广东有限公司,2012 年版,第 158 页。
④　(清)冒襄《冒辟疆全集》,凤凰出版社 2014 年版,第 976 页。
⑤　(清)陈维崧著,陈振鹏标点,李学颖校补《陈维崧集》,上海古籍出版社 2010 年版,第 1529～1530 页。

的反复无常。诗人不禁自叹身世,抒发浓烈的思乡情。下阕延续上阕的悲古伤己情怀,"关情处、燕昭乐毅,一时人物。白雁横天如箭叫,叫尽古今豪杰",白雁意象的出现更加剧了诗人吊古伤今的哀情。最后以扬雄《长杨赋》结尾,反用其意,以古人暗合自身,道尽心中无限感伤。如果说第一首是诗人的悲歌自道,那么第二首便是诗人直面现实的感慨:

俊鹘无声攫。美一代、词场老手,舍公安讬? 歌到阳关刚再叠,月里斜飞兔脚。帘以外、秋星作作。我得公词行且读,任侏儒饱饭嘲臣朔。大笑绝,冠缨索。

中朝司马麒麟阁。筹边暇、南楼爱挽,书生酬酢。半世颠狂谁念我,多少五陵轻薄。我有泪、只为公落。后夜月明知更好,问陆郎舞态应如昨。肯为奏,军中乐?①

词的上阕,大赞龚鼎孳的词场领袖地位,极含誉扬之意。下阕涉笔自己,"半世颠狂谁念我,多少五陵轻薄。我有泪、只为公流落",其中包含年少轻狂的悔意,更包含深沉的恳求之意,也许流下的眼泪也只有对方能懂了。这种相惜之情,龚鼎孳也曾表达,《贺新郎·和其年秋夜旅怀韵(其二)》云:

玉笛西风发,送宾鸿、一城砧杵,千门宫阙。秋满桑干沙岸曲,曲曲芦花飞雪。又报到、今番圆月。羁宦薄游俱失意,诧长楸、衣马多如发。空刺促,贝刀末。

小山丛桂难攀折,眼中过、纷纷项领,汝曹何物? 只有穷交堪对酒,况是江东人杰。任夜夜、兰釭明灭。作达狂歌吾事足,问人生、几斗荆高血? 行乐耳,苦无益。②

虽然两人分别有"羁宦"和"薄游"的不同经历,但时代灾难给他们心灵造成的创伤,却促使两人产生了精神上的共鸣。这种无奈与失意,超越了地位与身份,直击人的心灵,任是狂歌作乐也无济于事。

陈维崧在京逗留数月,终是求告无果,欲归阳羡,受到龚鼎孳的挽留。两人有词为记。陈维崧《沁园春·赠别芝麓先生即用其题乌丝词韵(其一)》云:

四十诸生,落拓长安,公乎念之。正戟门开日,呼余惊坐;烛花灭处,目我于思。古说感恩,不如知己,卮酒为公安足辞。吾醉矣,才一声河满,泪滴珠徽。

昨来夜雨霏霏。叹如此、狂飙世所稀。恰山崩石裂,其穷已甚;狮腾象踏,此景尤奇。我赋将归,公言小住,归路银涛百丈飞。氍毹暖,趁铜街似水,赓和无题。③

龚鼎孳《沁园春·再和其年韵(其二)》云:

君勿过河,浊浪滔滔,鱼龙奋扬。乍城头吹角,秋阴萧瑟;桥边问渡,烟柳冥茫。珠树三枝,银釭一穗,醉里乡心低复昂。凭夜话,较青山紫阁,何计为长。

偶然游戏逢场。有恶客冲泥兴也妨。美人如初日,芙蕖掩映;门开今雨,裙屐回翔。此客殊佳,吾衰已甚,安用车轮更转肠。相劝取,且酒宽稽阮,花驻求羊。④

---

① (清)陈维崧著,陈振鹏标点,李学颖校补《陈维崧集》,上海古籍出版社 2010 年版,第 1530 页。
② (清)龚鼎孳著,孙克强、裴喆编辑校点《龚鼎孳全集》,人民文学出版社 2014 年版,第 1505 页。
③ (清)陈维崧著,陈振鹏标点,李学颖校补《陈维崧集》,上海古籍出版社 2010 年版,第 1494 页。
④ (清)龚鼎孳著,孙克强、裴喆编辑校点《龚鼎孳全集》,人民文学出版社 2014 年版,第 1503 页。

此时,面对一心想回家乡的陈维崧,龚鼎孳极力劝勉,留下意味着还有机会,而陈维崧也感受到了龚鼎孳的一片深情,发出"仆本恨人,能无刺骨;公真长者,未免霑裳"[①]的肺腑知己之言。至此,两人已从原来的相识之交变成了忘年挚友。

三、别后无期

龚鼎孳不仅在生活上多方周济陈维崧,而且四处誉扬,对提高陈维崧在京师文坛上的声名和影响起到极为重要的作用。两人重逢之际,正是陈维崧词名渐盛之时,龚鼎孳在其中的助推作用不容小觑。首先,这次进京,陈维崧是有备而来的,随身携带了自己的《乌丝词》。对此龚鼎孳给予了极高的评价,并作《沁园春·读〈乌丝集〉次曹顾庵、王西樵、阮亭韵》三首、《沁园春·再和其年韵》三首揄扬。《沁园春·读〈乌丝集〉次曹顾庵、王西樵、阮亭韵(其一)》云:"烟月江东,文采风流,旷代遇之",《沁园春·读〈乌丝集〉次曹顾庵、王西樵、阮亭韵(其二)》云:"彼美何其,绣口檀心,婉娈清扬""文章似海,转益苍茫",《沁园春·再和其年韵(其一)》云:"才华雪艳烟霏,算世上无多天上稀。总狂余故态,嵚崎历落,情钟我辈,轮囷离奇",[②]皆表现出龚鼎孳对陈维崧其人、其才的赞赏和喜爱。由此不难想象,龚鼎孳也会将此词集出示给京官贵人,故王士禛、王士禄、宋荦等人都读过《乌丝词》,并有和作。这无形中扩大了陈维崧的知名度。龚鼎孳与陈维崧两人之间也多有酬答唱和。龚鼎孳《定山堂诗余·香严斋存稿》有《贺新郎·和其年秋夜旅怀韵》两首、《沁园春·读〈乌丝集〉次曹顾庵、王西樵、阮亭韵》三首、《沁园春·再和其年韵》三首、《贺新郎·其年将发,秋夜集西堂,次前韵》一首、《念奴娇·中秋和其年韵》一首,《定山堂诗余补遗》有《贺新郎·即集送其年之中州,用前韵》两首、《长相思·和其年韵》一首、《玉人歌·再和其年韵》一首。陈维崧皆有相应的赠和。这些唱和不仅提升了中年陈维崧的词学造诣,也在客观上大力鼓荡了"稼轩风"在京师词坛的流行。再者,正是在此次进京之际,陈维崧与朱彝尊合刻了《朱陈村词》。《清史稿》本传记载:"尝由汴入都,与朱彝尊合刻一稿,名《朱陈村词》,流传至禁中,蒙赐问,时以为荣。"[③]周绚隆指出:"陈维崧过去虽然才名流传很广,但主要限于江南一带,这次(康熙七年)入京后龚合肥的鼓吹褒扬,加上《朱陈村词》的刊印,使他在京华词坛的影响得到了扩大。虽然这样做的最初目的是博取功名而缴名,但在客观上的确成就了这位词坛巨子。"[④]的确,这次京城之行带给陈维崧极大的文学创获。他领导的阳羡词派的成型即以此为起点,而该派大力推尊的正是龚鼎孳。在阳羡词人群体编刻的清词选本《今词苑》中,龚鼎孳以选词31首高居109家词人之冠,正如吴本嵩在《今词苑序》中称:"诗词之道,盖莫盛于今日矣,娄东、庐江振其宗。"[⑤]

---

① (清)陈维崧《沁园春·赠别芝麓先生即用其题乌丝词韵(其三)》,(清)陈维崧著,陈振鹏标点,李学颖校补《陈维崧集》,上海古籍出版社2010年版,第1495页。

② (清)龚鼎孳著,孙克强、裴喆编辑校点《龚鼎孳全集》,人民文学出版社2014年版,第1503页。

③ 赵尔巽等撰,许凯等标点《清史稿》,吉林人民出版社1995年版,第10136页。

④ 周绚隆《陈维崧年谱》,人民出版社2012年版,第46页。

⑤ (清)陈维崧、吴本嵩、吴逢原等《今词苑》,徐喈凤南石间山房清康熙十年(1671)刻本,国图善本编号14636。

可见,阳羡词人对龚鼎孳的清词中兴之祖的认定是很明确的。

于陈维崧而言,康熙七年(1668)的京城求职虽然失败了,但龚鼎孳对其文学事业的助力及影响却是深远的。令人宽慰的是,龚鼎孳经过多方努力,最终为陈维崧在中州谋得了一份差事——到河南学政史逸裘幕下参与阅文。这虽与陈维崧初衷相去甚远,但多少还是缓解了燃眉之急。离京前,龚鼎孳为陈维崧饯行,两人互有赠和。陈维崧《贺新郎·将之中州留别芝麓先生(其一)》:

> 匹马冲寒发。看满目、残山剩水,辇辕伊阙。我到关河惊岁暮,却值梁园飞雪。不须怨、汴京烟月。歌罢添衣仍命酒,只今宵离恨多于发。男儿事,有本末。
>
> 珊瑚十丈凭敲折。叹世上、非公知我,几成怪物。此外半生谁鲍子,负此真非豪杰。最感是、留髡烛灭。后夜相思铜雀下,想漳河、水染啼痕血。今不醉,后何益?①

失路之人对友朋往往有较强的依赖心理。在离别筵席上,陈维崧虽已预想到达中州的情形,但更多的是眼前的依依不舍:"叹世上、非公知我,几成怪物。此外半生谁鲍子,负此真非豪杰。"陈维崧不忍离去,是因为恐怕再没有人能像龚鼎孳一样对待自己,但又不得不离去,因为绝不能辜负龚鼎孳的一片良苦用心。

带着这份沉甸甸的深厚情谊,陈维崧开启了中州四年的漫游生涯。直到康熙十年(1671),陈维崧写信给龚鼎孳,备述分别后的境况。《上芝麓先生书(辛亥)》一开始就对龚鼎孳提携自己的知遇之恩表达感激之情:

> 载别荆门,四更蓂荚。感知慕德,泣更剧于蛇珠;怨老嗟卑,身竟同于燕石。驰惶无地,哽惧自天。譬之越禽恋燠,终思近日之乡;代马冲寒,恒有凌飙之气。人之情也,能无叹乎!②

接着,中间大段篇幅讲述自己中原三载的状况,身之所历,目之所及,颇多悲苦辛酸:"浊酒素琴,差无患苦;宵钟夜漏,聊用襄羊。以此自宽,毋烦相譬。"中州三年,陈维崧与商丘侯氏关系密切,曾一度想在商丘安家,但所谓"客本畏人,居尤不易",陈维崧始终不忘寻找进身之阶。书信最后向龚鼎孳直白心迹:

> 方今成均广辟,石鼓弘鸣。六馆之侧,负笈者三千;四库之旁,横经者十九。若获策其谫劣,竭此涓埃,一观太学之碑,便脱诸生之籍。未知此语果合事宜,伫望台裁以为进止。③

陈维崧借着对当今朝廷揄扬文学,表达了自己"一观太学之碑,便脱诸生之籍"的愿望,但又说得很婉曲。"未知此语果合事宜",不知自己这样说合适不合适,毕竟三年前,龚鼎孳就已经倾尽心力为自己扬名周旋。

遗憾的是,时隔一年后,康熙十二年(1673)九月,龚鼎孳殁于京城,终无回音。龚鼎

---

① (清)陈维崧著,陈振鹏标点,李学颖校补《陈维崧集》,上海古籍出版社 2010 年版,第 1533 页。

② (清)陈维崧著,陈振鹏标点,李学颖校补《陈维崧集》,上海古籍出版社 2010 年版,第 193~194 页。

③ (清)陈维崧著,陈振鹏标点,李学颖校补《陈维崧集》,上海古籍出版社 2010 年版,第 195 页。

孳过世六年之后,已为翰林院检讨官的陈维崧,依旧惦念着这位故去的师友,以秋水轩韵表示哀悼。词题本身即叙述事由:"戊申余客都门,时风尘沦落,而合肥夫子遇我独厚,填词枉赠有'君袍未锦,我鬓先霜'之句。一别以来,余承乏词垣,而夫子之墓已有宿草久矣。春夜偶读香严此词,往复缠绵,泪痕印纸,因和集中秋水轩倡和原韵以志余感。"[①]"君袍未锦,我鬓先霜"是康熙七年(1668)龚鼎孳读《乌丝词》后所发出的感叹。对这位故家子弟,龚鼎孳始终关怀不断,但直至去世都未能见到陈维崧出人头地。如今的陈维崧,穿上官服,写下此词,算是对夫子的一种安慰吧。陈维崧因此着意在词中做对比描写,上阕有云"知己相怜袍未锦,论深情、碧海量还浅",下阕有云"今日锦袍虽换了,记前言、腹痛将他典",[②]憾恨之情不言而喻。执笔之际,陈维崧自己已疾病缠身,两年之后,也溘然长逝。至此,这对忘年之交的友谊画上了圆满的句号。

结语

综上所述,对于陈维崧而言,龚鼎孳亦师亦友。龚鼎孳给予了陈维崧多方面帮助及深切关怀,对其文学事业的发展与晚岁命运的改变有着十分重要的影响。在文学创作上,龚鼎孳可说是成就了陈维崧词坛巨子的地位与影响,甚而可说是清初阳羡词派成立的"助产士"。在个人境遇上,陈维崧最终得荐博学鸿词、任职翰林检讨,不仅由于个人才华,更获益于崇高的文坛地位与影响。确切地讲,这份荣宠,与龚鼎孳密不可分:龚鼎孳当年的竭力褒奖与推荐,终于在死后获得了社会与朝廷的认同,陈维崧因此改变命运;而陈维崧此后念念于兹,也正是荣达以后对已故师友的追念与缅怀。总而言之,龚鼎孳对后进的呵护关爱,对文化的挽救培植,着实为陈维崧的飘零生涯增添了一份知音的慰藉,温暖了其充满悲感色彩的心灵,成就了其不懈追求的事功。考察陈维崧中晚年的文学创获及追寻仕宦的历程,就不能忽略他与龚鼎孳的交谊及其深远的影响。这种汲引与褒扬、信赖与感恩,堪为清初江南知识分子交谊的一个范例。

---

① (清)陈维崧著,陈振鹏标点,李学颖校补《陈维崧集》,上海古籍出版社 2010 年版,第 1574 页。
② (清)陈维崧著,陈振鹏标点,李学颖校补《陈维崧集》,上海古籍出版社 2010 年版,第 1574 页。

文学接受史

明清之际韩诗接受与诗风流变

张清河　王一帆 *

摘　要：溯源韩愈诗歌接受史，可知韩诗的认可度与其古文接受度呈正相关关系。在明清之际的文学进路中，唐宋派、公安派、虞山派以迄桐城派"梯接"，韩诗伴随着新一轮的古文运动达到了接受的高峰。钱谦益、叶燮、王士禛、朱彝尊等代际文人把古文"评点学"经验引入诗学，无论是针对韩愈喜好押险韵、营造奇涩意境还是针对其以文为诗，他们在高度认可韩诗成就的同时，也提出了诸多批评意见。世人对韩诗的全新认识，成为诗风转圜的关键，韩愈成为杜甫之后模仿最多的诗家之一。清代诗人以"李杜韩苏"为出唐入宋的诗歌面向，显示了韩诗接受的深远影响。

关键词：韩愈；韩诗；明清之际；诗歌接受；诗风流变

　　千百年来，人们高度关注韩愈古文，认定其"百代文宗""文章巨公"的地位，以其"古文运动"列之"唐宋八大家"之首。事实上，韩愈还是个匠心独运的著名诗人。韩诗接受的两个高峰在宋、清，如黄庭坚、严羽、吴沆、叶燮、汪森等皆以韩愈为李、杜之后的"第三人"，谷曙光教授《韩愈诗歌宋元接受研究》（安徽大学出版社 2009 年版）以及张弘韬的南开大学博士论文《清代的韩愈诗歌研究》（2014）有述。韩诗接受之再盛，产生于宋、清诗人力争超越唐诗的时代焦虑和选择矛盾。如北宋惠洪，一方面将韩诗成就拔高，"予尝熟味退之诗，真出自然。其用事深密，高出老杜之上"；另一方面又引沈括、吕惠卿等人之论，说明韩诗不过是"押韵之文耳"，"终不是诗"。① 而为惠洪题《春江晚景图》的苏轼，也认为"诗之美者，莫如韩退之"，但笔锋一转，"然诗格之变，自退之始"。② 这种状况在清初诗人更为普遍。溯源韩愈诗歌接受史，我们发现：韩诗的认可度，与其古文接受度呈正相关关系，诸如欧阳修接受韩愈古文，韩诗在欧门弟子群中也掀起了接受风潮。同样，在明清之际的文学进路中，唐宋派、公安派、虞山派以迄桐城派"梯接"，韩诗伴随着新一轮的古文运动达到了接受的高峰。代际文人把古文"评点学"经验引入诗学，无论是针对韩愈喜好押险韵、营造奇涩意境还是针对其以文为诗，他们在高度认可韩诗成就的同时，也提出了诸多批评意见。当清初诗坛出现所谓"唐宋诗之争"的时候，作为宗唐祧宋者皆力为

---

　　* 　张清河，文学博士，河南理工大学文法学院副教授，硕士生导师，从事明清文学研究。王一帆，河南理工大学文法学院硕士。本文系国家社科基金一般项目"明清之际江南诗学研究"（14BZW171）、国家社科基金后期资助项目"明清河南书院与中州理学研究"（24FZSB056）、国家社科基金一般项目"南社新戏与早期中国话剧研究"（23BZW140）、河南省哲社规划一般项目"明清河南书院与中州理学研究"（2022BX007）的阶段性成果。

　　① 　（宋）释惠洪《冷斋夜话》卷 2《馆中夜谈韩退之诗》，中华书局 1985 年版，第 10 页。

　　② 　（宋）胡仔纂集，廖德明校点《苕溪渔隐丛话·前集》卷 17，人民文学出版社 1962 年版，第 109～110 页。

争取的关键人物,韩愈以其"承上启下"的地位备受诗家重视。宗唐者认为韩愈"以文为诗",韩诗为"变雅之音";祧宋者以韩愈为"百代之宗",韩诗为"杜诗正脉"。诸如叶燮、吴乔、徐增等明言韩愈不但扭转了一代文风,而且开一代诗风。世人对韩诗的全新认识,成为诗风转圜的关键,韩愈成为杜甫之后模仿较多的诗家之一,正如陈寅恪《论韩愈》一文所说:"退之者,唐代文化学术史上承先启后转旧为新关捩点之人物也。"①那么,由宋明迄清,从士林起初对于韩诗的"欲拒还迎",到后来韩愈成为"唐诗第三人",韩诗掀起了怎样的千年变局? 明清之际韩诗又是如何"承上启下"的? 下文我们对源流展开梳理和探析。

一、韩愈的诗歌传统

首先,韩愈古近体兼擅,古体为数稍多,得益于其古文。早在当世,元稹(779—831)认为韩愈古近两体皆有所长:"喜闻韩古调,兼爱近诗篇。"②韩门弟子李汉整理其全集,得"古诗二百五,联句十,律诗一百七十三",凡四百三十三首,③亦可见其古体与近体比例相近。宋初诗人多学韩愈古体,如柳开(947—1000)指出,韩愈《双鸟》诗别有寄托。之所以如此,可能是因为在古体中可以充分展示韩愈"以文为诗"的才华。欧阳修(1007—1072)不仅戏题诗为"昌黎后身",且首倡诗话曰:"退之笔力,无施不可,而尝以诗为文章末事,故其诗曰'多情怀酒伴,余事作诗人'也。然其资谈笑,助谐谑,叙人情,状物态,一寓于诗,而曲尽其妙。"④继而刘攽(1023—1089)《中山诗话》认为,韩愈偏擅于古体:"韩吏部古诗高卓,至律诗虽称善,要有不工者。"⑤沈括(1031—1095)《梦溪笔谈》亦云:"韩退之集中《罗池神碑铭》……盖欲相错成文,则语势矫健耳……杜子美诗'香稻啄余鹦鹉粒,碧梧栖老凤凰枝'……韩退之《雪诗》'舞镜鸾窥沼,行天马度桥',亦效此体。然稍牵强,不若前人之语浑成也。"⑥苏辙(1039—1112)甚至以韩愈为孔子之后的第一文人(《欧阳文忠公神道碑》),黄庭坚(1045—1105)《山谷集》卷二六《书徐会稽禹庙诗后》表示自由用韵者古今仅有"李杜韩"之意:"然魏晋人作诗多如此借韵,至李、杜、韩退之无复此病耳。"陈师道(1053—1102)《后山诗话》引庭坚语曰:"杜之诗法,韩之文法也。诗文各有体,韩以文为诗,杜以诗为文,故不工尔。"⑦可见韩愈虽被宋人认为是李杜之后的执牛耳者,但普遍被感知到其戏笔为诗、以文为诗的特点。

其次在近体方面,历经欧、梅、苏、黄的习得和仿效,南渡之际,韩愈逐渐被认定为杜甫的直接衣钵者。梅尧臣(1002—1060)始追和韩诗数首,如《拟韩吏部〈射驯狐〉》《余居

①　陈寅恪《金明馆丛稿初编》,生活·读书·新知三联书店 2015 年版,第 332 页。
②　元稹《见人咏韩舍人新律诗因有戏赠》,《全唐诗》第 6 函第 8 册,上海古籍出版社 1986 年版,第 1005 页中。
③　周绍良主编《全唐文新编》第 4 部第 1 册卷 744《李汉》,吉林文史出版社 2000 年版,第 8671 页。
④　(宋)欧阳修《六一诗话》,吴文治主编《宋诗话全编》第 1 册,江苏古籍出版社 1998 年版,第 219 页。
⑤　(宋)刘攽《中山诗话》,吴文治主编《宋诗话全编》第 1 册,江苏古籍出版社 1998 年版,第 442 页。
⑥　(宋)沈括《梦溪笔谈》,吴文治主编《宋诗话全编》第 1 册,江苏古籍出版社 1998 年版,第 491 页。
⑦　(宋)陈师道《后山诗话》,(清)何文焕辑《历代诗话》,中华书局 1981 年版,第 303 页。

御桥南夜闻袄鸟鸣效"昌黎体"》①等，并表示"既观坐长叹，复想李杜韩"②。叶梦得（1077—1148）《石林诗话》认为，得杜甫七言真传者为韩愈，但有失含蓄："七言难于气象雄浑，句中有力而纡余不失言外之意。自老杜……等句之后……韩退之笔力最为杰出。然每苦意与语俱尽。"③吴沆（1116—1172）在《环溪诗话》中不仅以李、杜、韩为唐诗三人，且提出"二祖一宗"说，以李、杜为"祖"，韩为"宗"，盖因"李杜是韩愈所伏者，韩愈又是后来所伏者"④。洪迈（1123—1202）《容斋随笔》反复强调所谓的"韩用杜格""韩诗杜意"，他比照《韩苏杜公叙马》，认为杜、韩、苏之诗皆有传"奇"的面向："读此诗文数篇，真能使人方寸超然，意气横出，可谓妙绝动宫商矣。"⑤卷六另有"韩苏文章譬喻"一则，又偏向于指出苏诗承接韩诗："（韩苏两公）用譬喻处重复连贯，至有七八转者。"也就是说，其他诗人视为畏途的重押以及押险韵等等，以杜韩为最著，其所举例子以七言近体为多。

在审美意象方面，老杜的"戏笔"组诗，经由韩愈提倡而群和，或铺排成风，或诙谐成趣，经由苏轼一路传承下来，受到南宋诗人的追捧。陆游（1125—1210）戏为绝句示儿曰："吏部仪曹体不同，拾遗供奉各家风。未言看到无同处，看得同时已有功。"⑥杨万里（1127—1206）给陆游的信中，提到韩愈致柳宗元的"戏词"，即以前代诗文为戏笔，成为其日常化诗作的惯用伎俩，其源流正是"杜—韩—苏"。魏了翁（1178—1237）指出，群体性的步韵源自韩愈的唱和，而光大者为苏轼。所以严羽（1192？—1245？）著《沧浪诗话》，正式标出"韩昌黎体"，并批判宋人"以才学为诗，以议论为诗，以文字为诗"，《答吴景仙书》中又曰"韩退之固当别论"⑦。方回（1227—1307）《瀛奎律髓》首先发现了韩愈"以赋为诗"的特点："昌黎，大才也。文与六经相表里，《史》《汉》并肩而驱者。其为大篇诗，险韵长句，一笔百千字；而所赋一小着题诗，如雪，如笋，如牡丹、樱桃、榴花、葡萄，一句一字不轻下。此题必当时有同赋者。"⑧可以说是"以文为诗"的外扩。后人延续了韩愈引起的宋诗铺张之风，如刘辰翁（1232—1297）替集注杜诗的赵次公作《赵仲仁诗序》曰："杜虽诗翁，散语可见，惟韩、苏倾竭变化，如雷震河汉，可惊可快，必无复可憾者。盖以其文人之诗也。"⑨

韩诗除了逞"才气"，更有"才力"，奇险雄健的诗格成为韩诗标志性特征。《孙子兵法》有云，"以正合，以奇胜，故出奇者无穷如天地，不竭如江河"，后世评者大多以为韩诗有挟风涛之势。韩愈身后，司空图（837—908）便认为韩吏部歌诗"驱驾气势，若掀雷挟

① （宋）梅尧臣《宛陵集》卷3，《四库提要著录丛书》编纂委员会编《四库提要著录丛书》集部第237册，北京出版社2010年版，第29页。

② （宋）梅尧臣《宛陵集》卷11，《四库提要著录丛书》编纂委员会编《四库提要著录丛书》集部第190册，北京出版社2010年版，第153页。

③ （宋）叶梦得《石林诗话》，吴文治主编《宋诗话全编》第3册，江苏古籍出版社1998年版，第1708页。

④ （宋）吴沆《环溪诗话》，吴文治主编《宋诗话全编》第4册，江苏古籍出版社1998年版，第4343页。

⑤ （宋）洪迈《容斋随笔》卷2，吴文治主编《宋诗话全编》第6册，江苏古籍出版社1998年版，第5611页。

⑥ （宋）陆游《剑南诗稿》卷28，吴文治主编《宋诗话全编》第6册，江苏古籍出版社1998年版，第5849页。

⑦ （宋）严羽著，郭绍虞校释《沧浪诗话校释》，人民文学出版社1961年版，第251页。

⑧ （元）方回著，（清）纪昀刊误，诸伟奇、胡益民点校《瀛奎律髓》，黄山书社1994年版，第440页。

⑨ （宋）刘辰翁《须溪集》卷6，陈伯海主编，查清华、胡光波、文师华等编撰《历代唐诗论评选》，河北大学出版社2003年版，第401页。

电,撑拄于天地之间。"①顾陶大中十年(856)所作《唐诗类选序》称在李杜之后,韩愈率张籍姚合等十子"挺然颓波间"。李肇(806—836)《唐国史补》亦指出:"韩愈好奇","元和以后,为文笔,则学奇诡于韩愈"。② 正是这种创新出奇,使得韩诗别具一格。韩愈等人以险韵同题唱和,开创了事实上的第一个诗派"韩孟诗派",其创作可以说较李杜更具有示范效应,加之韩愈是在尊重李杜为唐诗"双峰"基础上的"偏师出奇",这成为韩愈在李杜之后成为唐诗"第三人"的终极密码。

　　综上所述,韩愈以其气韵、才力、学识为诗,上承李杜下启东坡,形成了"李杜韩苏"的接受传统。早在南宋,王楙(1151—1213)《野客丛谈》卷二十有云:"诗中重押字,自古有之,岂但李、杜、韩、苏四公而已。""元初三大家"之一的刘因(1249—1293)曰:"魏晋而降,诗学日盛,曹刘陶谢其至者也。隋唐而降,诗学日变,变而得正,李杜韩其至者也。周宋而降……欧苏黄其至者也。"③倪瓒(1301—1374)《清闳阁集》卷十《谢仲野诗序》:"至若李、杜、韩、苏,固已烜赫焜煌,出入今古,逾前而绝后。"明代论诗很少列举宋人,诸如童轩(1425—1498)《杨学士诗序》专举李杜韩:"而李、杜、韩三子者,亦岂得专美于有唐哉!"④王廷相赠何景明序,明言诗承"李杜韩柳"⑤。杨慎(1488—1559)提到他想编一部《诗史演说》,书写"李杜韩孟传统":"余尝欲以汉唐以下事之奇奥罕传者汇之,而以苏、李、曹、刘、李、杜、韩、孟诗证之,名曰《诗史演说》"。⑥ 但是抛开谈诗,亦间有提及韩、苏者,如孙承恩(1481—1561)《文简集》卷三十《集古像序》概括古今文武之最云:"才贤如李杜韩苏,忠节如文山武穆。"清王士禛频繁列举"杜李韩苏",《分甘余话》有云:"曹颂嘉禾祭酒常语余曰:'杜、李、韩、苏四家歌行,千古绝调'。"⑦其《杂录》亦曰:"古今推好士者,率以韩、苏并称。"⑧其《居易录》云:"予谓文家亦有此诀,唯司马子长之史,韩退之、苏子瞻之文,杜、李、韩、苏之歌行大篇足以当之。"⑨清"乾隆三大家"皆尊崇"李杜韩苏"传统,只是口吻略异。蒋士铨(1725—1785)捎带上白居易,变成"李杜韩白苏",其高足吴嵩梁之诗被洪亮吉誉为"雄深超逸,熔铸李杜韩苏各家"。而袁枚(1716—1798)《子才子歌示庄念农》狂妄自嘲:"终不知千秋万世后,与李杜韩苏谁颉颃?大书一纸问蒙庄。"⑩李宪乔《凝寒阁诗话》有云:"问:诗中何以为安身立命处? 曰:难言也。世有恒言曰李杜韩苏。"⑪嘉道间邓显鹤

①　(唐)司空图《题柳柳州集后》,黄霖、蒋凡主编《中国古代文论选编》上卷,复旦大学出版社 2022 年版,第513 页。

②　(唐)李肇《唐国史补·因话录》,上海古籍出版社 1979 年版,第 57 页。

③　(元)刘因《静修先生文集》,王云五主编《丛书集成初编》,商务印书馆 1936 年版,第 103 页

④　(清)黄宗羲编《明文海》卷 261,中华书局 1987 年版,第 2731 页。

⑤　(清)黄宗羲编《明文海》卷 236,中华书局 1987 年版,第 2431 页。

⑥　(明)杨慎《升庵集》卷 47《经史相表里》,沈乃文主编《明别集丛刊》第 2 辑第 30 册,黄山书社 2015 年版,第355 页。

⑦　(清)王士禛著,张世林点校《分甘余话》,中华书局 1989 年版,第 63 页。

⑧　(清)王士禛著,袁世硕主编《王士禛全集·杂著》,齐鲁书社 2007 年版,第 4865 页。

⑨　(清)王士禛著,张宗柟纂集,戴鸿森校点《带经堂诗话》,人民文学出版社 1963 年版,第 84 页。

⑩　(清)袁枚著,李灵年、李泽平导读,倪其心审阅《袁枚集》,凤凰出版社 2020 年版,第 60 页。

⑪　(清)李怀民、(清)李宪暠、(清)李宪乔著,赵宝靖点校《三李诗钞　三李诗话》,齐鲁书社 2020 年版,第 453 页。

（1777—1851）《粟园学诗图记》曰："唐宋以来，诗人必曰李杜韩苏。"[①]张维屏（1780—1859）回复翁方纲诗曰："汉魏唐宋，递嬗递更。中有不更，至性至情。李杜韩苏，面目各异。中有不异，真意真气。"[②]同光间朱次琦（1807—1881）甚至认为李、杜、韩、苏，"诗之四维""得于诗三百者尤多"。[③]曾国藩（1811—1872）《诫子书》责令其子纪泽，"《昭明文选》，李、杜、韩、苏之诗，非高声朗诵则不能得其雄伟之概，非密咏恬吟则不能探其深远之韵。"可见在清代，"李杜韩苏"被诗坛大老传为口头禅，这一传统在明清终被广泛接受。

二、韩诗在明代的接受

韩诗在明代的接受，一言蔽之曰"低开高走"。首先，明前中期诗人普遍打压宋元诗、提倡复古唐诗，韩诗接受遭遇低潮。诸如苏伯衡（1329—1392）《古诗选唐》序称："唐之诗近古，而尤浑噩，莫若李太白、杜子美。至于韩退之，虽材高，欲自成家，然其吐辞暗与古合者，可胜道哉"[④]，基本上否定了韩愈以文为诗的路线。高棅（1350—1423）《唐诗品汇》直接将韩愈置于晚唐，其总叙称"下暨元和之际，则有……韩昌黎之博大其词……此晚唐之变也"，[⑤]显然已从学诗的对象上将韩诗排斥了。只有少数诗人持保留意见，如朱右（1314—1376）不仅重提"李杜韩"为唐诗三人之说，而且认为他们分别代表了风雅颂："唐兴以诗文，鸣者千余家，其间足以名后世而表见者惟李白、杜甫、韩愈而已。诗其可易言哉？何则李近于风，杜近于雅，韩虽以文显，而其诗正大从容，亦仿佛古颂之遗意。以故传诵后世，而人宗师之。"[⑥]李东阳（1447—1516）《怀麓堂诗话》亦从细节处辩曰："韩退之效玉川子之作，斫去疵类，摘其精华，亦何尝不奇不怪！而无一字一句不佳者，乃为难耳！"[⑦]"韩退之《雪》诗，冠绝今古……意象超脱，直到人不能道处耳。"[⑧]他总结道："韩、苏诗虽俱出入规格，而苏尤甚。盖韩得意时自不失唐诗声调。如《永贞行》固有杜意，而选者不之及，何也？"[⑨]但是，尽管李氏认可了韩诗"如《永贞行》固有杜意"，但韩诗已经不在杨士弘等主流选家的视野之内。与此同时，理学对文学、诗学的生存空间进行了挤压，吴中"山中宰相"王鏊（1450—1524）《震泽集》卷二有诗云"忽地相逢还宛若，再烦推看定何如？韩苏总被虚名误，试问三星试也无？"他们的观点，甚至从"文以载道"发展到"文必碍道"。庄昶（1437—1499）的观点即如此，其《定山文集》卷六《送潘应昌提学山东序》云："先儒又谓六经已后无文，盖班马韩苏得文之法，而文之理不得也。惟周程张朱之学可以

① （清）邓显鹤撰，弘征点校《南村草堂文钞》，岳麓书社 2008 年版，第 129 页。

② （清）张维屏著，黄刚选注《张维屏诗文选》，华东师范大学出版社 1992 年版，第 5 页。

③ 李鸿烈《朱九江先生"五学四行"浅释》，广东省南海市政协文史和学习委员会编《南海文史资料》第 27 辑，广东省南海市政协文史和学习委员会 1995 年版，第 52 页。

④ （清）黄宗羲编《明文海》卷 210，中华书局 1987 年版，第 2104 页。

⑤ （明）高棅《唐诗品汇总叙》，（明）高棅编纂，汪宗尼校订，葛景春、胡永杰点校《唐诗品汇》，中华书局 2015 年版，第 7 页。

⑥ （明）朱右《白云稿》卷 4《羽庭稿序》，沈乃文主编《明别集丛刊》第 1 辑第 8 册，黄山书社 2015 年版，第 668 页。

⑦ （明）李东阳著，周寅宾点校《李东阳集》第 2 卷，岳麓书社 1985 年版，第 554 页。

⑧ （明）李东阳著，周寅宾点校《李东阳集》第 2 卷，岳麓书社 1985 年版，第 545 页。

⑨ （明）李东阳著，周寅宾点校《李东阳集》第 2 卷，岳麓书社 1985 年版，第 552～553 页。

无间。"这样的局面在明代中后期得到缓解,所以同为理学名臣的邵宝(1460—1527)《容春堂集》卷一《次杨仪部韵题陆章丘卷》诗云:"中间往往见文章,出入韩苏窃钦企。"何孟春(1474—1536)云:"退之'下视禹九川,一尘集豪端'……之句,与老杜所谓'摩胸荡层云,决眦入飞鸟',是诗家何等眼界。"①他还说,韩愈《咏华山女》等四首诗"皆写真文字也"。周叙(1392—1452)认为,韩诗长短互见:"韩昌黎以文为诗,是其所长;好押险韵,遂至辞意不贯,乃其短处。"②但理学思潮确实影响到了诗歌评价,安磐(1483—1527)甚至认为韩、苏等古文家都不是诗人:"世固有诗不如文,如韩退之、苏子瞻、曾子固者,特其声响格调之间差弱耳,未甚相远也。"③

明代前中期文人对韩诗持论甚低,这种倾向甚至影响到对韩文的评价。"七子派"领袖何景明(1483—1521)甚至认为,韩柳的"古文运动"恰恰是毁灭了古文,他说:"诗溺于陶,谢力振之,古诗之法亡于谢,文靡于隋,韩力振之,古文之法亡于韩。"嘉靖时期,馆阁流行韩、苏文章,韩诗再度进入接受视野。比如朱彝尊《静志居诗话》说首辅杨一清(1454—1530)的"古诗原本韩苏"。刘绘(1505—1573)《答祠部熊南沙论文书》亦云:"韩、苏叙眼前事,用秦汉风骨,笔力随人变化,然每篇达一意也。"④侯一元(1512—1586)《蔡白石郎署集序》云:"昔韩、苏诸公何尝不研精坟典、搜罗百氏,其瑰才好古,当倍蓰今人,卒乃自为一家,擅名后世。故学古者未有善于韩、苏诸公者也。"⑤到了"后七子"宗臣(1525—1560)笔下,"文必秦汉,诗必盛唐"之说实际上已被解构。宗氏《赠解公偕其夫人六峡叙》,便将李、杜、韩、苏并举:"贻之诗讽其旨,盖以古人所称韩苏李杜者期予也。"⑥但不可否认,"七子派"诗学主张影响到对韩诗的评价。在"七子派""诗必盛唐"的观念笼罩下,韩愈诗歌虽受"唐宋派"诗文迁移风气的影响,被纳入到接受视野,但其总体评价并不高。比如余姚孙鑛亦云:"若韩、苏二诗,则似非正派。韩古诗犹有雅旨,律诗则似未脱中晚气习,常怪此老为文即东京以下不论,而诗却不能超脱。"⑦

明中后期的"唐宋派"恢复"八大家"的古文传统,带动了韩诗的接受。到了万历初,章颖(1514—1605)"肆笔成章,出入秦汉韩苏间,为学者敛衽"⑧。胡直(1517—1585)《论文二篇答瞿睿夫》认为:"韩、苏之文实孔孟出也。"⑨可见时人受"唐宋派"文风的影响之一斑。"唐宋派"麾下的王文禄(约 1506—1584 以后)比较了韩、柳的优劣:"韩退之学不如柳深,柳子厚气不如韩达,韩诗优于文,柳文优于诗。"他还赞美韩诗《东方半明》"调古而

① (明)何孟春《余冬诗话》卷下,王云五主编《丛书集成初编》第 2580 册,商务印书馆 1936 年版,第 17 页。

② (明)周叙《诗学梯航》,吴文治主编《明诗话全编》第 2 册,凤凰出版社 1997 年版,第 988 页。

③ (明)安磐《颐山诗话》,吴文治主编《明诗话全编》第 3 册,凤凰出版社 1997 年版,第 2131 页。

④ (清)黄宗羲编《明文海》卷 152,中华书局 1987 年版,第 1521 页。

⑤ (清)黄宗羲编《明文海》卷 243,中华书局 1987 年版,第 2516 页。

⑥ (明)宗臣《宗子相集》卷 14,沈乃文主编《明别集丛刊》第 3 辑第 28 册,黄山书社 2015 年版,第 153 页。

⑦ (明)孙鑛《孙月峰先生居业编》书牍《与史子复书》,吴文治主编《明诗话全编》第 5 册,凤凰出版社 1997 年版,第 4711 页。

⑧ (明)刘宗周《刘子遗书全编》卷 7《江西布政使司左参议稷峰章公墓志铭》,沈乃文主编《明别集丛刊》第 5 辑第 29 册,黄山书社 2015 年版,第 363 页。

⑨ (明)胡直《衡庐精舍藏稿》卷 14,沈乃文主编《明别集丛刊》第 3 辑第 4 册,黄山书社 2015 年版,第 290 页。

意渊雄浑哉！"①至冯时可（1546—1619）《雨航杂录》卷十一也强调韩愈诗文"雄"的特点：
"李杜之诗，韩苏之序记，驰骋纵逸，天宇不能限其思，雄矣哉！""易奇而法，诗正而葩，韩子独注心焉，所以其文高于一代。""唐宋派"的分支"嘉定派"的娄坚（1554—1631），直言已经从学习韩、苏之文迁移到研究韩、苏之诗："予喜韩苏之文，诵读之暇，手书卷帙者数数矣。至其诗多有独创而高奇，不无信笔而率易。"②华亭张鼐（1572—1630）《题王甥尹玉梦花楼》，称其甥"北窗置古秦汉韩苏文数卷，须平昔所习诵者，时一披览"。至艾南英（1583—1646）晚年所作《重刻罗文肃公集序》，基本完成对"七子派"排斥韩、欧诸公文法的修正，序曰："弘治之世，邪说始兴，至劝天下士无读唐以后书……骄心盛气，不复考韩、欧大家立言之旨。"③

　　除了"唐宋派"恢复韩愈的古文传统，"公安竟陵派"也在诗歌领域内恢复韩苏诗学。袁中道始关注韩愈、苏轼之诗并为之刻集："若韩欧苏三大家诗文、《西方合论》，或已刻，或尚留于家，此外无余矣。"④他还以韩苏为例云："苏长公之才，实胜韩柳，而不及韩柳者，发泄太尽故也，诗亦然。"⑤陶望龄（1562—1609）认为，韩愈是正大光明的杜诗擎旗者，是宋诗的正源："夫杜韩之诗，信大矣，群宋人之称诗者而毕效焉，不亦至小而可笑乎？盖望龄之持论夙如此。"⑥然而，相较而言，公安派的另一位拥趸江盈科还是持审慎态度，他说："韩昌黎文起八代，而诗笔未免质木，所乏俊声秀色，终难脍炙人口。宋朝惟欧阳公，号称双美。天才和如苏长公，而其诗独七言古，不失唐格。"⑦这说明在明人"复古唐诗"整体倾向上，对韩诗的态度还是颇有分歧。到了竟陵派，这才将韩愈视为一流诗人，钟惺（1574—1624）评韩诗："唐文奇碎，而退之春融，志在挽回。唐诗淹雅，而退之艰奥，意专出脱。诗文出一手，彼此犹不相袭，真持世特识也。至其乐府，讽刺寄托，深婉忠厚，真正风雅。读《猗兰》《拘幽》等篇可见。"⑧钟惺甚至认为韩诗具有"风骚"之品格，较之明初朱右以"李杜韩"之诗比拟"风雅颂"，显然评价更高了。这似乎预示着韩诗接受的高潮即将到来。

　　韩诗接受风潮终被明末清初"尚奇"的文风引发。正如洪静云《韩孟诗派险怪奇崛诗风研究》（中央编译出版社2015年版）、陈际斌《唐传奇与唐代文风》（武汉大学博士论文，2013年）等指出的那样，求变求新的世风文风推动韩、孟占据了主流诗坛。诸如中唐有变

　　①　（明）王文禄《竹下寤言》，吴小林编《唐宋八大家汇评》，齐鲁书社1991年版，第130～131页。

　　②　（明）娄坚《学古绪言》卷24《书东坡〈孔北海赞〉后跋》，夏咸淳、陶继明主编《练水风雅——嘉定四先生诗文选注》，上海文化出版社2011年版，第135页。

　　③　（明）艾南英《天慵子集》卷4，（明）薛熙编《中华传世文选　明文在》，吉林人民出版社1998年版，第267页。

　　④　（明）袁宏道《袁宏道集笺校》附录二，上海古籍出版社2008年版，第7128页。

　　⑤　（明）袁中道《珂雪斋集》卷10《淡成集序》，（明）袁中道著，李寿和选注《袁小修小品》，文化艺术出版社1996年版，第251页。

　　⑥　（明）陶望龄《歇庵集》卷3《马曹稿序》，《续修四库全书》编纂委员会编《续修四库全书》第1365册，上海古籍出版社2002年版，第237页。

　　⑦　（明）江盈科《江盈科集》2《雪涛阁小书》之四《诗文才别》，岳麓书社2008年版，第703页。

　　⑧　（明）钟惺、（明）谭元春《唐诗归》卷29，《续修四库全书》编纂委员会编《续修四库全书》第1590册，上海古籍出版社2002年版，第179页。

文、传奇等文体涌现一样,晚明也迎来了文体的变局,诸如八股文,"奇矫派"后来居上占据文坛。以汤显祖四登科场终抢元为例,汤宾尹(1567—1611)评曰:"制义以来,能创为奇者,义仍一人而已。"①钱谦益认为这种文风维系"元脉":"隆、万之间,邓定宇、冯开之、萧汉冲、李九我、袁石浦、陶石篑诸公,坛宇相继,谓之元脉。"②钱氏所谓扼守"元脉"的殿军陶望龄,更是明确提出韩诗以"奇"制胜:"吾观唐之诗,至开元盛矣。李、杜、高、岑、王、孟……韩退之氏抗之以为诘屈,李长吉氏探之以为幽险。予于是叹曰:诗之大至是乎!偏师必捷,偏嗜必奇,诸君子者,殆以偏而至,以至而传者与?"③他认定韩愈是李杜之后的"偏师"。清初叶燮也认为,韩愈是后世学杜最肖者,但他能"惟陈言务去",所以在杜之"集大成"后,能横放杰出,后世皮、陆遂以韩为范,"大抵古今作者,卓然自命,必以其才智与古人相衡,不肯稍为依傍,寄人篱下,以窃其余唾。窃之而似,则'优孟衣冠';窃之而不似,则'画虎不成'矣。故宁甘作偏裨,自领一队"④。费密(1625—1701)父子认为,正如唐有初、盛、中、晚之四时不同,诗有"太白飘逸,少陵沉雄,昌黎奇拔,子瞻灵隽,此家数不同也"⑤。这些评论家推波助澜,认可"尚奇"诗风,推动了韩诗的普及化。

韩诗接受趋热还与晚明进入"诗法"总结期相关。汪涌豪先生指出:"明清处在中国古代文学的总结期,承唐五代诗格诗式繁荣,宋代诗话文评的丛出,以及元人因矫宋诗话屑小,再尚作诗法则和家数讲求之后,总结性的文体专著开始出现。"⑥明清之际,胡应麟(1551—1602)《诗薮》、许学夷(1563—1633)《诗源辨体》、胡震亨(1569—1645)《唐音统签》、冯复京(1573—1622)《说诗》、陆时雍(约 1593—1660 以后)《诗镜》、贺孙贻(1605—1688)《诗筏》接踵而至,皆是其代表。他们的评骘,对于韩诗的接受亦影响甚巨。胡应麟继承宋代无名氏《雪浪斋日记》"欲气格豪逸,当看太白与昌黎"之说,比较了李白和韩愈,并非以七子派言必盛唐的立场"扬李抑韩",而是各指其殊胜:"太白有大家之材,而局量稍浅,故腾踔飞扬之意胜,沈深典厚之风微。昌黎有大家之具,而神韵全乖,故纷拏叫噪之途开,蕴籍陶镕之义缺。"⑦许学夷认为韩诗非唐诗正统:"唐人之诗,皆由于悟入,得于造诣,若退之五、七言古,虽奇险豪纵,快心露骨,实自才力强大得之,固不假悟入,亦不假造诣也……此皆以文为诗,实开宋人门户耳。然可谓过巧,而不谓工也。"⑧胡震亨对韩诗的险韵叠字颇有微词:"体物叠字,本之风雅……然未有叠至七联如韩退之《南山诗》者……《柏梁》押重韵者,人占一句,故犯重韵以争胜也……若韩退之诸诗,以今裁而效往

① (明)汤宾尹《睡庵稿》卷 4《四奇稿序》,沈乃文主编《明别集丛刊》第 4 辑第 90 册,黄山书社 2015 年版,第 75 页。

② (清)钱谦益《牧斋有学集》卷 45《家塾论举业杂说》,上海古籍出版社 2003 年版,第 1508 页。

③ (明)陶望龄《歇庵集》卷 3《马曹稿序》,《续修四库全书》编纂委员会编《续修四库全书》第 1365 册,上海古籍出版社 2002 年版,第 237 页。

④ (清)叶燮著,霍松林校注《原诗》,人民文学出版社 1979 年版,第 9 页。

⑤ (明)费经虞《雅伦》卷 2,赵永纪编著《古代诗话精要》,天津古籍出版社 1989 年版,第 692 页。

⑥ 汪涌豪《范畴论》,复旦大学出版社 1999 年版,第 212 页。

⑦ (明)胡应麟《诗薮》,周维德集校《全明诗话》3,齐鲁书社 2005 年版,第 2536 页。

⑧ (明)许学夷《诗源辨体》卷 24,人民文学出版社 1998 年版,第 252～253 页。

例,屡押重韵,正如东眉故蹙颦痕,增丑有之,益妍则未也。"①"韩公挺负诗力,所少韵致出处,既掉运不灵,更以储才独富,故犯恶韵斗奇……第以为类押韵之文者过。"冯复京认为韩愈逞才之余,嗜奇成癖,缺乏诗趣:"昔任昉能文博学,五言殆同书抄;韩愈多才爱奇,诸篇遂无合作,此其证矣。"②"韩文公驱驾风霆之气,抉剔万象之才,但可为文,不可为诗。诗道性情,无取奇怪。若崎岖艰涩、险谲叫噪,徒自弃于高听,无涉于诗流矣。"陆时雍认为韩愈与李白近似,"青莲居士,文中常有诗意。韩昌黎伯,诗中常有文情。知其所长在此"。同时又认为韩愈不如李白,原因是韩愈"逞才使气":"材大者声色不动,指顾自如,不则意气立见。李太白所以妙于神行,韩昌黎不免有蹶张之病也……凡好大好高,好雄好辩,皆才为之累也。善用才者,常留其不尽。"③贺孙贻从"情"的角度肯定了韩诗:"韩文公绝妙诗文,多在骨肉离别生死间,信笔挥洒,皆以无心得之,矩矱天然,不烦绳削。亦是哀至即哭,真情流溢,非矜持造作所可到也。"④

三、钱谦益、叶燮与王士禛等笔下的"杜韩苏"传统

明亡清兴,"杜韩苏"直接被指代为唐宋诗传统。明清之际,仅从接受视域而言,韩愈推崇的李白已失去诗学示范的意义,韩诗是和杜诗、苏诗在一个层面上来说的,即"杜韩""韩苏"并称。"杜韩"并提由来已久,素有"杜诗韩文"之说,如杜牧《读韩杜集》诗云:"杜诗韩集愁来读,似倩麻姑痒处搔。""杜韩"以诗并称较为晚出。查金萍撰文认为,尽管"杜甫与韩愈分别生活在盛唐与中唐时期,两者在诗歌史上的地位亦不对等,不管从何种意义上说,'杜韩'并称都不能让人们轻易接受",但是在明清之际"杜诗韩文"并提的情况下,韩愈"以文为诗"的方法论为世人所认可,"杜韩"终于从"并提"发展到"并称"。⑤ 王英志主编《清代唐宋诗之争流变史》一书亦云:"因而清代宗宋诗人都学宋而溯源杜、韩,而且以杜、韩为学习的终极目标。晚清的宋诗派,在唐宋诗的取舍策略问题上,也是注重杜、韩、苏、黄,大致走着由苏轼、黄庭坚上溯杜甫、韩愈的路子。"⑥而韩苏并称,在清初已俨然成风。方以智(1611—1671)《通雅》有曰:"夫《史》、《汉》、韩、苏,《骚》、《雅》、李、杜,亦诗文之公谈也。"⑦魏禧(1624—1681)致施闰章《答施愚山侍读书》称,当时"夫才士稍涉韩苏,未有不能是者,顾强出议论以为波澜,缀拾文藻为光焰"⑧。

从以上魏禧等的言论不难看出:"韩苏"并称,不排除他们被尊为"古文领袖"而迁移到诗学的可能性;但内因源自韩、苏之诗皆为杜诗之传衍,钱谦益、叶燮与王士禛等相继为"杜韩苏"传统接鳌。首先指明"杜韩苏"路径的是虞山钱谦益(1582—1664),他认定韩

①　(明)胡震亨《唐音癸签》,古典文学出版社 1957 年版,第 28～29 页。
②　(明)冯复京《说诗补遗》,周维德集校《全明诗话》3,齐鲁书社 2005 年版,第 3842 页。
③　(明)陆时雍《诗镜总论》,赵永纪编著《古代诗话精要》,天津古籍出版社 1989 年版,第 306 页。
④　(清)贺贻孙《诗筏》,郭绍虞编选,富寿荪点校《清诗话续编》第 1 册,上海古籍出版社 2016 年版,第 174 页。
⑤　查金萍《"杜韩":从并提到并称》,《天津社会科学》2022 年第 1 期,第 120～125 页。
⑥　王英志主编《清代唐宋诗之争流变史》,人民文学出版社 2012 年版,第 493 页。
⑦　(清)方以智《通雅》卷首三《诗说》,上海古籍出版社 1988 年版,第 47 页。
⑧　吴翌凤编《清朝文征》,任继愈主编《中华传世文选》,吉林人民出版社 1998 年版,第 618 页。

愈是杜甫的正宗传人。其《曾仲房诗序》曰："自唐以降，诗家之途辙，总萃于杜氏。大历后以诗名家者，靡不由杜而出。韩之《南山》，白之讽喻，非杜乎？"①另有《邵梁卿诗草序》曰："唐人之诗，光焰而为李杜，排奡而为韩孟。"他甚至将韩愈推到当世一人的高度，《蒋仲雄诗草序》曰："昔韩退之在贞元、元和间，天下以为瑞人神士，朗出天外，不可梯接。"②稍后他又指出了"韩苏"传承。1661 年龚鼎孳乞序于钱谦益，钱序曰："读孝升先生《过岭集》者，咸以韩、苏二公为比。"③受钱谦益的影响，江南诗评家皆推尊韩愈。瞿式耜评价钱牧斋云："先生之诗，以杜、韩为宗……才气横放，无所不有，忠君忧国，感时叹世。"④与钱氏同列于"江左三大家"的吴伟业，在给好友杨廷麟所作诗论中说，杨氏诗文"排宕峭刻，在韩、苏间"，"即谓之诗史，可勿愧。"⑤他们强调，韩愈不仅绍继杜甫，而且是苏轼的先导。钱谦益领起的"虞山诗派"，在推尊"杜韩苏"方面代不乏人，陆元辅（1617—1691）即其一，其序曰："吾友苏眉声……肆力于诗，其古体远师曹刘，近至韩杜，今体下逮钱刘，熔冶众家，合而为一。"⑥同邑的蒋伊（1631—1687）在给十三岁成名的邓林梓（按：即程嘉燧面命为"邓空谷"者）所作《邓肯堂焦尾诗跋》中，也说他"发为诗歌，浩然以清邈……结体振音、深奇历落，直欲与少陵、昌黎争驰并辔。"⑦钱谦益亦曾以"驱使韩愈"戏谑归庄，仿之作"元恭体"。归庄死后，其友严熊悼云："叉手诗成有别才，驱韩驾杜似轰雷。时人莫讶'元恭体'，也被虞山戏效来。"⑧这些虽说有谀评之嫌，但至少也反映了时人的追慕，已由盛唐转移至杜甫、韩愈所在的中唐诗风。

钱谦益之后，冯班（1602—1671）、吴乔（1611—1695）、贺裳、徐增等持续对韩诗敢于革新、承杜启苏、气韵沉雄的特征予以肯定。冯氏《严氏纠谬》针对严羽所谓元白"元和体"痛下针砭，他认同苏轼"诗至杜子美一变"之说，又补充了至元和韩愈又一变，韩派诗人成就在白居易之上："若以时代言，则韩、孟、刘、柳、韦左司、李长吉、卢玉川，皆诗人之赫赫者也，云元、白诸公，亦偏枯。"⑨吴乔指出了"元和、长庆以后……杜诗始大行，后无出其范围者"⑩的事实，也对于韩愈、苏轼等继承杜诗之一侧面，不乏吹毛求疵："《咏怀》《北

① （清）钱谦益《牧斋初学集》卷 32，上海古籍出版社 1985 年版，第 928～929 页。

② （清）钱谦益《牧斋初学集》卷 33，上海古籍出版社 1985 年版，第 948 页。

③ （清）龚鼎孳著，孙克强、裴喆编辑点校《龚鼎孳全集》，人民文学出版社 2014 年版，第 2524 页。

④ （清）钱谦益《牧斋初学集》卷首《目录后序》，上海古籍出版社 1985 年版，第 32 页。

⑤ 王夫之等撰，丁福保辑《清诗话》，上海古籍出版社 2015 年版，第 71～72 页。

⑥ （清）陆元辅《陆菊隐先生文集》卷 5《苏眉声诗序》，《清代诗文集汇编》编纂委员会编《清代诗文集汇编》第 61 册，上海古籍出版社 2010 年版，第 369 页。

⑦ （清）蒋伊《莘田文集》卷 11，《清代诗文集汇编》编纂委员会编《清代诗文集汇编》第 122 册，上海古籍出版社 2010 年版，第 556 页。

⑧ （清）严熊《严白云诗集》，《清代诗文集汇编》编纂委员会编《清代诗文集汇编》第 100 册，上海古籍出版社 2010 年版，第 78 页。

⑨ （清）冯班《严氏纠谬》，张寅彭选辑，吴忱、杨焄点校《清诗话三编》第 1 册，上海古籍出版社 2014 年版，第 8 页。

⑩ （清）吴乔《围炉诗话》卷 2，郭绍虞编选，富寿荪点校《清诗话续编》第 2 册，上海古籍出版社 2016 年版，第 476 页。

征》,古无此体,后人亦不可作,让子美一人为之可也。退之《南山》诗,已是后生不逊。"①
"子美之古诗只可一人为之。子瞻古诗如搓麻绳百千尺。"②"昌黎《董生行》不循句法……
子瞻能为之。"③他虽认同"杜甫—韩愈—苏轼"的接受路向,同时又持"倒退论",认为每况
愈下。持论相同者还有吴氏所谓"吾友贺黄公(裳)",其《载酒园诗话》,将严羽"诗之别裁
别趣"做了反向解读,认为打趣和逞才,"以文为诗"皆有碍于诗道,是以韩愈、苏轼逊于杜
甫:"七言古最见笔力,中唐名家,亦多缓弱,惟韩退之有项羽……之概,稍一沉深,项可
刘,韩可杜矣。张司业《祭韩》诗曰:'独得雄直气,发为古文章',余意独举以评其诗尤
当。"④"坡公之美不胜言,其病亦不胜摘,大率俊迈而少渊渟,瑰奇而失详慎,故多粗豪处、
滑稽处、草率处,又多以文为诗,皆诗之病。然其才自是古今独绝。"⑤唯有吴中徐增对韩
愈是正面评价,其于康熙五年(1666)冬至前三日所撰《元气集》卷首自序曰:"然则诗之尚
气,其起于昌黎乎? 作诗者,多宗唐人,吾遽不敢以三百十一篇法求之。惟愿今之诗人,
善用其气而已矣。"⑥他认为自韩愈始以"气"驱遣诗文,并希望当代诗人发扬光大。

　　虞山派除了尊杜的口径一致,对于韩、苏诗的看法并不完全相同。叶燮(1627—
1703)站出来,他绍继钱氏,将韩愈推尊到"唐宋之变"的关键位置。叶燮明言韩愈不但扭
转了一代文风,且开一代诗风。叶燮堪称清初鼓吹韩诗最著者。他将韩愈视为开辟唐宋
诗新天地的鼻祖,认为韩愈不特是中唐诗歌变革的鼻祖,也是北宋诗歌的开创者:"唐诗
为八代以来一大变,韩愈为唐诗之一大变,其力大,其思雄,崛起特为鼻祖。宋之苏、梅、
欧、苏、王、黄,皆愈为之发其端,可谓极盛。"⑦叶燮认为,古今诗文"创变"只有两人能"成
一家言":"古之人有行之者,文则司马迁,诗则韩愈是也。"⑧甚至将"韩愈"上推至与杜甫
齐肩之地位,服膺其为"千古才人志士"。其《密游集序》云:"才人之诗,古今不可指数;志
士之诗,虽代不乏人,然推其至,如晋之陶潜,唐之杜甫、韩愈,宋之苏轼,为能造极乎?"⑨
《原诗》中亦云:"昌黎乃宋诗之祖,与杜、苏并树千古""杜甫之诗,独冠今古。此外上下千
余年,作者代有,惟韩愈、苏轼,其才力能与甫抗衡,鼎立为三"。⑩ 叶燮本人为诗,亦以杜、

---

①　(清)吴乔《围炉诗话》卷2,郭绍虞编选,富寿荪点校《清诗话续编》第2册,上海古籍出版社2016年版,第
500页。
②　(清)吴乔《围炉诗话》卷2,郭绍虞编选,富寿荪点校《清诗话续编》第2册,上海古籍出版社2016年版,第
502页。
③　(清)吴乔《围炉诗话》卷2,郭绍虞编选,富寿荪点校《清诗话续编》第2册,上海古籍出版社2016年版,第
511页。
④　(清)贺裳《载酒园诗话》又编《中唐》,郭绍虞编选,富寿荪点校《清诗话续编》第1册,上海古籍出版社2016年
版,第338页。
⑤　(清)贺裳《载酒园诗话》又编《宋》,郭绍虞编选,富寿荪点校《清诗话续编》第1册,上海古籍出版社2016年
版,第415页。
⑥　(清)徐增《九诰堂诗选元气集》卷首序,顺治十七年(1660)九诰堂刊本。
⑦　(清)叶燮《原诗》内篇上,王夫之等撰,丁福保辑《清诗话》下册,上海古籍出版社2015年版,第584页。
⑧　(清)叶燮《原诗》外篇上,王夫之等撰,丁福保辑《清诗话》下册,上海古籍出版社2015年版,第628页。
⑨　(清)叶燮《己畦集》卷8,《清代诗文集汇编》编纂委员会编《清代诗文集汇编》第104册,上海古籍出版社2010
年版,第398页。
⑩　(清)叶燮《原诗》外篇上,王夫之等撰,丁福保辑《清诗话》下册,上海古籍出版社2015年版,第612页。

韩、苏为靶向，其学生沈德潜所作《叶先生传》中，直言其以少陵、昌黎、眉山为宗。仅以步韵韩愈而言便可见一斑。叶燮与吴之振、吴兆骞等在连续四年的重阳节，都曾仪式一般追步韩诗韵，如叶燮作有《壬戌九月十六日吴孟举集同人鉴古堂限昌黎酬卢司门望秋作韵》①《吴汉槎北归赋赠次昌黎忆昨行韵》②《丙寅重阳前一日诸同人枉集草堂用昌黎醉赠张秘书韵同赋》③《九日顾迂客雷阮徒集同人登楞伽山泛舟石湖用昌黎人日城南登高韵》等④。吴之振答诗为《重九前一日集二弃草堂用昌黎醉赠张秘书韵》《九日登楞伽山用昌黎城南登高韵》《再叠前韵赠顾子迂客暨雷子远度》⑤。故其通家沈珩《原诗序》云：“读《己畦诗》，风格真大家宗传，其铦锋绝识，洞空远幽，足方驾少陵、昌黎、眉山三君子。”⑥名臣桐城张玉书 1686 年亦为《原诗》作序云：“古人之诗，星期持论卓荦，多否而少可，谓千余年间，惟少陵、昌黎、眉山三家，高山乔岳，拔地耸峙，所谓豪杰特立之士，余子不足儗也……（其诗）铺陈排比、顿挫激昂类少陵，诘屈离奇、陈言刊落类昌黎，吐纳动荡、浑涵光芒类眉山。”⑦甚至某种程度上说，叶燮奠定了清诗的“杜韩苏”接受的理论和实践基础。

叶燮的诗评在江南广有同调。比如汪琬（1624—1691）评常州董文骥曰：“君之为学，自少博闻纵览，诸凡杜韩名篇、苏黄快句，一一成诵。”⑧董氏本人为关中李楷作序亦曰：“明初诗文未革元宋之余习……诗无举大历下者……及本朝受天命十余年，而作者蜂出，家曹刘而人韩柳。”⑨《诗持》的编者魏宪引韩愈之言论诗贵创新，说：“韩昌黎云：‘天下事，成于自同，败于自异，独于诗则不然。’……取其矫然峻拔者，庶无篱下之讥也。”⑩与叶燮同为晚明世家子弟的湖州董说（1620—1686），明亡后出家为僧。其《评喜曾韵语》曰：“夫昌黎、东野之诗于唐人妙于出。”⑪至后辈“嘉定七子”领袖张云章（1648—1726）则说，唐之白居易、韩愈，宋之苏轼、陆游等人皆为杜甫之流亚。其《周宜一诗序》云：“吾尤以为学者

① （清）叶燮《己畦诗集》卷 2，《清代诗文集汇编》编纂委员会编《清代诗文集汇编》第 104 册，上海古籍出版社 2010 年版，第 595 页。

② （清）叶燮《己畦诗集》卷 3，《清代诗文集汇编》编纂委员会编《清代诗文集汇编》第 104 册，上海古籍出版社 2010 年版，第 602 页。

③ （清）叶燮《己畦诗集》卷 5，《清代诗文集汇编》编纂委员会编《清代诗文集汇编》第 104 册，上海古籍出版社 2010 年版，第 637 页。

④ （清）叶燮《己畦诗集》卷 5，《清代诗文集汇编》编纂委员会编《清代诗文集汇编》第 104 册，上海古籍出版社 2010 年版，第 638 页。

⑤ （清）吴之振《黄叶村庄诗集》，《清代诗文集汇编》编纂委员会编《清代诗文集汇编》第 155 册，上海古籍出版社 2010 年版，第 564 页。

⑥ （清）叶燮《己畦集》之《原诗沈序》，《清代诗文集汇编》编纂委员会编《清代诗文集汇编》第 104 册，上海古籍出版社 2010 年版，第 526 页。

⑦ （清）叶燮《己畦集》之《原诗张序》，《清代诗文集汇编》编纂委员会编《清代诗文集汇编》第 104 册，上海古籍出版社 2010 年版，第 565 页。

⑧ （清）董文骥《微泉阁文集》，《清代诗文集汇编》编纂委员会编《清代诗文集汇编》第 83 册，上海古籍出版社 2010 年版，第 312 页。

⑨ （清）董文骥《微泉阁文集》，《清代诗文集汇编》编纂委员会编《清代诗文集汇编》第 83 册，上海古籍出版社 2010 年版，第 362 页。

⑩ （清）魏持《百名家诗选》，四库全书存目丛书编纂委员会编《四库全书存目丛书·集部》第 397 册，齐鲁书社 1997 年版，第 473 页。

⑪ 转引自王巍立《浔溪艺苑》，浙江人民出版社 2008 年版，第 12 页。

欲登少陵之堂室,当先辨少陵之门户阶级。唐之昌黎、乐天、宋之子瞻、放翁,登少陵之堂室者也。学少陵者之门户阶级也。以昌黎之才力之排奡,破千古而独出也……今其书具在。"①沈彤称沈元沧(1666—1733):"赋诗本性情,而出入杜、韩、苏、陆诸集尤卓然成家"。② 韩愈被认为是白居易、苏轼、陆游等学杜的先导。

　　康熙初,山东新城王士禛(1634—1711)倡导苏(轼)、黄(庭坚)诗,亦承认此宋二家源自杜甫、韩愈。其《古诗笺》凡例云:"贞元元和间,学杜者惟韩文公一人耳。""(苏)文忠公七言长句之妙,自子美、退之后,一人而已。""南渡气格,下东都远甚。唯陆务观为大宗,七言逊杜、韩、苏、黄诸大家,正坐沈郁顿挫少耳。要非余人所及。"③刘大勤问、王士禛答《师友诗传续录》云:"七古句法字法皆须撑得住、拓得开,熟看杜、韩、苏三家自得之。"④王氏本人中岁入蜀以后之诗颇近韩孟,已为学界公论(游国恩版《中国文学史》言其入蜀后诗"沉雄俊爽,风格接近杜韩")。王士禛为宋琬选诗,亦以同调视之:"玉(王)阮亭为选定诗稿三十卷,称其五言窥韩、杜之奥……阮亭称五言入韩,杜室者,谓其晚年入蜀雄健诸作也。"⑤《国朝艺苑》卷九评宋琬诗曰:"康熙以来,诗人无出南施北宋之右……己未在京师,诣渔洋,求定其全集。宋浙江后诗颇拟放翁,五古歌行诗,闯杜韩之奥。"⑥除了王士禛、宋琬,山左善学韩愈者首推王钺(1623—1703),次及田雯(1635—1704)。诸城王钺《晚寤斋诗集序》略云:"唐以诗取士,盖三百年来,知名士不下百家,而论者独推杜拾遗、韩吏部两公。"⑦王钺之子王苹评价其师田雯曰:"杜韩俎豆自堂堂,坡谷风流复擅场。解得中间神韵在,后生方许读山姜。"他还说:"德州公称诗以杜、韩、苏、黄、陆为宗,而佐以中唐元白诸家。余学诗于公者十年,竭其才力,不能恭于其教。"⑧他写了诸多论诗诗,如"杜、韩、苏、黄、陆,指授真吾师""少陵乃大宗,昌黎其本支"⑨。田雯《论诗绝句》亦云:"韩老何当逊孟郊,寒虫偏不厌寒号。涪翁别是西江体,前辈东坡效尔曹。"⑩认为早在江西派和东坡之前,韩愈便自成一派了。又作《读元人诗各赋绝句》:"惊人硬语盘空大,老手词

　　① (清)张云章《朴村文集》卷9,《清代诗文集汇编》编纂委员会编《清代诗文集汇编》第175册,上海古籍出版社2010年版,第67页。
　　② (清)沈元沧《滋兰堂集》附录沈氏墓表,《清代诗文集汇编》编纂委员会编《清代诗文集汇编》第218册,上海古籍出版社2010年版,第523页。
　　③ (清)王士禛选,(清)闻人倓笺《古诗笺》凡例,上海古籍出版社2010年版,第4~5页。
　　④ (清)王士禛《师友诗传续录》,王夫之等撰,丁福保辑《清诗话》上册,上海古籍出版社2015年版,第151页。
　　⑤ 俞陛云《吟边小识》,王侃等著,王培军、庄际虹辑校《校辑近代诗话九种》,上海古籍出版社2013年版,第413页。
　　⑥ 转引自小横香室主人撰,浊尘点校《清朝野史大观》第3册,中央编译出版社2009年版,第888页。
　　⑦ (清)王钺《世德堂文集》卷1,《清代诗文集汇编》编纂委员会编《清代诗文集汇编》第86册,上海古籍出版社2010年版,第118页。
　　⑧ (清)王苹《二十四泉草堂集》卷10《客中题德州公集后》,《清代诗文集汇编》编纂委员会编《清代诗文集汇编》第207册,上海古籍出版社2010年版,第67页。
　　⑨ (清)王苹《二十四泉草堂集》卷11《大水泊过门人于无学东始山房论诗数日溅行怅成三十六韵留别》,《清代诗文集汇编》编纂委员会编《清代诗文集汇编》第207册,上海古籍出版社2010年版,第88页。
　　⑩ (清)田雯《古欢堂集》卷2,《清代诗文集汇编》编纂委员会编《清代诗文集汇编》第138册,上海古籍出版社2010年版,第334页。

源万斛多。未必韩苏能胜此,先生何处着诗魔。"①他还在《楼邨诗集序》中予以阐发:"然子瞻作诗尝欲效庭坚体,亦犹退之之效卢全孟郊。今二子之才与学,跋扈飞扬,卓跞侪偶。"②田雯认为,苏黄、韩孟虽并称,然黄不及苏、孟不及韩。陈鹏年亦序云:"宝应王楼邨……其诗排奡陡健,能盘硬语……盖以昌黎为宗。"③王士禛作为诗学导师,培养了一众弟子,"杜韩苏"的学诗途径也影响到大江南北。据《山西通志》卷一百三九载,王恭先(1659年进士)诗文以"韩苏为宗";而《江南通志》卷一百五六载,吴士玉(1665—1733)"诗宗韩苏"。到了康熙三十年(1691),宣城吴肃公为苏州某公作《东渚诗文集序》,慨叹吴中一带尽为杜韩诗风所淹:"今言诗者率祧宋而祢唐,轩王孟而轻杜韩,杜韩而下,悉讳弗道。"④康熙三十五年(1696)王原祁《查夏仲以诗易余画次韵答之》诗,称赞查慎行"龙山查先生,读书穷邺架。……瑰奇更清真,韩苏之流亚。"⑤

　　与王士禛关系密切的清初官员基本上都诗学"韩苏",如颜光敏(1640—1686)、陈廷敬(1639—1712)、叶方蔼(1629—1682)、宋荦(1634—1713)、姜宸英(1628—1699)。宣城施闰章称颜光敏"五言如《太华》《燕子矶》、七言如《麦雨》《地震》诸篇,皆苍郁雄高,出入于工部、昌黎之间。"⑥又有《叶讱庵学士示近诗有作》诗,说方蔼"稍喜韩苏诗,温李如扫箨"。⑦ 陈廷敬《赠日者李生》曰:"呑窃韩苏同命主,不须更筭小阳春。"⑧李光地《榕村诗选》亦评韩诗有"六经之义"。宋荦《答曹实菴书》亦云:"熊封和章森秀,雄恣有韩苏气。"⑨姜宸英(1628—1699)《史蕉〈饮芜城诗集〉序》曰:"今世称诗家,上者规模韩、苏,次则挦扯杨、陆,高才横厉,固无所不可及。拙者为之,弊端百出,险辞单韵,动即千言。"⑩又《绿杨红杏轩诗集序》曰:"文章古称韩柳,尚矣。若韩之于诗,硬句排奡,横骛别驱,以文为诗者也,今之言诗者争趋之……蒋子静山诗学初亦本于退之,旁及子瞻。人见其诡谲而横厉,夭矫而放溢,莫不以为韩、苏之接武矣。"⑪又为李丹壑所作《野香亭诗集序》,称"至其才思所溢,间旁出于韩、苏诸家,特用以开拓其境界而已,不以自诡其法也"⑫。

　　① (清)田雯《古欢堂集》卷 3,《清代诗文集汇编》编纂委员会编《清代诗文集汇编》第 138 册,上海古籍出版社 2010 年版,第 345 页。
　　② (清)王式丹《楼邨诗集》卷首序,《清代诗文集汇编》编纂委员会编《清代诗文集汇编》第 166 册,上海古籍出版社 2010 年版,第 536 页。
　　③ (清)王式丹《楼邨诗集》卷首序,《清代诗文集汇编》编纂委员会编《清代诗文集汇编》第 166 册,上海古籍出版社 2010 年版,第 536 页。
　　④ (清)吴肃公《街南文集》,四库禁毁书丛刊编纂委员会编《四库禁毁书丛刊》集部 148 册,北京出版社 1999 年版,第 134 页。
　　⑤ (清)王原祁著,蒋志琴辑注《王原祁诗文辑注》,中国国际广播出版社 2021 年版,第 62 页。
　　⑥ (清)施闰章《施愚山集 1》,黄山书社 2014 年版,第 127～128 页。
　　⑦ (清)施闰章《施愚山集 2》,黄山书社 2014 年版,第 242 页。
　　⑧ (清)陈廷敬《午亭文编》,张玉玲、张建伟整理《阳城历史名人文存》第 3 册《午亭文编》,三晋出版社 2010 年版,第 306 页。
　　⑨ (清)宋荦《西陂类稿》卷 29,《四库提要著录丛书》编纂委员会编《四库提要著录丛书》集部 130 册,北京出版社 2010 年版,第 334 页。
　　⑩ (清)姜宸英《湛园集》卷 1,陈雪军、孙欣点校《姜宸英文集》,浙江大学出版社 2015 年版,第 27～28 页。
　　⑪ (清)姜宸英《湛园集》卷 1,陈雪军、孙欣点校《姜宸英文集》,浙江大学出版社 2015 年版,第 34 页。
　　⑫ (清)姜宸英《湛园集》卷 1,陈雪军、孙欣点校《姜宸英文集》,浙江大学出版社 2015 年版,第 35 页。

四、康熙诗坛韩诗接受的盛况及其影响

顺康之际，韩愈以其押险韵和叠字、谐趣等特色，也受到了遗民诗人和学者的广泛关注。张次仲（1589—1676）《待轩诗记》卷五《北山》曰："'或'字十二叠，诗中奇格。韩昌黎《南山诗》、文信国《正气歌》皆祖此。"蒋之翘（1620—1683）《辑注唐韩昌黎集》持不同看法："《南山》之不及《北征》……连用'或'字五十余，既恐为赋若文者，亦无此法。极其铺张山形峻险，叠叠数百言，岂不能一两语道尽？"①后世学者，抛弃"家国"情绪，大致公认《南山》学《北征》。朱彝尊亦批云："此诗雕镂虽工，然有痕迹，且费排置。"叶矫然《龙性堂诗话》则高度肯定："中间连用五十余'或'字，又连用叠字十余句，其体物精致，公输释斤，道子阁笔矣。"②直至赵翼《瓯北诗话》推崇备至："《南山诗》古今推为杰作……此诗不过铺排山势及景物之繁富，而以险韵出之，层叠不穷，觉其气力雄厚耳……与《北征》固不可同年语也。"③陈伯海先生《唐诗汇评》所收《南山》诗数十条评语，大半集中在这一点评韩诗的高峰期。归安吴景旭（1611—1697）《历代诗话》、长洲顾嗣立《寒厅诗话》等皆引欧阳修语曰韩愈："工于用韵"，"其得韵宽，则波澜横溢"。吴景旭对其"泛入旁韵、乍还乍离"赞叹有加，正如梅尧臣所谓"譬如善驭良马者，通衢广陌，纵横驰逐，惟意所之"，"乃天下之至工也"。当然，也有学人认为，一味出奇也可能适得其反。一生俯首七子派的顾炎武（1613—1682），其《日知录》卷十九《艺文》有此一则："古人用韵无过十字者……自杜拾遗、韩吏部未免此病也。"④同为"清初三先生"的王夫之（1619—1692）、黄宗羲（1610—1695），也反对韩愈、苏轼的藻饰风气。王夫之曰："韩、苏诐淫之词，但以外面浮理浮情诱人乐动之心，而早报之以成功。惮于自守者，不为其蛊鲜矣。"⑤然黄宗羲本人未能避开以韩诗纠正俗套的道路，其曾作《雨夕梦觉就枕戏效昌黎体近梦》诗，亦有揶揄的意味。

杜、韩诗韵在康熙诗人唱和中广泛运用。朱彝尊（1629—1709）、陆葇表兄弟曾屡用昌黎韵。朱氏赞陆氏"轹杜凌韩"，集中不乏以韩愈原韵互相唱和者。比如《中伏日集李辰山寓斋用昌黎新竹韵》⑥《山人周青士往京师用昌黎赠刘师服韵赠之》《又和青士用昌黎山石韵》⑦等。朱彝尊崇拜韩愈，是从文统、道统的角度去欣赏的。江南藏书家保存庆元六年（1200）春建安魏仲举所刻《五百家昌黎集注》，他以李日华姻亲的关系才得以目睹（《跋五百家昌黎集注》："是书向藏长洲文伯仁家，归吾乡李太仆君实，盖宋椠之最精者"。

---

①　转引自陈伯海编《唐诗汇评》中，浙江教育出版社 1995 年版，第 1612 页。

②　（清）叶矫然《龙性堂诗话初集》，郭绍虞编选，富寿荪点校《清诗话续编》第 2 册，上海古籍出版社 2016 年版，第 932 页。

③　（清）赵翼撰，江守义、李成玉校注《瓯北诗话》，人民文学出版社 2013 年版，第 99 页。

④　（清）顾炎武著，陈垣校注《日知录校注》中册，安徽大学出版社 2007 年版，第 1145 页。

⑤　（清）王夫之《明诗评选》卷 4"宋濂"，《王夫之全书》第 14 册，岳麓书社 2011 年版，第 1277 页。

⑥　（清）陆葇《雅坪诗稿》卷 7，《清代诗文集汇编》编纂委员会编《清代诗文集汇编》第 119 册，上海古籍出版社 2010 年版，第 400 页。

⑦　（清）陆葇《雅坪诗稿》卷 15，《清代诗文集汇编》编纂委员会编《清代诗文集汇编》第 119 册，上海古籍出版社 2010 年版，第 478、479 页。

按:此本亦经吴中徐时泰、秀水蒋之翘等翻刻)①,这些经历对他研习韩愈诗文大有裨益。《放胆诗序》曰:"唐人取士拘以格律,至李杜韩三家始极其变。"②尽管朱、陆身处庙堂,但与寄居草堂的叶燮时相过从,其诗学主张具有相似处,都赞赏由学习杜、韩以迄模仿苏、陆的变通。陆棻诗《醉宿二弃草堂赠叶已畦同年》云:"以余四止客,访君二弃主。此心各有托,相期并千古。胸中丘壑出,天峰逼眉宇。"③所谓"胸中丘壑出,天峰逼眉宇",也似在赞赏叶燮诗文有韩愈之风。他们打通杜、韩的努力,也得到京师诗家的一致赞赏。与朱、陆有深厚友谊的"岭南三大家"之一的梁佩兰,其诗风奇崛恣肆,有韩愈"以文为诗"之倾向,时人称其"当代倾心于韩愈也"④。樊潜庵评曰:"尽读辛酉以后作。其前冲融之气,至是扩而为排荡磅礴。昔人谓昌黎、眉山晚岁诗文益奇肆宕岸,良足征也。"⑤

康熙年间,由于徐乾学(1631—1694)、陈廷敬(1639—1712)等阁臣推崇韩诗,京师模拟韩诗蔚成风气。早在顺治时期,陈名夏便提出韩愈"以文为诗"是为了更好地宣扬"六经"、阐扬孔孟之道,值得大力提倡:"(韩退之)以文为诗者,本之《易》以着其深,本之《礼》以着其实,本之《书》以着其质,本之《春秋》以着其变;雄刚如迁、固,温醇如孟、荀,简切如孙、吴,皆能陈其义、悉其辞。举天下悲愉得丧之事,一发之诗,而后李杜可几也。"⑥方以智《陈百史诗序》曰:"百史最沉冥于昌黎……兼取其意,未尝不切天下之急故。"⑦吴应箕《陈百史古文序》也从"有六朝靡丽而昌黎兴"⑧的角度,赞扬陈氏兴复韩文传统。这说明陈名夏以韩愈诗文自期,尚有济世情怀。后任馆阁之臣徐乾学继续了陈名夏的主张,他在为其从兄徐履忱(1629—1700)所作诗序中,盛赞徐履忱能从学七子诗而结穴于少陵昌黎:"大约兄之少作,才气奔腾,追风掣电,古歌乐府凌厉无前……久之而归宿于少陵昌黎。"⑨而陈廷敬的主张要通过文人的谀赞才能一探究竟。康熙十二年(1673)暮春,孙枝蔚为江都汪懋麟作《梦砚歌为汪季角舍人赋》,夸其"应是杜韩与陆苏"⑩。杜濬(1611—

---

① (清)朱彝尊《曝书亭集》卷 52,《清代诗文集汇编》编纂委员会编《清代诗文集汇编》第 116 册,上海古籍出版社 2010 年版,第 410 页。

② (清)朱彝尊《曝书亭集》卷 36,《清代诗文集汇编》编纂委员会编《清代诗文集汇编》第 116 册,上海古籍出版社 2010 年版,第 304 页。

③ (清)陆棻《雅坪诗稿》卷 11,《清代诗文集汇编》编纂委员会编《清代诗文集汇编》第 119 册,上海古籍出版社 2010 年版,第 447 页。

④ (清)梁佩兰撰《六莹堂集》,中山大学出版社 1992 年版,第 109 页。

⑤ (清)梁佩兰撰《六莹堂集》,中山大学出版社 1992 年版,第 117 页。

⑥ (清)陈名夏《石云居文集》卷 3,《清代诗文集汇编》编纂委员会编《清代诗文集汇编》第 16 册,上海古籍出版社 2010 年版,第 66~67 页。

⑦ (清)方以智《浮山文集前编》卷 2《稽古堂二集》卷上,《清代诗文集汇编》编纂委员会编《清代诗文集汇编》第 35 册,上海古籍出版社 2010 年版,第 429 页。

⑧ (清)吴应箕《楼山堂集》卷 16,转引自章建文《吴应箕研究》附录,安徽大学出版社 2009 年版,第 208 页。

⑨ (清)徐乾学《憺园文集》卷 19《家兄孚若诗集序》,《清代诗文集汇编》编纂委员会编《清代诗文集汇编》第 124 册,上海古籍出版社 2010 年版,第 503 页。

⑩ (清)孙枝蔚《溉堂续集》卷 5,《清代诗文集汇编》编纂委员会编《清代诗文集汇编》第 71 册,上海古籍出版社 2010 年版,第 521 页。

1687)为汪氏《百尺梧桐阁集》作序,亦称其为"同志中可与谈韩氏之学者,一人而已"①。不久孙起栋《辽西草》有《恤恤乎一首效昌黎体》《二歌系怀儿镗京游未返,效昌黎体》诸诗;白胤谦(1606—1673)有《即事效韩昌黎体》(见《晚晴簃诗汇》卷二十二)。这些诗可能都受陈廷敬的影响。陈廷敬在《午亭诗钞》中一再将杜韩并提,他明确表态说,其诗"不学西昆学杜韩",又说"杜韩郁崩腾,回风激泷湄"。据叶君远统计,其《午亭山人第二集》一共次韵韩诗 13 首,诸如《秋日述怀次用昌黎〈此日足可惜赠张籍〉韵》《秋怀诗次昌黎韵十一首》《虾蟆石诗》等,"这些诗学韩不仅仅在用韵,其语言、结构、命意等也都努力逼肖韩愈"②。也在康熙十二年(1673),吴兴韩菼(1637—1704)中状元,士林谀之,以为韩愈再生。例如,沈树本用韩愈"衡岳韵"呈诗云:"下笔深奇蹑韩柳,著书奥衍攀向雄。"③而韩菼亦作有《秋怀诗次昌黎韵十一首》组诗④,这显然不是巧合,也应是受到陈廷敬的带动。受陈廷敬影响,方孝标(1617—1697)等下属皆学韩。方孝标《钝斋诗选》自序云:"余自七岁学诗,迄今五十余年……钟谭不足学……然诗文无二道也。昌黎之诗,岂不如韦柳元白之上? 且其文之温柔敦厚,何莫非诗?"⑤江南文士的通变思想、通达态度,于此可见一斑。其从孙方世举(扶南)在顾嗣立《韩诗集注》基础上辑《韩诗编年笺注》十二卷,其家学渊源本于此。桐城一地,尚有姚文然(1620—1678)等阁臣诗文学韩,潘江为作《姚端恪公文集序》曰:"其诗亦犹昌黎之诗,实开东野、玉川、昌谷之先"⑥。此外,诸多才子或者游宦江南的官员都有过"效昌黎体"的尝试。比如冒襄《和董卿如皋城中古松诗》,钱仲联说他"诗作得好,效韩昌黎体";毗陵邵长蘅 1679 年《青门旅稿》卷一即作有《地震诗戏效昌黎体》诗;等等。1688 年,钱澄之谋食京师,与会曹溶,作《王令诒诗序》云:"(令诒)绝去时调,有似于学韩昌黎也……予曰:'韩固难学。以韩子自述其为文用思之苦而曰:惟陈言之务去。戛戛乎其难哉!'……韩子所心折绍述者,惟其言必己出,不肯蹈袭;犹已陈言之务去,所以深信其难也。"⑦

　　清初韩诗之风,从江南著名学者竞相集注辑刻韩集亦可窥一斑。此前韩集刊行有两个高峰,一是宋代五百家评注韩集本,以建安魏仲举庆元六年(1200)刻本为著;一是晚明东雅堂刻本,长洲徐时泰万历间刻。但韩集刊刻的最高峰还是在清初,因为"韩愈《昌黎

　　① (清)汪懋麟《百尺梧桐阁文集》卷首序,《清代诗文集汇编》编纂委员会编《清代诗文集汇编》第 151 册,上海古籍出版社 2010 年版,第 209～210 页。

　　② 叶君远《从古体诗看陈廷敬诗歌的宗宋倾向》,李正民主编《陈廷敬诗学研究》,山西人民出版社 2009 年版,第 154 页。

　　③ 戴璐《吴兴诗话》,杜松柏《清诗话访佚初编》第 9 册,新文丰出版公司 1987 年版,第 389～390 页。

　　④ 韩菼《有怀堂诗稿》卷 6,《清代诗文集汇编》编纂委员会编《清代诗文集汇编》第 147 册,上海古籍出版社 2010 年版,第 59 页。

　　⑤ (清)方孝标《钝斋诗选》卷首,《清代诗文集汇编》编纂委员会编《清代诗文集汇编》第 63 册,上海古籍出版社 2010 年版,第 195～196 页。

　　⑥ (清)姚文然《姚端恪公文集》,《清代诗文集汇编》编纂委员会编《清代诗文集汇编》第 75 册,上海古籍出版社 2010 年版,第 134 页。

　　⑦ (清)钱澄之《田间文集》卷 15,《清代诗文集汇编》编纂委员会编《清代诗文集汇编》第 40 册,上海古籍出版社 2010 年版,第 146～147 页。

先生诗集》的注释、评论,是清人诗学研究的一个重点"①。顺治年间,秀水蒋之翘刻《韩昌黎集辑注》四十卷,储欣(1631—1706)为序,《御选唐宋诗醇》引述曰:"由中唐而来,千有余岁。此千岁中,聪明才知豪杰之士思立言自见者,靡不师先生。"②不久,休宁汪懋麟《韩诗选》传播于京师,武进杨大鹤(1646—1715)辑刻《昌黎诗钞》与《剑南诗钞》。继而常熟严虞惇(1650—1713)著《批韩诗》、江都余柏岩刻《韩愈诗》等。至康熙三十八年(1699)三月,长洲顾嗣立(1665—1722)《昌黎先生诗集注》集其大成,在突出《南山》等诗"光怪陆离""奇伟"的同时,"引杜诗证韩诗高达 91 条之多,彰显了韩诗对杜诗的继承关系"③。张谦宜(1650—1733)为顾嗣立作序,朱彝尊等作评。其自序云:"夫诗自李、杜勃兴而格律大变,后人祖述各得其性之所近,以自名家。独(昌黎)先生能尽启秘钥,优入其域,非余子可及。""近代名家如昆山顾炎武宁人、长洲金居敬穀似,俞场犀月诸公,其遗书绪论有裨是集者皆为采入。而晨夕商榷,互相校勘,则有吴廷桢山抡、刘石龄介于、汪份武曹、汪钧右衡、张大受日容、吴士玉荆山、家兄嗣协迂客。而邮筒往来,助余不逮,则德清胡渭朏明、吴江吴兆宜显令、海宁查嗣瑮德尹、昆山徐昂发大临,与有力焉。"④顾嗣立能操持选政,除了顾炎武等遗老的帮扶、"吴中七子"的切磋以及周边著名学者的助力,也离不开江南藏书家的支持,比如他曾向朱彝尊借书。顾嗣立创作,亦以韩、苏为宗。俞陛云《吟边小识》曰:"顾侠君诗学韩、苏,吴门诸老中,与潘次耕才名相亚。尝选元人诗,最称精博。书成,梦古衣冠者多人,望门而拜。侠君有《赠朱竹垞》诗云:'出其家藏书,龙宫炫秘宝。'盖其选元诗时,从竹垞借书也。"⑤稍后,方世举(1675—1759)辑《韩昌黎诗集编年笺注》,称《南山》"雄奇纵恣",乾隆二十三年(1758)雅雨堂精刊。沈德潜家族亦有《韩诗编年集注》八卷本(又名《韩文公诗集注》),乾隆五十七年沈端蒙重刊,序引沈德潜评韩诗曰:"原本雅颂,而不规规于风人也。品为大家,谁曰不宜?"⑥

除了韩集专著,韩诗在清人所辑其他唐诗集中的分量也显著增加。席启寓在宋荦、丘迩求支持下于康熙四十二年(1703)增刻王安石刻本《唐百家诗》,补入韩诗(按:王安石《唐百家诗选》以李、杜、韩另有别集而不选)。叶燮、宋荦赠序,表达对中唐韩愈诗派全集呈现的观感。叶序称韩愈非特居中唐之中:"乃古今百代之中,非有唐之所独得而称中者也。中既不知更何知诗乎?"⑦相比叶燮,宋荦评介较平允,其序曰:"至中晚而始极诗之变,虽气格少卑,实可济初盛板重之病。"⑧宋荦进而将韩、苏并论,提倡中唐韩愈及北宋苏

①　周兴陆《黎简手批〈昌黎先生诗集注〉》,《文献》2004 年第 1 期,第 163 页。

②　(清)储欣《韩昌黎集辑注序》,《唐宋十大家全集录·昌黎先生全集录》卷首,四库全书存目丛书编纂委员会编《四库全书存目丛书·集部》第 404 册,齐鲁书社 1997 年版,第 254～255 页。

③　查金萍《〈御选唐宋诗醇〉与清代韩愈诗歌的接受》,《江淮论坛》2022 年第 4 期,第 172 页。

④　(清)顾嗣立《昌黎先生诗集注》,康熙三十八年秀野堂本,卷首第 3 页。

⑤　王培军、庄际虹《校辑近代诗话九种》,上海古籍出版社 2013 年版,第 438 页。

⑥　(清)沈德潜选注《唐诗别裁集》卷 4,上海古籍出版社 1979 年版,第 117 页。

⑦　(清)叶燮《已畦文集》卷 8,《清代诗文集汇编》编纂委员会编《清代诗文集汇编》第 104 册,上海古籍出版社 2010 年版,第 397 页。

⑧　(清)宋荦《唐诗百名家全集序》,转引自陈伯海主编,张寅彭、黄刚编撰《唐诗论评类编增订本》上册,上海古籍出版社 2015 年版,第 195 页。

轼之诗,主张以通变精神对待前人诗作,并以其实践扩大韩、苏诗影响,受到了江南学者的称赞。王原评云:"先生以诗名于时,学者用溪南、松圆之例,推之为西陂诗老。盖中州之诗自先生出而其体一变,足与古人相颉颃。"①与《唐百家诗》刊行的情形类似,江南学者于17世纪末编撰了一批鼓吹韩诗的重要书籍。顾嗣立将《百家诗》裁汰为《杜韩白苏四家诗选》,广为刊行。康熙三十五年(1696),在朱彝尊的鼓励下,桐乡汪文柏(1659—1725)编撰了一部重要的参考性韵书《杜韩诗句集韵》,用以指导人们学习杜、韩之诗。该书依《佩文韵府》分一百〇六韵,每个韵字之下系以杜甫和韩愈以该字押韵的诗句。汪氏自序云:"《杜韩集韵》者,闲窗无事,取少陵、昌黎诗句,编入四声,备巾箱展玩者也。余少而学吟,浏览唐百家诗集,断以两家为指归。盖其格律天纵,不主故常,诸家卒莫出其范围。"②由于韩诗盛行,世人逐渐以韩为名,诸如宝应乔亿(1702—1788)字慕韩,撰《剑溪说诗》;钱塘汪师韩(1707—1780)以杜韩七律为典则,撰《律诗通韵》;吴中沈钦韩,曾撰《韩集补注》。(按:也有人以韩为名而不以诗名,如王景韩为名医,康熙四十年(1701)著《舌镜》;积善字宗韩,乾隆间入阁,有《使蜀记》;何宗韩曾编撰《清会典》;等等)这些通用型诗籍和以韩为名者的大量出现,标志着时人学习韩诗创作进入高潮。

结语

总之,从庙堂之高的京师,到江湖之远的江南,康乾诗人接续"李杜韩苏"传统,掀起了韩诗接受的热潮。周起渭(1665—1714)写有《春日偶抄李杜韩苏四家诗作》。③汪森(1653—1726)刻《韩柳诗选》,继而再次将韩愈推尊到李杜之后的唐诗第三人:"昌黎先生文起八代之衰,而其诗歌纵横排宕、力去陈言,意境为之一开,风格为之一变,李杜以后,一人而已。"④雍正五年(1727),华亭姚培谦刊刻《唐宋八家诗钞》,完成了由明代以来诸如"唐宋派"等以韩愈为古文领袖向清代学者以其为诗歌领袖的迁移。也恰在这一年,总结韩诗接受史程的赵翼(1727—1814)出生了。他后来在《瓯北诗话》中说:"韩昌黎生平,所心摹力追者,惟李、杜二公。顾李、杜之前,未有李、杜;故二公才气横恣,各开生面,遂独有千古。至昌黎时,李、杜已在前,纵极力变化,终不能再辟一径。惟少陵奇险处,尚有可推扩,故一眼觑定,欲从此辟山开道,自成一家。此昌黎注意所在也。"⑤韩愈找孟郊作为诗歌革新的帮手,创建诗派以扩大影响的原因,也是赵翼点明的:"盖昌黎本好奇崛奇皇,而东野盘空硬语,妥贴排奡,趣尚略同"⑥。明人唯李杜是尊,清代诗史发展至赵翼,全

---

① (清)王原《西亭文钞》卷8《西陂记》,《清代诗文集汇编》编纂委员会编《清代诗文集汇编》第171册,上海古籍出版社2010年版,第434页。

② 汪文柏《杜韩诗句集韵》,光绪八年(1882)姑苏来青阁刻,转引自孙微《清代杜集序跋汇录》,人民文学出版社2017年版,第213页。

③ (清)周渔璜著,欧阳震、朱健华、刘河等校注,黄万机审订《桐野诗集》,贵州人民出版社1999年版,第89页。

④ (清)汪森《小方壶文钞》卷4《书韩昌黎诗集后》,《清代诗文集汇编》编纂委员会编《清代诗文集汇编》第185册,上海古籍出版社2010年版,第453页。

⑤ (清)赵翼撰,霍松林、胡主佑校点《瓯北诗话》卷3,人民文学出版社1963年版,第28页。

⑥ (清)赵翼撰,霍松林、胡主佑校点《瓯北诗话》,人民文学出版社1963年版,第29页。

面认可韩愈"出奇"的突破路径,其论诗绝句云:"李杜诗篇万口传,至今已觉不新鲜。江山代有才人出,各领风骚数百年",加之前文袁枚所云:"李杜韩苏谁颉颃",可见韩苏颉颃李杜已成为"代出"的共识。不仅是古今共识,且海外汉籍亦以韩诗上继李杜。朝鲜王朝主要受明代诗学影响,苏轼较晚才进入视域,诸如金堉(1580—1658)编纂了李、杜、韩《三大家诗全集》;金万英(1624—1671)"将唐代诗人分为上、中、下三品,于上品中独尊李白、杜甫和韩愈";李瀷(1681—1763)将"李杜韩"描述为三峰鼎立,韩诗如"山势逶迤,天秀自露"。日本江户前期受明诗影响,推崇"李杜韩",如东梦亭认为李之《赠汪伦》、杜之《送孔巢父》、韩之《祭孟郊》"三子步骤一辙"①。后期亦如中国"韩苏"并称,如学者赖山阳(1780—1832)在《书韩苏古诗后》中说:"读杜诗必合读韩、苏诗,犹读《孟》可解《论语》也",乃撰《韩苏诗钞》。五山堂的菊池作诗"枕藉韩苏",称韩愈为"诗之如来"……总之,明代七子派只尊崇李杜传统;随着韩诗地位不断提高,清代的"江左三大家""康熙六大家"以至"乾隆三大家"等诗界领袖不断将"李杜韩苏"传统写进"传灯录"等诗话中。这一风潮甚至席卷日韩等东亚诗坛,标志着清诗全面进入出唐入宋的会通阶段。

---

① 〔日〕东梦亭《锄雨亭随笔》,〔日〕池田四郎次郎辑《日本诗话丛书》第 5 卷,1920 年版,第 365 页。转引自查清华主编《东亚唐诗学研究论集》第 2 辑,上海辞书出版社 2022 年版,第 267 页。

论民国报刊中的"李杜同论"维度

常 威[*]

摘 要：在民国报刊中的"李杜同论"中，时人特别关注了李白、杜甫之间的友谊，认识到深具同情心之于友谊的重要价值。他们对李杜二人的比较也丰富具体，而每寓含着对其人、其诗的关联性思考。他们对李杜优劣问题的思考也颇有时代的自由争鸣气息，大多持中正和平之见，认为二者不可轻为轩轾，也有"李不如杜"以及"杜不及李"之论。他们在对杜甫忧心时局的强调中，不仅凸显了杜甫，也呼应着救亡图存的社会现实。

关键词：民国；报刊；李杜；友谊；优劣

李白、杜甫之后，鉴于他们在诗歌领域取得的斐然成绩，后人每有赞誉之辞："……出乎其类拔乎其萃的，就要算浪漫文学大师李白与写实文学领袖杜甫了。在同一时代，在同一国度，又在同一艺术领域，崛起势均力敌、光焰万丈的两位大家，这不能不算是文学史上的奇迹。一位是集前此浪漫文学大成而推到极峰的大师，一位是开后此写实文学先河而汇为巨海的领袖。各人的性格不同，作风也极不相类，却终于是极好的朋友，这更是令人羡慕无已的奇迹。"[①]在此情形下，学界对他们的并称同论也日益变得显豁："唐代产生了两位灿烂光耀的伟大天才诗人杜甫与李白，真好像是一种奇迹。两人同生于天宝年代，创作的方向虽有不同，而在诗歌艺术上的造就则有相等价值。……所以论诗者，多以李杜并称。"[②]而"对面临相似历史处境的文化进行比较分析时，这样的比较将会是最具成效的"[③]，同理，对面临相似历史处境的诗人进行比较，这样的比较也将是水到渠成的。那么，于革故鼎新之际，在蜂起而兼具学术性、普及性、趣味性等特质的民国各类报刊中，那些专业李杜研究者或爱好者对二人并称同论的概况如何？ 又有哪些特别关注的维度？本文拟做说明。

一、友谊之维

真正的友谊为人所叹服乐道，自古皆然。李白与杜甫，同样的世出无两，却能跳脱"文人相轻"的魔咒，能不为个性、年龄、身份、经历等所限，终成为秉烛夜游、对床卧谈的佳友良朋，堪谓后世友谊楷模。这自然引起后人此起彼伏的讨论，民国报刊中也多见学

---

* 常威，周口师范学院讲师，主要从事中国古代文学研究。
① 霍松林《杜甫与李白》，《中央日报》1946 年 11 月 20 日，第 11 版。
② 王亚平《杜甫与李白》，《文学修养》1943 年第 2 卷第 2 期，第 17 页。
③ 〔美〕普鸣著，张常煊、李健芸译《成神：中国早期的宇宙论、祭祀与自我神化》，生活·读书·新知三联书店 2020 年版，第 435 页。

人论说。

盖朋友之交,古每有佳音难觅之憾,故高山流水至今传为美谈。而莫逆知音之境地,不能不因同理心生而后至。观李杜二人之模范友谊,颇有俞、钟风致,则二人必有一人饱含同理心可知矣。刘泽俊就接橥了这一事实:"余常读杜诗至于秋兴八首,但觉壕吏可恶,秋风可哀,苦事呻唔,未能窥其底蕴。迨至熟读秋风破茅屋歌,始叹其抱负之宏大,悲悯之深厚,虽夙愿难酬,而同情之深切,实未有能如是者。大抵才人志士,能于古今人中自造一诣者,其感觉必甚锐敏,而具有莫大之同情心,工部于此,秉赋尤厚,故其全集中酬唱感赋,伤时怀人之作特多。"①从以上论述中不难看出,此具同理心者更大程度上指的是杜甫,因为悲天悯人以致"同情之深切"者,唯杜甫堪当。而杜甫对李白之了解同情也人所共见,是故后人在论述二人关系时也多借此立意,如姚雪垠在《杜甫与李白的友谊》中论道:"杜甫和李白是我们的诗史上两颗不朽的巨星,又恰恰都生在第八世纪,有很亲密的友谊关系。因为他们的声望和影响是那么大,而生活态度和作品风格又是那么不同,所以人们总喜欢拿他们两个人作比较研究……他(李白)需要自由,也需要一个真正能够了解他的人。因此,在洛阳一遇见杜甫,他们立刻就变做了好朋友。贺知章是他的前辈,杜甫是他的晚辈,友谊关系完全是建筑在道义方面。"②这里明谓李白"需要一个真正能够了解他的人",当此之际,深具同情心而良善的杜甫天然充当了抚慰李白精神创痛的不二人选。

当然,理解从来是相互的,李白未必不对杜甫有同情之心,因为二人均有着坎坷不遇的相似命运:"李杜同生于世事纷乱之时,各赋奇才,却同样怀才不遇贫困终身,李白固曾宠幸一时,结果不免长流夜郎,饮恨采石矶畔;杜甫虽得献赋获官,而一生漂泊,终至穷愁以没。其处境遭遇十九相似"③。观李杜二人平生,可谓"有志不获骋",竟至于潦倒穷愁之境地。然而对于李白而言,穷愁却能不失其翩然洒脱之情致;对于杜甫来说,穷愁却不失其兼济天下之雄心。如此种种,一寓于诗,诗文交映,合若符契。此等迥异特出之表现,无愧于伟大杰出之美赞,这也照应着"诗穷而后工"的传统命题。

不过需指出,杜甫对李白之深情由于杜甫众多怀恋诗歌的加持迨无争议:"唐世诗称李杜,文称韩柳。今杜诗语及太白处,无虑十余篇;而太白未尝有与子美诗,只有《饭颗》一篇,意颇轻甚。论者谓以此可知子美倾倒太白至矣。"④寄怀李白诸作尤为后人推崇:"……他(伟大的诗人)首该具备的有两个主要条件:一,有真性情蕴结于胸中,藉文字以涌现于纸上……二,需要有敏妙的艺术,能传达其欲言之隐,又能留有余不尽之致,不伤于质直,不流于浅露,然后他的作品,悲壮沉雄,缠绵悱恻,使读者尚未终篇,已不知涕泗之何从……像这样的诗,在唐代诗人中,固尚很多,但于友朋间热情横溢,风义峥嵘,以道义相崇尚,以专业相期许,以境遇相关怜,而又配合着新奇的笔调,绝妙的技巧,缠绵往

---

①　刘泽俊《杜诗中所见之李杜友情》,《平云月刊》1946 年新 4 号,第 13 页。

②　姚雪垠《杜甫与李白的友谊》,《文艺工作》1948 年第 1 期,第 130、137 页。

③　九炼《李白与杜甫》,《民国日报》1946 年 6 月 26 日,第 4 版。

④　庞静斋辑《李杜韩柳有优劣》,《爱吾庐随笔(续)》,《益世报》1925 年 4 月 5 日,第 16 版。

复,以表现于字里行间者,除杜甫的寄怀李白各诗及白乐天'寄微之三首'以外,恐怕不易多觏。"①但是李白对杜甫之情如何,则因缺少对等数量的诗歌以及浓烈的情感而招致后人不断臆测论争。在民国报刊中也时见学人对这一问题的辨析。

　　概而观之,有愤而质疑者,如定山云:"李白杜甫,两家子弟皆有是非,甚至举唐诗纪事李白嘲杜甫诗'饭颗山头逢杜甫,头戴笠帽日卓午,借问因何太瘦生?总为从前作诗苦'以为话柄。《旧唐书》文苑本传据之亦云,白自负文格,讥甫龌龊,有饭颗山之诮。辩之者,云唐诗纪事,本小说俚言,旧唐浅薄,竟摭拾据为史实;苕溪渔隐已有辩正;《新唐书》本传删之;但云少与白齐名,时号李杜,最为卓识。不知《旧唐书》说李白讥杜甫龌龊是伪作,《新唐书》说杜甫少与李白齐名,时号李杜,亦是假托。"②这里就李白讥嘲杜甫之作做了言辞急切地辨正,以为李白所谓"饭颗山之诮"绝无道理。亦有站在友人的角度共情解析者,如彬《唐代两大诗人李白杜甫的交情》一文曰:"唐代两大诗人,李白与杜甫,生既同时,交亦至厚,这是一件很有意义的事……李杜诗风格的确不同,依旧说,则前者是飘逸,而后者是沉郁,但从古今中外的文学史上看来,凡生在同时而又是好友的大文人,作风却向来不一定一致;而这不一致却又并不妨害彼此的互相了解而缔结了至深的友谊的。所以即使太白真地写那么四句送与老杜,也未必即是《韵语阳秋》与《鹤林玉露》之所谓的'讥'。"③这里作者大胆假设,认为即使李白尝作是诗,亦出于亲密朋友之间的调笑,而绝非道德层面的讥嘲。直言之,李杜友谊之诚切是毋庸置疑的,后世所谓李白讥嘲杜甫之说绝不是历史中李杜关系的真实写照。诚如坚所总结:"有人牵强附会说:李白自负文格放达,嘲笑杜甫有饭颗山头之讥,讽他困于雕镂。杜甫则说:'何时一杯酒,重与细论文。'以为杜甫认李诗粗豪,心里不服,要和他细细评骘推敲。旁人管闲事,硬派他二人有裂痕。其实李白年长杜甫十多岁,又过从甚密,一时戏为之;杜甫亦是率尔之言,并无怨恨的形迹可寻。"④当然,此等妄言之所以有生长的土壤,或与李杜友谊的部分历史记载缺失(尤其是李白对杜甫友谊的相对失语)以及名人效应的加持等有关。

　　显然,论及李杜,不能不首谈二人之交往,进而也会顺理成章地切入对二人友谊的探讨。盖李白与杜甫之交往,情真意笃,已为世人所肯认:"公(杜甫)与白最善,亦最佩服白……文字之交,情逾骨肉,非口头空谈,酒食征逐者可比。"⑤是故杜甫有诗云:"醉眠秋共被,携手日同行。"(《与李十二白同寻范十隐居》)则二人亲密之关系彰显。因此,时人对李杜友谊施以特别关注与体认,不能说无因了。

二、才性之维

　　李杜并称同论,亦有杜李并称者,如前所称引霍松林《杜甫与李白》、王亚平《杜甫与

　① 陈叔渠《唐代两大诗人的风义感及其他》,《今文月刊》1942年第1卷第3期,第140页。
　② 定山《李白与杜甫》,《沪报》1947年1月27日,第2版。
　③ 彬《唐代两大诗人李白杜甫的交情》,《时事新报》1947年4月22日,第4版。
　④ 坚《李白与杜甫》,《南菁学生》1930年第2期,第33～34页。
　⑤ 张克《杜甫之友谊诗》,《金陵光》1927年第50卷第4期,第44页。

李白》等,姓名的前后顺序未尝不有别样的蕴意,诚如莫砺锋所论:"我们首先会注意到人们一般都说'李杜',而不说'杜李'……顾陶在《唐诗类选》序中的说法很奇怪,人家都说'李杜',他偏说'杜李'。他把李白、杜甫的次序颠倒过来了。我想这也是一种价值判断。"[①]不管是李杜还是杜李,这种并称某种程度上已富含比较的意味,因此研究李杜者定然会注意二者显而易见之同,以引发后人相似的联想;也必关注其难掩之异,以凸显各自的价值和地位。当然,既曰比较,当有标准并重在关注二人之不同。就此而言,胡小石的论述至为精到:"既名之曰比较,必定先要定出一种公共的标准,若标准不同,便无所用其比较了。李杜二人,到有比较的可能性:因同为诗人,同为盛唐时诗人,且同为后世所宗仰而在文学史上占极重要的位置的诗人……然而最重要的,不在求其同,而在求其异,因为凡能同时共享盛名的文人或诗人,都各有其特殊之点、独到之处。不然,便有一人为首领,一人为附庸了,还有什么比较呢?"[②]赵景深也曾多方综括文献对李杜进行比较曰:"我国最伟大的两个诗人便是李白和杜甫。李白集盛唐诗之大成,兼括岑王;杜甫则开中唐诗之先河,启导韩白。他们俩是我国诗坛的两颗巨星,诗风各异"[③]。接下来,赵景深从遗传、夙慧、漫游、境遇、思想、时代、作风等七个方面对李杜进行了较为细致的比较,其中于作风比较尤为细致,认为李白的作风有如下特点:贵族的、浪漫的、多想象、多情感、多主观、喜用女酒二字、天才,而杜甫的作风则是:平民的、写实的、多刻画、多经历、多客观、喜用饥饿二字、人力。

　　而在众多比较中,文、人关系始终是古今学人常论常新的课题,"文如其人"也是作家期冀的理想境界,亦是后人衡文的重要标准。例如,德富猪一郎评杜甫曰:"他的保存到现在的古体三百七十首,和近体一千零六首,直接间接都可做他本传的史料。设使看过他的诗,就可以知道他是怎样的一个人。"[④]在人们普遍的理解中,人与文不应是对立割裂的,而应是互为表里、相得益彰的。当然,"文如其人是如人的气质,而非如人的品德……从历来文论家的议论来看,他们所理解的'文如其人'也正是着眼于文学特征与作家气质、性格的相符。"[⑤]就李白、杜甫而言,"飘逸二字可以象李白的性格和作品的风格;沉郁二字,也可以象杜甫的性格与作品的风格。真的,'文如其人',性格思想的不同,显然会从文章的风格上表演出来的。"[⑥]在民国报刊中,时人在论李杜时,也往往瞩目于此,他们对二者的比较中每寓含着对其人、其诗的关联性思考。可以说,李白、杜甫同为中国诗歌史上的杰出代表:"有唐一代是我国文学史中的诗歌极盛时期,集汉魏六朝的大成,开宋元以后的宗派,尤是诗歌史的重要关键;而在这一个时期中能兼诸家之长,为之代表者,端推李白和杜甫二大诗人。这是谁也不能否认的。"[⑦]那么面对这两位如此杰出的诗人,

① 莫砺锋《莫砺锋讲唐诗课》,江苏凤凰文艺出版社 2019 年版,第 8～9 页。
② 胡小石先生演讲,苏拯笔记《李杜诗之比较》,《国学丛刊》1924 年第 3 期,第 1 页。
③ 赵景深《李白与杜甫(文学之基础知识)》,《绸缪月刊》1934 年第 1 卷第 1 期,第 3 页。
④ 〔日〕德富猪一郎著,幼农译《杜甫的生涯》,《京报》1934 年 11 月 13 日,第 10 版。
⑤ 蒋寅《文如其人?——一个古典命题的合理内涵与适用限度》,《求是学刊》2001 年第 6 期,第 87 页。
⑥ 曹聚仁《新文章讲话十六·李白与杜甫》,《社会日报》1937 年 5 月 23 日,第 2 版。
⑦ 张文昌《李杜两诗人的比较研究》,《沪江大学月刊》1926 年第 15 卷第 12 期,第 11 页。

其所以有此差异的原因是什么？不能不有所论析。

　　要之，二者诗文的明显差异，与二人思想、性情的关系至为紧密。王兆元曰："二人的个性与作品，则完全不同。黄仲则在太白墓诗中有个很好的比喻，只要看他二人的坟地便可见他二人诗风之分野：李白的墓门对着青山，又与贾岛同居泉下，所以是'江山终古明月里，醉魄沈沈呼不起'；而杜甫却是葬在潇湘湄，当然是'衡云惨惨通九疑'了。所以，李白是一个酣睡在'象牙之塔'的乐天主义者，是艺术派的诗人；杜甫则是一个站在'十字街头'的救世主义者，是人生派的诗人。"①这正道出了二人文、人方面迥异歧分的情形。于此而言，曹聚仁的论述颇形象而切当："他们的诗、人如此不同，所以如此不同，盖由于他们两人的人生观和社会观的不同。李白，他不愿意看这丑恶的社会，不愿意听这乱离中的呼号。他要离开这尘世，如白鹤一样，从泥田中飞到天空去……杜甫呢，他要生活在这丑恶的社会，要在苦难的圈子和一般人一同颠连。"②卓树元也注意到个性与诗文的密切关系："李杜两人同为诗界的挚友，同为唐代诗界的健将，且同处于恶劣的环境，表面上似没有比较的必要，但是两人的个性恰恰不同，各有特别之点，独到之处，故所写的诗文亦异……我们人类所以有进化，人生所以不致枯燥，都是因为有超越环境的个性的内都（部）要求存在，大凡不受环境所支配压迫的，都是有天才的气禀。同一时代的艺术家，有天才亦有庸才，所以艺术作品当中有平庸和艺术两种分别。说起来李杜的诗不同之原因，是以上两种关系。"③诚如其论，正是因为李杜二人思想、性情、精神等方面的差异，所以才有了各自风格迥异又毫不相悖的诗文呈现。

　　而在时人李杜比较中的文、人关系思考中，多有引人瞩目的精到之论。如孙家琇认为李杜一为贵族文学，一为普罗文学："……李白深得道教的影响；而杜甫则受孔子的影响。为了这一切的差异，人们视李白的诗为贵族文学，杜甫的诗为普罗文学。李白曾充分享受醇酒美人和奢侈的生活，而且希望永生不朽。杜甫从来没有足量的食物，他最大的欲望：是病的时候有药，饿的时候有米。因此李白用最美丽的字形容酒和酒杯，杜甫以最美丽的字形容米和酸醋……所以，艺术与人生，都像是攀登一个梯子——意向永远是更高的境界。"④天痕则直言李白天真而杜甫极富人性："李白好比是一个天真的孩子，总以他那无邪的、高朗的笑声和蓝空一样高尚的纯洁感动了我们。李白是一个人类的可爱的孩子……杜甫是一个很富有人性的诗人，他那许多杰出的作品，是极其浑厚朴质的。只有像他这样一个深经沧海，满怀着人间的喜怒哀乐的诗人，才能够使我们感动得如此之深。诗人快乐的时候我们觉得快乐，诗人流泪的时候我们跟着一块流泪。"⑤白璧认为李白豪放，杜甫悲观："李性豪放，故其诗以气韵胜。纵横驰骋，风格俊逸，含英爽之气，读之使人神远，有遗世之念……杜为情最厚之人。逢天宝之乱，国势陵夷，皇帝蒙尘，群小

---

①　王兆元《李白与杜甫》，《期刊》1934 年第 2 期，第 30 页。

②　曹聚仁《新文章讲话十六·李白与杜甫》，《社会日报》1937 年 5 月 23 日，第 2 版。

③　卓树元《李杜之比较》，《四中周刊》1929 年第 76 期，第 82、87 页。

④　孙家琇作，胡品清译《李白与杜甫——中国两大诗人》，《国际文化》1948 年第 1 卷第 1 期，第 9 页。

⑤　天痕《李白和杜甫》，《益世报》1946 年 3 月 4 日，第 4 版。

当国,空怀抱国之思,而不得荐进,流寓诸处,于是将当日忧君爱国不平之鸣,慷慨淋漓,兼叹自己之不遇,惨淡经营而描画之。故称杜为'诗史'。因能将当日忧社会纷乱之内情,而托之于诗也……总之李豪放,杜悲观。分道扬镳,各臻其妙也。"①岳家翰则将李杜作风的差异归结为生活方式的不同:"李杜并称,但李杜的作风却迥然不同。这或许归结于他们生活方式的不同了,前者倜傥不羁飘逸壮阔,后者却穷愁坎壈呜咽辛酸。"②林矛则认为李杜一个"盛于气",一个"深于情":"唐朝的两个诗人,李白和杜甫,是中国文学史上最伟大的作家……据许多批评家说,他们的作风实在是异曲同工,殊途同归,没有优劣可分的。作风不同的原因,则由于二人性行的各异:李白富于天才,杜甫深于学力;前者是具有道骨的人,后者是具有儒风的人;一个喜欢隐逸放浪,一个喜欢悲歌慷慨;一个是盛于气的人,一个是深于情的人。"③周郁则指出:"今人以为杜有北方文学之特性,李则有南方文学之特性。且谓李富于才,杜富于学。李笃于情,杜笃于性。杜受儒家之感染,李为道家所影响。李出世,杜入世。这种评论不但把他二人写得尽致,就中国南北文学也划一鸿沟了。(见《文学之起及历代之概要总论·十四·甲》)"④以上论述,可谓均能切中李杜性情思想的要害,而足以引发后人持续不断的共鸣与思考。不过需说明,杜甫深情而多有家国之忧的表现固然是其身上天然携带的标签,也因之每有"社会诗人"⑤"忧愁诗人"之称,但是这并非杜甫及其诗歌的全貌,"从整体上看,他的诗歌确实带有浓厚的忧愁色彩。然而仅凭这种先入为主的观念来概括杜诗的话,则明显会对事实产生误认。在杜甫身上可以看到大量与忧愁完全相反的幽默精神。他的情感的振幅大到远远超出我们的想象"⑥。

　　此外,《李白与杜甫》中有温泉、冷泉之喻:"李白有庄子式的幻梦在内,但是杜甫是弥漫温柔之美的大家。李白是像一座力强的温泉,杜甫是像一座晶莹的冷泉,永久喷出阴凉的水来。李白是光芒万丈,活跃如虎,但是杜甫是尖深,充满了智慧的。李白喜欢讲非常奇异的事,但是杜甫却使生活最平凡的事显得不平凡。李白要吞没宇宙,杜甫表寓它。李白像云雀般飞入凌霄,杜甫像水鹄般潜入海底。李白是神奇的,杜甫是有趣的。李白给我们欢乐,杜甫给我们感触。"⑦有学者则认为二人有诗人、词人之别:"……开元天宝之间既产生了一个杰出的诗人杜甫,同时又有一个杰出的词人李白……诗和诗人都须以他的精神上来看,不可专就形式上来定的。诗人既确有大超过普通人的地方,同时也和单有文字艺术的手腕,而才气纵横的词人,颇不相类。同样是一篇所说五言诗或七言诗的文字,我们果从精神上看时,可以有诗和词的不同,那末,做这篇文字的人,自然有诗人和词人的分别了……我们试读杜甫的文章,只要有能欣赏诗的能力,自然感到淳朴真诚热

　　①　白璧《读李杜诗集后的批评》,《春笋》1930 年第 2 卷第 2 期,第 77 页。
　　②　岳家翰《穷愁潦倒的诗人杜甫》,《南开高中》1935 年第 2 期,第 1 页。
　　③　林矛《李杜文章(文艺修养)》,《大众生活》1935 年第 1 卷第 5 期,第 129 页。
　　④　周郁《李白杜甫的人格与诗(续)》,《盛京时报》1929 年 6 月 23 日,第 5 版。
　　⑤　详参梁元《略论社会诗人杜甫及其诗》,《中文专刊》1945 年创刊号,第 40~43 页。
　　⑥　〔日〕兴膳宏著,杨维公译《杜甫:超越忧愁的诗人》,生活·读书·新知三联书店 2022 年版,第 4 页。
　　⑦　吴经熊著,徐诚斌译《李白与杜甫》,《宇宙风》(乙刊)1941 年第 40 期,第 10 页。

烈自然的旨趣；我们又试读李白的文章，便将感到纵横奔放深切入微的风味。前者确是主观的热烈的表现，也就是性情的流露。后者虽不仅是冷静的描写，但也总是才气的使用，才气是不同于性情的，才气总是浮于性情以外的，所以他的文章，毕竟是他手下产生的另一种东西。"①以上论述中不管是温泉、冷泉之譬抑或是诗人、词人之分都至为精警，盖李杜之气禀天性，或热烈外放，或冷静内敛，故给人以或温或冷之强烈印象，而遂有精神视域下的诗人、词人之特别论说。

　　总之，人、诗维度是民国学人在报刊中论及李杜时瞩目的焦点课题。显然，这样两位伟大诗人同具天才与学力："李白杜甫二人在此时的成就，似已登峰造极。深深觉到诗之所以为诗，已擒住了诗的真生命。且二人均能发挥其天才与学力，使诗一方面伉爽率真，不失于粗野，一方面艳丽，不失于雕琢，确能恰到好处。李杜二人不仅为唐代的诗人，也为唐代诗人的中心人物，更可称为过去时代的两位伟大诗人。"②他们的气质秉性、思想精神也深刻影响着各自诗歌的体貌，以及后世诗歌的发展，并形塑了带有鲜明个人印记的文化精神传统。于此而言，长风的总结可供参照："李性情豪放，行为浪漫，乐天而具出世之思，故其诗亦大半超脱人世之感。杜甫思想重实际，而主入世，故其诗不离社会。实则太白自幼即富有纵横之志，惟时会不济，到处不能得意，精神渐归郁结。思想上其初固无分歧，惟其结果则迥然不同耳。李、杜二人，时境相同，交情颇密，然于文学上之主张，则毫不妥协，均能摆脱时尚，各寻途径，出全力全智，以求艺术之王宫。李白主张复古，以其旁逸斜出之天才，安置于古人已造模范之内，可谓建安以来，古诗之一位结束人物。杜甫主张革新，其诗无所不学，而亦无所不弃，不愧为元和以后诗风之开山师祖。杜甫接近社会，深明社会之疾苦，与天上谪仙之李白自有大异也。"③

三、优劣之维

　　在古往今来的李杜同论中，本就包含着李杜比较的题中之义，而比较难免会触发高下优劣的评判，加之李杜优劣之争，自唐宋以来多有，故这一话题自然也常被时人提及。

　　观民国报刊中学人的论说，大多持中正和平之见，认为二者不可轻为轩轾，若猝然以优劣强分高下，诚非允平之论。如张清明谓"未能强分高下"："杜工部以学力沈健胜，李以太白则俊逸超群见长④，两人的学力天才，各不相谋，未能强分高下，轻重其间。"⑤舍我则直言"妄为轻重则不可"："自王介甫作《百家诗选》以李下杜，而后世论者虽多抑李而扬杜，其实李以神胜，杜以气胜，各有千古，未易轻为轩轾也。古人论诗，每多偏袒，各是其是，各非其非，要不免有矫枉过正之处。介甫以李下杜，而欧阳永叔且有'甫之于白，仅得其一节'之语。介甫、永叔名望学识均相敌体，而其见解竟差池至是，将从谁之说乎？一

---

① 野《诗人与词人——杜甫与李白》，《文化通讯》1934年第1卷第2期，第6～8页。
② 介之《诗人李杜的检讨》，《晨报》1938年5月21日，第6版。
③ 长风《我国二大诗人——李白与杜甫》，《新女性》1941年新年特大号，第89～90页。
④ 案：当作"李太白则以俊逸超群见长"。
⑤ 张清《漫论诗》，《正义报》1948年1月4日，第6版。

言以蔽之,曰:李、杜之诗相埒。吾侪后学,择一而事之则可,妄为轻重则不可。世有知者,或不河汉斯言也。"①秋的山海之喻颇能引发人的共情:"一定要把李杜强分一个优劣出来,实在是最愚不过的事。他们的个性人格完全不同,他们的作风也完全不同。譬如一个是山,一个是海,如何去判定其优劣呢?顶多只能说我喜欢海,或是喜欢山。若一定要去说山比海好,或是海比山好,虽孩童亦知其为下愚。李杜为中国诗史上的双圣,我们必须以不同的眼光来欣赏他们,才不致陷于入主出奴的谬误。"②黄眉玉的总结亦颇具启发意义:"人们不能离开艺术而像僵尸般生活,同样亦不能脱离社会的现实环境,两种精神都是人类所需要,在宇宙间都是同样的重要,但两者只能居其一,因之有贵族文学和平民文学分道发展,使文学永远在地球上有力量,有价值。所以李杜的作品也具着同等的万丈的焰照耀中国诗坛,我们未能判定其孰优孰劣了。"③

以上可略见时人对李杜优劣的认识,盖李杜各有其所独擅,亦各有其所不能,"诗人各具妙处,言者惟可指其特点,而不可论以优劣"④,若入主出奴,持门户之见,是其所是,非其所非,"所谓此长彼短,都无非是根据着片面的观察和一己的嗜好而盲赞和瞎谤,他们这样带着有色眼镜去观察,不特不能批评李杜,并且也失去了批评文学的资格"⑤。知之者,"杜之不能为李飘逸,正如李之不能作杜沉郁。后之抑李扬杜或多李少杜者,俱为个人阿好之词,不足铨二家也。杜诗之重于后世者,盖杜重学力,人易学之,李重天才,人不易学,岂足以此抑李"⑥? 诚如罗宗强所论:"对于这两位各有成就的伟大诗人,妄比其优劣,是不应该也没有必要的。正确的态度,是承认他们并驾齐驱的地位,就像郭沫若同志在 1962 年纪念杜甫诞生一千二百五十周年的文章中所说的:'我们今天在纪念杜甫,但我们相信,一提到杜甫谁也会联想到李白。李白和杜甫是像兄弟一样的好朋友。他们在中国文学史上的地位就跟天上的双子星座一样,永远并列着发出不灭的光辉。'"⑦

值得注意的是,在救亡图存的社会背景下,这一时期的李不如杜之论融渗了鲜明的时代气息。在此情形下,方舟有"李白不及杜甫远矣"之论:"唐诗李杜齐名,然而他们的气息完全不同。李白和杜甫同是生不逢辰,国家多故,民不聊生,但他们的作品、作风意识完全两样……他(李白)的作品,均可见其狂放之态,一味陶醉于花月之间……杜甫则不然,他的诗中,充满了沉郁雄浑之气,到处流露他感时伤心,忧国忧民的情绪……如果文学不是个人的娱乐品,而是大众的吼声,时代的缩影;不是吟风弄月,而是有深入社会层里负起前驱的使命,则李白不及杜甫远矣。"⑧傅庚生则有"李白要逊似二三分"之说:"文学创作以感情为君,思想为臣,想像为佐,形式为使;感情与想像需要的是真,思想需

---

① 舍我《论李杜》,《民国日报》1917 年 2 月 22 日,第 8 版。

② 秋《李杜诗的优劣》,《京报》1933 年 4 月 17 日,第 9 版。

③ 黄眉玉《李白与杜甫》,《南昌女中》1937 年第 5、6 期合刊,第 44 页。

④ 斯同《李白杜甫优劣论》,《玫瑰》1940 年第 2 卷第 1 期,第 13 页。

⑤ 集昌《李杜比较研究(再续)》,《五中学生旬刊》1932 年第 7 期,第 6 页。

⑥ 佘贤勋《李白与杜甫》,《金陵光》1927 年第 16 卷第 1 期,第 62 页。

⑦ 罗宗强《李杜论略》,内蒙古人民出版社 1980 年版,第 23 页。

⑧ 方舟《李白和杜甫》,《南华日报》1934 年 12 月 27 日,第 1 版。

要的是善,形式需要的是美。君臣佐使各如其分,真善美浑同如一,才算达到了创作的极诣。若藉着如此的一种客观标准去衡量李、杜二人的歌诗,我们会发现杜甫有八九分的光景了,李白要逊似二三分。"①

观二人之论,一关注文学与时代的关系,一则瞩目于诗文思想内容与艺术的耦合。不管立足何处,他们背后均潜隐着对杜甫忧国爱民的高洁品性的推尊,诚如易君左所说:"杜甫的革命主义的人生观,是有一个坚实的根据,即'国家至上主义'。杜甫不但没有猎官的卑鄙的思想,没有高官厚禄的世俗的企图,而且根本没有做'官'的心理;他所有一切(包括对自己对他人)政治上的期待,全是为国家。"②诚然,国家至上堪谓杜甫的"吾心安处",这或是他们得出李白不如杜甫的关捩所在。而杜甫较李白更受后人青睐的原因,除了上述因素之外,或如介之所论:"至于论及李杜诗的比较,则从来的人颇有扬杜而抑李的,也有左李而右杜的……我以为就才性而言,李白豪迈,杜甫亦不笨拙……李白的诗好像在天空中遨游自得,很不容易学,而杜甫的诗则写出社会的生活,比较地容易模仿。因此后来学李的少,学杜的多,似乎是杜较李有盛名也不能无因了。"③至于"杜不如李"之说,吴流论曰:"我对于杜甫诗的最不满意处,是文句滞碍,理气不清,至于生硬做作和牢骚颓唐。李白的诗万非杜甫可及。还是他的小毛病呢。我觉得李杜并称,人多右杜而左李,实在是冤枉的。不过杜甫毕竟是唐人,去古未远,有时还有天真自然的句子。"④观其所论,盖从诗歌创作和艺术的角度立论,不过对杜甫的评价未免不有先入之见,而或失之于片面。

结语

综上所述,李杜并称同论不是学术史上的偶然,而是历史的必然。二人身上的光环是如此辉耀和不同,不时唤醒着后人比较的潜意识。蒋寅曰:"由中唐韩愈等人鼓吹而形成的李杜齐名的均势,到北宋中叶终于被打破。李白诗歌被污名化与杜甫备受江西派尊崇,最终造成了两家诗歌评价的落差。"⑤诚如其论,自中唐李杜并称以来,这种比较就隐现其中,由此触发了后世旷日持久的优劣论争,而对杜甫的尊崇似有着较大的市场。显然,自中唐迄今的李杜同论,不唯是文学史上的简单记忆,也某种程度上呈露了我国诗学自我建构的动态演变过程,而从民国报刊中的相关论述切入,无疑为这一动态过程提供了一个典型视窗。在民国报刊中的李杜同论中,我们可以洞悉时人对李杜友谊的特别关注以及对其人、其诗关系的深度思考。他们对李杜优劣问题的论析有着多元视角,颇有时代的自由争鸣气息。这在某种程度上可视为20世纪李杜研究的一个缩影,而民国学术文化的基壤沃土正是他们取得如此成就的重要原因。诚如余恕诚所论:"学术研究跟

①　傅庚生《评李杜诗》,《国文月刊》1949年第75期,第19页。
②　易君左《杜甫今论(一名杜甫及其诗)》,《民族诗坛》1939年第2卷第6辑,第5～6页。
③　介之《诗人李杜的检讨》,《晨报》1938年6月6日,第6版。
④　吴流《杜诗评——旧诗新解之一》,《民国日报》1946年2月3日,第2版。
⑤　蒋寅《李杜优劣论背后的学理问题》,《文学遗产》2022年第1期。

时代政治、经济、文化关系密切。对于李白、杜甫，我们能有今天的认识，仿佛他们不是陌生的古人，而是为我们所理解，许多方面还能介入我们的生活，跟我们产生交流，是由于20 世纪的思想文化推动学术研究，使其人其诗能以现代的理念去理解，并能从中吸收有益的东西。"①值得注意的是，民国学人在对杜甫忧心时局的强调中，不仅凸显了杜甫的高卓地位，也呼应着救亡图存的社会现实。

可以说，杜甫和李白，一个以人力汇成艺术的巨海，一人则以天才砌就诗歌的长城。"李杜是盛唐诗坛上两颗明星，是有唐一代大诗人。更扩大起来说，是中国未曾完全开辟的文学园地中的两朵艳花。他们在当时开着；在现在仍然放着；相信在最近的将来仍会鲜艳地维持他们的地位。这不是夸大，实在因为他们的作品有着不灭的价值。"②而这些探讨他们的维度或也将不断为后人所讨论。生为李杜，似无法选择被评头论足的命运，不过后人在他们的同论中启迪了新知，收获了对李杜更全面深入的认识，这大概是李杜不期而至的乐事。

---

① 余恕诚《余恕诚唐诗研究论集》，安徽师范大学出版社 2022 年版，第 314 页。
② 夏魁文《李白和杜甫》，《铃铛》1937 年第 6 期（上卷），第 25 页。

前沿论题

中医典籍的文学性特征述略

刘怀荣 *

摘　要: 中医典籍中不乏粗陈梗概、趣味盎然的医案,虽简洁短小,却富于故事性。这些典籍也常引用文学作品来说明医药特点、方剂组成、疗效等,或以文学体裁提炼、总结医学内容,或以富于诗意的语言表现与医药养生相关的内容。这是中医典籍文学性特征呈现的几种主要方式,也构成了中医药养生与文学研究的重要内容,是"大文学"研究值得关注的一个重要领域。

关键词: 中医典籍;文学性;《儒门事亲》;《东医宝鉴》;《长沙方歌括》

　　中医与文学关注的对象都是人,二者天然地相互渗透和相互影响。一方面中医典籍不乏文学性叙写,另一方面文学作品中也常有与医者、医事有关的内容,这两个方面共同构成了古代文学研究的一个重要领域。由于学术界有关中医医疗史的研究相对滞后,以往对这个新领域的关注明显不足。近几十年来,随着中医史、中医医疗社会史等领域研究的推进,对这一研究领域进行深入探讨,不仅具备了较好的基础,也是非常必要的。本文抛砖引玉,仅就上述前一个方面的问题,即中医典籍不乏文学性叙写略述管见,以求教于方家。就实际情况来看,存世医籍在谈到药性、医方、疗效等医学问题时,有不少体现了鲜明的文学性特征,这在以下三个方面皆有突出的体现。

一、文学性叙事

　　中医典籍往往会对某次治疗的过程做较详细的记录,有的极富戏剧性。如《儒门事亲》卷七"病怒不食"条曰:"项关令之妻,病怒不欲食,常好叫呼怒骂,欲杀左右,恶言不辍,众医皆处药,几半载尚尔。其夫命戴人视之,戴人曰:'此难以药治。'乃使二娼各涂丹粉,作伶人状,其妇大笑。次日又令作角觚,又大笑。其旁常以两个能食之妇,夸其食美,其妇亦索其食,而为一尝之。不数日怒减食增,不药而瘥。"[①]

　　项关令妻"怒不欲食",且爱骂人,甚至要杀人。"众医"束手无策,后被戴人治愈。戴人是金代名医张子和(1156—1228)的号,他名从正,是《儒门事亲》的作者,也是中国医学史上一位杰出的医者。他为病者治疗的方法很特别,一是请两位女优涂丹粉、扮戏子表演节目,二是让人表演角抵(相扑)游戏,目的是逗病者大笑。表演节目的同时,又请两位食量大的妇女,在旁边吃东西,并夸赞这些食物之美。病者在她们诱导下"亦索其食",几

---

　*　刘怀荣,中国海洋大学教授,博士生导师。

①　(金)张子和撰,邓铁涛、赖畴整理《儒门事亲》卷 7,人民卫生出版社 2005 年版,第 208 页。

天后"怒减食增,不药而瘥"。医案所记文字虽简略,但故事性强,画面感突出,使人有身临其境之感。项关令妻是典型的因怒伤肝,狂躁失常。清人曹庭栋《老老恒言》中说:"人藉气以充身,故平日在乎善养,所忌最是怒。怒心一发,则气逆而不顺,窒而不舒,伤我气即足以伤我身"①。张子和的治疗之法就逗病者笑,以缓解其怒气,达到治愈疾病的目的。其中文学性特征,首先是在治疗过程中呈现出来的,医案不过是实录而已。

宋人朱佐在《类编朱氏集验医方》卷十二中,记载了一个真实的故事:

> 扬州名医杨吉老其术甚著。某郡一士人状若有疾,厌厌不聊,莫能名其何等病,往谒之。杨曰:君热证已极,气血销铄且尽,自此三年当以背疽死,不可为已。士人不乐而退。闻茅山观中一道士于医术通神,但不肯以技自名,未必为人致力。士人心计交切,乃衣僮仆之服诣山拜之,愿执薪水之役于席下,道士喜留,置弟子中诲以读经。昼夜只事左右,颐旨如意,历两月久,觉其与常隶别,呼扣所从来,始再拜谢过,以实白之。②

这则医案中的杨吉老,即杨介,北宋名医,著名诗人、苏门四学士之一晁补之的外甥。"士人"所患疾病"背疽",是一种背部毒疮,在中医中又名发背。东晋刘涓子撰,南朝齐龚庆宣编次的《刘涓子鬼遗方》,是最早讲到"发背"的医典。此书约成书于南朝齐永元元年(499),对痈疽的辨证论治尤为详尽,是我国现存最早的外科专著,代表了两晋、南北朝时期外科学的成就,对后世外科学影响甚大。其中有云:"凡发背,外皮薄为痈,皮坚为疽。如此者,多现先兆,宜急治之。皮坚甚大者,多致祸矣。"③又隋代巢元方《诸病源候论》卷三十三"疽发背候"条也说:"疽发背者,多发于诸脏俞也,五脏不调则发疽。五脏俞皆在背,其血气经络周于身;腑脏不调,腠理虚者,经脉为寒所客,寒折于血,血壅不通,故乃结成疽,其发脏俞也。热气施于血,则肉血败腐为脓也。疽初结之状,皮强如牛领之皮是也。疽重于痈,发者多死。"④该书同卷"疽发背热渴候"条说:"疽发背,则腑脏皆热,热则脏燥"⑤。可见杨吉老"热症"及"不可为"的诊断,不仅出于他的个人判断,我国数百年的医学经验也是他得出这一判断的重要依据。但士人并未因此而绝望,而是以"童仆"的身份接近精通医术的茅山道士,经过两个多月,才有机会向道士吐露真相。其结果是喜出望外的,《类编朱氏集验医方》接着说:

> 道士笑曰:"世间那有医不得底病,汝试以脉示我。"才诊脉,又笑曰:"汝便可下山,吾亦无药与汝,但日日买好梨吃一颗,如生梨已尽,则收干者泡汤饮之,仍食其滓,此疾自当愈。"士人归,谨如其戒,经一岁复往扬州,杨医见之,惊其颜貌腴泽,脉息和平,谓之曰:"君必遇异人,不然岂有安之理?"士人以告,杨立具衣冠焚香望茅山设拜,盖自咎其学未

---

① (清)曹庭栋撰,黄作阵、祝世峰、杨煊评注《老老恒言》卷2《燕居》,中华书局2011年版,第91页。
② (宋)朱佐著,郭瑞华、孙德立、姜玉玫等点校《类编朱氏集验医方》卷12《痈疽门》"预疗背疽方论",上海科学技术出版社2003年版,第275页。
③ (晋)刘涓子撰,(南朝齐)龚庆宣编次,于文忠点校《刘涓子鬼遗方》卷4,人民卫生出版社1986年版,第40页。
④ 丁光迪主编《诸病源候论校注》,人民卫生出版社2013年版,第631~632页。
⑤ 丁光迪主编《诸病源候论校注》,人民卫生出版社2013年版,第633页。

至也。①

道士的简便食疗法,治愈了"士人"的不治之症,故事出现了大反转。由此引出杨吉老"立具衣冠焚香望茅山设拜"的情节。故事篇幅虽短,但情节曲折,任务、形象的刻画也很成功。"士人"面对死亡宣判积极的生活态度,杨吉老的医术及虚怀若谷的品德,道士的举重若轻、技高一筹,都得到了充分的表现。

上述两例,一以倡优表演和角觝游戏达到治疗目的,因此治疗过程本身就富于文学性,记录这一过程的医案类似于一则娱乐小品的脚本;一以士人病症确诊到康复为叙事时间,完成了两个名医和士人形象的塑造,故事大致完整,作为一篇小说的梗概来看也未尝不可。类似这样的文学叙事,在医典中不在少数。

二、文学作品引用

医典中也常常引文学作品为证,所引范围较宽,诗、文、赋、笔记小说等各类文体皆有。其目的主要是进一步证实药物、食物等对人体健康的利弊。张子和《儒门事亲》卷七"肺痈"条记载:

> 舞水一富家,有二子,长者年十三岁,幼者十一岁,皆好顿食紫樱一、二斤,每岁须食半月。后一二年,幼者发肺痈,长者发肺痿,相继而死。戴人常叹曰:"人之死者,命耶? 天耶? 古人有诗:'爽口味多终作疾。'真格言也。天生百果,所以养人,非欲害人,然富贵之家,失教纵欲,遂至于是。"②

其中所谓古人诗,为邵雍《仁者吟》。诗曰:"仁者难逢思有常,平居慎勿恃无伤。争先径路机关恶,近后语言滋味长。爽口物多须作疾,快心事过必为殃。与其病后能求药,不若病前能相防。"张著所引"爽口物多"作"爽口味多",当为误记。原诗所论涵盖面较宽,作者引录这一诗句则主要用以说明过度食紫樱的危害。这一点也见于其他中医典籍,如宋代寇宗奭《本草衍义》曰:"小儿食之,才过多,无不作热。此果在三月末四月初间熟,得正阳之气,先诸果熟,性故热。"③元代朱震亨《本草衍义补遗》也说:"樱桃属火而有土,性大热而发湿。《本草》调中益脾,《日华子》言令人吐,《衍义》发明其热能致小儿之病。旧有热病及嗽喘,得之立病,且有死者矣。"④这两条也为李时珍《本草纲目》果部卷三十"樱桃"条所引用,李氏并加按语说:"观此,则寇、朱二氏之言,益可证矣。王维诗云:'饱食不须愁内热,大官还有蔗浆寒。'盖谓寒物同食,犹可解其热也。"⑤其中所引王维诗句为其七律《敕赐百官樱桃》末二句。食樱桃伤人甚至致死的医案,引邵雍和王维诗,意

---

① (宋)朱佐著,郭瑞华、孙德立、姜玉玫等点校《类编朱氏集验医方》卷 12《痈疽门》"预疗背疽方论",上海科学技术出版社 2003 年版,第 275~276 页。

② (金)张子和撰,邓铁涛、赖畴整理《儒门事亲》卷 7,人民卫生出版社 2005 年版,第 212 页。

③ (宋)寇宗奭撰,张丽君、丁侃校注《本草衍义》卷 18"樱桃",中国医药科技出版社 2012 年版,第 87 页。

④ (元)朱震亨撰,丁立委、竹剑平校注《本草衍义补遗》,中国中医药出版社 2021 年版,第 17 页。

⑤ (明)李时珍撰,刘衡如、刘山永校注,杨淑华协助《本草纲目》,华夏出版社 2008 年版,第 1208 页。

在说明樱桃不可多吃，或需同食寒性的甘蔗汁以解热。崔兴宗《和王维敕赐百官樱桃》诗末二句也说："闻道令人好颜色，神农本草自应知。"可见，樱桃与健康的关系，在盛唐时已是常识。

朝鲜学者许浚编著的《东医宝鉴》在讲到鳗鲡鱼的疗效时，也引用了一个颇富传奇色彩的故事。"鳗鲡鱼，杀传尸劳瘵虫，又杀诸虫。久病疲瘵人，和五味煮熟，常食之，或曝干炙之令香，常食亦良。昔有女子病瘵，家人取置棺中，流之于江，渔人取视犹活。多煮此鱼食之，病愈，遂为渔人之妻。"①鳗鲡鱼，具有健脾补肺之功效。瘵，即痨病，肺结核。这则医案中女子病瘵的故事，是对徐铉《稽神录》卷三《渔人妻》的节引：

> 瓜村有渔人妻，得劳瘦疾。转相传染，死者数人。或云取病者生钉棺中弃之，其病可绝。顷之，其女病，即生钉棺中，流之于江。至金山，有渔人见而异之，引之至岸。开视之，见女子犹活。因取置渔舍中，多得鳗鲞鱼以食之。久之病愈，遂为渔人之妻，至今尚无恙。②

上述"鳗鲞鱼"即"鳗鲡鱼"。这一笔记小说中的故事，也被鲁迅的《中国小说史略》引录③。医典中予以引用，主要是为了说明"鳗鲡鱼"的特殊疗效。

另如李时珍论茶之"功"与"害"，一连引录了干宝《搜神记》、陶弘景《杂录》、母炅《代茶饮序》、苏轼《茶说》等多种文学作品。④像这样将文学作品作为医药特点及疗效的辅助说明的做法，屡见于中医典籍。这也是中医与文学汇通的又一个重要方面。

三、文学性表达

采用诗、赋等韵文形式，对药性、病症、方剂等医学内容加以简要概括，是中医典籍中较特殊的一种类型。这类典籍为初学者记诵和医学知识的普及、传播带来了极大的便利。如宋代周守忠（生卒年无考）《历代名医蒙求》以联语撰成二百句（一百联），论及202位历代名医。宋人苏霖所作的序中称赞该书"搜罗甚富，上自三皇，迄于钜宋，其间名医用药，愈疾起死，凡得二百事，著为一百联，姓氏枚举，韵语连珠，目之曰《历代名医蒙求》。予三复读之，喜其用心之善，而有益于人也"⑤。在此基础上，今人邵冠勇、邵文、邵鸿又加以续编，"新撰二百四十句，一百二十联，涉及名医二百五十四人。如此，全书合计二百二十联，涉及名医四百五十六人，则自三皇五帝以至清代，代有其人了"⑥。

再如清人张望（1738—1808）著《古今医诗》，作者博览历代医典，以七言诗的形式概括诸家要旨，"融理、法、方、药、医案等内容于一身，是一部难得的用歌赋形式编纂的综合

①　〔朝鲜〕许浚编著，郭霭春主校《东医宝鉴·内景篇》卷3"虫"，中国中医药出版社2013年版，第140页。

②　徐铉《稽神录》卷3，上海师范大学古籍整理研究所编《全宋笔记》第八编·七，大象出版社2017年版，第56页。

③　鲁迅《中国小说史略》，中华书局2016年版，第57页。

④　（明）李时珍撰，刘衡如、刘山永校注，杨淑华协助《本草纲目》新校注本果部第32卷《茗》，华夏出版社2008年版，第1256～1257页。按："母炅"当作"毋炅"，参见张铮《毋炅〈代茶饮序〉考》，《农业考古》2020年第5期，第138页。

⑤　（宋）周守忠原撰，邵冠勇、邵文、邵鸿续编注释《历代名医蒙求》，齐鲁书社2013年版，第200～201页。

⑥　（宋）周守忠原撰，邵冠勇、邵文、邵鸿续编注释《历代名医蒙求·前言》，齐鲁书社2013年版，前言第2页。

性医书"①。清人张度序称其"裒集百家,去其非而取其是,精华盖尽得之。缩为韵语,犹之代学人诵读,所以事半而功倍也。苟能熟此,百家之书尽在矣。古今之时,阴阳之理,名贤之产,儒门之资,皆于是乎具"②,对该书的价值给予高度称赞。

又清人陈修园(1753—1823)非常重视医学普及,撰有《医三字经》《时方歌括》《长沙方歌括》等。其中《长沙方歌括》是以韵文的方式对张仲景③《伤寒论》中的方剂进行整理、总结。如"桂枝二麻黄一汤":

> 治太阳病,若形如疟,日再发,汗出必解。
> 桂枝(一两十七铢)芍药(一两六铢)麻黄(十六铢)生姜(一两六铢)杏仁(十六个)甘草((一两二铢)大枣(五枚)
> 上七味,以水五升,先煮麻黄一二沸。去上沫,纳诸药。煮取二升,去渣,温服一升,日再服。
> 歌曰:一两六铢芍与姜,麻铢十六杏同行。桂枝一两铢十七,草两二铢五枣匡。
> 蔚按:服桂枝汤宜令微似汗,若大汗出脉洪大。为汗之太骤,表解而肌未解也,仍宜与桂枝汤以啜粥法助之。若形似疟日再发者,是肌邪表邪俱未净。宜桂枝二以解肌邪,麻黄一以解表邪。④

"歌曰"前为《伤寒论》原文,后为陈修园长子陈蔚安的按语。两相对照可知,"歌括"是对原文的高度概括,确实方便记诵。陈修园次子陈元犀,还遵父嘱撰有《金匮方歌括》6卷,以诗歌的形式对《金匮要略》中方剂的主治、药用剂量和煮服法等予以简介,并附有方解。

这类著作古今相承,至今仍不乏作者。如百解比丘《历代名医方选歌括》,上编述《伤寒论》113 方、《金匮要略》160 方,歌括合计 273 首;下编为"时方"404 个,附方 141 个;上、下编歌括合计 818 首,⑤比陈氏父子歌括更为全面。

也有些中医典籍的语言很有文学美感,如李时珍描述椰子的一段话:

> 椰子乃果中之大者。其树初栽时,用盐置根下则易发。木至斗大方结实,大者三四围,高五六丈,木似桄榔、槟榔之属,通身无枝。其叶在木顶,长四五尺,直笔指天,状如棕榈,势如凤尾。二月着花成穗,出于叶间,长二三尺,大如五斗器。仍连着实,一穗数枚,小者如栝楼,大者如寒瓜,长七八寸,径四五寸,悬着树端。六七月熟,有粗皮包之。皮内有核,圆而黑润,甚坚硬,厚二三分。壳内有白肉瓤如凝雪,味甘美如牛乳。瓤肉空处,有浆数合,钻蒂倾出,清美如酒。⑥

---

① (清)张望著,朱德明校注《古今医诗》卷首《校注说明》,中国中医药出版社 2015 年版,《校注说明》第 1 页。
② (清)张望著,朱德明校注《古今医诗》卷首《张序》,中国中医药出版社 2015 年版,《张序》第 1 页。
③ 张机,字仲景,东汉末名医,著有《伤寒论》。因曾任长沙太守,故后世称张长沙。
④ (清)陈修园原著,包素珍、张爱琴、邹惠珍点校《长沙方歌括》,人民军医出版社 2007 年版,第 18 页。
⑤ 百解比丘《历代名医方选歌括》,湖南科学技术出版社 2002 年版。
⑥ (明)李时珍撰,刘衡如、刘山永校注,杨淑华协助《本草纲目》果部卷 31"椰子",华夏出版社 2008 年版,第 1231 页。

短短二百余字,将椰子的栽培、枝叶特点、生长规律、开花和结实的时间,果实行状、颜色及椰汁之美娓娓道来,简洁明了,语言非常优美。这样的例证在医典中随处可见,它与以文学体裁提炼、总结医学内容,都是中医与文学相互交融的重要方式。

结语

医者的治疗活动,以及医者与病者之间的互动,本身就包含了具有一定情节的故事,有的还表现出明显的传奇色彩。医典引用文学作品,不仅受到自先秦以来引《诗经》为证或引诗为证之文化传统的影响,也为医典增加了可信度和趣味性。一些博览群书、富于文学才华的医者,则从启蒙和传播的视角出发,挥洒妙笔,赋予了医典鲜活灵动之美。凡此种种,共同彰显了中医典籍文学性特征,是文学研究不可忽视的一个新领域,也能够体现中国文学的民族特点,需要更多的学者予以重视,发掘其中被长期忽略的宝藏。

医疗社会史视域下古代文学研究的新进展

李　浩*

　　摘　要：对经典命题的重审与省思是中国古代文学研究再出发的前提，而医疗社会史恰恰为今人重返文学创作的历史现场开辟了路径。医疗社会史视角的介入令作家生平研究取得新突破，大量经典作家的文学创作背景与日常生活细节得以补充。它还令古代文学创作论的理解与阐释愈发充分，同时让文学意象与修辞手法分析、文学本事考证等传统文学文本研究再度焕发活力。医疗社会史视角引导我们重审以往古代文学研究畛域那些决定论或简单化的因果解释，有助于学人提出新的推论，进而深化学界对古代世风、士风及经典作家、作品的理解。

　　关键词：中国古代文学；医疗社会史；跨学科研究；医疗文学

　　学术界有句俗语叫作"太阳底下没有新鲜事"，对拥有着漫长的传播、接受与研究史的中国古代文学学科而言尤其如此。即便暂且不计那些海量未成体系的传统感悟式批评，从真正现代意义上的学术成果问世时算起，相关研究也已有百余年的积累。百余年来，学界业已形成不少经典研究范式，在诸多问题上达成共识，这些共识还被各类学科通史"脉络化"，成为进一步研究的基础与前提。庞大历史文献的存在令研究者们想要"满足学科的要求，生产出既有趣又新颖的知识""变得前所未有地困难"[①]，所谓"检点得意之作，大抵古人所已道；其驰骋自喜，又往往皆古人所拂呵"[②]，顿生爽然自失、何处问津之感。不过，倘若我们将中国古代文学史视作研究者与文学史实之间"连续不断的、互为作用的过程"[③]，亦即"现在与过去之间永无休止的对话"[④]，则会欣喜地发现，那些耳熟能详的古典文本仍是有待发掘的富矿。盖随着学术思潮的转向与观照视角的切换，研究者往往能寻得新"铸钱"法，这意味着他们无须再"买旧钱，名之曰废铜，以充铸"[⑤]，而可以直接"采铜于山"[⑥]。医疗社会史带来的新视角、新思路令中国古代文学研究"山重水复疑无

---

　　* 李浩，河北师范大学文学院副教授、硕士生导师，河北省传统礼乐文化与文学研究基地兼职研究员，主要从事两汉思想史、医疗社会史与中古文学研究。

　　① 〔波兰〕埃娃·多曼斯卡编，彭刚译《邂逅：后现代主义之后的历史哲学》，北京大学出版社 2007 年版，第 4 页。
　　② 孙致中、吴恩杨、王沛林等校点《纪晓岚文集》第 1 册，河北教育出版社 1995 年版，第 206 页。
　　③ 〔英〕E．H·卡尔著，陈恒译《历史是什么？》，商务印书馆 2007 年版，第 115 页。
　　④ 〔英〕E．H·卡尔著，陈恒译《历史是什么？》，商务印书馆 2007 年版，第 115 页。
　　⑤ （清）顾炎武《又与人书十》，（清）顾炎武著，黄汝成集释，栾保群、吕宗力校点《日知录集释》，上海古籍出版社 2006 年版，第 1 页。
　　⑥ （清）顾炎武《又与人书十》，（清）顾炎武著，黄汝成集释，栾保群、吕宗力校点《日知录集释》，上海古籍出版社 2006 年版，第 1 页。

路,柳暗花明又一村"即是如此。疾病体验与医疗行为是人类社会生活的重要组成部分,也是文学创作的永恒主题,二者间的密切联系可以远溯至上古时期。在古希腊神话中,太阳神阿波罗兼管医药和文学,他既是医学的象征与创始人阿斯克来庇乌斯之父①,又是主管文艺的缪斯众女神们的领导者和保护者。无独有偶,在我国先秦时期,特别是西周以前,作为知识精英的巫觋既是最早的文学创作者,又是借助包括精神疗法在内的种种原始医学手段疗愈疾病的医者②。当巫觋们在卜辞中刻下"疾目不丧明,其丧明"③等文字时,疾病、医疗便被纳入文学创作视野。此后数千年间,疾病、医疗与社会、政治、文化及日常生活之关系,始终是中外文学家们极为关心的命题。在西方学界,从柏拉图、亚里士多德、亚历山大·蒲柏、费尔巴哈、尼采、弗洛伊德、吉尔·德勒兹、亨利·E·西格里斯特、苏珊·桑塔格、维拉·波特兰、弗雷德里克·J·霍夫曼到朱立安·李布、D.杰布罗·赫士曼,学者们或直接讨论医疗与文学的关系,或为二者的关系性研究提供学术进路。得益于这些积淀,外国文学及受西方理论影响较深的现当代文学在医疗与文学研究方面成果丰硕。相较而言,医疗与中国古代文学交叉研究起步稍晚,但随着近三十来医疗社会史研究的异军突起与古代文学内在研究理路之转向,二者的跨学科研究愈来愈被前修时彦所看重,中国古代文学研究亦就此出现新气象。

一、作家生平研究的新突破

医疗社会史视角的介入令作家生平研究如火如荼,并取得新突破。举凡心理疾病与屈原、贾谊、郦炎、曹植、徐渭,消渴与司马相如、谢灵运、鲍照、王僧孺、令狐熙、杜甫、卢纶、李端、司空图,药源性疾病与皇甫谧、稽康、刘伶、王戎、王羲之、王献之、孔琳之、王微、韩愈、元稹、黄庭坚,脚疾与陶渊明、谢灵运、鲍照、韩愈、柳宗元、李德裕、王安石,疟疾与陶渊明、杜甫、元稹,目疾与白居易、苏轼、石珤,风疾与皇甫谧、卢照邻,寒疾与纳兰性德,等等④,不一而足。借由医疗与文学的跨学科研究,大量经典作家的文学创作背景与日常生活细节得以补充。陶渊明"疾患以来,渐就衰损,亲旧不遗,每以药石见救,自恐大分将

---

① 〔美〕约翰·伯纳姆著,颜宜葳译《什么是医学史》,北京大学出版社 2010 年版,第 14 页。

② 陈邦贤《中国医学史》,团结出版社 2011 年版,第 6～9 页。

③ 胡厚宣主编《甲骨文合集释文》第 3 册,中国社会科学出版社 1999 年版,第 1047 页

④ 参见〔日〕埋田重夫《白居易詠病詩の考察:詩人と題材を結ぶもの》,《中国诗文论丛》1987 年第 6 辑,第 98～115 页;〔日〕鎌田出《司馬相如の病:唐代詠病詩と消渴》,《中国诗文论丛》1991 年第 10 辑,第 144～158 页;刘成纪《卢照邻的病变与文变》,《文学遗产》1994 年第 5 期,第 43 页;金荣权《屈原的心理病态及其创作试探》,《殷都学刊》1997 年第 1 期,第 54 页;陈桥生《病患意识与谢灵运的山水诗》,《文学遗产》1997 年第 3 期,第 17 页;李雷《纳兰性德与寒疾》,《文学遗产》2002 年第 6 期,第 110 页;〔日〕佐藤利行《王羲之与五石散》,《广岛大学大学院文学研究科論集》2005 年第 65 期,第 1～13 页;李浩《"石发"与文学创作之关系——以皇甫谧、王羲之父子为例》,《太原大学学报》2013 年第 4 期,第 34 页;李浩《六朝士人服散中毒之缘由》,《中医药文化》2014 年第 2 期,第 57 页;李浩《晋唐"脚气"考》,《广东技术师范学院学报》2014 年第 12 期,第 44 页;TIMOTHY M D. Lechery, Substance Abuse, and Han Yu, *Journal of the American Oriental Society*, Vol. 135, No.1(January-March 2015), 71-92;李浩《陶渊明生平与创作新证——基于"社会医疗史"视角的考察》,《社会科学论坛》2016 年第 10 期,第 52 页;李浩《韩愈"服硫黄"新证》,崔志远、吴继章主编《中国语言文学研究》(2019 年秋之卷),社会科学文献出版社 2019 年版,第 76～86 页。

有限也"①,预作《与子俨等疏》交代后事,方有"常感孺仲贤妻之言,败絮自拥,何惭儿子"②
"但恨邻靡二仲,室无莱妇"③的真情流露。俗语云"人之将死,其言也善",将陶渊明上述
"遗言"与《五柳先生传》《扇上画赞》《归去来兮辞》《咏贫士(其七)》中涉及夫妻关系的典
故合参,有利于今人准确分析陶渊明的夫妻关系;若将"但恨邻靡二仲"与《示周续之祖企
谢景夷三郎》《移居二首》等友情诗合观,则似又可进而推测陶渊明真实的交友观。事实
上,倘若陶渊明拥有今人的后见之明,知道自己辞世尚在十余年后,可能便不会有《与子
俨等疏》,更不会出现直接透露其心声的文字。正是从这一意义上而言,如果我们不关注
陶渊明"总不能超于尘世""也不能忘掉'死'"、还在"诗文中时时提起"④这一事实,恐怕就
很难全面理解其人其文。无独有偶,主张"天命不足畏,祖宗不足法,人言不足恤"⑤的政
治强人王安石,晚年亦曾于病中论及夫妻关系。他对其妻吴国夫人言"夫妇之情,偶合
耳,不须它念",又"执叶涛手"谓"君聪明,宜博读佛书,慎勿徒劳作世间言语。安石生来
多枉费力,作闲文字,深自悔责"。⑥ 而当吴国夫人宽慰王安石"公未宜出此言"时,王安石
竟对以"生死无常,吾恐时至不能发言,故今叙此。时至则行,何用君劝"。⑦ 显然,无论是
在古代社会被目为离经叛道的夫妻"偶合"论,抑或王安石晚年佛教思想的滋蔓,均与其
健康状况欠佳息息相关。而当王安石疾病好转,乃自悔曰:"虽识尽天下理,而定力尚浅,
或者未死,应尚竭力修为"⑧,又有"老骥伏枥,志在千里。烈士暮年,壮心不已"的意味了。
王安石曾经的政敌苏轼也感受过病痛折磨的绝望与无奈。"上可以陪玉皇大帝,下可以
陪卑田院乞儿"⑨"回首向来萧瑟处,归去,也无风雨也无晴""试问岭南应不好,却道:此心
安处是吾乡""九死南荒吾不恨,兹游奇绝冠平生",这些耳熟能详的句子共同构建了国人
心中俊爽、旷达的苏轼形象。但就是这样的豁达之人,亦尝言"见知识中病甚垂死因致仕
而得活者,俗情不免效之,果若有应,其他不恤也"⑩。葛兆光先生曾将古代士人的表达划
分为"社会话语""学术话语""私人话语"⑪,前揭陶渊明、王安石、苏轼所言皆属病中呻吟
的"私人话语",而也恰恰是这些背离了"政治正确"或严密学术论证的"呢喃私语"足以更
新我们对古典文学名家生平与思想的认知。

　　① 逯钦立校注《陶渊明集》,中华书局 1979 年版,第 188 页。
　　② 逯钦立校注《陶渊明集》,中华书局 1979 年版,第 187 页。
　　③ 逯钦立校注《陶渊明集》,中华书局 1979 年版,第 188 页。
　　④ 鲁迅撰,吴中杰导读《魏晋风度及其他》,上海古籍出版社 2000 年版,第 198 页。
　　⑤ (元)脱脱等撰《宋史》,中华书局 1977 年版,第 822 页。
　　⑥ (宋)朱熹纂辑《三朝名臣言行录》,(宋)朱熹撰,朱杰人、严佐之、刘永翔主编《朱子全书》第 12 册,上海古籍出
版社、安徽教育出版社 2002 年版,第 548 页。
　　⑦ (宋)朱熹纂辑《三朝名臣言行录》,(宋)朱熹撰,朱杰人、严佐之、刘永翔主编《朱子全书》第 12 册,上海古籍出
版社、安徽教育出版社 2002 年版,第 549 页。
　　⑧ (宋)朱熹纂辑《三朝名臣言行录》,(宋)朱熹撰,朱杰人、严佐之、刘永翔主编《朱子全书》第 12 册,上海古籍出
版社、安徽教育出版社 2002 年版,第 549 页。
　　⑨ (宋)苏轼著,李之亮笺注《苏轼文集编年笺注》,巴蜀书社 2011 年版,第 172 页。
　　⑩ (宋)苏轼著,李之亮笺注《苏轼文集编年笺注》,巴蜀书社 2011 年版,第 152 页。更详尽的讨论可以参看诸雨
辰《生死之间:北宋文人尺牍中的衰病叙事与生命意识》,《江海学刊》2023 年第 6 期,第 212 页。
　　⑪ 葛兆光《思想史研究课堂讲录:视野、角度与方法》,生活·读书·新知三联书店 2005 年版,第 299 页。

二、文学创作论研究的新视角

医疗社会史视角的介入令今人对古代文学创作论的理解与阐释愈发充分。日常生活中的公众是把"死亡"的信息作为一种不断摆到眼前的"事件"对待的,但这习以为常的"事件"并不对当下"我"本身构成直接威胁。然而当世人不幸进入"病人角色"①,"此在"的日常生活被疾病打乱,便会深刻意识到人是向死而生的事实。正是在这一意义上,亚历山大·蒲柏说:"疾病是一种早期的老龄。它教给我们现世状态中的脆弱,同时启发我们思考未来"②。对久病迁延的古代士人而言,深刻的病痛体验可以激发其创作欲望,慢性消耗性疾病的特质亦令他们有足够长的时间经历病痛③,并将疾病体验娓娓道来,所谓"及此同多暇,高卧掩重闱"④"卧疾丰暇豫,翰墨时间作"⑤"抱疾就闲,顺从性情,敢率所乐,而以作赋"⑥。而病中的文学书写行为亦是作者自我慰藉与精神疗救的过程,贾谊《鹏鸟赋》、刘桢《赠五官中郎将四首》、皇甫谧《笃终论》、挚虞《疾愈赋》、陶渊明《与子俨等疏》、谢灵运《山居赋》、陆倕《以诗代书别后寄赠诗》、刘孝绰《秋雨卧疾诗》、庾信《卧疾穷愁诗》、石珤《秋日》《病言》《病士》《病骥吟》《睹青天文》《眇士赞》皆是其例。与之相应的,古典作家们具有个体差异性的病痛体验、疾病带来的生活方式改变乃至人生际遇的转折,这些均会或隐或显地影响他们的世界观、人生观、价值观,进而在文学作品中表现为病态审美心理、沉郁哀伤的感情基调和疏离政治、养生葆身的思想旨趣等等。如茶陵派代表作家石珤自二十九岁起便长期陷于亚健康状态,致使升迁受阻,后虽于因缘际会之下官至吏部尚书、武英殿大学士,然痼疾的折磨与政敌的打压令他"禄日益厚,病日益深"⑦"虽位列中台,其诗多蹇产而不释"⑧,以致后人感慨"乃知人生不得行胸怀,虽作相,与不遇等也"⑨。除却自我疗救,以作品为他人疗疾同样是文学创作的重要动力,如宋玉《高唐赋》以"梦会神女"的冥想来疏导楚王长期的压抑,枚乘《七发》以"要言妙道"说去楚太子之疾⑩,石珤

①　〔美〕约翰·伯纳姆著,颜宜葳译《什么是医学史》,北京大学出版社2010年版,第37页。

②　〔英〕亚·蒲柏《论疾病》,吕长发译,载林石选编《疾病的隐喻》,广州花城出版社2003年版,第57页。

③　诚如鲁迅在《病后杂谈》中所言:"生一点病,的确也是一种福气。不过这里有两个必要条件:一要病是小病,并非什么霍乱吐泻,黑死病,或脑膜炎之类;二要至少手头有一点现款,不至于躺一天,就饿一天。这二者缺一,便是俗人,不足与言生病之雅趣的……第二位的'吐半口血',就有很大的道理。才子本来多病,但要'多',就不能重,假使一吐就是一碗或几升,一个人的血,能有几回好吐呢?过不几天,就雅不下去了。"见鲁迅著《鲁迅全集(第6卷)》,人民文学出版社2005年版,第167页。这也是笔者为何要强调激发作家文学创作热情的往往是不会即刻致命的"慢性消耗性疾病"。

④　逯钦立辑校《先秦汉魏晋南北朝诗》,中华书局1983年版,第1842页。

⑤　逯钦立辑校《先秦汉魏晋南北朝诗》,中华书局1983年版,第1161页。

⑥　顾绍柏校注《谢灵运集校注》,中州古籍出版社1987年版,第318页。

⑦　(明)石珤《熊峰集》,《景印文渊阁四库全书》第1259册,台湾商务印书馆1986年版,第562页。

⑧　(清)朱彝尊辑录《明诗综》,中华书局2007年版,第1286页。

⑨　(清)朱彝尊辑录《明诗综》,中华书局2007年版,第1286页。

⑩　钱锺书先生指出:"《七发》:'今太子之病,可无药石针灸疗而已,可以要言妙道说而去也'。按《全唐文》卷三一八李华《言医》略仿《七发》,有云:'臣不发药,请以词瘳',又卷三一五李华《送张十五往吴中序》亦云:'风病目疾,家贫不能具药,爰以言自医',即枚文'要言妙道说去'之意。陈琳檄愈头风,杜甫诗驱疟鬼,亦'词瘳'而'无药石针刺'也。"见钱锺书《管锥编》(三),钱锺书《钱锺书集(典藏本)》,生活·读书·新知三联书店2001年版第89页。

《送钱应仁得告还嘉兴序》慰藉同僚一旦"归故国,登高堂,绣衣豸冠,从容几杖之下"①,则"真有不假于参、苓、芪、术、石乳、丹砂而一畅百通,志一动气,洒然不知沉疴之脱体矣"②。当然,亦有反其道而行,借助文学作品中的疾病书写恐吓世人者,如《太上皇老君哀歌》即以"吾哀时世人,不信于神明""左神不削死,右神不著生。生神不卫护,煞神来入身。或患腰背痛,或患头目疼。百脉不复流,奄忽入黄泉"③震悚世俗,以期令读者生敬信之心。

三、文学文本研究的新思路

医疗社会史视角的介入为文学意象与修辞手法分析、文学本事考证等传统文学文本研究注入了新活力。古典文学作品中不仅有梅兰竹菊、鸟兽虫鱼、春花秋月、夏风冬雪、江河湖海、关山塞漠等文学意象,还存在大量前贤较少论及的涉医、涉病描写④。它们有些是对现实病痛体验与医疗行为的客观反映,如挚虞《疾愈赋》历叙病来如山倒的狼狈、疾病预后与转归的忧虑、寻找偏方良药的焦急、久病初愈的愉悦⑤;有些是建立在日常生活经验基础上的想象,如陆机《百年歌》对老年综合征的刻画⑥、陶渊明《拟挽歌辞》和鲍照《松柏篇》的终末书写⑦;有些则是经过时代沉淀、构建于共同审美文化心理基础上的固定文学表达,如"首疾"⑧"难寐/不寐"⑨"摧心肝"⑩"长卿病/茂陵体/相如之病"⑪"淮阳疾"⑫等等。与此同时,作为令人憎恶、恐惧的事物,疾病以其发生的神秘性、治愈的艰难性被附加社会文化意义,成为古典文学中常见的修辞手段与言说方法。如"长卿病/茂陵体/相如之病"往往与私生活混乱、耽溺女色相牵连,麻风常常被目为道德败坏的标志,甚至连疟疾都被赋予道德隐喻色彩,所谓"尊侯明德君子,何以病疟"⑬。文学中的疾病、医疗书写尚可作为人际沟通的"话语"。如曹丕致王朗书云"疫疠数起,士人彫落,余独何人,能全其寿"⑭,刘桢《赠五官中郎将(其二)》言"余婴沉痼疾,窜身清漳滨。自夏涉玄冬,弥旷十余旬。常恐游岱宗,不复见故人。所亲一何笃,步趾慰我身"⑮,皆意在以疾病这种

① (明)石珤《熊峰集》,《景印文渊阁四库全书》第 1259 册,台湾商务印书馆 1986 年版,第 672~673 页。
② (明)石珤《熊峰集》,《景印文渊阁四库全书》第 1259 册,台湾商务印书馆 1986 年版,第 673 页。
③ 逯钦立辑校《先秦汉魏晋南北朝诗》,中华书局 1983 年版,第 2251 页。
④ 诚如法国汉学家胡若诗所言:"中国传统评论通常过于局限在政治或社会这样宏观的范畴,却很少考虑到像'病'这样更私人,更微观的因素。"见〔法〕胡若诗,王晶译《唐诗与病》,载乐黛云、〔法〕李比雄主编《跨文化对话》(第 18 辑),江苏人民出版社 2006 年版,第 274 页。
⑤ (清)严可均校辑《全上古三代秦汉三国六朝文》,中华书局 1958 年版,第 1897 页。
⑥ 逯钦立辑校《先秦汉魏晋南北朝诗》,中华书局 1983 年版,第 668~669 页。
⑦ (南朝宋)鲍照著,钱仲联校《鲍参军集注》,上海古籍出版社 1980 年版,第 178 页。
⑧ 逯钦立辑校《先秦汉魏晋南北朝诗》,中华书局 1983 年版,第 1303 页。
⑨ 逯钦立辑校《先秦汉魏晋南北朝诗》,中华书局 1983 年版,第 366 页。
⑩ 逯钦立辑校《先秦汉魏晋南北朝诗》,中华书局 1983 年版,第 395 页。
⑪ 逯钦立辑校《先秦汉魏晋南北朝诗》,中华书局 1983 年版,第 1775、1776、2389 页;(唐)魏征、(唐)令狐德棻撰《隋书》,中华书局 1973 年版,第 1725 页。
⑫ 逯钦立辑校《先秦汉魏晋南北朝诗》,中华书局 1983 年版,第 2389 页。
⑬ (南朝宋)刘义庆著,(南朝梁)刘孝标注,余嘉锡笺疏《世说新语笺疏》,中华书局 2011 年版,第 81 页。
⑭ (晋)陈寿撰,陈乃乾校点《三国志》,中华书局 1959 年版,第 88 页。
⑮ 逯钦立辑校《先秦汉魏晋南北朝诗》,中华书局 1983 年版,第 369~370 页。

"私人话语"来维系与对方的感情。再如杜挚以"被此笃病久，荣卫动不安。闻有韩众药，信来给一丸"①干谒毌丘俭，毌丘俭以"体无纤微疾，安用问良医？联翩轻栖集，还为燕雀嗤。韩众药虽良，恐便不能治"②宽慰杜挚，事虽不成，却显得委婉且体面。与此事修辞手法相近却更显残酷的是宋明帝刘彧与刘勔、张兴世、齐王之诏，其辞曰："凡置官养士，本在利国，当其为利，爱之如赤子；及其为害，畏之若仇雠，岂暇远寻初功，而应忍受终敝耳。将之为用，譬如饵药，当人羸冷，资散石以全身；及热势发动，去坚积以止患。岂忆始时之益，不计后日之损；存前者之赏，抑当今之罚。非忘其功，势不获已耳。喜罪岑山积，志意难容，虽有功效，不足自补，交为国患，焉得不除。"③这是以"众人喜于近利，未睹后患"④"竞服至难之药，以招甚苦之患"⑤的寒食散为喻，解释其必须赐死吴喜的原因。至若两汉时期，士人普遍重视和追求"道德自我"与"社会自我"的外在显现，其奏疏章表与子书动辄将疾疫视作上天对政治腐败、天子失德的惩罚和警告，并以"称疾/移病/乞骸骨"作为急流勇退或进一步谋取政治资本的手段，更是将疾病、医疗"话语"工具性发挥到极致的范例。此外，受益于医疗社会史的新视角，文学本事研究亦取得若干突破，典型的如"鬼交"、谵妄、昏迷、癔症（歇斯底里症）、自窥症、濒死体验、感应性妄想障碍、持续性植物状态等病症与古典小说创作之关系性研究。⑥

结语

《南齐书·文学传论》曰："若无新变，不能代雄。"⑦对一个学术性学科的要求之一，就是要有一种推动力"使其常新"⑧，历史悠久的中国古代文学学科自然也不例外。而能够令我们感到耳目一新的，往往是那些超出或者至少冲击了既定模式的界限或带来前所未见的主题和路数的研究⑨，医疗社会史与中国古代文学交叉研究无疑有此潜质。正如本文诸多案例所一再证实的那样，对过去时光中某些长期口耳相传、看似不证自明的研究

---

①　逯钦立辑校《先秦汉魏晋南北朝诗》，中华书局 1983 年版，第 419～420 页。

②　逯钦立辑校《先秦汉魏晋南北朝诗》，中华书局 1983 年版，第 474 页。

③　（南朝梁）沈约撰《宋书》，中华书局 1974 年版，第 2120 页。

④　高文柱《诸病源候论校注》，学苑出版社 2018 年版，第 66 页。

⑤　高文柱《诸病源候论校注》，学苑出版社 2018 年版，第 67 页。

⑥　王青《从病态幻觉到文学经典——离魂型故事的心理基础与文学创造》，《明清小说研究》2014 年第 2 期，第 36 页；李浩《从病理现象到文学经典——先唐复生故事的现实基础与文学创造》，《燕山大学学报》（哲学社会科学版）2015 年第 2 期，第 99 页；王青《志怪小说中的离魂病与自窥症——古典小说与精神疾患之一》，《古典文学知识》2017 年第 2 期，第 43 页；王青《离魂出奔型故事与癔症——古典小说与精神疾患之二》，《古典文学知识》2017 年第 4 期，第 41 页；王青《〈金凤钗记〉与"癔症性附体"——古典小说与精神疾患之三》，《古典文学知识》2017 年第 6 期，第 46 页；王青《冥府游历故事与濒死体验——古典小说与精神疾患之四》，《古典文学知识》2018 年第 2 期，第 34 页；孙瑾《"鬼交"与异类婚姻谭之关系》，《中国海洋大学学报》（社会科学版）2021 年第 6 期，第 101 页；孙瑾《六朝"阴阳不交"论对男性"鬼交"的建构》，《中国海洋大学学报》（社会科学版）2023 年第 3 期，第 107 页；李浩《从"潜流"到"预流"：医疗社会史与中国古代文学跨学科研究的新进展》，《鲁东大学学报》（哲学社会科学版）2024 年第 6 期，第 89 页。

⑦　（南朝梁）萧子显撰《南齐书》，中华书局 1972 年版，第 908 页。

⑧　〔波兰〕埃娃·多曼斯卡编，彭刚译《邂逅：后现代主义之后的历史哲学》，北京大学出版社 2007 年版，第 12 页。

⑨　〔波兰〕埃娃·多曼斯卡编，彭刚译《邂逅：后现代主义之后的历史哲学》，北京大学出版社 2007 年版，第 12 页。

"基础""预设"与文学史"常识"保持警惕①,以客观平和的心态"重访一些基本问题"、重访主流论述形成之前被忽略的多种面相②,往往是中国古代文学研究再出发的前提,而医疗社会史恰恰为今人重返古代文学创作的历史现场开辟了新路径。职是之故,百年来,医疗与中国古代文学交叉研究从潜流到"预流",方兴未艾③。从中国古代文学演进的角度来看,古代士人,特别是患病士人作品中的大量涉病、涉医描写丰富了古典文学的题材,拓展了古典文学表现世俗生活的领域,倘若今人能将器质性病变、神经症、精神与心理疾病全部纳入中国古代文学的研究视野,以朝代与患病作家为序,形成某种历时性叙述,庶几足以建构出别具特色的"中国疾病/医疗文学史"。对此,笔者愿同有志于从事医疗文学研究的前修时彦共勉。

① 详参拙作《新世纪中国文化研究如何三面应战:德克·卜德晚年讲稿的启示》,《江汉学术》2016 年第 3 期,第 94 页。

② 王汎森《执拗的低音:一些历史思考方式的反思》,生活·读书·新知三联书店 2014 年版,第 2～10 页。

③ 更详尽的论述参见拙作《从"潜流"到"预流":医疗社会史与中国古代文学跨学科研究的新进展》,《鲁东大学学报》(哲学社会科学版)2024 年第 6 期,第 89 页。

名家学述

董乃斌先生访谈录

受访人：董乃斌　采访人：柳卓霞*

　　董乃斌先生，1942 年生，1963 年毕业于复旦大学中文系，随后进入中国科学院文学研究所古代文学研究室工作，直至 1974 年。1975 年至 1978 年，在西北大学中文系任教。1978 年 10 月，考入中国社会科学院研究生院文学系，师从著名学者吴世昌先生。1981 年至 2001 年，任职于中国社会科学院文学研究所，其间于 1994 年至 1998 年担任副所长。2001 年，调入上海大学文学院，担任中文系教授，并于 2008 年受聘为上海大学终身教授。代表作《李商隐的心灵世界》在文献考据基础上运用多学科思维探索诗人心灵密码，生动展现了李商隐的创作世界。《中国古典小说的文体独立》从人类叙事思维的发展进程论述小说文体的发生发展，特别是唐传奇在文体演变史中的地位与影响。与程蔷教授合作《唐帝国的精神文明——民俗与文学》创新性地将古代文学与民俗学相结合，为唐代文学研究提供了丰富的文化背景与新的研究视角。在文学史研究领域，主编三卷本《中国文学史学史》和《文学史学原理研究》，系统梳理了中国文学史的学术史脉络，深入探讨了文学史的性质、主体、范式、类型等问题，为文学史学学科建设奠定了基础。主持国家社科基金重大项目"中国文学叙事传统研究"和"中国诗歌叙事传统研究"，前者成果入选"国家哲学社会科学成果文库"。这两项研究致力于构建"抒情"与"叙事"互融的文学史研究新范式，开启了对中国文学贯穿抒叙两大传统的全面梳理，为学界提供了重要的理论框架和研究路径。董乃斌先生的学术研究以系统性和理论性见长，在文化普及、学科建设与人才培养方面也做出了卓越贡献，堪称中国古代文学研究领域的领军人物。

一、初心如月，坚守如磐：学术选择与学术坚守

　　柳卓霞：董先生，您好！您当初选择古代文学作为深耕的研究方向，是源于对文学纯粹的热爱，还是出于传承古典文化那份沉甸甸的责任感，抑或是二者兼而有之？能否跟我们分享一下，您的学术兴趣是如何萌芽并一步步发展、逐渐深化的呢？

　　董乃斌：这个问题说来话长，若要追溯源头，恐怕还得从儿时说起。我父亲幼时家境尚可，读过私塾，后来到上海，在银行任职。他是个地道的读书人，喜爱文史书法，擅书信，晚年偶作小诗，颇具情趣。父亲酷爱书法，不仅自己下功夫练习，还收藏碑帖，也教我练习毛笔字，为我选定《颜勤礼碑》，说由颜字入手，可以打好基础，不易走偏。他还给我们购买并读解过许多当时的儿童读物。我印象最深的是，意大利亚米契斯著、夏丏尊翻译的《爱的教育》，尤其是题为《少年笔耕》的那篇。父亲常在晚饭后陪我们兄妹读书，那

＊　柳卓霞，文学博士，中国海洋大学文学与新闻传播学院讲师。

段时光是我童年最温暖的记忆之一,像《静夜思》《春晓》这样的作品让我对古典文学的美感产生了最初的向往。

我的母亲虽是初中肄业,却对传统文化有着特殊的情感。她常说祖父和父亲虽皆不善言谈交际,但书信都写得温文婉雅,娓娓动人。她多次说起老家夏日晾晒几柜线装旧书的情景,叹息后来它们的散失。或许这就是文学最初的感染力,在我心里悄悄埋下了种子,后来学了中文,看来并非纯属偶然。

上了中学,遇到两位极好的语文老师——初中时的盛吉甫老师和高中时的张梦兰老师。盛老师教作文,强调写作的基本要求是文从字顺,把话写明白,清晰晓畅,明白达意,这成为深入我心中、影响了我一辈子的理念。张老师讲课既有条理,又充满感情,让我对古代文学生出亲近之心。那时课本是按文学史顺序编排的,从《关雎》一路读到《红楼梦》,编者是人民教育出版社的张毕来先生。张梦兰老师课讲得好,因此同学们都很喜欢上语文课。而我迷上古典文学,应该就是在那个时候,自习时会自觉地背诵一些课文,如《归去来辞》和一些唐诗宋词,课余还借阅过詹安泰注释《李璟李煜词》等书。我在初中高中都遇到了极好的语文老师,我觉得这是我的幸运。现在想来,甚至可以说,是他们朴素而高明的语文教学在不知不觉中影响了我的一生。

真正决定学中文,是在 1958 年考大学时。母亲起初担心学文"危险",毕竟反右余波未平,但她见我执意要考,便不再阻拦。考上复旦大学中文系后,她反而省吃俭用给我买了《鲁迅全集》,还曾主动掏钱让我去旧书店买《辞海》和古籍。进入大学后,随着对古代文学的深入学习,我不仅感受到语言的力量,更体悟到其中蕴含的深刻思想与民族精神。学习古典文学,其意义远不止于探寻文字表面的优美韵律与华丽辞藻,更在于守护和传承文化的根脉,让更多人了解并珍视这份宝贵的遗产。所以,若问是热爱还是责任,我想,二者本就是一体的。责任感与兴趣的结合,加上后来进入研究所工作和在大学任教的机缘,这大概就是我把学习和研究中国古代文学当作终生事业的根本原因吧。

柳卓霞:在您的求学与职业生涯进程里,曾置身于特殊时代背景之下。我们都知道,时代环境对个人发展影响深远。在那样艰难的环境中,坚持专业学习和研究必然困难重重,其间,是否有一些难忘的经历或深刻感悟,能与我们分享一下?

董乃斌:在我的求学和职业生涯中,曾经历过诸多风浪。我是 1958 年进入大学的,所以除了反右以外,后来的历次政治运动,都亲身经历了。一系列运动虽占去许多宝贵的时间,但也增加了社会阅历。我读了一些马列的书,算起来也有得有失吧。现实的政治斗争堪称最生动的课堂,有助于我们对历史和历史书的理解。各种人在运动中的不同表现,恰如棱镜,折射出人性的本真与复杂。读懂人,实在比读懂书困难得多;能够洞察人性,那才是真正的大学问,穷尽一生也未必能参透。值得庆幸的是,在这个过程中,我的文学阅读和文学活动也未曾停止,比如,在山东黄县(今龙口市)劳动锻炼期间,我按照钱锺书先生行前的提示,读了《唐诗纪事》;与刘再复同志合作执笔创作了吕剧《接过父亲的枪》,并参与演出。中国古典文学有它的独特魅力,能让人在困境中坚守,在顺境中收获愉悦。后来,当一切归于常态,我依然能够做自己力所能及且衷心热爱的事情,并感到由衷的快乐和幸福。

柳卓霞：您在复旦大学和中国社会科学院求学期间，接触到众多学术名家，除钱锺书、吴世昌两位先生外，还有郭绍虞、朱东润、张世禄、余冠英、蒋天枢、蒋孔阳、王运熙等诸位先生。这些学者在您的学术研究之路上扮演了怎样的角色？他们的学术思想又是如何潜移默化地塑造您的研究风格的呢？

董乃斌：回看在复旦大学和中国社会科学院的求学岁月，我至今仍深感幸运，能够受教于众多学术名家，领略到每位先生独特的学术风格。在复旦期间，章培恒、刘大杰、王运熙、赵景深诸先生的古代文学课程引人入胜，朱东润先生对传记文学的理论倡导与实践成就、张世禄先生对古代汉语的精熟和融会贯通、蒋天枢先生在文献学方面的乾嘉学风和严谨态度，让我深刻领略什么叫学术造诣，认识到学术的多元与复杂。其他还有如语言学方面的濮之珍、许宝华、周斌武诸位老师，文献学方面的徐鹏老师，对我知识体系的形成都有很大影响。在文学研究所期间，钱锺书先生的渊博睿智、吴世昌先生的考据思辨，让我深切体会到学术研究既需要严谨的实证精神，也离不开大胆的创新意识；余冠英先生对古代诗歌的精湛考辨和细腻解读、何其芳先生的理论高度和撰文技巧，以及所内外其他许多各有专长的前辈学者，都曾对我有所教诲和帮助。总之，前人确立的在扎实的文献根基上，注重理论创新与文本细读相融合，这是古典文学研究的一条正路，也是一条大路。老师们引导我走这条路，我希望年轻的后学继续沿此前进并不断革新，发扬光大。

如今，我已年至耄耋，回望学术之路，这些学术名家对我的影响，远不止于具体的研究方法，更在于他们治学的态度与精神境界。他们以严谨求真的学术态度、开阔深邃的学术视野，深刻塑造了我的研究风格，不仅为我开启了学术路径，更让我在治学过程中始终心怀敬畏、追求真理。复旦五年，受教于王运熙老师最多。在学问方面，他既传授系统的专业知识，又指导研究方法——从文献考据到问题发现，从论证构建到文字锤炼。在学术品格上，他教导我既要尊重前人成果、保持谦逊本色，又要独立思考、勇于坚持己见。这种"外圆内方"的治学品格是我终身效法的典范。吴世昌先生则强调精读原著，敢于质疑、勇于争鸣，学术上不惧权威、不拘成说。吴先生性情耿直，言谈爽利，厌恶投机取巧，本质至诚至厚。这般风骨令人景仰，却非易学。这些珍贵的经历与教诲，无疑是我学术人生中最为宝贵的财富。

二、博观约取，厚积薄发：学术理念与研究路径

柳卓霞：您的研究领域比较广泛，涵盖了李商隐研究、唐代文学、小说研究、民间文学研究、叙事学以及文学史学研究等多个方面，并且在各个领域均收获了丰硕成果。那么，您是如何实现这些不同领域研究之间的互通与融合的呢？这种跨领域的研究方式，又给您的学术视野带来了怎样的拓展和影响呢？

董乃斌：你对我研究特点的概括，是从其结果来看的。其实，这一切并非早有计划有意安排，而是随机形成的。研究李商隐主要是出于兴趣，而兴趣的产生则由于王运熙老

师的诱引。他当年讲唐代文学史，说到李商隐，引梁启超的话说，李商隐的诗美极了，但让我一句句解释，我也讲不清楚。那时候还没有一本浅显通俗的李商隐诗注。所以，我读研究生时，就决定迎难而上，研究李商隐。一研究，就陷进去了。为了研究李商隐，又必须研究他的同时代人，特别是与他齐名的杜牧和温庭筠，还有其他好多诗人。这样，到编写《唐代文学史》时，晚唐诸诗人那两章，自然也就分配给我执笔。

在读书过程中，我发现唐诗中有些作品叙事成分很重，甚至有小说化的现象。这似乎与汉乐府以来的传统有关，与人的思维方式对艺术表现的影响有关，而这些不但与诗歌创作关系密切，与小说的形成和发展关系更大。正好当时提倡文学史的宏观研究，我和陈伯海先生都很感兴趣。陈先生申报了一个国家社科课题，我们合作编一套"宏观文学史丛书"，我就以"古典小说文体独立"为题写了一本小书。在谈人的叙事思维发展时，打通了诗歌与小说，认为小说起源是多元的，而不是单线的。由此，我又想到了小说与史述的关系，乃至文与史两大学科的关系。这些问题在我脑中纠结盘旋，以后的研究自然始终与之相联系。但一方面是思考，另一方面是本职工作。在文学所要写各式各样的文学史书，要申报各级课题，任务很多，必须完成。因为头脑里存着一些问题，无论做哪件事，总会与那些问题相联系。后来我明白了，实际上，归结起来就是一个问题：文学史研究。

李商隐研究起初是硕士论文课题，后来论文被修改成《李商隐的心灵世界》。我用很多篇幅申说了作家研究的文学史意义，把它与我参加编写的《唐代文学史》联系了起来。《中国古典小说的文体独立》也成了文学史研究的一部分。用民俗学观点看唐代文学和唐人生活，其实也是文学史的一种角度和写法。写这本书的机缘是受了钟敬文先生的启发，也出于申报课题的需要。在这之后就正面转向文学史的本体研究。

时至 20 世纪末，对这个世纪学术史的回顾与总结成了当时最关心的题目。我和陈伯海先生再次合作，北京和上海两个文学所共同撰写《中国文学史学史》（三卷），这个课题完成和出版时，我已经调到了上海大学。接下去，顺理成章地，就搞了《文学史学原理研究》。这是我和陈伯海先生都认识到的：既清理了学术史，必然就会有深入到原理研究的要求和渴望，当然应该乘胜追击。于是，我在上海大学组织团队，进行这个研究。一边研究，一边关注学术动态，发现陈世骧先生提出的"中国文学就是一个抒情系统"的观点，左右台湾学术界近四十年，近来已开始被反思和质疑，而重抒情轻叙事的倾向，在历来中国文学史研究中也是存在的。究竟应该如何论述从古到今的文学史，如何看待中国文学史的抒叙传统？我觉得有必要加以清理，辨析清楚，推倒旧说，树立新观。我就申报了"中国文学叙事传统研究"的课题。正好此时上海大学中文系建成博士点，我就和我的博士生以及几位志同道合的青年教师组成一个团队，一起来思考和攻关。经过几年努力，我们合作完成了全书，同学们完成了学业，走上了工作岗位。在这之后，为了把对叙事传统的研究推向深入，我们才又申报了"中国诗歌叙事传统研究"的重大课题，出版了一套七卷本的丛书。事实就是如此，所谓学术之路就是这样一步步走过来的。

我的体会是作为研究人员或大学教师，本职工作总不可免，但在学术上还需有自己的主体想法,一以贯之,思之不辍,这样我们的研究面尽可越来越广,同时也才会越来越深。

学术研究与个人兴趣分不开。就我的经验而言,起初,我着迷于李商隐诗歌以及唐传奇小说的艺术成就。但随着思考的逐步深入,我认识到文学研究不仅仅是对文本的解读,更是对文化、历史以及学术思想的深度探索。这种发现激发了我对文学现象背后文化网络的浓厚兴趣。最终,我的兴趣延伸至文学史学史和文学史自身的基本原理。文学史既记录种种文学现象,又要体现批评意识、学术思想,要发现和提炼文学史规律(所谓文学史贯穿线)并加以理论阐发。古代文学研究很需要把现行的文学史研究和批评史研究融合打通,形成系统完整的文学史学。这样的文学史学,有利于我们深入理解不同时期学者对文学现象的认知与评价,取长补短,纠偏补正,超越陈说,提出创见,在前人基础上把学术推进一步。

柳卓霞:您的学术研究以系统性与理论性闻名学界,您这种学术风格是如何一步步雕琢成型的呢?在搭建理论体系的过程里,一定有着诸多关键的方法论与别具一格的思考方式,能否为我们分享一二?

董乃斌:你所谓的系统性,大概与我把我的一切研究归为文学史研究的认识有关,这也算是从科研实践中培养起来的自觉性吧。我在研究工作中,始终秉持从具体(如作家作品)入手,从点到面,既循序渐进,不断展开,又不断聚拢并向理论上升的思路,所以实际上我的研究基本上是围绕着唐代文学史的方方面面。但中国文学如汪洋大海,单唐代文学就够博大渊深的。

至于所谓理论性,这是我的学术追求、努力方向。最早也是复旦的老师教导我的。王运熙老师在课上课下不止一次地说过:研究问题当然首先要搜集资料,弄清对象,要弄明白"是什么"和"是怎样",这就需要考证,核实;要真正做好这一点,并不容易,要费极大精力。但今日学者又不能止步于此,还要问"为什么"和"为什么会是这样",并且要多问几个为什么,把研究深入下去。善于追问,是一种重要的能力。我后来的导师吴世昌先生,擅长考据,但同时重视理论,鼓励我们运用理论,进行思辨,要有所谓形上之思,努力把自己的研究从具体琐细上升为抽象、一般和理论。古人著作看重"义理、考据、辞章",今之学者提倡"有思想的学术,有学术的思想",虽提法不同,实质上都与我们重视理论概括和阐述的思路有相通之处。吴先生还要我们打破对所谓理论的神秘化,也并不认为理论阐述是高不可及之事。如果你的研究结果不仅仅是简单复述,不出陈言,或不仅仅停留于感性体悟,而是有从众多现象提炼出的带规律性的认识,所蕴含的道理深、透、富于条理,甚至能够形成一个独到而严密的逻辑体系,可供应用于更宽广的范围,那便是一种理论创造。理论创造是严肃认真而非一蹴而就、一劳永逸的事,关键是实事求是,服膺真理,既绝无哗众取宠之念,且必须永远保持接受检验、修正改错的虚心。所以我说,这是我的学术追求,也可以说是学术理想,我还做得非常不够,愿意继续努力。

柳卓霞:您在学术研究领域成果卓著,同时还创作了《琴泉》《李商隐传》等佳作。学术研究要求严谨论证、深度剖析,文学创作则强调情感抒发、故事构建。面对这两种截然不同的表达方式,您是如何巧妙平衡,在二者间游刃有余的?

董乃斌:学术研究和文学创作都源于我对文学的热爱。学术研究要求深入探索文学现象的内在规律,而文学创作则能够以更自由的方式表达对人与事的理解和感悟。在研究唐代文学时,我对李商隐其诗其人都产生了浓厚的兴趣,这种兴趣推动了我的学术研究。在研读李商隐的时候,我下过一番苦功夫:编纂目录索引,梳理诗人世系、生平与交游。经年浸润,诗人的生存环境、时代氛围与个人形象渐次鲜活,某些场景甚至对话都恍如亲见。正好二十世纪八十年代历史小说很流行,许多唐朝诗人被写入小说,我不禁也动了以李商隐为主角试写小说的念头,于是选取李商隐在梓州幕府婉拒府主赠妓的轶事,以其骈文《上河东公启》为核心创作了中篇《琴泉》。这篇小说很快被《钟山》刊发,后入选《中短篇历史小说选》。这也成为我写作《李商隐传》的先声。在复旦读书时,王运熙老师推介的冯至《杜甫传》和朱东润先生的传记理论对我影响很大。当时正值撰写硕士毕业论文的紧张时期,我竟忍不住起意要先写一部李商隐传来。于是就大胆试写起来了。没想到,竟还得到师友们的鼓励。记得与程蔷在宿舍日夜誊稿,完工时畅快无比。这种"天大热,人大干"创作激情至今难忘。后来得益于刘建军夫妇推荐,书稿由陕西人民出版社于1985年出版。责编赵炳坤亦与我成为挚友。《李商隐传》是我出版的第一本书。可惜因为时间和才力有限,我写得还是太少。不过,我从中倒是获益多多。学术研究为文学创作筑牢根基,赋予其深厚内涵;文学创作则为学术研究注入活力,让学术不再沉闷枯燥。我对学术与文学这两种表达方式同样热爱,在其中都能找到乐趣与满足,随兴而作,随缘而成,并非刻意为之。客观而言,学术研究与文学创作,共同构成了我对文学世界的表达。

柳卓霞:我们还关注到您积极投身于文化普及工作,成果颇丰。比如在上海大学时,受钱伟长校长之托,您主编了该校的《中国文化读本》,为上海大学的通识课打造了极具特色的专属课本;您所著的《长安道上:缤纷的唐人世界》也广受读者喜爱,被评为2023年11月"中国好书"。在学术研究与文化普及间,您是怎样平衡的?积累了哪些宝贵心得,能否与我们分享一番?

董乃斌:关注古典文学普及工作,是文学所的传统。何其芳先生既写《论红楼梦》那样的大著,也写《诗歌欣赏》那样的小册子。余冠英先生出版《诗经选译》《汉魏六朝诗选译》。我在文学所自然受到熏陶。到今天,更认识到了普及工作的时代意义。到上海大学后,钱校长特别重视文科教育,鼓励大家参与通识课程建设。要开课就得有教材,没有现成的,就得自己动手来编。我受命主持编写《中国文化读本》,我们中文系的老师们也是全力以赴,成立了以古代文学教研室为主的编委会,研究了选目、体例、分工等。老师们虽然各有本职工作,但对此积极性都挺高。学校教务处和出版社也是大力投入。大家抱着一个目的,要让学生们在学习通识课程时,能够真切感受到古典文化的独特魅力。至于《长安道上:缤纷的唐人世界》这本书,那是我早年应约写的一本小书,要求凭借通俗的语言、生动的叙事,展现唐代社会和唐人生活风貌。本是一套丛书中的一册,现由凤凰出版社新版。本书围绕"盛业留青史""生当大唐时""郁郁乎文哉""余音"四个主题,收录了 56 篇小文。该书的再版，说明传统文化普及读物在当代读者中具有持久生命力。

文化普及工作是我们应尽的社会责任，从事此类事情，我觉得最重要的是端正态度，要认真负责才行。既要保持学术严谨性，又要通俗易懂。比如《中国文化读本》需要在有限的篇幅内，把复杂的国学内容系统精简而且准确地加以介绍。这就要求我们对内容目录精心筛选，对注释语言反复琢磨，在学术严谨的前提下，实现通俗易懂的表达。在这方面，我们合作得很好，钱校长看后也表示满意。

三、和衷共济，继往开来：学术合作与学术期待

柳卓霞： 在教学与学术研究的历程中，您与国内外诸多学者开展了极为广泛的合作交流。这些合作涵盖了共同研究课题、协力组织学术活动，更延伸至学科建设以及人才培养体系构建等多个方面。在合作过程中，您一定积累了不少宝贵心得，您能分享一些合作交流的心得吗？

董乃斌： 在教学与科研工作中，合作交流意义重大。我自参加工作以来，各种合作的机会很多，深深感到合作重要。合作既须克服各种困难，也会获得各种益处。有人认为人文研究宜个体劳动，我觉得其有一定道理。但有些庞大工程总需集体来做，因此如何做好，仍颇值得探讨。

团队合作的好处是能够实现优势互补，助力拓展研究的深度与广度；促使我们了解不同领域的动态与方法，进而拓宽自身视野；还能为青年学者创造学习与成长的契机，帮助他们提高学术能力和研究水平。关键是内部团结，防止内耗。比如在主持国家社科基金重大项目"中国诗歌叙事传统研究"时，我是课题组总负责，李翰是秘书兼一个子课题的负责人，另外四个子课题分别由杨秀礼、杨万里、饶龙隼、杨绪容四位负责，他们进一步组织了自己的团队，或邀请外援，或由师生合作完成，但基本以上海大学自身的师生为主力。按照惯例，在课题启动之始，我先提出一个提纲，说明研究的要求和做法，供课题组同志们讨论。参加的人多，学术背景不相同。我们开过不少会。研究讨论甚至争辩的过程，实际上也就是学习和思考的过程，对我这个所谓的负责人、首席专家来说，尤其如此。为确保课题质量，我们特别邀请了傅修延、乔国强、谭君强、赵炎秋和徐正英五位先生成立了学术指导小组。诸位专家自课题启动至结项，全程悉心指导，有问必答，倾囊相授。所以说，做课题的过程是学习、思考和继续磨炼的过程，活到老学到老是颠扑不破的至理名言。从 2015 年底批准立项到 2021 年基本完成，再到 2023、2024 年《中国诗歌叙事传统研究》以丛书形式陆续出版，时间过去了七八年。令人欣慰的是，团队成员不仅圆满完成课题，更在后续斩获多项国家级项目，有的子课题负责人成了首席专家，上海大学中文系古代文学学科的科研工作一派欣欣向荣，从这里走出去的人也都充分展现了自己的能力，在高校和研究机构发挥着重要作用。

对团队领导人来说，则须事事做在前，多做多担责，任劳任怨而自律无私。我自省自己是朝这个方向努力的，当然做得不够或不好之处还很多。我这一生，青年时代从被领导的团队成员做起，慢慢学习，锻炼成长，后来也担任过一些大小项目的负责人，可谓甘

苦备尝,但总的来说还算顺利。我非常感谢曾与我共同战斗、相互支持相互帮助、共同取得成果的同志和朋友,今天借此机会向大家深致谢意和敬意,祝愿大家今后在教学科研的路上高歌猛进,更上层楼!

柳卓霞: 您曾先后担任中国社会科学院文学研究所副所长和上海大学古代文学学科带头人,在推动学科建设和人才培养方面,您丰富的经验,能否与我们分享一下?

董乃斌: 学科建设和人才培养都是需要长期投入的事业。就人才培养而言,比如在研究生教学中,我认为既要注重学术规范和研究方法的严谨性,又要充分尊重学生的个性与兴趣。举个例子,在上海大学申报"中国文学叙事传统研究"课题时,恰逢你们这一届博士生入校。在确定选题时,我让每位同学根据自己的学术背景和兴趣,自主选择是否加入课题组,并进一步明确自己在课题组中承担的研究方向,以此为基础制定培养方案。这样做的目的,一方面是为了夯实大家的理论功底;另一方面也是希望激发你们对学术的热情与敏锐度,能够在感兴趣的领域深耕细作、持之以恒。后来,课题顺利结项,而你们毕业后也继续沿着当初选择的方向开展研究,这说明当时的选择是真正遵从本心的,这一点让我感到非常欣慰。这样的培养方式,既尊重了学生的自主性,也为学术研究的可持续发展奠定了基础。

学科建设的核心也是人才培养。社科院文学所具有注重学术梯队建设的优良传统,通过课题研究、项目合作以及学术研讨会等多种形式,为青年教师和学生搭建学术平台。在我后来的工作中,也一直沿着这条路径持续推进,取得了显著的效果。这种结合科研实践,在出成果的同时出人才的培养和建设模式,不仅可以为学术团队注入活力,还可为学科的持续发展奠定基础,确实有其优越之处。

柳卓霞: 当下多媒体与网络化尤其是 AI 的应用,给传统教学、科研带来巨大冲击。就古代文学教学、研究而言,您如何看待这些变化? 古代文学研究者又该如何积极应对呢?

董乃斌: 在传统教学模式下,教师主要通过课堂讲授传递知识,而学生则依赖手动查阅资料来完成学习与研究。然而,在现代环境中,师生们拥有了丰富的网络资源和多样化的学习工具,如何引导学生扎实读书,并高效利用这些资源来培养学生的批判性思维与创新能力,成为教学中的重要课题。

尽管现代技术为教学与科研提供了诸多便利,但传统教学方法依然具有不可替代的价值。以古代文学为例,深入阅读与细致品味是学习过程中不可或缺的环节,而这恰恰是多媒体技术无法完全替代的。文学的阅读本质上是心灵与心灵跨时空的碰撞与交流,我们无法恐怕也不愿意让 AI 代替我们去体会与古人心灵相通的喜悦。古代文学教学的意义之一,在于与学生共同体味古人的喜怒哀乐,并从中汲取他们的智慧,来滋养和丰富自己的心灵,更从容地应对当下和面对人生。

古代文学的研究不仅是对古人作品的解读,更是对古人生命体验的全方位探索。它既包含对历史背景、文化传统的深入理解,也融入了研究者个人的体悟与热情。这种研究不仅需要数据的支撑,更需要对文本的深度解读、对文化背景的深刻洞察,以及对生命意义的持续探索。这是一项需要随着个人成长不断深化的终身事业。因此，AI 技术可以作为研究的辅助工具，帮助我们更高效地处理信息，但它绝不能取代研究者的学术判断、人文关怀以及对生命意义的探寻。古代文学研究的核心，始终在于研究者对文本的独特感悟与对文化的深刻理解，这正是技术无法替代的人文精神。

柳卓霞：我们青年学者在学术成长道路上因为经验不足，常常会面临诸多困境，您有何建议？对于我们的发展，您有怎样的期望呢？

董乃斌：青年学者由于经验不足，难免会遇到各种困境与挑战。对此，我有几点建议供大家参考：首先，要踏实读书，筑牢学术根基。学术研究离不开扎实的文献积累与知识储备，要沉下心来，认真研读经典著作与前沿成果，逐步构建自己的学术视野。其次，要注重交流与合作。学术研究并非孤军奋战，要积极参与学术讨论，虚心向同行请教，在交流中拓宽思路、激发灵感。此外，还要保持耐心与恒心。学术研究是一场漫长的旅程，需戒骄戒躁，在日积月累中不断提升自己。最后，要勤于思考，勇于创新，敢于突破。要大胆尝试新的研究方法，不要因为胆怯，害怕不被认可而不敢提出自己的学术见解。

对于青年学者的未来发展，我满怀期待，也充满信心。我相信，你们一定能够在自己的研究领域深耕细作，开辟出一片属于自己的天地。你们的努力，不仅将为学术界的繁荣注入新的活力，也将为社会的进步贡献独特的力量，铸就属于自己的辉煌。

柳卓霞：感谢董先生在百忙之中接受采访，令我们受益匪浅。您的支持让我们深感荣幸！我们期待未来有更多机会向您请教，也祝愿您在文学研究领域续写华章，再创辉煌！衷心感谢您的分享与指导！

董乃斌先生古典文学研究略述

李 翰*

　　董乃斌先生是上海大学终身教授,当代著名学者,在中国古典文学研究领域有着崇高的国际性声望。董先生主要研究领域是唐代文学、文学史学、文学叙事等,在每一领域都做出了杰出的贡献。董先生的古典文学研究,具有突出的现代意识,并具备强烈历史责任感。他的研究,始终紧跟时代,占据前沿,引领着一代学术风气。

一、亲炙名师博问学

　　董乃斌先生于 1958—1963 年在复旦大学中文系求学,亲炙于蒋天枢、张世禄、王欣夫、赵景深、王运熙诸先生,尤其受到王运熙先生的指导和影响,打下极好的古典文学研究基础。复旦大学毕业之后,董乃斌先生被选调到中国科学院哲学社会科学部——即后来的中国社会科学院,留在文学所古代文学研究室(简称"古代室"),由钱锺书先生指导学业。当时社会科学院古代室的主任是余冠英先生,古代室有钱锺书、俞平伯、吴世昌、吴晓铃诸先生,可谓名家云集。每周一次组会,是大先生们聚集议论的场合,也是包括青年董先生在内的年轻学者们的学术盛宴。董乃斌先生与钱锺书先生渊源深厚,除了直接得到钱先生的业务指导,在生活中也与钱先生关系密切。"文革"中,中国社会科学院的研究人员下放干校学习劳动,钱锺书先生与董先生同在河南信阳的明港干校,且同住一间集体宿舍,彼此床铺相对。在日常生活与劳动中,董先生深切体会到钱先生性格中的直率敏锐和谈吐的机智幽默,亲身感受到钱先生对年轻人的宽容和爱护。董先生后来考回社科院读研究生,与程蔷先生同去拜访钱先生,回忆往事、畅谈学问,与钱先生的情谊愈益笃厚。

　　董乃斌先生先后服务过三个学术机构,中国社会科学院文学研究所、西北大学中文系、上海大学文学院。董先生大学毕业后在文学所工作了有 10 年,后为解决夫妻分居问题,调往西北大学。在西北大学,董先生结识傅庚生、刘持生二位先生。在傅、刘二位先生的熏陶和指导下,专业素养和业务能力不断提高。董先生与傅、刘二先生合作编著《三李诗选》,傅先生编选李白诗,刘先生编选李商隐诗,董先生则编选李贺诗。这部诗选虽未出版,但对董先生来说是极好的学术训练,为后来的教学和科研做了充分的准备。在西北大学任职数年后,1978 年社科院文学所要上马大文学史项目,董先生通过研究生招考的方式,再次回到文学所,师从吴世昌先生。自此,董先生在文学所工作 20 多年,直至2001 来到上海大学。

---

　　* 李翰,文学博士,上海大学文学院教授,博士生导师,主要从事魏晋至隋唐文学与文论、文学史学等研究。

中国社会科学院文学研究所 20 世纪 60 年代初即以编撰中国文学史而享誉学界,曾组织编撰过各种文学史或文学史性质的论著。董先生甫一入职,就参与古代组"文学史话"项目。文学所的业务环境,使得文学史始终是董先生关注的中心和焦点。董先生第二次以研究生身份再入文学所,以及其后留所担任研究员,参与过多项文学史研究,主编过多部文学史著作,如《唐代文学史》《插图本中国文学史》等。他的诸多研究成果也都具备文学史研究的性质。在一次访谈中,董乃斌先生称自己学术研究的核心就是文学史学,良非虚言。

二、文心史笔勤耕耘

从董先生半个多世纪的学术历程来看,他的古典文学研究大致可分为三大阶段:第一阶段是唐代文学作家、作品研究,由之而到唐代文体专史、文学专史的撰述;第二阶段是文学史的学术史及文学史撰述方法、理论研究;第三阶段是文学叙事传统研究。

作家作品研究,是董先生文学史学的基础。董先生治学之初,大都是围绕唐代文学展开,尤精于中晚唐文学,在李商隐、杜牧、许浑等中晚唐诗人、唐代传奇小说等领域,卓有建树。董先生的唐代文学研究,既能继承传统经史考据之学,又能与时俱进,吸收新的文艺思想和研究方法。如其对李商隐生平家世进行考辨,对晚唐诗人许浑生平进行考索,曾经在《文史》发表过《唐诗人许浑生平考索》,均显示出深厚的文献功底与精审的考证水平。然而,董先生显然不满足于只是简单继承传统治学方法,他有浓厚的理论兴趣,也有高超的理论水平,更有当代学人的使命自觉,因此,新的方法、视野,新的思考和治学路径,潜根伏脉,早隐含在他的唐代诗人、小说的研究之中。

董先生的《李商隐的心灵世界》,在以大量的文献考据厘清商隐生平交游之后,聚焦于李商隐的心灵世界,除了文本笺释、审美感悟等传统的诗文释证,还吸收心理学、符号学、语言学、民俗学等学科的思想和成果,应用范式论、系统论等思维方法,破译李商隐的心灵密码,这本书将传统、现代治学方法相结合,融汇旧学与新知,给李商隐研究带来质的突破。董先生还将李商隐和现代诗人相联系,从诗歌意象、审美特征、诗人个性气质等方面,考察诸多现代诗大家如戴望舒、废名、何其芳等与李商隐的紧密关联。这种打通古今的眼光和气魄,为李商隐研究开辟了新的气象,也为其他类似古典诗人的研究,探索出新的路径。

《中国古典小说的文体独立》是董先生研究小说这一叙事文体的力作。该书从人类叙事需要、叙事能力的形成和发展入手,将小说与人类文明、文化的发展紧密结合,从根源上探究小说这一文体的产生和发展。其眼光之敏锐,思路之开阔,给人留下极其深刻的印象。

董乃斌先生治学门径广,他和程蔷先生合作的《唐帝国的精神文明——民俗与文学》,对唐代的政治、经济、宗教、民俗等做了广泛的探索,为唐代文学研究提供了信实而又极其丰富、广大的文化背景。董先生还将文学创作、传记写作与学术研究相结合,如其李商隐研究的成果,既有学术专著,又有传记和小说。这有助于进入李商隐的精神和心灵世界,将其当成促膝共话的身边人。文学研究的特殊性在于其研究对象是文学,是感性而灵动的生命和灵魂,董先生通过文学写作,获得对诗人的共情,他的李商隐研究,就有一种特有的体贴和温情,令人动容。

如果说唐代诗文研究是作家作品的个案研究,而和其他专家合作的《唐代文学史》《中华文学通史·古代文学编》等断代文学史,则是对一个时代文学总貌的通盘把握。先生曾撰文论述"文学史无限论",认为古代文学研究,作家、作品、文体、文献,等等,都具有文学史的属性,都是文学史著述的某种类型或形式。不过,文学史尽管"无限",却并非所有著述都称得上"史"。必得有史家的襟怀和视野,有对纷繁的文学现象的透彻把握和精确提炼,并能在撰述中体现出的高超的史观、史识。董先生的著述和学问,具有文学史家的气质,首先在于他有一代学者的使命感和责任感,不甘亦步亦趋,而是要做出有个性有特色的一代人的学问;其次在于他有敏锐的眼光,精辟而独到的见识是他的理论自觉。有了理论的观照,纷繁的史料才会呈现出规律,才能被测出深度和广度。

在唐代诗文研究和断代文学史撰述之后,董先生的文学史学进入第二阶段,即文学史的学术史和文学史理论研究。他先后主持"中国文学史学史""中国文学史学原理研究"等国家社科项目,主编出版《中国文学史学》(三卷本)和《文学史学原理研究》,第一次系统清理了中国文学史的学术史脉络,论述了文学史的规律、范式、形态等问题,论证了史料、史观、史纂之间的关系,总结并规范了文学史著述的诸要素,为文学史学这一学科的建设和拓展,打下扎实的基础。

三、叙事传统领风气

独立而富有个性的理论系统,是衡量文学史家的重要指标。董先生文学史学研究的第三个阶段:文学叙事传统研究,实际上就是一个文学史家理论体系的建构过程。

中国文学的叙事传统,首先是董先生在中国古典文学研究中发现的真实存在的文学传统。董先生的唐代文学研究,既涉及抒情性较强的诗歌,又涉及传奇小说等叙事性文体。诗歌的抒情,离不开叙事;而传奇等叙事文体,也不排斥,甚至非常重视诗笔和抒情。叙事、抒情两大传统,在各类文体中互融互渗,博弈共进,贯穿了中国文学史的始终,乃至成为文学史演进的基本动因。不过,董先生将这一发现拓展深化,并以之来重新构筑对中国文学史的认识,其直接诱因是旅美学者陈世骧先生"中国文学主要是一个抒情传统"的说法。

陈世骧用"抒情传统"来概括中国文学传统,自有其合理性。中国文学以诗歌最为发达,而诗歌被认为是最富抒情性的文体;古典诗学批评在形式与语言上的诗意化特征,以及感悟、性灵、情韵、意境等诗学概念,也在一定程度上与陈世骧的"抒情传统"说有呼应。然而,陈世骧的"抒情传统说"有其特定的历史和文化背景,渗透着浓厚的自由主义色彩;与其说是对中国文学史的总结,不如说是其文学理想的描述;推向极致,就有以偏概全之弊。与抒情并列的叙事,在中国文学传统中,可一点也不"次要"啊。以诗歌而论,叙事诗蔚为大观;即以抒情诗论,其间的叙事因素亦不容忽视。因此,陈世骧的说法,作为一种重要的文学史论说,具有一定的参考价值,但不宜作为讨论中国文学史的当然结论。传统诗歌批评本有"务虚"之弊,"抒情传统"独尊,迎合并助长了古典诗学批评过于感性、随意的一面,使得中国诗学的面目比较固化,阻碍了我们从更多的面向、更深的层次去认识中国诗歌,不利于中国诗学批评及诗歌创作的转型和拓展。

在此背景下,中国文学叙事传统研究的重要性和迫切性,尤为凸显。董乃斌先生率领其学术团队,首先完成国家社科项目"中国文学叙事传统研究",后在中华书局出版了同名著作。该书对中国文学中各类文体中的叙事传统,做了系统的梳理,以充分的文学史事实证明了中国文学叙事传统的存在。该书还进一步描绘了叙事传统在各类文体中的演变情况,总结其表现和特征,并予以理论的提炼。在对中国文学叙事传统做了宏观上的梳理和观照之后,董先生及其学术团队,投入国家社科重大项目"中国诗歌叙事传统研究"的工作中,这是文学叙事传统研究的细化和深化。诗歌多被看成是抒情性文体,抒情传统论的一个重要基础就是中国诗歌的高度繁荣。因此,诗歌的叙事传统如能得到可靠而清晰、深刻地描述,则中国文学叙事传统,也就有更为坚实的基础。

中国诗歌叙事传统源远流长,不仅在于历代都有数量丰富、质量上乘的叙事诗,还在于叙事是诗歌中普遍存在的要素。诗歌的叙事要素既包括笔法、章法、修辞,还包括诗学观念上的写实性、现实性及"诗史"精神等。传统诗论中,"言有序""言有物""诗史""六义""美刺"等,也都在不同的层面包含着叙事的因素和精神。叙事传统是诗歌史客观存在的历史传统,诗歌叙事传统研究,既要考察叙事诗的叙事,也要考察非叙事诗、抒情诗的叙事问题,甚至要重点考察抒情诗的叙事问题。因为抒情诗的叙事,最能体现中国诗歌叙事传统的特色。

董乃斌先生组织、擘画中国文学叙事传统和中国诗歌叙事传统等国家级课题,亲力亲为投身到课题的具体研究之中。此间,他写过多篇重要论文,既有对文学史两大传统的宏观梳理,有对叙事传统构成诸要素的专题辨析,又有对《诗经》《古诗十九首》、唐诗乃至民间竹枝词等具案的深入研究。他还将视角延伸到古典文论,系统考察了《文心雕龙》《诗品》《艺概》《史通》《文史通义》等文史理论著作中的叙事批评,对中国古典文学叙事传统及关键问题,做了全方位的爬梳和清理。

董乃斌先生对中国文学叙事传统的研究,尤其是近年来围绕诗歌叙事传统所发表的系列论文、专著,逐渐形成较为成型的文学史学理论体系。这一体系,包括诗歌叙事传统的演变史,诗歌史演变的动因、模式、形态,诗学观,诗歌写作学、批评学、接受学,等等,既有宏观层面的叙事传统诗史,也有具体的诗歌叙事批评,还有概念的归纳和理论的总结,是一个具有实践性的理论体系。

诗歌史方面,着眼于叙事的表现形态及其演变轨迹,董先生的诗歌叙事传统研究课题将诗史分为五大阶段考察:第一段先秦两汉时期,是叙事元素孕育与诗歌叙事传统之发生时期;第二段从汉魏至中唐时期,是叙事能量蕴蓄与诗歌叙事传统之生长时期;第三段从中晚唐至宋金时期,是叙事功能增强与诗歌叙事传统之完型时期;第四段为元明清时期,是叙事场域拓展与诗歌叙事传统之繁衍时期;第五段是近现代,在语言、文体的文白演变中,近现代诗歌叙事观念因革,诗歌叙事传统发生新变和得到发展。对每一个阶段的研究,均包含如下内容,一是客观的史的描述;二是表象下的背景、因缘、源流等方面的逻辑推论;三是艺术分析,包括叙事传统内含的思想观念,其他文体对诗歌叙事的渗透,叙事型诗歌的叙事性问题,非叙事型诗歌的叙事因素及其所体现的叙事精神,等等。在叙事传统的描述和分析中,抒情传统始终是背景和参照,叙事、抒情博弈互进,是文学史演进的基本动因,也是诗歌叙事传统的演进姿态。

在上述五大阶段诗歌史的分配与梳理之中,叙事、抒情的博弈、互动,作为诗歌史演变的动力,得到揭示;诗歌史的脉络、贯穿线等,也有清晰的呈现。而在对诗歌的文本分析和艺术批评中,涉及诗学观、创作方法,在艺术批评中也包含着文学史、批评史的研究范式等问题。这些问题以"传统""事""叙事""叙述""诗史""叙事修辞"等核心概念来展开、发散,涵盖了诗歌史、诗歌美学、叙事理论、诗歌批评等各个层次,从理论到实践,从宏观到微观,从线到面,自然形成内在结构完整、体系严密的诗学理论或诗学批评体系。

董乃斌先生的思考,围绕着诗歌叙事与诗歌史的关系,着眼于对诗歌史的再阐释,有其现实的关怀和指向。一是以叙事传统研究之实,矫正诗歌批评中玄虚、神秘的风气,以期对诗歌写作有切实的指导。二是应用叙事学的一些研究方法、理论,深化本土诗歌研究,打破传统研究的瓶颈,拓展新的学术空间。同时,也以本土的文学写作经验,弥补建立在西方文学经验上的叙事学的欠缺,建构基于本土文学实践的中国诗歌叙事学,为国际学术贡献中国经验与中国话语。

董乃斌先生好学深思,在学术研究中,既有坚定的信念,又能博采众长,融会贯通。因此,其在诗歌叙事传统研究中所建构的文学史学体系,既有严密的逻辑学理,又具有实践性的品格,既有穷根究底的透彻,又有转益多方的通达,突出彰显了先生鲜明的学术个性。诗歌叙事传统的提出及相关文学史学的体系建构,对于重新认识、理解中国诗史,具有重要的意义。其一,通过叙事传统的发掘,矫正抒情传统独大的偏颇。叙事传统的提出,不是要否定抒情传统,而是主张以两大传统作为文学史的贯穿线,考察二者的博弈互动与文学史演进的关系。其二,叙事传统,包含了中国文学极其重要的观念和精神,诸如文学的经世致用,诗歌的"诗史"精神,等等,对认识中国文学中个人与社会的关系非常重要。其三,发掘古典文学中的叙事理论及批评,并借助叙事学的理论与方法,考察古典文学中的叙事因素,尤其是将诗歌中的事与叙事,作为重点来关注,这有助于从根本上解剖诗歌写作的奥秘,将文学研究的文学性落到实处。其四,修正、弥补传统诗学中过于主观和随性的感悟式批评的弊端,借鉴包括叙事学在内的人类文艺理论成果,探绎并解析感悟式批评玄虚神秘的美学密码,使之由虚转实。其五,叙事传统对诗文写作在方法和技艺上的解密,为当代文学创作提供可资借鉴、模拟的范式,嫁接古今文学,使古典文学焕发生机。

四、健笔开出新气象

回顾董先生的学术经历,其注重理论、锐意创新、紧跟时代的特色非常鲜明。董先生所从事的古代文学研究,是具有深厚学术基础的传统学科,因此,在古代文学研究领域,有一种很深的成见,即只有文献、资料研究,才是切实可靠的真学问,理论的探索由于缺乏客观的验证工具,多被轻视。这种观点显然是比较偏颇的。

董先生的学术充满年轻的气息和时代的精神,一方面在于他学术观念上的通达和学术思想上的包容,对时代新事物永远充满着好奇和热情;另一方面在于他具有强烈的学者使命感,认为作为一个现代学者,必须拿出属于自己时代的东西,要在学术研究范式上有新的突破。

董先生是"文革"前的大学生,大学毕业即进入最高学术殿堂中国社会科学院,亲炙于钱锺书、俞平伯、余冠英等学术大师和文化巨匠。社科院承担的研究课题,代表着特定时代的国家的文化战略方向,董先生的学术研究,因此也始终拥抱时代,走在前沿。改革开放前,董先生在社科院参与多种文学史的编撰和文学鉴赏的普及工作,这些成果后来凝聚为十巨册的《中华文学通史》,董先生主持其中的唐代文学部分。这部文学通史的贡献在于改变了以往中国文学史等同于汉文学史的叙述模式,而以中华多民族共同体作为整体观照,是在共和国政治叙事框架下的文学史,最具时代气息和民族认同感。《中华文学通史》的编撰,主张以一种更为宏阔的史观来考察文学史,与董先生后来主持的大文学史观丛书的编撰,都起到引领时代风气的作用。

改革开放后,本土学术面临着西方文化和学术的冲击,积极学习、吸收西方人文社科的研究方法、观念,来推动本土学术的进步,无疑是正确的态度。中国社科院文学所为因应这一新的时代学术风潮,设立新学科研究室,董先生担任新学科研究室主任。

在解放思想、改革开放的大形势下,大量的西方的文艺理论,如以系统论为代表的新、老"三论"以及新批评、原型批评、结构主义、符号学、女性主义批评,等等,开始陆续涌入国内,引起国内学者的浓厚兴趣。社科院文学所为了引进、介绍这些西方文艺理论,申报国家社会科学基金项目,并获批为国家"七五"重点项目。这个项目就是编撰"文艺新学科建设丛书"。此丛书以所长刘再复为主编,董先生和程广林先生为副主编。丛书的编撰得到很多学者和出版社的积极响应,从 1987 至 1997 年,共计出版了 27 种。这些书,大致可分为自著和译著两个系列,自著如林兴宅的《象征论文艺学导论》,杨春时的《系统美学》《艺术符号与解释》,赵毅衡的《文学符号学》,潘凯雄、蒋原伦、贺绍俊的《文学批评学》,陈植锷的《诗歌意象论》,徐岱的《小说叙事学》,林克欢的《戏剧表现论》,叶舒宪的《中国神话哲学》,陈晓明的《本文的审美结构》以及赵毅衡、周发祥合编的《比较文学研究类型》,等等。译著则有朱立元、程介东编译法国米盖尔·杜夫海纳的《美学文艺学方法论》,邓勇、陈松岩译苏联巴赫金的《文艺学中的形式方法》,胡敏、陈彩霞、林树明译英国玛丽·伊格尔顿的《女性主义文学理论》,林建法、赵拓译挪威陶丽·莫依的《性与文本的政治——女权主义文学理论》,陈燕谷、晓未译波兰罗曼·英加登的《对文学的艺术作品的认识》,以及金惠敏、张云鹏、张颖译德国伊塞尔的《阅读行为》,等等。从这些书的选题看,讨论的都是热点问题,出版后极受欢迎,一时掀起新学科的高潮。丛书中的一些现在已经是学术名著,当时引介的符号学、叙事学、女性主义、比较文学,等等,现在很多已开花散叶,成为一个个独立的实力雄厚的文艺学的二级学科。

董先生自己也受到这一学术思潮的影响,他的李商隐研究之所以能够做到独树一帜,就是在传统的知人论世的研究方法之外,采用心理学、符号学、阐释学等研究方法,使得古老的课题呈现出全新的面貌,打破了作家研究的瓶颈。其后,董先生又将李商隐和现当代作家相比较,写出许多精彩的论文。这种打通中外古今的通达的学术视野以及杰出的学术实践,成为那个时代学术的醒目标记。

董先生自己也说,他组织新学科研究工作,开阔了眼界和心胸,在与许多同行的接触交往中得到很多学术上的启发和教益。他对于外国文艺理论、国外汉学的态度是既不盲从盲信,又认真谦逊地对待;既仔细听取领会精神,更能够独立思考,善于取舍。这一切根本的关键和核心,就是立足中国文学本位,一切从实际出发,实事求是。

以董先生所主持的宏观文学史研究为例,这个"宏观",并不是要搞空洞浮泛的大而化之,更不是贬低或抛弃微观的实证的研究,而是要吸收西方学术重理性分析、重逻辑思辨、重理论建构的特点,来弥补我国传统的文学研究在这方面的缺陷。在实际研究中,他一方面继承我国的优良传统,又克服传统的某些不足之处,不满足于资料考订编纂和感性体悟、印象批评,加强理论意识和形上之思,在研究任何作家作品和文学现象时,将它们放在时代和整个文学史大背景下来考察分析和论述。这是董先生中西古今相结合的学术实践的指导思想和操作方法,也使得其对国外的借鉴,不是贴标签式的比附,而是在深切领悟、吸收之后的消化和创新。董先生的《中国古典小说的文体独立》,就是大文学史观下成功的实践和尝试。

叙事传统的研究同样如此。叙事学本是建立在西方文学传统上的理论,叙事学的语言、叙述、情节、人物等文本分析方法,对于我们推进文学研究有非常重要的借鉴意义。但中国文学自有其传统和特色,"叙事"这一概念在中、西文学语境中就各有表述。其他很多名词、术语也是如此,都有特定的历史文化和学术背景,不宜直接比附借用。董先生认为,学习西方叙事学,学的是其精神和思路,而不是照搬那些具体办法或名词、术语,更不能像他们早期那样仅限于研究叙事文类(小说),而是要扩大视野,汲取广义叙事学的精义,探索一条适合我国文学实际情况的路子。因此,他提出中国诗歌的叙事传统,并带领团队出色完成了这一课题。这一课题的完成,为建构立足于中国文学传统的叙事学,迈进了一大步,是对全球叙事学界的学术贡献。

虽然是古代文学研究,但董先生的研究,总是饱含青春的气息和热情。兼容并包而又有立场与判断,锐意创新而又能实事求是,既不厚古薄今、崇洋媚外,也不嗤点前贤、自以为是,董先生以一种极为辩证的态度和方法,找到一条极为恰当的研究路径,开辟了独具特色研究境界,真正做到了"东海西海,心理攸同;南学北学,道术未裂"。

一代人有一代人之学问。董乃斌先生的中国古代文学研究,也许还有诸多不周之处,其在宏观文学史、新方法论以及文学叙事诸多领域的开辟和新创,有效性与可靠性,也需要在文学史撰述和批评中做进一步的验证。然而,董先不甘于学术研究只是量的积累,抱有一代学者强烈的使命感和时代感,勇于突破既往古典文学的研究瓶颈,其推进学术的现代化、国际化的探索精神,无疑是值得钦佩和肯定的。

贯通雅俗:以"事"为桥的跨学科探索与范式创新

——董乃斌先生的俗文学研究

冀运鲁*

摘　要:董乃斌先生的唐诗研究成果卓著,更是通过"叙事"这一研究方法,把唐诗研究的成功经验迁移到俗文学研究,实现了雅俗贯通。文章从跨学科研究方法、中国叙事传统建构以及研究范式的持续创新三个方面,详细阐述了董乃斌先生的研究特色与方法。董乃斌先生的俗文学研究以"叙事"为核心,构建了一套融合跨学科视野与动态文学史观的分析框架,不仅重构了中国古典小说的阐释范式,更在于推动了中国古代小说研究从"西方标准依附"向"本土话语建构"的转型,为后续学者提供了兼具历史深度与理论张力的研究范式。

关键词:董乃斌;叙事;贯通雅俗;学术范式

董乃斌先生的学术生涯始于 20 世纪 60 年代,他先后在复旦大学和中国社会科学院文学所求学,师从著名学者朱东润、王运熙和吴世昌、钱锺书等先生,打下了坚实的学术基础。董先生的研究兴趣广泛,涵盖古代小说、俗文学、民间文学等多个领域,尤其擅长跨学科研究方法的运用,在研究视角、方法创新及研究范式上均有突出贡献。董先生是唐代诗歌研究尤其是李商隐研究的大家,在研究古代小说时,借鉴了他研究唐诗的经验,通过叙事学建构起桥梁,将唐诗研究的方法应用于古代小说和民间文学研究。在数十年的学术生涯中,董乃斌发表了大量高质量的俗文学学术论文和专著,代表性著作有《中国古典小说的文体独立》、《唐帝国的精神文明——民俗与文学》(与程蔷合著)、《浮世长安:唐代的民俗与人文》、《美不胜收的唐传奇》以及《古代小说鉴赏辞典》(与黄霖等合编),展示了其深厚的学术功底和独特的学术视角。其研究以跨学科视野为核心,强调中国叙事传统的本土性与独特性。董乃斌先生以"叙事"为纽带,将诗歌、古代小说与民间文学纳入统一的分析框架,通过跨学科融合与动态文学史观,实现了三者研究的深度贯通。他的研究不仅揭示了中国文学叙事传统的内在统一性,更通过方法论创新为文学史研究提供了新范式。以下从跨学科的研究视角、中国叙事传统建构、持续深化三个维度展开评述。

一、打破文体壁垒,贯通多元领域

董乃斌先生的古代小说和民间叙事学研究成果丰硕。他的研究表明,"叙事"是贯通诗歌、小说与民间文学的核心枢纽。他通过跨学科融合与动态文学史观,建构起以"叙

* 　冀运鲁,文学博士,苏州工学院师范学院副教授,硕士生导师,主要从事明清小说研究。

事"为核心的分析框架,揭示了中国文学叙事传统的连续性与整体性。他的研究打破了文体壁垒,贯通多元领域。他不仅关注小说文体的演变过程,还将这一过程置于中国文学史的大背景中进行考察。他打破文体壁垒,融合多学科知识,以文学与"事"的关系为切入点,构建独特研究范式。他创新地引入叙事学方法,进行跨学科研究,注重文本分析与理论建构结合。这些研究深化了对古代小说和民间叙事的理解,为相关领域提供新思路和方法,推动了学术发展。在研究中,吸收了心理学、符号学、语言学、民俗学等多学科的思想和成果,应用范式论、系统论等思维方法。在研究中注重文本分析与理论建构的结合。他通过对具体文本的细致分析,提炼出具有普遍意义的理论观点。例如,在研究李商隐诗歌时,运用符号学方法分析了诗歌中的意象组合关系,提出了新的解读视角。又如,董乃斌特别关注小说与诗歌、戏曲等其他文学形式的关系。他在《戏剧性:观照唐代小说诗歌与戏曲关系的一个视角》等论著中,深入探讨了唐代文学中不同文体之间的相互影响和渗透。董乃斌指出,唐代小说不仅吸收了诗歌的抒情性和意象化特点,还借鉴了戏曲的戏剧性元素,这种跨文体的融合极大地丰富了小说的艺术表现力。[①] 这种跨学科的研究方法为当下学界提供了范例,鼓励学者打破学科壁垒,从不同学科角度研究古代小说,拓展了研究视野和方法,使古代小说研究不再局限于单一的文学领域,而是与其他学科相互交叉、渗透,丰富了研究的维度和内涵。

董乃斌先生的研究融合了叙事学、文学史学、文体学等多学科方法,同时批判性借鉴西方叙事学理论,强调中国叙事传统需立足本土实践,避免成为西方理论的附庸。他主张分文体(如诗歌、史传、小说)研究叙事特征,再提炼普适性理论,形成具有中国特色的叙事学体系。董乃斌教授打破传统人为的文体分割局限,将研究视角拓展到史书与小说的交融地带。其《中国古典小说的文体独立》探讨了小说文体从子、史书中孕育并独立的过程,分析小说与史书的渊源关系,提出中国小说叙事传统的独特性,被视为中国小说文体研究的奠基性著作之一,系统梳理了小说文体的形成与发展脉络,是中国古代小说研究领域的重要著作,对古典小说文体发展及其特点的深入探讨为学界提供了新的视角和方法。这种跨文体研究视角,突破了以往仅从小说文本自身研究小说的狭隘视野,为理解小说的起源与发展提供了新的维度。

在《诸朝正史中的小说与民间叙事》里,他进一步提出正史中存在小说因子,具体指包含于其中的民间叙事。他认为中国古代小说的重要源头是民间里巷琐谈,这些民间叙事在被文字记录时,有的进入史书,有的成为小说,来源相同且性质相近。[②] 像《史记》中刘邦出生及生平的诸多奇异情节,并非司马迁虚构,而是其搜集记录典型的民间叙事的产物。这种将正史与民间叙事、小说相联系的视角,揭示了正史在记录历史过程中对民间传闻的吸纳,展现了不同文体间相互渗透的关系,丰富了古代小说研究的素材范围,使我们能从更广阔的历史文化背景中理解小说的生成与演变。

---

① 董乃斌《戏剧性:观照唐代小说诗歌与戏曲关系的一个视角》,《文艺研究》2001 年第 1 期,第 56 页。
② 董乃斌《诸朝正史中的小说与民间叙事》,《文学评论》2006 年第 5 期,第 125 页。

他认为小说文体的形成有其内在根源,与人类心理和思维活动紧密相关。在《中国古典小说的文体独立》里提出,小说走向文体独立的过程,是人的艺术思维和表达能力发展的过程。同时,强调民间叙事具有重要价值,是民族文化的重要组成部分,如在《民间叙事论纲》中指出民间叙事深刻反映民族的思想感情、生活智慧和历史记忆。[1] 此外,他关注到不同文学体裁间的相互影响,像诗歌、散文与小说之间存在着小说化趋势,如《唐代诗歌散文的小说化倾向——小说文体孕育过程论之一》阐述了诗歌、散文在发展中对小说文体孕育的作用。[2]

在《浮世长安:唐代的民俗与人文》和《唐帝国的精神文明——民俗与文学》等著作中,董教授将古代文学与民俗学研究相结合。从唐代的岁时节日、都市生活、妇女习俗、文人风貌、神灵崇拜与巫术禁忌、民间文学与技艺等多个方面,运用诗文、史籍、笔记、小说等多种材料,深入分析唐代民俗。通过这种民俗与文学交叉的视角,他多角度再现唐人的日常生活情境与唐朝的时代氛围,挖掘民俗事象背后的文化心理。这不仅为唐代文学研究注入新活力,也为理解古代小说与俗文学的创作土壤提供了民俗学层面的依据,因为民间文学与俗文学往往与当时的民俗紧密相连,民众的生活习俗、信仰观念等都在这些文学形式中有所体现。

《中国古典小说文体的独立》中展现了独特的文学史与文体学相结合的视角。他不仅关注小说文体的演变过程,还将这一过程置于中国文学史的大背景中进行考察。董乃斌教授认为,小说文体的独立是中国文学发展史上的重要转折点,这一过程反映了文学创作从历史记录向艺术创作的转变。通过将文体学研究与文学史研究相结合,董乃斌教授不仅揭示了小说文体演变的内在逻辑,还阐明了这一演变在中国文学发展史上的重要意义。

在具体分析中,通过大量案例展示了文学史与文体学相结合的视角。例如,在分析唐代传奇时,指出唐代小说不仅吸收了诗歌的抒情性和意象化特点,还借鉴了戏曲的戏剧性元素,这种跨文体的融合极大地增强了小说的艺术表现力。还分析了《史记》中的刘邦传记,指出其中关于刘邦出生和成长的神奇传说,实际上是民间叙事的产物。这些传说通过史官的记录和加工,最终成为正史的一部分。通过文学史与文体学相结合的视角,董乃斌教授能够更全面地理解小说文体的独立过程,并揭示其背后的文化内涵和社会背景。

在分析小说文体独立过程时,特别注重历史与文学的交叉点。他认为小说文体的独立是中国文学发展史上的重要转折点,这一过程反映了文学创作从历史记录向艺术创作的转变。通过跨学科的研究方法,董乃斌教授能够更全面地理解小说文体的演变过程,并揭示其背后的文化内涵和社会背景。例如,他在分析唐代传奇时,指出唐代小说家常常借鉴历史记载和民间传说,但又不拘泥于史实,而是通过艺术加工创造出富有想象力

　　① 董乃斌、程蔷《民间叙事论纲(上)》,《湛江海洋大学学报》2006 年第 3 期,第 15 页。
　　② 董乃斌《唐代诗歌散文的小说化倾向——小说文体孕育过程论之一》,中国唐代文学学会、西北大学中文系、广西师范大学出版社主编《唐代文学研究》(第 4 辑),广西师范大学出版社 1993 年版,第 250 页。

的故事。

在《诸朝正史中的小说与民间叙事》中,董乃斌教授通过跨学科的研究视角,深入分析了正史中的小说因子与民间叙事的关系,揭示了历史与小说之间的复杂互动。在《诸朝正史中的小说与民间叙事》中展现了其独特的跨学科研究视角。他不仅从文学角度分析小说文本,还借鉴了历史学、民俗学、社会学等多个学科的理论和方法,为古代小说研究开辟了新的路径。例如,在探讨正史中的小说因子时,董乃斌教授结合了历史学的研究成果,深入分析了历史记载与小说创作之间的互动关系。这种跨学科的研究方法不仅丰富了研究内容,也扩展了研究的深度和广度。在分析正史中的小说因子时,特别注重历史与文学的交叉点。他认为,正史中的许多记载虽然以历史事实为基础,但在叙述过程中往往融入了大量的民间传说和小说元素。例如,他在分析《史记》中的刘邦传记时,指出其中关于刘邦出生和成长的神奇传说,实际上是民间叙事的产物。[①] 这种跨学科的研究视角,使董乃斌教授能够更全面地理解正史中的小说因子,并揭示其背后的文化内涵和社会背景。

二、着力建构中国特色的叙事理论框架

董乃斌先生的俗文学研究以跨学科视野为核心,强调中国叙事传统的本土性与独特性,尤其在小说文体独立、史诗研究及民俗与文学关系等领域贡献突出。他反思了"西方叙事中心论",主张回归中国本土语境,关注中国古代小说和民间文学以"说理"为核心的特征,而非单纯以叙事技巧评判其价值。他提出以"叙事"重审中国文学史,打破"抒情传统独尊"的研究框架。以"叙事"为纽带,将古代小说、民间文学、俗文学纳入统一的研究框架,形成了具有中国特色的叙事学理论体系。其俗文学研究以"叙事"为核心,构建了一个独特的分析框架。以"叙事"为核心的研究视角,将"叙事"作为研究的核心,强调小说叙事不仅是情节的展开,更是文化、历史和社会观念的集中体现。他通过对叙事的细致分析,揭示小说如何通过叙事构建意义,以及叙事背后的文化逻辑和社会功能。

董先生非常注重文学研究的社会时效性和民族性,他指出:"把文学研究同文化问题、同社会主义精神文明的建设结合起来,也就是把文学研究纳入到社会改革(从经济的改革到政治体制的改革)与民族文化的改造和重建的系统工程之中,这对于文学研究工作者来说,可以说是打开了一个新的广阔的视野,并使我们的劳动同社会的实践与运动有了比较密切的关系,对于提高我们研究的价值和境界,无疑也是大有好处的。"[②]其研究不仅注重文献考据,还结合西方理论进行批判性对话,推动了中国古代文学研究的范式革新。长期以来,"抒情传统说"在学界影响较大,董乃斌教授提出中国文学存在与抒情传统并列的叙事传统,主张以叙事、抒情两大传统互动的理论进行补正,建立抒情叙事双线并贯的文学史论述范式。[③] 这一观点打破了传统单一的文学史认知模式,使学界对中

---

①　董乃斌《诸朝正史中的小说与民间叙事》,《文学评论》2006 年第 5 期,第 125 页。

②　董乃斌《文学研究:深层文化意识的开掘》,《福建论坛》(文史哲版)1987 年第 1 期,第 28 页。

③　董乃斌《论中国文学史抒情和叙事两大传统》,《社会科学》2010 年第 3 期,第 169 页。

国文学的发展脉络有了更全面、立体的认识,为重新审视和书写中国文学史提供了新的思路和框架。

20 世纪以来,陈世骧等学者提出的中国文学以"抒情传统"为核心的观点,长期主导学界。① 董乃斌先生指出,这种视角虽具深刻性,却忽视了文学表达的另一翼——叙事传统,导致文学史研究片面化,遮蔽了中国文学多元互动的本质。他指出,"当前,我们要充分省思分割两大传统对全面认识中国文学史的危害,努力发掘和清理长期被遮蔽的文学史叙事传统(包括古人的叙事实践和有关叙事的种种论述),立足于古今贯通的基点,重新研究自古至今的整个中国文学史,尤其注意将当代文学现状与古代文学传统及近代文学之演变结合起来,作打通古今的通盘考虑。"②

作为中国叙事文学研究领域的重要学者,董乃斌先生关于"中国叙事传统"的建构研究改变了学界长期以"抒情传统"为主导的单一视角,重新梳理了中国文学史的双线脉络,系统构建起中国叙事传统理论框架。③ 他提出"抒情与叙事双线并贯"的文学史观,强调两者的互动与交融,为中国文学史研究提供了全新的范式。他认为,文学表达的根本方式无非抒情与叙事两类,二者根植于人类本能,共生共存于中国文学史的始终。但传统诗学重"抒"轻"叙",甚至将"叙事"视为抒情的手段,未能正视其独立价值。实际上,抒情与叙事并非对立,而是"骨骼血肉"与"精神灵魂"的关系。董先生以李、杜对比为例:李白代表抒情传统的巅峰,而杜甫通过转向写实叙事开辟新路;宋诗尚理尚实、元曲世俗化等现象,均体现了抒情饱和后叙事传统的复兴。

董乃斌先生提出的"双线范式"挑战了"抒情大国"的刻板印象,揭示中国文学叙事活动的早熟性与丰富性,为重新书写文学史提供了新框架。通过《中国文学叙事传统研究》等著作,首次全面梳理了中国文学中贯穿始终的叙事脉络。他从汉字构型、古文论(如《文心雕龙》《史通》)、历史纪传、古典诗词、乐府、唐赋、散文、戏曲小说等多个维度切入,揭示了叙事传统在不同文体和历史阶段的表现形式,打破了长期以来以抒情传统为主导的文学史研究框架。他推动的叙事传统研究已形成学术集群,涉及诗歌、小说、戏曲等多个领域。例如,其团队提出"分文体叙事学"构想,主张先建立诗学叙事学、史传叙事学等分支,再整合为总体理论,避免西方叙事学的泛化弊端。他的研究注重中西比较,如将杜甫的"反向模仿"策略与布鲁姆"影响的焦虑"理论并置,凸显中国叙事传统的独特性,为全球叙事学提供东方视角。其叙事传统研究不仅是对文学史的重构,更是对中华文化表达方式的深层解读。其理论打破了抒情/叙事的二元对立,揭示了中国文学"象意交融""骨肉相生"的美学本质,为当代文学创作与批评提供了历史镜鉴与理论资源。这一范式的持续深化,或将引领中国文学研究进入"抒叙双脉"并重的新阶段。

---

① 陈世骧 1971 年提出"中国文学传统从整体而言就是一个抒情传统"。见〔美〕陈世骧著,张晖编《中国文学的抒情传统:陈世骧古典文学论集》,生活·读书·新知三联书店 2015 年版,第 6 页。

② 董乃斌《建构基于中国叙事传统的本土叙事学》,中国民俗学网 2012 年 10 月 2 日,https://www.chinesefolklore.org.cn/web/index.php? NewsID=13226。此文原载于《中国社会科学报》2012 年 9 月 14 日第 356 期。

③ 当然,对此有学者有不同的看法,参见李伟《叙事:因素抑或传统》,《文艺研究》2016 年第 4 期,第 151 页。

董先生的叙事学理论形成于其长期的研究实践中,深受西方叙事学理论的影响,同时结合了中国古代文学的传统特点,建构自己的本土理论。孟向荣曾评价董先生具有很强的理论建构意识:"董乃斌的古典文学研究具有较强的理论意识,表现在重视导言或结束语的理论建构,擅长阐发学术规律,追求新鲜而有效的研究方法等方面。"①在《中国文学叙事传统论稿》等著作中,运用叙事学方法对中国古代诗歌、小说的叙事传统及古代文论中的叙事观进行深入研究。从中国诗歌叙事性的整体观照出发,探讨古典诗词研究的叙事视角以及中国诗歌的叙事性手法,如从赋比兴到叙抒议的发展变化等。在研究古典小说时,从叙事方式和结构的新变等角度,分析唐传奇与小说文体独立的关系,指出从史的政事纪要式叙述转变为小说的生活细节化叙述是小说文体独立的关键一步,这一转变引发了整个叙事方式的变革,对突破子史叙事成规具有重要意义。通过借鉴和运用现代理论,董教授为古代小说和俗文学研究提供了新的分析框架与方法,使其研究成果既具有深厚的传统学术底蕴,又富有现代学术气息,实现了传统与现代的有机结合。

在建构中国叙事传统的探索过程中,董先生充分认识到民间叙事在中国古代小说和俗文学发展中的重要地位。《中国文学叙事传统论稿》中说道:"中国小说的发展始终与民间叙事相扶而行,从口头到文本,再由文本反哺口头,文人创作与民间叙事进行着频繁复杂的双向互动"②。

他指出民间叙事是中国古代小说的重要源头,大量的民间里巷琐谈、传说故事经过加工整理进入小说创作领域。在《民间叙事论纲》中,他提出"民间叙事→文人记录→经典化→反哺民间"的循环模型。③ 民间叙事是一种"在野的权威"。虽然民间叙事处于社会的底层,但它通过话语权的运用,打破了统治阶级的官方话语霸权,深刻反映了民族的思想感情和生活智慧。民间叙事不仅是民众自我教育的工具,还深刻影响着文人文化和官方经典文化,形成了官方经典文化、文人精英文化与民间文化三者相互抗衡、相互补充的局面。

董乃斌先生强调民间叙事在文学研究和文化传承中的重要地位。民间叙事不仅是小说文体形成和发展的关键因素,培养和提高了民族的叙事思维与能力,为小说创作提供了丰富的素材、人物形象、情节模式等养分,而且深刻反映了民族的思想感情、生活智慧和深层历史记忆,是了解民族心灵世界的重要窗口。

其研究始终围绕民间叙事展开,在研究古代小说和俗文学的过程中,致力于挖掘作品背后深层次的文化内涵,展现特定历史时期的民族精神风貌。无论是从正史中的民间叙事,还是唐代民俗与文学的关联研究中,都能看到他对文化心理的深刻剖析。例如在分析唐代节日民俗与文学创作关系时,通过对寒食节、清明节等节日习俗在诗歌、小说中的呈现,探讨这些习俗所蕴含的文化意义以及它们如何影响文人的创作情感与主题选

---

① 孟向荣《天平向理论倾斜——董乃斌古典文学研究述论》,《清华大学学报》(哲学社会科学版)2003 年第 3 期,第 18 页。

② 董乃斌《中国文学叙事传统论稿》,东方出版中心 2017 年版,第 313～314 页。

③ 董乃斌、程蔷《民间叙事论纲(上)》,《湛江海洋大学学报》2006 年第 3 期,第 21 页。

择,进而揭示唐代社会的文化氛围与民众的精神追求。在研究古代小说时,注重分析小说中人物形象、情节设置所反映的当时社会的价值观念、道德标准以及民族性格特征等。通过这种对文化内涵的深入挖掘,其研究成果不仅仅是对文学作品的分析解读,更是对一个时代民族精神风貌的生动展现,使读者能够透过文学作品感受到历史文化的厚重底蕴以及民族精神的传承与演变。

董乃斌先生在民间叙事研究领域成果丰硕,开辟了民间叙事研究的新路径,为学界理解民间叙事的内涵、特征及其在文化传承中的角色提供了深度视角,其贡献主要体现在研究方法、理论建构与观点阐释等多个维度。在《民间叙事学论纲》等相关论著中,详细阐述了民间叙事的内涵、特点及其与古代小说的关系。民间叙事不仅为小说提供了丰富的素材,其独特的叙事方式和价值观念也深刻影响了小说的创作风格与主题表达。通过对民间叙事的深入挖掘,揭示了古代小说与普通民众生活、思想的紧密联系,使我们看到那些流传于民间的故事如何在文人的笔下演变成具有文学价值的作品,以及这些作品如何反映民众的情感、愿望和对世界的认知。这种对民间叙事的重视,打破了以往研究中只关注文人创作、忽视底层文学资源的局限,拓展了古代小说和俗文学研究的深度与广度,凸显了民间文学在整个文学发展脉络中的重要价值。

在《诸朝正史中的小说与民间叙事》中引入了“民间叙事”这一重要概念,并将其作为分析正史中小说因子的关键工具。[①] 他认为,民间叙事是古代小说的重要源头,许多正史中的记载实际上是对民间传说的记录和加工。通过引入民间叙事的概念,董乃斌教授能够更清晰地揭示正史中的小说因子,并理解其与民间传说之间的关系。通过跨学科研究视角、民间叙事概念的引入、正史中的小说因子分析以及历史与小说关系的探讨,董乃斌教授不仅深化了对中国古典小说特质的理解,还为古代小说研究提供了新的思路和方法。他的研究特色体现在对正史中小说因子的深入分析和对民间叙事的系统探讨,这些研究成果不仅推动了古代小说研究的发展,也为相关领域提供了宝贵的理论资源和实践指导。

新著《浮世长安:唐代的民俗与人文》是一部将古代文学与民俗学研究相结合的典范之作。该书通过多源材料的运用,系统分析了唐代的民俗事象,再现了唐人的日常生活情境与时代氛围。他不仅从叙事学角度分析古代小说的叙事特征,还结合民间文学的叙事传统,揭示了二者之间的密切关系。例如,在分析唐代传奇时,董乃斌教授指出,唐代小说家常常借鉴民间传说,通过艺术加工创造出富有想象力的故事。这种交叉研究方法不仅丰富了研究内容,还拓展了研究的深度和广度。通过分析《史记》中的刘邦传记,揭示了历史记载与小说创作之间的复杂关系。他认为,正史中的许多记载虽然以历史事实为基础,但在叙述过程中往往融入了大量的民间传说和小说元素。例如,刘邦传记中关于其出生和成长的神奇传说,实际上是民间叙事的产物。这种交叉研究方法,使董乃斌教授能够更全面地理解古代小说的叙事特征,并揭示其背后的文化内涵和社会背景。

---

① 董乃斌《诸朝正史中的小说与民间叙事》,《文学评论》2006 年第 5 期,第 125 页。

三、不断完善研究范式，持续深化与拓展研究领域

董乃斌先生的俗文学研究以"叙事"为核心，构建了一套融合跨学科视野与动态文学史观的分析框架，不仅重构了中国古典小说的阐释范式，更深化了学界对古典小说文体独立性、民间叙事功能及文学与文化关系的理解。他认为，叙事是古典小说的核心要素，其功能不仅在于情节推进，更是文化逻辑与社会观念的具象化表达。基于此，以"叙事"为核心，以"持续深化"与"范式建构"为特色，通过重构研究范式、拓展理论边界，深化了学界对中国古典小说文体独立、民间叙事功能及文学与文化关系的认识。董先生的研究构建了系统的研究范式，并且能与时俱进，持续审核和拓展研究领域。他以文学与"事"的关系为切入点，将小说置于整个文学发展的脉络中进行考察。从文学与"事"的不同关系形态，如含事、咏事、述事和演事出发，分析小说文体的孕育和发展。这种范式不仅能清晰展现小说文体的演变过程，还能深入理解小说与其他文学体裁的关联，为古代小说和民间叙事学研究提供了全面、系统的研究框架。

董乃斌先生将中国文学视为叙事与抒情两大传统相互博弈、交融的过程，打破了"抒情传统独尊"的传统认知。在董先生看来，中国文学史是叙事传统与抒情传统的历时性演进与双向互动的呈现。文学史如此，文学史研究者也要顺应这种动态，持续跟进研究对象，不断完善研究范式。这一点，在他的研究生涯中表现得十分明显，他将"叙事"贯穿于研究生涯中，不仅从叙事的视角观察作为雅文学的诗词，也将"叙事视角"应用于俗文学的古代小说、民间文学，真正做到了贯通雅俗。

董乃斌先生的古代小说研究以文体独立为起点，逐步拓展至叙事传统、民俗互动、跨文体比较及方法论创新等领域，形成了"文献—理论—文化"三位一体的研究体系。其学术贡献不仅在于具体问题的突破，更在于推动了中国古代小说研究从"西方标准依附"向"本土话语建构"的转型，为后续学者提供了兼具历史深度与理论张力的研究范式。

早在 1987 年，董先生在《论中国叙事文学的演变轨迹》中就开始关注叙事文学，梳理了中国叙事文学发展的脉络。[①] 此后，叙事成为董先生学术研究中的一大关键词。1994年出版的《中国古典小说的文体独立》构建了新颖的小说研究范式——以文学与"事"的关系为核心的研究范式。书中提出文学与"事"的关系包括含事、咏事、述事和演事四种形态，以此为切入点研究小说文体。[②] 对于《诗经》的《邶风·燕燕》的作者与本事存在多种解释，这体现了"含事"文学作品因"本事"模糊而引发的理解纷纭。而唐传奇《李娃传》详细叙述了李娃与荥阳公子的爱情故事，情节丰富且具体，属于典型的"述事"形态。这种从"事"的角度出发的研究范式，打破了传统研究仅从文学体裁表面特征进行分类的局限，深入文学作品的内部，揭示了不同文学作品在叙事上的本质差异，为小说研究提供了新的思路和方法。

---

① 董乃斌《论中国叙事文学的演变轨迹》，《文学遗产》1987 年第 5 期，第 28 页。

② 董乃斌《中国古典小说的文体独立》，中国社会科学出版社 1994 年版，第 13 页。

　　这种研究范式,突破了传统研究的局限,为理解中国古典小说的发展提供了独特视角。他通过引入新的概念和分析框架,重新审视小说与其他文体的关系,深入挖掘小说文体独立的内在机制。其对小说文体独立过程的深入探讨为学界提供了新的视角和方法。他系统梳理了中国古典小说从史传文学中独立出来的过程,提出了"从史的政事纪要式到小说的生活细节化"的重要观点。这一观点不仅揭示了小说文体演变的内在逻辑,还为叙事学理论的发展提供了新的思路。其中展现了其独特的研究范式创新。围绕"叙事"提出一系列创新性概念,如"含事""咏事""述事""演事"等,用以对应不同文学体裁与"事"的关系,构建起理解文学叙事的新视角。他不仅突破了传统小说研究的局限,还提出了许多富有启发性的理论观点。董乃斌教授认为,唐代传奇的出现标志着中国小说文体的真正独立,这一过程体现了文学创作从历史记录向艺术创作的转变。通过对大量文本的分析,他详细论述了小说文体在叙事方式、人物塑造、情节结构等方面的变化,为理解中国古典小说文体的演变提供了清晰的脉络。他还提出了"小说文体的双重性"特征,即小说文体既具有历史记录的客观性,又具有艺术创作的主观性。这一理论观点不仅深化了对中国古典小说特质的理解,还为构建具有中国特色的古代小说理论体系奠定了基础。研究范式创新,不仅推动了古代小说研究的发展,也为相关领域提供了宝贵的理论资源和实践指导。

　　在俗文学研究中展现了其独特的研究领域拓展。他不仅关注传统的俗文学作品,还拓展到民间文学、民俗学等多个领域,为俗文学研究提供了新的视角和方法。例如,在探讨唐代俗文学时,不仅分析了《酉阳杂俎》《太平广记》等传统文献,还借鉴了敦煌变文、民间传说等民间文学资料,以及唐代墓葬壁画、石刻等考古资料。这种多元化的研究领域拓展,使董乃斌教授能够更全面地理解俗文学作品,并揭示其背后的文化内涵和社会背景。

　　他构建了从民间叙事的性质、特征、存在方式,到文本化、经典化过程,再到反哺现象与叙事多元化的系统研究框架。民间叙事以口头性为基本特征,存在于民间文学作品及民众行为中,通过文人记录实现文本化,部分经有权力者介入成为经典,经典又反哺民间,形成新的民间叙事,最终呈现多元并存的局面。这一框架完整地展现了民间叙事的动态发展过程,为深入研究民间叙事提供了全面而有序的理论架构,使研究者能够从整体上把握民间叙事在不同历史阶段和文化层面的演变规律。

　　董乃斌先生主持的国家社科重大项目"中国文学叙事传统研究"及后续的"中国诗歌叙事传统研究",旨在打破"抒情传统唯一论",构建抒情与叙事并行的文学史范式。董乃斌先生率领其学术团队,2012 年完成国家社科项目"中国文学叙事传统研究",在对中国文学叙事传统做了宏观上的梳理和观照之后,2015 年又获批国家社科重大项目"中国诗歌叙事传统研究"。该项目聚焦历史时代与诗歌叙事传统发展演化的内在脉络,是中国文学叙事传统研究的细化和深化。2024 年出版的《诗心缘事》结合历代文论,系统论证了叙事传统的独立性与重要性。他的团队研究还涉及现当代诗歌叙事,拓展了传统叙事研究的时空范围。可见,董先生及其团队将研究视野延伸至古代小说、民间文学和诗歌叙事,打破传统叙事学研究的时空界限,形成了贯通古今、雅俗互鉴的学术格局,为重构本土文学理论体系提供了兼具历史厚度与当代意义的范式支撑。

结语　叙事作为方法论与世界观

董乃斌先生的古代小说研究以"叙事"为核心,通过跨学科融合与动态文学史观的建构,重构了研究范式,拓展了理论边界。他的研究不仅深化了对中国古典小说文体独立性、民间叙事功能的认识,还为理解文学与文化的关系提供了新的视角。董先生的古代小说研究经验表明,"叙事"不仅是文学的形式要素,更是理解文学与文化关系的钥匙。他通过跨学科融合与动态文学史观,将唐诗研究中的文本细读、文化阐释能力迁移至小说领域,构建了具有中国特色的叙事学理论体系。这种研究范式不仅深化了对古典小说文体独立的认知,更为中国文学研究提供了可资借鉴的方法论启示。未来,随着研究的不断深入,其学术思想和方法论将继续影响中国古代小说和俗文学研究领域,为构建具有中国特色的文学理论体系做出更大贡献。

抒叙共鸣与文史分合

——董乃斌先生中国诗歌叙事传统研究论略

周兴泰*

　　2007 年春，我负笈沪上，师从董乃斌先生攻读博士学位。近二十年时光中董先生对我的耳提面命及提携扶持，让我受益良多。由此，我对董先生的道德文章也逐渐了解和熟悉。回望董先生六十余年的学术历程，其研究大致呈现在三个方面：①关于文学史作家作品的研究，以《李商隐的心灵世界》《中国古典小说的文体独立》为代表；②关于文学史的学术史及原理的研究，以《中国文学史学史》《文学史学原理研究》为代表；③关于中国文学叙事传统的研究，以《中国文学叙事传统研究》《中国诗歌叙事传统研究引论》为代表。其中第三个方面是董先生近些年的研究重心，体现出董先生对中国文学叙事传统的发掘高扬乃至对中国文学史本质的深入思考。

一、"中国文学叙事传统"说的提出

　　自现代学术建立以来，受古典诗学"诗言志"与"诗缘情"观念的影响，学者们多以为中国文学长于抒情而拙于叙事，中国文学归根结底都是"抒情传统"。1971 年，陈世骧发表《论中国抒情传统》一文，明确指出："中国文学传统从整体而言就是一个抒情传统"[①]。此说引起了海外及港台学者的热烈反响，踵继者比比皆是。同时，陈世骧亦清醒意识到："抒情精神（lyricism）成就了中国文学的荣耀，也造成它的局限。"[②]董先生密切关注到这一点，他认为这与其说是抒情精神所造成的局限，更不如说是研究视角的遮蔽。假定我们不预设某种固有的观念，而深入到中国文学的原生状态，便不难发现，中国人不仅擅于抒情，同样也长于叙事。由此董先生认为陈世骧等人所持的"中国文学抒情传统唯一、独尊"说是失之偏颇的，有必要对其进行纠正，并创造性地提出"以抒情与叙事作为中国文学史的两大贯穿线"的鲜明观点，不仅彰显出"中国文学的叙事传统"说，且强调抒情与叙事两大传统是并行发展、互促互融、平起平坐的。

　　董先生是一位具有宏通学术视野、前瞻性学术意识和理论创新性的著名学者。1994年中国社会科学出版社出版的《中国古典小说的文体独立》一书，以少有人注意的宏观意识引入文学史研究，紧扣文学史内部的发展规律，围绕中国人的叙事观念与方式的种种

---

　　*　周兴泰，文学博士，江西师范大学文学院教授，博士生导师，主要从事中国赋学与文学史学研究。

　　①　〔美〕陈世骧著，张晖编《中国文学的抒情传统：陈世骧古典文学论集》，生活·读书·新知三联书店 2015 年版，第 6 页。

　　②　〔美〕陈世骧著，张晖编《中国文学的抒情传统：陈世骧古典文学论集》，生活·读书·新知三联书店 2015 年版，第 5 页。

演变,深入考察了中国古典小说文体独立的原因、源流与表现。也就是从这时候起,董先生对中国人的叙事观念、文与事的关联乃至中国文学的叙事传统等问题已有较为自觉的思考与认识。他认为几乎所有的文学样式都与"事"有着不解之缘,只不过有远有近、有亲有疏。根据这远近亲疏的关系,董先生创造性地将文学与"事"的关系概括为含事、咏事、述事、演事四种。"含事"之"事"只是作为一种宽泛而遥远的背景,一种逗引、兴发某种感情的综合性外界因素;"咏事"之"事"只是一种吟咏对象,虽然它显得比前者更清晰具体;"述事"则需将事件的原委过程、来龙去脉等尽可能地交代清楚;"演事"就是戏剧演出,其唯一的途径是通过人物的行为和对话①。这四种文学表述方式大体反映了中国文学在文体层面从诗词曲到小说、戏剧发展演变的基本规律。这种看似细微的分类和辨析,反映了董先生对于文学史认识的宏通历史眼光。更为重要的是,董先生对于中国人的叙事思维和叙事能力在史书、子书、辞赋、诗歌、散文、野史笔记、志怪志人小说中的成长和发展做了全面的梳理和详尽的探索,这为后来提出"中国文学的叙事传统"说奠定了坚实的基础。

叙事学自 20 世纪 60 年代兴起于法国,经过半个多世纪的发展,成为一门有着圆融自洽的理论体系且充满活力的学科。董先生也对其表现出极大兴趣和热情,尝试用西方的叙事学理论来研究中国文学作品,体现出学术意识的前瞻性与高度的理论自觉。当然,董先生并未主张一味地"拿来",而是立足发掘中国自身的叙事资源和叙事传统,有益借鉴西方叙事理论,合适则用,不合则弃,体现中国学者与西方平等沟通、对望与交流的学术自信。如在对中国的古典诗词进行叙事分析时,他就主张引入西方叙事学"隐含作者"概念,关注我们已有所察觉但未能细究的中国古典诗词作品的隐含作者问题。"隐含作者"是西方叙事学非常重要的一个理论概念,自韦恩·布斯在《小说修辞学》中提出后,影响很广,争议亦颇多。申丹认为它涉及作者的编码与读者的解码两个方面:"就编码而言,'隐含作者'就是处于某种创作状态、以某种方式写作的作者(即作者的'第二自我');就解码而言,'隐含作者'则是文本'隐含'的供读者推导的写作者的形象。"②隐含作者的概念多用于小说戏剧叙事研究,但其亦可用于诗歌分析。我们习惯于将诗词作品中的抒情主人公与作者完全等同,这明显过于绝对化,"如在诗词作者和抒情主人公之间缺失隐含作者一环,便容易导致把复杂现象简单化的缺陷,对诗词作者在其作品中表现出来的种种复杂矛盾面相不能做出深入合理的分析"③。董先生没有固守于古典文学之一隅,而是将眼光伸展到外面,真正做到了与世界对话。

2012 年中华书局出版的《中国文学叙事传统研究》一书,是董先生"中国文学叙事传统"主张的一次集中展示,其特点或贡献有以下两点:

第一,打破了在中国古代诸文体中只有小说戏剧才可以叙事的固有认识。董先生

---

①　请参看董乃斌《中国古典小说的文体独立》,中国社会科学出版社 1994 年版,第 38～53 页。

②　申丹《何为"隐含作者"》,《北京大学学报》(哲学社会科学版)2008 年第 2 期,第 137 页。

③　董乃斌主编,董乃斌、李翰、杨绪容等著《中国文学叙事传统研究》,中华书局 2012 年版,第 188 页。

说:"当务之急则是要建立文学研究的叙事视角,试从这个视角去重审全部中国文学史"①。如,古代文论著作如《文心雕龙》《史通》等与中国文学叙事传统的关联如何? 曾被认为是中国文学的主体且多从抒情视角来研究的诗文,其蕴含的叙事传统如何认识和描述,其与抒情传统的关系又如何? 不常在文学研究视野中的史著叙事,其特点究竟如何? 这些问题董先生都进行了深入的分析和阐释。

第二,对中国文学叙事传统的内涵进行了高度概括。中国文学叙事传统是一种客观存在,古老久远是其显著特征之一。抒叙两大传统是共生并存的,且贯穿了整个中国文学史。两大传统各有自己的主要载体,由此它们与文体学密切相关。中国文学叙事传统与自古文史不分的观念有着复杂关联。史述崇实尚简的风格对叙事传统影响深刻。在叙述中含情见性,造就了叙事传统的诗性特质;叙事传统以载道明道、伦理教化为核心价值。董先生的总结发前人之所未发,既注重从共时性层面揭橥叙事传统的鲜明特质(如抒叙共鸣、诗性、伦理),也不忘从历史性角度对中国文学抒叙两大传统的发展轨迹做鸟瞰式的审视,而这正是董先生所持大文学史观的一次文学实践。

二、从中国文学叙事传统到中国诗歌叙事传统

在《中国文学叙事传统研究》一书的最后,董先生对今后的研究工作进行了一番展望,其中一点即为"继续按文体对中国文学史上无数作家作品深入地进行叙事视角的研究,同时对前人有关叙事问题的论述做一次全面彻底的清理"。董先生主持的国家社科基金重大项目"中国诗歌叙事传统研究"即是对此问题的真正实践,其成果之一即由董先生所著《诗心缘事:中国诗歌叙事传统研究引论》(上海远东出版社 2023 年版)。

我们可能会有这样的疑问:"董先生的研究从中国文学叙事传统延伸至中国诗歌叙事传统,这不是越做越小了吗?"对此,董先生说,不是越做越小,而是越做越深入,越做越精细,是就某一文类做纵向的追寻,因为"中国文学就是一个抒情传统"说的主要依据是中国古代诗歌,"如果能够比较充分地论证中国诗歌里不仅存在抒情传统,而且存在着叙事传统,论证这两大传统从古到今在漫长的诗歌史中不断互动互竞互促、博弈前行的历程,那么,中国文学史抒情传统'唯一、独尊'这种观念的不合理性就更加不言而喻,而文学史抒叙双线并贯范式的构建,也就更是理所当然之事"②。为了实现这一目标,董先生在结构设计、理论建构、作品分析、研究方法等方面都煞费苦心,颇具创新意识。

首先,结构设计和理论建构的创新。本书采用了上、下编的结构,上编依次阐释中国诗歌叙事传统的关键词和研究主题,分别为传统、文学史贯穿线、"事"、叙事与抒情、诗篇抒叙结构分析、史性、诗性、诗史、赋比兴、写景、诗修辞、诗歌叙事传统基本内涵、抒叙博弈、抒叙博弈和文体演变、叙事伦理与文化基因。这十五个"关键词"的排列不是随意的,而是体现出董先生对此问题的系统性思考,包括叙事之"原"、叙事之"技"与叙事之"道"。

---

① 董乃斌主编,董乃斌、李翰、杨绪容等著《中国文学叙事传统研究》,中华书局 2012 年版,第 17 页。

② 董乃斌《诗心缘事:中国诗歌叙事传统研究引论》,上海远东出版社 2023 年版,第 5 页。

具体而言,前五个为叙事之"原",即围绕着"事""叙事""传统""抒叙关系"等原初性问题展开明确清晰的解说,这为后文进行诗歌叙事传统的描述奠定了坚实的理论基础;中间六个为叙事之"技",即从具体的诗歌叙事技法如赋比兴、写景、用典、比喻、指代等或诗歌叙事的主要特质如史性、诗性、诗史等展开论述,这为下编进行诗歌叙事性的具体分析提供了可靠的抓手;后四个为叙事之"道",从对叙事传统基本内涵的概括到抒叙博弈与文体关系的辨析,最后归于叙事背后的观念、伦理与文化基因。不止于言"技",且追求"技"背后之"道",这已涉及叙事哲学的问题了。下编为诗歌叙事传统面面观,既有对具体作品如《诗经》史诗、风诗与《古诗十九首》、杜甫诗歌的叙事特征的分析,也有关于中国诗歌叙事传统乃至诗歌叙事学的理论思考。这既是上编叙事理论的文本实践,也与上编互为补充,由此构建了一个成熟自足的诗歌叙事传统体系。

其次,研究范式、观点和术语的创新。范式,是美国托马斯·库恩科学哲学思想体系中的一个核心概念,其基本含义是某一科学共同体公认的共有范例[①],包括信念、观点、理论、方法、框架、传统、方向等,因而具有巨大的威力和深远的影响。在科学研究中要突破旧范式并创造新范式,是一件异常艰难且易受人质疑之事。董先生毫不畏惧,以其非凡的勇气和锐意开创的精神创建"中国文学抒叙传统贯穿"的新范式,取代"中国文学抒情传统唯一、独尊"的旧范式。当然,董先生的研究范式的突破是以其深厚的学养、睿智的思辨和尊重中国文学的发展实际为基础的。通过对大量的中国古代文学作品的阅读和考察,董先生认为抒情和叙事是中国文学的两大主要表现手段,几乎所有的作品都可以视为抒情和叙事两大因素不同比例的组合和凝结。从此视角看文学史,中国文学贯穿着抒情和叙事两大传统的说法自然要比"抒情传统唯一、独尊说"更为妥当。

在此一研究范式的总体指导下,董先生在研究观点方面也呈现出创造性。如其指出中国诗歌叙事传统一个十分重要的内涵就是不能仅限于诗歌叙事技巧等技术层面,而应深入叙事技巧背后的诗歌创作观念层面,由叙事之"技"进乎叙事之"道",乃至叙事伦理,如此才能彰显中国文学的意义和价值。而抒叙共构化合传统这一观点,其重要性尤为突出。就诗歌本身来讲,抒情中有叙事,叙事中有抒情,这是不争的事实,但不能因此就只讲抒情而忽略叙事。两者既有区分又互动互融,且应该肯定的是它们在中国诗歌传统中是平起平坐的关系。如对"事"的认识和界定,董先生认为我们所谓之"事"与西方叙事学所定义之"事"有着很大的差异。他们研究之"事",大抵是一个有因有果、首尾相合的故事。我们所谓之"事"即某种事情,包括事由、事象、事态、事境、事脉、事程、事果、事证等,乃至某种故事,既可以是曾经发生过的实在事,也可以是想象中的虚构事[②]。这些观点或是对已有观念的纠偏突破,或是与西方进行比较基础上的重新构建,呈现出尊重事实的客观性和严谨学理性的统一。

董先生也善于创建新的研究术语。如"诗内之事"与"诗外之事",这是他在阅读中国

---

① 〔美〕托马斯·库恩著,金吾伦、胡新和译《科学革命的结构(第四版)》,北京大学出版社 2012 年版,第 157 页。
② 董乃斌《诗心缘事:中国诗歌叙事传统研究引论》,上海远东出版社 2023 年版,第 191 页。

诗歌过程中获得的认识,分别指被写入诗歌文本、诗歌所表现的事;以及实际存在着的与诗歌有关却未被表现于诗歌之中的事。通过对诗歌已表现的"诗内之事"和未被表现却又与诗歌创作密切相关的"诗外之事"的探索,读者可以更深入地了解诗歌作者的心灵世界、心理状态。再如"史性"与"诗性"。所谓"史性"指深含于诗歌中的历史成分和因此而具备的质性,其最核心的本质就是叙事性。所谓"诗性",是诗之为诗的最根本的属性,包括意绪、语象、辞藻、节律四个方面。两者并不矛盾,而是通过叙事与抒情的良好结合而与诗歌、辞赋、散文、史著等文体产生不同程度的渊源与关联。诗有"史性",辞赋、散文、史著乃至小说戏剧包含"诗性",由此形成中国文学韵散相生的格局。这是董先生在宏观的文学史理论和视野下对于中国文学发展特色的重要认识。

再次,研究方法的融通与创新。整体来看,董先生遵循的是宏观、中观与微观相结合的研究方法。"抒叙两大传统贯穿说"是在文学史宏观理论指导下得出的研究结论。然后在这一宏观理论视域下进行中观和微观的研究。所谓中观研究,指将中国诗歌叙事传统分为先秦、魏晋至初盛唐、中唐至宋末、元明清、近代、现代等六个阶段,探究其生成演变的历史进程。微观研究,则指对每篇诗歌作品做深入细致的叙事分析,考证本事,揭示精神,鉴赏艺术,探究抒叙关系。而通过微观的艺术鉴赏和实证分析,达至涵盖某一长时段的中观研究,最终成就一部新颖的具有较强理论性的中国诗歌史论著。理论从实践中来,反过来又指导实践,并在实践中接受检验,乃至于推导出新的理论。由此看来,董先生真正做到了融理论与实践于一体。当然,董先生亦擅长借鉴西方叙事学的理论和方法来分析中国古典文学作品,同时注重运用跨学科方法并加以创新性改造。如其在考察中国古典诗歌时,不仅看到了诗歌话语中抒情与叙事的分别,也看到了二者不同的效应和功用。那么,应该如何具体分析诗歌话语的抒叙结构呢? 董先生创造性地提出了"光谱分析法"。自然光分为赤、橙、黄、绿、青、蓝、紫七色,一方面各色光波长频率不同,彼此之间有界限;另一方面,两个相邻的光色因相互过渡而让中间界限变得模糊,但又可大致分清。借用此方法来审视诗歌话语的抒叙结构,"可以将大量诗歌作品按抒叙成分所占比重不同,排为一个横向的序列。假设左端是叙事成分很少乃至极少而以抒情为主的那一类诗歌(通称抒情诗),随着叙事比重的增加往右排,越往右叙事色彩越浓,最右端便是所谓的叙事诗了"①,在此基础上,他将诗歌序列试分为从 A 到 E 五个段级,抒情成分递减,叙事成分渐增,呈现出诗歌抒叙传统的递嬗演变。这种分析方法具有鲜明的理论价值,"从某种意义上打破了'感事的诗歌'和'叙事的小说戏剧'之间的二元对立"②,同时有较强的可操作性。董先生以《诗经》为例,将其抒叙结构分为抒九叙一、抒八叙二到抒六叙四、抒叙各占一半、抒四叙六到抒二叙八、抒一叙九等几个段级,如此他关注的不仅是叙事诗,同样作为抒情文本的抒情诗亦可以用叙事学方法进行分析,这与西方叙事学著作

---

① 董乃斌《诗心缘事:中国诗歌叙事传统研究引论》,上海远东出版社 2023 年版,第 52 页。
② 唐伟胜《感事—叙事连续体:抒情诗歌中"事"的修辞形态》,《江西社会科学》2022 年第 5 期。

《抒情诗叙事学分析——16—20世纪英诗研究》①中的观点是相通的。

三、抒叙传统的互动博弈与文史的分合关系

不论是对中国诗歌叙事传统的研究,还是对中国文学叙事传统的研究,董先生的一个基本观点就是,中国文学不仅存在一个悠久深厚的抒情传统,同时也存在一个源远流长的叙事传统,即中国文学史(包括中国诗歌史)贯穿着抒情与叙事两大传统。更进一步,董先生指出,从发生角度看,二者是同源共生的;而从其后的发展角度看,二者则是互动互惠又博弈互竞的关系,由此形成抒叙交响共鸣的文学史景观。

那么,董先生是如何论证抒情叙事两大传统的互动互惠呢? 一方面,董先生的论证建立在对文学史的整体了解与对具体作品的分析上,如中国诗歌从《诗经》《楚辞》到汉乐府、《古诗十九首》乃至以后历代诗歌,无不充分证明抒情和叙事两大传统的客观存在与和谐浑融。另一方面,董先生深入中国文学创作的原理,认为抒情和叙事是对文学作品(包括诗歌)形形色色创作手法的最高概括。从功能而言,尽管叙事主于知,抒情主于情,但二者都是为了人类知识与情感的诉说交流,更为了文学的表达,所以二者的融合互惠是自然而然的现象。从创作主体"人"而言,"动情"或"情"是诗歌创作的起点。那么,人的情是如何触发的呢? 这就是"事"。事发在前,情动在后,"事"才是一切诗歌创作的本源。事发而后情生,情生而后诗作。当然,抒叙两大传统还涉及题材选择、创作意图、题旨确认等问题,这实际上反映出董先生对诗歌史内在本质和发展规律性的一种高度概括或自觉认知。

在文学作品中,抒情和叙事在互动互惠的同时,也存在着博弈竞争的一面。董先生指出,这种博弈竞争主要表现为,面对相同的素材或创作动机,用抒情还是叙事来表达,不同作者会有不同的习惯偏好,加之他们表达能力和文学素养的不同,必然就会有所选择和偏重。而抒情和叙事的博弈对于作品的思想内容、表达效果、文体性质、风格特征、艺术水准、实际功能等往往产生重要的影响,甚至会导致作品出现优劣高下之分。这一观点是新颖独特且掷地有声的。为此,董先生结合唐代元稹的五言绝句《行宫》和七言歌行《连昌宫词》进行分析论证。两首诗题材大致相同。抒叙的博弈首先表现在体裁上:五绝与七古,前者适合抒情而难以叙事;后者宜于叙事亦不妨抒情。因此,元稹首先面对的一个问题就是对抒、叙的选择和权重。这种博弈的结果就是,《行宫》的抒情意味十足,且让读者浮想联翩;《连昌宫词》则将历史事件叙述得一览无遗,同时也不乏抒情。董先生具备相当敏锐的感知力,故对叙事的效果、抒情的妙谛及二者博弈互补的分析达到了细腻精微的境界。

正是基于对具体作品的对比分析,董先生顺势推导出另一个值得我们重点关注的问题,即抒叙传统的互动博弈,必然推动文体的演变。所谓"凡一代有一代之文学",其意为

---

① 〔德〕彼得·霍恩、〔德〕詹斯·基弗著,谭君强译《抒情诗叙事学分析——16—20世纪英诗研究》,北京师范大学出版社2020年版。

一部文学史就是文体的演变代谢和荣枯交替的历史。文类的嬗变固然有多方面的外部原因,但内部主因则为抒叙传统的互动博弈。董先生紧扣此,以超强的抽丝剥茧的能力和科学的条分缕析的方法,于纷繁复杂的文学史实中抽绎出了一条清晰的文体递嬗的线索。人类因记录语言之需而产生文字,又缘于记载史事和表达情感的要求,形成中国最早的文类即史与诗。史的本质是记事,但又不免带有褒贬爱憎等情感倾向;诗多抒情,但情皆因事而生。史是散文的源头,诗是韵文的源头。文史不分自古而然,其含义指史述具有文学性。但文史分家亦酝酿已久,《文选》和《史通》就反映了文史各自划清界限的强烈要求,可事实是无论如何二者都无法分家,文中有史,史中有文。中国古代文体大体可分为应用性的散文与纯文学的诗赋两大类。诗赋虽含一定叙事成分,但抒情("诗性")才是其核心;散文的本质是叙事("史性"),也不乏华丽的辞采和情感的流露。正是抒叙的博弈才促使记事散文逐步发展出"叙事"的小说与"演事"的戏曲,由此形成绚丽多彩的文学史图景。

尤其值得注意的是,董先生的这种思考是建立在其所主张的新的大文学观的基础上的。纯文学观只是将那些触动感情、富于美感的作品纳入文学的范畴,而把许多应用性文章排除在外,因此在文体上也仅限诗歌、散文、小说、戏剧四大块。董先生则认为,"判断一篇作品是否能够入文学史,应该是它的文学性"①,而文学性有多少、高低之分,亦可做具体的定量和定性分析,"文字质朴准确、言简意赅可算一等;讲究文辞修饰、描写生动,或具结构、篇章、风格之美,便又是一等;如果表述含蓄、富有多层意旨,耐得咀嚼玩味,该又是一等;倘能于叙述中见出作者个性、传达隐秘心曲、寄托情志感慨,从而唤起更深刻而广泛久远的心灵共鸣,当然应算更高一等"②。这种对文学性层次高低的阐述,是董先生长期用心阅读、感受、体悟、赏析古代作家作品后的学理概括和认知提升。读博期间,我曾交给先生一篇《〈效鸡鸣度关赋〉赏析》的小文章,先生多次修改,其中有一批语:"不要小看此类短文,正是练习思维与文笔的必经之途。"由对作家作品的微观分析出发进而进行宏观的理论建构,董先生是这样身体力行的,其对学生的培养和示范尤为用心良苦。

以前基本不在文学史视野中的章表奏议、诏书檄文等,因其具有层次不等的文学性而得以进入董先生的大文学史视野中。这种新的大文学观,既比纯文学观更宽泛,又不等同于泛文学观,而是一种对文学性认识更新颖更深入的文学观。这种对纯文学观和泛文学观的批判性继承,正可见董先生一贯秉持的守正创新的学术精神。

对于学术研究,董先生研精覃思,博采众长,终别开生面,自成一家。董先生倡导叙事传统说,不是对抒情传统的否定,而是对"抒情传统唯一说"的纠偏。从叙事视角入手研究中国诗歌,已充分证明其中国文学史抒情叙事双线并贯的观点。董先生对抒叙二者既互动互惠又博弈竞争关系的理解及其对文体演变推动作用的明晰,最终目的是重审中

---

① 董乃斌《诗心缘事:中国诗歌叙事传统研究引论》,上海远东出版社 2023 年版,第 184 页。
② 董乃斌主编,董乃斌、李翰、杨绪容等著《中国文学叙事传统研究》,中华书局 2012 年版,第 506 页。

国文学史的发展规律,以更深入地揭示中国文学史的特性和本质。这一学术进路,在方法论上对于今天的学界有以下几大启示:第一,理论性和实践性兼具。董先生对诗歌叙事传统内涵的理解和揭示,皆有严密的学理逻辑,而这一切又以其对诗歌具体文本的细腻分析与敏锐感知为根基。第二,中西的交流互鉴。董先生的研究立足中国古代诗歌自身发展的实际和理论资源,又注重学习西方叙事学理论,并以我为主地拿来,显现出董先生中西兼容并蓄的学术品格和学术自信。第三,传统与现代的连接。董先生发掘古典诗歌传统中的叙事理论,考察古典诗歌传统中抒叙二者的互惠博弈,其意不仅在于揭示诗歌的写作方法和技巧,更在于追究技巧法度背后的创作观、价值观,以期最终为当代诗歌创作提供有益的经验,并对当今讲好中国故事有所裨益。

　　浦安迪、杨义、傅修延曾先后撰写同名著作《中国叙事学》。浦著只限于中国古典小说的叙事探究,未能观照其他文体;杨著采取文化学思路,试图返回中国叙事本身;傅著则以跨文类、跨学科的宏通视野来考察中国叙事传统。尽管他们对建构中国叙事学做过种种努力,取得了丰硕成果,但不可否认的是,中国叙事学目前还未能如西方叙事学一样,成为一门真正独立、成熟的学科。究其原因,关键在于未能从中国源远流长的叙事传统中提炼并确立一些具有普遍意义的范畴或关键词,如春秋笔法、客主问答、卒章显志。在这方面,董先生着人先鞭,有意尝试以关键词的形式,如史性、诗性、含事、咏事、抒叙博弈等,来概括中国诗歌叙事传统的特质,这对于建构诗歌叙事学乃至中国叙事学有着重要的启示意义。至于这些关键词对于建构中国叙事学是否具有普适性,尚待学界的评价和时间的检验。

征 稿 启 事

　　本刊是中国海洋大学中国传统文化研究中心主办的学术集刊，由中国海洋大学出版社每年 6 月、12 月各出一辑。本刊坚持从大文学史观出发，重视古典文学民族特色研究及文学与文化研究新领域的开拓。设古典文学"专题研究""综合研究""学术史研究""名家学述""前沿论题"等栏目。2022 年入选中国社会科学评价研究院"入库"集刊。

　　本刊已与中国知网签约，许可中国知网以数字化方式复制、汇编、发行和通过网络传播本刊全文。本刊支付的稿酬已包含中国知网著作权使用费，所有署名作者向本刊提交文章发表之行为视为同意上述声明，并需签署《论文著作权转让协议》。如有异议，请在投稿时说明，本刊将按作者说明处理。

一、投稿须知

　　(1)稿件须为原创首发稿，字数控制在 2 万字以内，特约稿不超过 3 万字。请用 word 文档简体字投稿(投稿信箱：gdwxyj@126.com)，如有图像、表格或无法正常输入的冷僻文字等，请同时附上 PDF 格式版。请勿一稿多投。

　　(2)来稿请附作者简介，包括姓名、性别、学位、职称、研究方向、工作单位，以及方便联系的通信地址、邮编、手机或微信等。

　　(3)本刊双向匿名审稿，不向作者收取任何费用。确定采用即通知作者。稿件一经刊用，敬奉薄酬，并寄样刊 2 册。

二、行文格式

　　(1)论文标题不超过 25 字；摘要 300 字以内，关键词 5 个，均楷体。作者简介与基金项目(括号内标注项目批准号)信息置于首页脚注首行。

　　(2)论文题目请用"自动标题 2"居中，二级标题用"自动标题 3"，以方便审读和编辑。二级标题以下标题，均左空两格，不居中。

　　(3)标题与正文用宋体，正文用 5 号字。另起段引文五号仿宋体，首行左空两格，第 2 行以下顶格书写。引用组诗(词)，请在原文末以"(其一)""(其二)"等注明其在该组诗(词)中的次序。

三、注释格式

　　(1)注释采用页下注，以①②③等依次排列，每页重新编号。

　　(2)专著。请注明作者、书名、册数、出版社、出版时间、页码，如：汤用彤《汉魏两晋南北朝佛教史》，中华书局 1983 年版，第 341 页。

　　(3)古籍。①一般古籍，注明朝代、作者、书名、卷数、篇名、出版社、页码，如：(唐)姚思廉《梁书》卷五四《诸夷列传》，中华书局 1973 年版，第 794 页。②现在尚未出版的古籍，注明朝代、作者、书名、卷数、篇名、出处、页码。如：(宋)罗泌《路史》卷 30《国名记·杂国下》，上海古籍出版社 1987 年文渊阁《四库全书》影印本，第 383 册，第 405 页。③若古籍有著者、注释者，需要逐次注明，如：(梁)萧绎著，许逸民笺《金楼子校笺》，中华书局 2011 年版，第 325 页。

(4)译著。请注明国别、作者、译著、书名、出版社、页码，如：〔德〕黑格尔著，朱光潜译《美学》，商务印书馆 1979 年版，第 130～135 页。

(5)析出文献。注明：朝代、书名，作者书名(卷或册)，出版社，出版时间，页码。如：(清)孙星衍《史记天官书补证》，张舜徽编《二十五史三编》第 2 分册，岳麓书社 1994 年版，第 621 页。

(6)外文原著。请注明作者、书名(斜体，主体词首位字母大写)、出版机构、出版时间、页码(英文采用 Times New Roman 字体)。如：MINGAY G E, *A Social History of the English Countryside*. Routledge Publish Press，1990：92-93.

(7)中外文期刊论文。标注作者、篇名、期刊名、年、期、页码，如：①何龄修《读顾城〈南明史〉》，《中国史研究》1998 年第 3 期，第 167～174 页。

②CHAMBERLAIN H B，On the Search for Civil Society in China. *Modern China*，Vol. 19，No. 2（April 1993），199-215.